回到女人

傅爱毛　著

“深扎”文丛

HUIDAO NYUREN

回到女人

傅爱毛 著

河南大学出版社
HENAN UNIVERSITY PRESS
·郑州·

图书在版编目(CIP)数据

回到女人/傅爱毛著. —郑州:河南大学出版社,2018.10

("深扎"文丛)

ISBN 978-7-5649-3541-2

Ⅰ.①回…　Ⅱ.①傅…　Ⅲ.①杂文集—中国—当代　②随笔—作品集—中国—当代　Ⅳ.①I267.1

中国版本图书馆 CIP 数据核字(2018)第 243257 号

项目总策划　侯若愚
责任编辑　侯若愚　董庆超
责任校对　胡玲霞　胡凤杰
封面设计　侯一言
出版发行　河南大学出版社
地址:郑州市郑东新区商务外环中华大厦 2401 号　邮编:450046
电话:0371-86059701(营销部)　网址:http://hupress.henu.edu.cn
排　　版　河南大学出版社设计排版部
印　　刷　河南瑞之光印刷股份有限公司
版　　次　2019 年 11 月第 1 版　**印　　次**　2019 年 11 月第 1 次印刷
开　　本　889mm×1194mm　1/32　**印　　张**　9
字　　数　250 千字　**定　　价**　45.00 元

跳起来喊(序)

借助于“深扎活动”的特殊机缘，我接触到一大群罹患心理和精神疾病的特殊孩子，小的十来岁，大的二十出头，不是几个或几十个，而是成百上千个。他们看上去年轻英俊、健康青春，却面临着灵魂碎裂的巨大危险与可能。医生爱莫能助，药物也无能为力，就像树木一样，他们在一点点地从精神内里慢慢地枯萎干瘪，不出现奇迹的话，他们将以“空心人”的方式熬度此生：不知道自己是谁，也没有能力去爱这个世界，无法建立起自己的核心人格，更感觉不到生而为人的荣耀与神圣，其健全的身体里呈现出的是沙漠化的灵魂荒原。深入进去仔细探察，我发现，导致孩子们“灵魂荒漠化”的最大根源居然是“妈妈”这个至亲至爱的角色，“妈妈”无意间带给孩子的忽略与伤害令人痛心疾首，孩子的问题，绝大部分直接或间接地根源于母亲，这是全世界专家和权威们通过研究千千万万的案例得出的共识。

这世界上对孩子伤害最甚的人居然是妈妈！我对这个被“爱”遮蔽的真相感到触目惊心！把这个真相说出来，让女人和妈妈们看到，我感到义不容辞和迫在眉睫！再循着“妈妈”这个角色往深处探究，无可回避地必然牵扯出“女人”这个课题。简单地说，孩子的问题本质上就是妈妈的问题，妈妈的问题就是女人的问题，女人的问题就是家的问题，家的问题就是世界的根本问题。归根结底，这个世界是否美好，很大程度上取决于“女人”。女人就是世界，就是爱，就是美，就是光和神。回到女人，这不是对女人的贬低和矮化，恰恰是对女人的最大尊崇，也是女人的荣光和神圣之所在。

妈妈、女人以及孩子和家，这些词语听上去似乎俗不可耐，丝毫都不文学和雅致，也与时尚、前卫、酷半点都不搭界，更谈不上深刻与殊异，完全引不起女强人、女汉子、女超人、女大侠、女成功者的兴趣，然而，我无法昧着良心从这个问题上绕开。作为一个文学爱好者，具体地说，作为一个专业写作者，我在这个非关自己专业领域的问题上踟蹰了将近三年，大量地分析个案，跟踪寻访，并像在校研究生一样兢兢业业地阅读与研究，甚至我一度想亲自考证做治疗师。我如此跨越边界地旁逸斜出和“不务正业”，原因只有一个：为自己所接触到的孩子们感到忧心如焚。当我看到大批孩子的灵魂正在走向破碎和枯萎、青春和生命正在以活着的方式死亡和腐朽，而人们却视而不见、充耳不闻时，就仿若，我看到一所房子的电线正在墙壁里面“刺啦”作响，冒着阴险的蓝烟，眼看就要酿成大火从而吞噬整所房屋了，我能假装没有看见吗？我不是消防员，我不会救火，同样，我不是医生，也不会治疗，但是，我没有办法以“文学”的名义为借口而事不关己，高高挂起！我必须为这些孩子做一点药物所不能做也做不到的事情，于是，就有了这部不伦不类的书稿。

我想，无论一个女人在事业上取得了怎般辉煌的成就，也无论一个女人在职场上博弈到了怎样崇高的地位，其最基本的身份仍然是女人。通常而言，几乎每一个女人都将扮演妻子和母亲这两个角色，哪怕贵为女王、女总统，也无可逃避，问题的关键在于：许多做了妈妈的女人过于重视自己的外在身份，把所谓的“事业”看得比天都大，却忘记了“母亲”是一个女人所能从事的最神圣和最伟大的事业，丢掉这个天职而去不顾一切地向外部世界冲锋陷阵，哪怕把地球抢夺到手，也是不折不扣的舍本逐末。

我清楚地知道：当我这样说的时候会引起许多女人的非议甚至反感，尤其是事业型女强人和职场女性成功者的抗议，认为我是老古董拉倒车，完全跟不上时代之步伐，才会逆潮流而上，说出这种倒行逆施和婆婆妈妈的老论调。我要说：不！不！不！不是这样的！事实上，说三个“不”根本不够，我恨不得一口气连续说出三十个又胖又大的“不”字来提醒天下所有的妈妈们，莫把外面的世界看得太重，无论外面的世界怎般精彩，“人”才是宇宙间最具神性的存在,人在这个世界上所能看到的最美的风景还是人,忽略孩子作为"人"的存在而去不顾命地打拼"事业",只能是不折不扣的疯狂和愚痴!

多么令人痛心啊!许多情况下,回到"常识"比所谓的"创新"更加重要也更加致命。是时候"质疑"一下"创新"这个貌似先锋的口号了。科学技术已经尖端到匪夷所思的地步,然而,迄今为止,"人"本身这个上帝最重要的造物还是原装老模样,连一颗牙齿和一根脚指头都不曾"创新",甚至,连一根神经和一条血管都不曾增减,人需要几块骨头几根筋最恰如其分,上帝计算得好好的,稍作修改都不行。宇宙跟人体一样,虽苍老却又极其精致,是时候慢下疯狂奔跑的脚步,是时候稍稍降温"创新"和"打破"的激情与狂妄,是时候把目光从外部世界回到人,是时候对"人"本身来一番神圣的探究了。

必须承认,我可能太过烈火焚心,几乎乱了方寸和阵脚,差不多是在声嘶力竭地呐喊!一点都不错,我就是想要跳起来对女人们大喊一声,让女人们知道自己是女人,让母亲们知道自己是母亲,让所有的孩子都庄严隆重地被作为人而充分地被对待。何必讳言呢?某种程度而言,世界已"创新"到看不见常识的地步,以至于重申常识居然如若艰苦卓绝的科学创造和发明!女人难道会不知道什么是女人吗?妈妈难道会不知道什么是妈妈吗?回答肯定,这丝毫都不足为奇,一个时代竟至于喧嚣到如此之地步,才是令人瞠目的"奇迹"。正因为是情急之下的"呐喊",也顾不得章法和斯文了,至于文学,更是边都沾扯不上。我无数次地质疑:自己是否在痴人说梦?然而我又想:如果我能够以痴人说梦的方式映现出哪怕萤火虫那样的一豆亮光,驱逐去一小片巴掌大的灵魂盲区,也值得。

我想认真地说:如果你是女人,如果你是母亲,如果你能忍着头晕对我这杂乱无章的文字略作涉猎,兴许对你和你的孩子不无裨益。多么惭愧和羞赧啊,我这个一向低调的人居然违背自己的本性跳出来自荐拙文!这简直是在自己打自己的耳光,可见我有多么刺骨锥心。我感觉这样做一点儿都不过分：如果你是女人，如果你爱这个世界，如果你爱天下所有的孩子，你就能读懂且理解我的文字和我的心。

必须承认，我爱孩子，爱小动物，爱这个世界，远远地超过热爱文学。因为这爱，我放下正在创作的长篇小说，把所谓的“文学专业”弃之脑后，殚精竭虑地来探究这个跨越边界的问题，且苦口婆心，不厌其详。我简直是杞人忧天和越俎代庖！随他怎么着吧，我心甘情愿且无怨无悔。我做了我能做和愿意做且必须做的事情，我把我亲眼发现的迫在眉睫的灵魂险情呐喊了出来，能帮到一个孩子就帮一个，即使只有一个孩子因为我的呐喊而避免走向灵魂的荒漠化，我也问心无愧。如果我眼看着那么多的孩子在受苦遭罪走向枯萎却无动于衷，老天爷都不会原谅我。

目　　录

造人公司

这个世界由“宏观世界”和“微观世界”构成。科学研究发现，在“微观世界”里面，还存在着“超微观世界”。超微观世界决定着微观世界，微观世界决定着宏观世界，或者换句话说，信息决定能量，能量决定物质；通俗地讲，无形决定有形，微小决定宏大。所谓“见小曰明”，即是说：明察任何事物，都必须从“至微至小”着眼，这就仿佛要检测一个人的 DNA 数据，只需化验他的一滴血或一根头发，愈小愈精准，愈小愈“无形”。根据宇宙全息论，“至微至小”和“至巨至大”是同一个概念，“一”就是“亿”，一滴水就是一个海洋，一片树叶就是一个宇宙，这既是常识又是深刻之洞见，所谓“一叶知秋”和“见微知著”皆类此意。当我们张口世界、闭口社会，又甚至动不动就抡出“宇宙观”来说事的时候，所谓的“社会”、“世界”以及“宇宙”往往空乏到不知所指。如果一定要把这些空乏的概念落到实处，那就是我们处身其中的“家”。

“家”是社会、世界和宇宙的具象呈现，其重要性堪比一个“王国”，所以才有“国家”这个概念。某种意义而言，“家”乃是一个人的最初世界和最终世界，自己便是自己的最终归宿和最后结果，“人”这种“神品”，就是从“家”这个地方生产制造出来的。任何一个家庭，无论在物质上怎般贫匮，都比地球上最伟大的公司、机构和组织更神圣和更重要。因为除了“家”，这世界上没有任何一个公司或机构可以名正言顺、合理合法又合情地生产和制造“人”这种产品。也因此，当男女两个人组成一个“家”的时候，就是成立了一个比世界五百强的公司重要五百倍的神圣之公司，男的是这个公司的董事长，女的是总经理，这个公司能否运营良好、其产品怎样，比老天爷都重要，它关涉这个地球上的一种极其特殊和伟大的产品:“人。”

毫无疑问,人是地球上所能生产制造出来的所有“产品”中最伟大、最神圣、最高贵、最奥妙和最复杂的产品。迄今为止,地球上发明制造出来的任何最高端和最精密的机器都未能超越“人”的精密度。然而,由于“造人”太过方便,方便到几乎不存在门槛,可以在寻欢作乐时顺便附带制造,于是,“造人”这件地球上最神圣、最严肃和最伟大的事情被严重地功利化、庸俗化,以及程序化和物质化,甚至动物化、实用化和商业化;又于是,“造人”变得比制造一台电脑和洗衣机还要随意和寻常。人们会很理所当然地把自己所就职的“公司”、所制造的“机器”,以及所从事的“工作”,看得比老天爷都更重要,却不知道,“家”才是自己生命中最重要的“公司”,“孩子”才是自己此生所能生产制造的最伟大的“产品”,经营家庭是自己此生最神圣的“工作”。除非不成家、不造人,否则,必须关注到家的神圣性和造人的庄重严肃性。

“家”这个字可能连动物都认得,“家”这个概念连麻雀都了解,但,正因如此,对“家”的认知需要初级扫盲。原因很简单:越“熟视”,越可能“无睹”;越“容易”,越“困难”;越“理所当然”,越可能“大谬大误”;越“司空见惯”,越“视而不见”;越自以为知道,越不知道。因为“家”这个概念太过平常了,所以需要重新认知。

什么是家呢?可以肯定,“家”不等于“房子+家具+电器+日用品+宠物+别的有形物的组合体”。房子只是家的硬件外壳,除了这个有质有形的物质外壳,“家”还具有属于它自己的独特的精神和灵魂以及人格气质。毫不夸张地说,“家”乃是个有血有肉、有灵有性、性格鲜明的“生命活体”,它具有独特的味道、独特的体温以及独特的品质特征,还具有独特的“精神气候”,它就是个活生生的生命体。人们对家的投入往往局限于升级其豪华度,殊不知,哪怕豪华如宫殿,也只是个物质性的外壳,哪怕拿金子把房子全部镀起来,家仍然是空的,真正的投入,是对家的精神以及灵魂的内在建设,这内在的建设完全没办法拿钱去完成。

“人”远大于“身体”,“家”远大于“房子”,让“身体”成为“人”的是“灵魂”,让“房子”成为“家”的仍然是“灵魂”。房子只是提供了“家”的存在硬件,“家”是房子里面包含和涌动着的看不见的无形之精神。这个“精神”自始至终都在流动和生长,具有鲜明和强烈的活性特质。家其实是一个无形的生命能量流动体,它决定了每个家庭成员的“人格”、“命运”以及“生命品质”,这个道理非常浅显。然而,愈是简单的常识性存在,愈需要反复研究才能洞察其幽微艰深。有时候,哪怕没有房子,父母也能给孩子营造出优质丰裕的“家”之感觉,家与房子的关系并不像人们所想象和认为的那么大。

“家”仿佛一棵“精神之树”。这棵肉眼看不见的“树”作为一种“活性存在物”,它生长在“房子”里,但又以其繁茂的枝叶和芬芳超越房子,覆盖房子,并大于房子千百倍,焕发出蓬勃而又温暖灵动的气蕴和生机,使“家”获得属于自己独特的灵魂与生命,甚至人格。

家是有人格的,这个事实必须被洞察到。家如果是一棵树,父母乃是这棵树的主干,儿女就是树上结出的果子。家这棵无形之“树”的精神气质决定着“果子”的色香味以及含糖量和生命营养值。就仿若苹果树结出的是苹果,苦楝树结出的肯定是苦楝果,如果“家”这棵树生了病,结出的必定是“病果”、“歪果”或“怪果”,甚至可能是“妖果”和“魔果”。如果家这棵树缺乏足够的精神营养,其果子必然干瘪苦涩。

通常而言,果实超越不了树,庄稼超越不了土地,这是无可违拗的天道。原生家庭就是孩子这棵庄稼的土地,一个人无论怎般天才和卓绝,都很难超越原生家庭的影响。比如希特勒,他成为世界超级大恶魔,与他的原生家庭尤其是他的父亲,有着极其深切的渊源,这需要心理学家当作一个极其重要的专题去研究,无论花费多大的代价研究都决不为过,做这样一个恶魔人性的精微解剖,对于整个人类的意义远超对原子弹的研究。任何一个小家庭对世界的影响都不可忽略和低估,因为所有的人都是从“家庭”走向世界的,世界是个一体存在物,所有的人都同体同源,能量互动。一个人无论处身哪里、从事什么工作、有意还是无意，都在以自己的存在影响和辐射着世界。无论多么“卑微”的人，对世界的影响都不可低估。因为根据量子纠缠理论，哪怕一只蝴蝶扇动一下翅膀，都可能引起一场风暴（这所谓的“蝴蝶效应”绝非夸大其词的危言耸听，而是精准的科学论断，量子力学可以给出最确凿的论证），何况一个“人”呢？人的一个念头可能毁灭世界，也可能成就天堂。整个宇宙似乎无边无际，事物与事物之间貌似遥隔万里，彼此独立，事实上，根本不存在所谓的“独立”，宇宙是个“全息存在”的统一体，所有事物都彼此关联，不可分割，绝对是“牵一发而动全身”。但是，由于宇宙太大，事物与事物之间貌似彼此独立，人们在许多时候看不到“所牵”引发的“所动”，便想当然地以为：事物之间尤其人与人之间是互相独立的，为了成全自己的利益，可以毫无敬畏地为所欲为，无论自己做什么，只要别人不知道，就不可能受到惩罚。事实上，科学具体地说量子力学已经千真万确地证实：整个宇宙都处于一张“能量网”中，上帝的“监控器”无处不在，所谓“天知地知”，乃是比“你知我知”更加精确和无可规避的实相。不仅如此，只要给出一个能量，宇宙必然回应一个相应的能量，绝对不会出现丝毫差错。因此，“你知我知和他知”根本不重要，宇宙会分毫无爽地回应一切能量，就仿佛：你往湖水里投掷了一枚石头，哪怕这个石头小得类若核桃，湖水也会荡起涟漪。这涟漪貌似很小，实则整个湖水的状态已经被改变，别人是否看到你投掷石头根本不重要，湖水知道。你投掷的石头有多大，什么形状，力度怎样，这石头是恶是善，湖水都会分毫无爽地给出回应。人的一言一行、一起心一动念，都是在往宇宙这湖水里投掷石头，宇宙不生起回应不可能。因此，你在对世界做什么，就是在对自己做什么，你的行为的最终结果，必显示在你身上，而你又会再次以自己的存在影响世界，这样的能量互动，循环往复，生生不息。简单地说，每一个人对世界的影响都不可低估，每一个人都像神一样在创建和改造着这个世界和自己。我深信，如果可能再选择，爱因斯坦宁愿去研究“神”，而不是原子弹。爱因斯坦、牛顿，还有爱迪生，这些地球上最伟大的自然科学家，最终都走向了“神性”，这是绝对的必然，丝毫都不荒谬。自然科学研究的是有质有形的客观世界，这所谓的“客观世界”实质上只是“世界”的外壳，只能算是整个“世界”的极小一部分，仅占整个世界的百分之五左右。“世界”除了这百分之五像冰山之一角一样可视可触的外壳，还有巨大的无形之存在淹没在意识的海洋里，那“无形”的存在部分无法被定义，姑且叫作“神性存在”或“超微观存在”或“意识存在”，都不算唐突。对人、灵魂以及神性和意识的研究价值，丝毫不逊于自然科学对外在世界的探索价值。

长期以来，人们过多地关注对科学、对外部世界的探索，而极大地忽略对家、对人、对内在、对精神和灵魂、对无形的意识的探察。这就仿佛，人们只看到、只重视、只研究一棵树的地上部分，即看得见的枝叶和花果，而忽略那埋在土壤深处的“根脉”，事实上，对一棵树而言，最重要的是“根”。树都是从根里死掉的，也是从根里蓬勃旺盛的。“家”是“人”的根，所有的人都是从家里走出来的，哪怕是孤儿和私生子，也有个“家”，那个生命缘起的“家”之核心存在就是“妈妈”，就是女人。没有人是从石头缝里蹦出来的。探索家、妈妈以及女人，就是探索人的根脉和生命的母壤以及世界的脉络命运。

然而，长期以来，人们想当然地认为：只要买个房子、结个婚、再生个孩子，“家”就一蹴而就、一劳永逸地完成在那里，只需要去赚钱养着这个家，这个家就兴旺发达、功能齐全、繁荣昌盛了。人们把“成家”简单粗浅地理解为买房和结婚，把“养家”极度片面和狭隘地理解成一件事情：挣钱。却不晓得，“挣钱”绝不等于“养家”。恰恰是在人们全力以赴去挣钱的时候，“家”这块生长和养育“人”这种神圣“庄稼”的田地荒芜成了沙漠和盐碱滩。人们以“养家”的名义忽略和无视着家的精神存在。在当今时代，这种“无视”和“忽略”已到匪夷所思之程度。当家以貌似存在的方式名存实亡以后，人必惶惶不可终日。甚至，人们对一个养殖场的关注度都远超对“家”的珍视度，因为，在人们的习惯性价值观念中，“养殖场”

是一份“事业”,“家”只是吃饭睡觉的地方,就是一栋混凝土结构的楼房而已。

人们之所以忽略家,在于家在人们眼里仿若吞钞机,只会消费,不会产出一毛钱的经济利益,而养殖场经营得好,好歹还能赚一票。只要能够多少赚一票,在人们看来理所当然就是堂而皇之的“事业”,需要全心全意、殚精竭虑地去经营。在这个疯狂的时代,每个人似乎都在竭尽全力从外部世界寻找和经营所谓的“事业”并谋取“成功”,却不知道,“家”是所有事业中最重要、最基础和最伟大的事业。也许许多人能够把养殖场经营得井井有条,却把家搞得一塌糊涂。事实上,许多时候人们费尽心机经营的不是“事业”,而是“钞票”。经营事业和经营钞票,完全是两码事。虽然人们自欺欺人地把“赚钱”等同于“养家”,实在说来,“钞票”已经不再是“钱”,“钱”也不再是养家糊口、维持生存的保障,而成了一种远远脱离生存并和其本体实相背道而驰的游戏“筹码”。作为筹码,钱已经违反钱的本性,走向钱的反面,成为它自己的敌人了。它非但不成全生命,反而成了吸血剔髓、勒索人命的武器和帮凶,只有在穷人手里,钱还保留着钱的本性。对一部分富人而言,钱许多时候就是花样作死的道具。对穷人而言,钱不过是一只下蛋的母鸡;对许多富人而言,钱这只“母鸡”早已变成老虎,玩钱基本等同于玩虎,是人驾驭钱还是钱操控人,要看人的觉知警醒度。男男女女的成人们像小孩子痴迷电子游戏一样,疯狂地痴迷着这种以人民币为筹码并以人民币为终极目标的成人游戏,迷得呕心沥血,乾坤颠倒,哪里还顾得上什么家不家呢!当人们把家弄得名存实亡时,早已忘记,家是宇宙间唯一公认的“造人公司”,人本身才是重中之重,孩子堪比神灵,家、自己还有孩子,是最值得用心“经营”的最伟大之事业。同样是“手机”,不同公司生产制造出来的不同品牌之间,具有天壤之别,有的卖几万块一只,有的只卖几百元。但是,人们却像白痴和睁眼瞎一样相信:所有家庭生产出来的“人”这种“产品”都一样,关键在于读什么学校。事实上,人这种“产品”不是学校教育出来的,而是家培养出来的,家对人的灵魂质地和精神品性起着绝对的决定作用。一个孩子成玉还是成石,三岁以前已经在家里雕刻而成,学校基本不可能改变一个生命的基本品质。学校教的只是知识和技能,这是中国当代教育的最大失败,学校几乎丧失了“育人”功能。人是家庭产品,人的根本质地和品性由家庭决定。家庭这个“造人公司”的品牌不是由房子和别墅的豪华度决定,而是由其精神气质决定的。作为地球上唯一合法的“造人公司”,“家”必须被充分地“看见”、尊重并珍视,否则,便是人对自身存在的极大贬低和矮化。涌动在家庭里的那种无形无影但又无处不在的“灵魂气质”和“精神脉流”仿若水塘里的水:水的质地、温度和营养成分,决定了这个水塘里的鱼,特别是“幼鱼”即孩子的生命品质。

通常而言,作为造人公司董事长的“父亲”这个角色,往往是家庭的“主心骨”,他的人格决定着一个家庭的“综合人格”。作为这个家庭的“男人”,他的存在和价值犹如天空。对一个家庭来说,好的“天空”应该是日有阳光普照,夜有星月温润,浩瀚深邃,高阔辽远,云蒸霞蔚,彩虹壮丽,只有这样,家庭小宇宙才可能阳光普照,欣欣向荣,孩子才有可能真正茁壮成长。作为造人公司总经理的“母亲”,其作用更加致命地重要。如果父亲是“天空”,母亲就是“大地”,天清地宁,孩子才会聪慧灵动;天崩地裂,家无宁日,孩子必然灾殃临头,灵魂孱弱,极少例外。如果父亲是家的“首脑”,母亲就是家的“灵魂”。通俗地讲,父亲是家的“头颅”,母亲是家的“心脏”,与父亲相比,母亲的意义更加深厚,母亲的基本表情就是家庭小宇宙的灵魂表情。当母亲灵魂阴霾、性格乖戾时,这预示着,家庭的“精神气候”将呈现出以阴霾为主的压抑色调:冷滞凝塞,阴郁暗沉,雷电交加和凄风苦寒不可避免地会频繁爆发,阳光微醺的温馨注定稀缺难遇。当恶劣的“精神环境”成为一个家庭不可逆转的定势时,这个家庭将终年笼罩在凛冽的酷寒之中。在这样的精神氛围和灵魂气候之下,孩子的性格会怎般怪异,可想而知。

任何一对男女,只要结成了夫妻准备造人,他们就相当于成立了一家比世界五百强更重要的神圣造人公司,并对这个世界乃至整个宇宙都产生着至关重要的影响。这世界没有偶然和意外,一切都是水到渠成的必然。归根结底,这个世界的所有问题,就是人的问题;人的问题,就是孩子的问题;孩子的问题,就是家的问题;家的问题,就是父母的问题;父母的问题,主要是女人的问题。因为,全世界所有的男人都是女人生出来的。男人,无论怎样折腾,终究还是"孩子";女人,哪怕终生不育,也还是"母亲",其本身就是母性的存在。

让我再重复一遍,事实上,重复两百遍都不过分:无论你多么卑微,无论你在物质上多么捉襟见肘,如果你成了家,如果你预备制造孩子或者已经制造了孩子,那么,请你相信,你在经营这地球上最伟大和最神圣的"公司",你正准备制造或已经制造的产品——你的"孩子"比闻名地球的铁疙瘩机器"苹果"珍贵三百万倍,你在从事这宇宙间最伟大、最神圣的"事业",你在生产和打造这世界上最伟大和最神圣的"产品"。请你向你自己致敬,并对你自己诚心诚意地说:我很重要,我的一举一动、一言一行和一起心一动念,都将深刻和严重地影响到这个世界乃至整个宇宙。

女人的生命姿态与植物的映照性呈现

植物作为一种生命存在,其所有特质都可以映现于女人的生命姿态。如果男人的生命姿态偏向于“动物性”,女人几乎就是“植物”的写照。这世界上极少有人讨厌植物,无论多么凶狠强悍之人,都极少会对植物生出仇恨和敌意,哪怕一个骂破天的超级毒舌,都不会咒骂盛开的玫瑰,植物对这个世界的抚慰力量巨大到无可比拟。很难想象,一个城市没有植物的存在会丑陋和病态到怎般程度。看上去植物对城市似乎可有可无,没有什么“实际”价值,也不具备任何“生产力”,然而,很有可能,抽离掉全部植物存在,一个城市就会很快发疯,至少很多人要被迫落荒而逃,不逃也会罹患各种精神疾病。原因很简单:当植物不存在时,城市将因无法呼吸而窒息,从而沦落为钢筋水泥的僵尸。“城市”有生命,有性格,它像人一样,是个活生生的灵魂有机体,构成其血肉精髓的不只是高楼大厦,还有看似无用实则发挥着大用的植物。

把女人誉为“花”听上去俗不可耐,撇开其表层意义,往深层内蕴里细究,这个意象却具有多重而又深刻的含义。能够真正领会“女人”与“花”的意象类比关系,一个女人距离“开悟”也就不远了。它确认了女人的“植物性”特质,这个确认,意义非同寻常,却被人们想当然地覆盖并忽略着。这种“植物性”对女人而言如此重要,以致必须被重新认知、发掘并强化。植物没有攻击性,它安安静静地存在着,它是大地的母性特质之外化。人们总爱把大地想象成“母亲”,而大地的母性化人格就体现在植物上。植物乃是大地的呼吸、微笑以及舞蹈和歌唱。大地表面看上去很坚硬呆板,一副无情无义和铁面无私的冷面孔,事实上,连瞎子都能看得到:哪怕在最坚硬的岩石缝隙里,也有植物繁茂生长,那植物就是大地抑制不住的柔情蜜意之美丽流露，植物就是大地的灵魂外化。如果一个城市全部被水泥覆盖，这个城市必定会因人为的岩石化而被“闷死”。所以，人们只要找到一小撮裸土，就要当仁不让地播撒进去植物的种子，让大地能够透气和呼吸。植物安安静静地芬芳着，贤淑静谧，自在安泰，如同上帝的微笑，只要专注认真地端详一株植物哪怕三分钟，就不可能不感受到神性的伟大存在。

植物是大自然的一部分，它娴静而又貌似被动，实则从容优雅而又热情活泼地存在着，且激情勃发，积极主动。女人是大自然的一部分，也同植物一样具有娴静和被动的天性。所谓“被动性”是指女人对这个世界的存在姿态像植物一样具有绝对的“非攻击性”和“非暴力性”。植物的存在姿态平和恬淡、优雅从容，哪怕在最如火如荼的激情时刻也默然闲适，甚至，在死去以后，植物还会燃烧出熊熊烈焰，散发出耀目炽烈的光热。无论在任何状况下，植物半丝半毫都不紧张慌乱，总是淡定从容地安于当下，并让自己尽可能地美丽舒泰，且时时刻刻都与大地，与世界圆融为一，不会让自己脱离母壤以及本性半毫半厘。哪怕被强行拔出土壤，它的种子撒落在哪里，它就在哪里重新扎根发芽，它永远不往“别处”巴望，落在哪里就生长在哪里，不挑不嫌。哪怕是在乱坟岗上，它都怡然自得，能多么绿意盎然就多么地绿意盎然，能绽放多少花朵就绽放多少花朵。即使那些防御性较强的植物，比如剑麻、荆棘或蒺藜之类，都从来不会张牙舞爪，或神经质地嚣张跋扈。植物永远像天真的孩子般烂漫沉醉、自得其乐，且永远安安静静、如如不动，植物永远不会喧嚣躁动和大声地吵闹。有些植物的性格比较外向，比如玫瑰和樱桃；有些植物比较内向，比如核桃和向日葵。但是，就是向日葵这样性格内向的植物，也非常优雅，把自己那并不鲜艳的果子长得又结实又细密，且有条不紊、有章有法，每一粒葵花籽都兢兢业业、恪守其位，不怨天尤人，也不羡慕玫瑰，虽没有樱桃或玫瑰的娇媚与艳丽，却具有朴实的秩序美和格局美。我个人认为，如果这世界有一种灵魂境界叫作“开悟”，植物就代表着“开悟”，因为开了悟，植物的内心充满了掩饰不住的喜悦，那喜悦之情憋都憋不住，只好外化出来成为芬芳的花朵。什么叫"开悟"，看看花朵就知道了，每一朵花都是神的微笑以及呼唤与低语，花朵就是看得见的具象之"开悟"。

上帝创造的所有植物昭示出的都是优雅从容的女性姿态，植物的生命怎般舒展，女人的生命就应该怎般呈现。如果说男人的存在姿态是立足于世界的对面，与世界形成"面对面"的主客体对峙、征服和占领关系，女人则天生与世界融为一体，她本身就是世界和自然的一部分。男人与世界很容易二元对立，女人与世界却是非常圆融的统一体，女人与世界尤其是与大自然不存在主客体对立关系。只要一个女人站在世界的对立面，与世界形成剑拔弩张的抗争关系，这个女人也就丧失了女人的根本特质，基本等于出离了生命本位，如同植物脱离了根脉一样，其精神处境将会堪忧。

一个女人只要呈现出"斗姿"，无论这斗争发生于内在还是外在，也无论她在"战斗"中取得了多么辉煌的成就，她的生命都将与美无缘。女人是世界和自然的一部分，哪怕在女人跃出本位转身面对大自然的时候，连她的"跃出"也应是自然的一部分，就像羚羊和麋鹿是草原的一部分那样，女人亦天生就是自然的一部分。羚羊麋鹿们貌似与草原处于彼此独立的二元状态，不像草那样把根儿深扎于土壤，但是，它们的生命根脉在土里扎得更深，那是一种无形的根脉。女人与世界的关系，恰似羚羊和麋鹿之于草原。作为动物之一种，女人当然也会有跃出自然、与世界面对面的时候，但是，这种"跃出"的空隙和间距应该愈小愈好，小到不触动和伤及自己的植物性灵魂根脉，仿若羚羊和麋鹿的弹跳和舞蹈，无论再怎般驰骋腾挪，其足迹都不会超越草原，其姿态也始终应该是优美隽永的。如果一个女人忘记了自己的植物属性，过于喧嚣躁动，太作太折腾，其灵魂不是狼奔豕突，就是兵荒马乱，而且神不守舍，脱离自己的本心太远，就会把自己的"根脉"越拔越浅，越扯越远，成为断根的枯藤和离本的孤秧。

就其生命存在的植物性特质而言，女人的功力在"守"不在"攻"。稍加留心就会发现，自然界的植物能在多大程度上成就自己，完全取决于其根脉的深浅与稳固性。那些千年古树名木就不用说了，它们的根脉虬髯盘结，其深度和长度远超树干，几乎要扎到地球的心里去。这地球上有许多古树名木，许多人为了一睹其风采，往往舟车劳顿，跋山涉水，然而，没有一棵古树名木为了“更强更大和更高更火”而趋炎附势，脱离自己的根脉，往远处巴望。更不曾有哪一棵古树名木为了追求热闹而主动地移居繁华都市或干脆“移民”海外，它们生在哪里，就长在哪里，哪怕是在深山野凹或穷乡僻壤，它们的内心也稳如泰山。所处的环境越贫瘠，它们的根脉扎得越深；根脉越深，他们的枝叶越繁茂，生命力越强大。灌木丛与乔木相比，其根须就浅陋太多。爬藤类植物更在其次：牵牵绊绊，嫣红姹紫，唯恐自己不够引人注目，它们不肯把根脉往下面的土壤里扎，而是竭尽全力去“攀缘”，看到哪棵树高，它们就急急地缠绕上去，聪明地相信借他者之身可以省自己之力，达到事半功倍、投机取巧的目的。的确，爬藤类植物往往爬得非常高，它攀缘的树有多高，它就能爬到多高，爬到树顶以后，它还会骄傲地对世界宣称：看，我超越了这么高的树！然而，一场雪下来，它就萎枯凋衰了，树还是树，它却永远成就不了自己，不管复活多少次，它还是爬藤，而且完全丧失钙质和力量，生不出骨干，终生终世都只能软软地爬着去攀缘。

对树而言，根扎得有多深，花开得才会有多高多美。女人与此类同，女人越能朝向自己的内在深处抱持和坚守，根脉才会掘进福田越深，所吸纳到的滋养也才会越丰厚，其灵魂才可能越加璀璨剔透。相反，女人越向外求，根基越浅，汲取的滋养越淡，类若攀缘类的爬藤植物，越用力攀缘其生命越孱弱。女人向外求来的东西不管怎般斑斓与辉煌，都如同敷衍于地面的藤类植物，只能附着于人生的表层，对生命发挥类若首饰般的装饰作用，不能真正抚慰和喂养自己的灵魂，更不能福泽孩子，这才是真正可怕的“浅薄”：根基浅陋，福命寡薄。女人真正的“浅薄”不在于见识，见识的浅薄可以弥补和拓掘，作为女人，其生命根脉的浅薄才是致命之伤。仿若一棵树，如果其根脉不往土壤的深处狠扎从而汲取足够的真营养，只一味让枝叶向外攫取阳光，就会被“曝晒”而萎枯。金钱、名利以及地位和虚荣这些东西对女人而言如同过度强烈的“日光”甚至“白炽光”，如果女人的生命根基浅薄，就会被这高强度的“白光”烧枯灼伤，就像被红外线灼伤而生出皮肤癌那样。对女人的生命而言，这些东西犹如金银首饰，只能佩戴在生命的表面，而不能被内化吸收。哪怕浑身戴满珠宝，其内里的生命该怎般贫瘠还是怎般贫瘠。

要想消受得起金钱名利的强光曝晒，女人的生命根基必须深入到地心，汲取到生命的深层地下水；否则，其人生很难不被灼伤。灼伤人生还是小事，无非损失一些财产名利，重要的是会殃及生命本身。男人的浅薄无非浅薄了自己，女人的浅薄却会浅薄了后代和整个家族。所谓“树大根深”，家族如果是一棵大树，作为母性存在的那个女人的生命根脉扎得足够深远，家族之树才可能真正繁茂茁壮，女人的根基深浅决定着整个家族的内在命脉。女人的生命姿态类若植物，而植物离不开土，“土”是女人的“福德”，灵魂的土壤越厚，家族越兴旺。尖酸冷苛的女人，注定福浅命薄、损夫败家，哪怕这冷苛酷戾的女人能巧取豪夺地投机得到一些外在财物名位，那财物名位也守不住，更泽被不到自己及家族命脉，仿若在山岗顶上种庄稼，土薄风大难聚气。女人天性醇厚比一切都重要，厚则得福土，得福土则滋养万物，恩膏子孙，使家族之福德源远流长。

女人的丰裕值与贫瘠度的致命彰显力

女人并非天生就是女人。人们通常认为，只要生下来的婴儿性别是女性，这个女婴长大必然就是个自然而然、水到渠成的“女人”，事实远非如此。上帝给予女婴的只是属于女人的身体器官，仅此而已。她拥有盆腔、子宫以及乳房这些女人性征，这毫无疑问，但是，“盆腔加子宫加乳房”并不等于“女人”。女人的概念远大于女性器官的总和，或曰部分与部分相加的总和绝不等于整体，这跟“房子加家具不等于家”同理。“整体”是有灵性的，那个“灵性”是从部分与部分相乘的“大数据”中生成和飞跃出来的迥然不同的存在物，算术式的加法不解决任何问题，而只是同一层面的量之累积。

对生命而言，“整体”不是部分与部分相加的物理小数据，而是部分与部分相乘然后再N次方所得的神性“大数据”，这个大数据可能是部分与部分相加所得总和的千万倍！一个女人越执着于物理性的形质存在，其女人性就越暗弱。“家”比“房子”大多少倍，“女人”就比女性的身体特质总和大多少倍。很多女人终其一生，哪怕适时承担过妻子、妈妈甚至外婆和奶奶这些性别角色，却也未必就是真正意义上的“女人”。她可能始终在扮演男性角色，甚或根本没有性别。她作为女人的性别意识始终未曾觉醒、发育和成长过，只是停滞在雌性动物的层面，这种现象并不罕见。这就仿若：生孩子是一回事，做妈妈和做母亲是完全不同的两回事，“孩子”被诞下的事实，决不意味着“母亲”的同时诞生。

生了孩子的女人决不等于“母亲”，从“女人”到“母亲”，这期间有个很长的飞跃性跨度，女人必须实实在在、一步一个脚印地完成这个飞跃，才能使自己抵达“母亲”的台阶。这个跨越过程的严肃性和艰难程度绝不亚于十月怀胎。换言之,“母亲”也需要像十月怀胎一样,经历过漫长的孕育过程才能真正诞生,其诞生也需要经过类若生孩子那样的精神艰难和灵魂阵痛,“母亲”的角色诞生以后也需像小孩子一样慢慢地成长,才能得以比较好地完成其作为母亲的意义存在。“女孩”让自己成为“女人”,和“女人”使自己成为“母亲”,都决非自然而然和轻而易举,像树干的年轮一样,必须把它一毫一厘地、密密实实地以生活的方式生长出来。如果这个成长不发生,一个女人到了六十岁,哪怕儿孙成群,可能还是个不曾进入过“母亲”角色的小女生。

“天山童姥”是金庸虚构的一个身体拒绝发育的病态女人,现实中真实地存在着许多精神不发育的“灵魂童姥”。灵魂童姥绝对无法承担起母亲的职责,一个女人可能到了七十岁还是生涩贫稚的小女生,一个小女生可能二十岁就已经是灵魂开花的极品女人,这无关生理与年龄。“女生”与“女孩”也决非同一个概念。“女生”仅仅指涉自然的生理性别,而“女孩”指向灵魂状态。当一个“女生”完成了灵魂开花以后,最终将经由“女人”抵达“女孩”这个最高意境。完成这个过程的女性并不多,能够抵达“女人”已极其不易,更遑论“女孩”之境了。很显然,女人必然地曾经或首先是“女生”。人们习惯把“女生”称为“女孩”。必须再次重申,“女孩”这个概念包含两层意思:最开初的女生状态,以及最后抵达的最美丽最圆融的灵魂状态。从“女生”,经过化蛹成蝶的艰难过程,最终才能抵达“女孩”。这个世界是“圆”的,最初和最终必将重合,最低和最高必将相逢。作为女性,要想扎实地跨越并完成从“女生”到“女人”、从“女人”到“妈妈”、从“妈妈”到“母亲”、从“母亲”到“女孩”的身份递进,除了知识层面的学养,更需要足够充分透彻和高品质的爱滋养。这爱之滋养的重要性对女人而言,远大于任何知识性学养,知识武装的是头脑,哪怕把整个百度填充进头脑里,其灵魂仍然可能极度饥饿和贫困。

知识女性决不等于优质妈妈。一个女人哪怕取得三个博士学位,也未必就比一个文盲母亲更富于灵魂滋养性。从女孩到女人,到妈妈,到母亲,这是灵魂营养的吸纳、提炼和递进过程,仿若一条生命的“供养链”,与自然界的食物链非常相似。比如,“土地”供养“树根”,“树根”供养“树干”,“树干”供养“树枝”,“树枝”供养“花朵”,“花朵”供养“果实”——当然,果实最终还要回到土地,并滋养土地。“人吃地一辈,地吃人一口”,人靠土地的供养而活着,当人的身体这个“肉体果实”成熟以后,也将以遗体的方式喂进土地,从而滋养土地,这其中的每个“结节”都具有双向回环的流通性:既是供养源,又是被供养者。一棵树能否最终结出色香味俱佳的高品质果子来,很大程度上取决于那个最根本的供养源——“土地”,而“土地”本身也需要吸纳到足够的营养,才能满足被吸纳的需要。不管一棵树自身怎么努力,在贫瘠的土地上无论如何也结不出优质果子来。换言之,从“女婴”,到“小女孩”,到“大姑娘”,到“女人”,到“妈妈”,到“母亲”,再到“祖母”,甚或像《百年孤独》里的乌苏娜那样,成为“老祖母”和“老老祖母”,女人一生中无论承担过多少种女性角色,作为幼童时期的那个最初的“小女孩”,其灵魂必须被高品质的“爱”喂饱,喂足,喂够。“爱”是女性生命里最原初、最根本和最重要的能源,这种“爱能量”像灵魂血液一样被充分储备于生命,并被生命链接和激活,成为“活能量”,具备顽强的持续性再生能力。只有这样,一个女人的生命才能够成为储存丰裕的“富矿”。

也只有成为生命的富矿,在成为“女人”和“母亲”以后,一个女人才有能力拿自己的灵魂乳浆滋养男人,滋养孩子,滋养她力之所涉的世界,以其博大宽厚的母性情怀尽可能地焐热她处身其间的那个叫作家庭的小宇宙,使其风和日丽、晴空万里。即使偶尔有雷鸣电闪,在其天空般辽阔深厚的母性背景映衬之下,那雷鸣电闪也成为奇诡壮丽的风景,从而使其家庭小宇宙更加斑斓,让她的家庭在母性羽翼的泽被之下,抵挡任何风暴与寒流,暖融融地始终弥布着爱的熏风,使其孩子们能够真切踏实地感受到家的存在,感受到世界的安全性和人间的可靠宜居性,以及自己和万事万物的崇高而又深奥美丽的神性依存关系。这样的女人才是合格的母亲。

女人的生命是丰裕还是贫瘠，其影响严重到致命。许多男人终生只看到女人的一张脸，许多女人终生只经营一张脸。女人的脸如同一本书的封面，这“封面”的确非常和特别重要，重要到如同一扇门。然而，它也仅仅就是一扇窄门。有的男人，因为迷恋女人的那张千娇百媚的“门面”，可能像蝴蝶一样曾经无数次驻足和蹉跎于女人的红颜，却终究不曾穿透过一扇灵魂之门。无论“门面”多么妩媚娇俏，那门里的乾坤才是风光无限的关键，没有哪个男人仅仅从一本书的封面上就能汲取到足够的生命营养，他哪怕占有过一百个“封面”，其灵魂仍然可能饥饿难耐，这饥饿必促使他去寻猎更多的“封面”。同样，女人哪怕把那张脸经营成一朵永不凋谢的玫瑰，也弥补不了生命的内在源脉性大贫瘠，所谓“傻白甜”，概指此类灵魂贫瘠的“封面女郎”。美丽是女人的“城”，亦是女人的“障”，有的女人恰恰因为得天独厚的美丽，终生被围困于这堵“美丽的城墙”，无法使生命真正突围并绽放，这是美丽本身所携带的“门”和“茧”。无论男人抑或女人，要冲破这美丽的“茧门”都极其不易。生命之真花可能轻而易举地从柴扉茅屋的栅栏间芬芳盛绽，却极难从密闭如铜墙般的“美丽茧壳”里破门而出，就像聪明反被聪明误一样，丽质反被丽质障，这不足为奇。有的女人由于终生难以突破其天生的丽质之障，到八十岁还在煞费苦心地秀脸，可怜到“伟大”！更可悲的是，有的女人，哪怕足迹踏遍全球，她看见和遇到的，永远都是自己的一张脸：她在沙漠里看见的是自己的脸，在圣殿和庙宇里看到的还是自己的脸，很可能，哪怕跑到月球上，她看到的仍然是自己的脸。脸成了其生命的最大屏障，她终生终世都难以穿越铜墙铁壁般的屏蔽。女人的丰裕值跟脸的关系很大也不大，勘破一张脸的城堡，所需要的能量却非常之大。美丽本身即是能量，这种能量如果能够渗透进血液，达到内外呼应、相得益彰的效果，将无以抵挡，使女人富可敌国。

女人灵魂贫匮症的超强度隐在遗传性

身体的遗传性能非常强大，无论是外貌还是内在基因，哪怕隔过多少代，仍然具有顽强的遗传性。不过，比起灵魂来，身体的遗传性却要逊色得多。人们往往只看到生理性的身体遗传机能，却看不到精神和灵魂的遗传性。这不是一般的狭隘和无知，这无知必然带来无视，而无视则必然预示着灾殃。不过，令人欣慰的好消息是生理性遗传有时很难规避，灵魂的遗传数据则可以有效改写，这个改写者可以是男人，但绝大多数情况下取决于女人。

女人的灵魂愈丰厚宽阔，其“母性”的挥发性愈强、泽被性愈广博，一个灵魂壮阔的好女人甚至可以纳括和蕴藉其所处身的整个世界：其家庭的所有成员，包括其年迈的长者和其身强力壮的丈夫，就精神层面而言，都将是她精神意义上的“孩子”，甚至，连她的房子、家具、家里养的花草以及宠物都是她的“孩子”。她丰沛浩瀚的母性像春风一样流荡于她生命所辐射到的每一个角度和层面，无处不存在，无所不抚慰，连窗台上栖落的小鸟和屋檐下的燕子都想依偎进她的怀抱里叫“妈妈”。作为家庭的“母亲”，她的孩子们不管在外面遭受了怎般残暴凛冽的伤害和挫磨，或是于内心发生了怎般悲摧冷酷的惨痛和打击，只要双手触到她，眼睛看到她，鼻子嗅吸到她的气息，心灵感应到她的目光，立刻就能寻找和感觉到最踏实最牢靠的安全感和最结实可触最细密柔软的绵绵之爱意。那“爱”结实坚固到就像拿石头垒筑的万年不倒的房屋，哪怕外面正在发生八级强地震，都可以放心大胆地不必去理会，安安稳稳地躺进她用爱意筑就的精神“大厦”里酣然入眠，睡得像子宫里的胎儿那样，连个最轻浅的梦都不可能做。这样一个能够给予孩子“生命大安全”、“世界大慈爱”以至“宇宙大信任”，使孩子无论在什么境遇之下都不会质疑生命的美善真的女人，才称得起母亲，也才能担当得起“母性”的神圣职责。

自然界的“供养链”是个“生生不息，往复循环”的系统闭合体。比如果树，从土地到树根，到树干，到树叶，到树枝，到最终端的花朵与果实，然后，再由果实回到土地，完成一个步步衔接、首尾呼应的生命内在圆周运动。如果A代表开端的“土地”，Z代表最终端的“果实”，果实“Z”既是土地“A”的结晶体，又是土地A的滋养者，“A”和“Z”最终要重合为一体，或者说，“Z”永远包含在“A”里，A就是Z，Z就是A，万事万物概莫能外，作为自然存在物的“人”当然也无出其外。所谓“叶落归根”，其最浅表的意思是指叶子枯萎以后，会从树顶梢坠落下来回到树的根部，其内在含义则是在言说生命的精神轮回——从“小女孩”到“老祖母”，再由“老祖母”到“小女孩”，一体同源，双向回环。如果没有奇迹性的“觉知”和“蜕变”发生，一个贫瘠的“小女孩”必然造就一个贫瘠的老祖母，一个贫瘠的老祖母必然复制若干代贫瘠的小女孩。所谓“大河无水小河干”，一个女人的生命内蕴是否深厚丰富，几乎决定着一个家族根基性的命脉丰富度。

换言之，作为女人，如果在孩童时期缺乏足够的爱之滋养，自己是个灵魂贫血者，其贫瘠的生命将不能胜任“母性”丰饶的爱之“输出”和“辐射”功能。所谓“母体”，其基本职能含义乃指输出、辐射和分泌，其能量是朝外发散的，发散性越强，作为母体的母性存在价值越大。如果一个女人因为内在缺爱而造成其本身的先天大匮乏，必然会把这种生命的匮乏性特质传递给其后代，造成若干代先天不足的“灵魂贫匮症患者”。婴儿出生之后，有的父母会带孩子去做身体检测，以确认他是否缺乏某种铁或钙之类的人体必需元素，或者找“民间高人”替孩子“掐算八字”，确认孩子的“命”里是否缺少了“金木水火土”之中的某种脉源。身体先天欠缺某种自然元素的孩子并不常见，“命”里先天欠缺的孩子却十分常见，比如缺爱、缺信、缺力、缺胆。这些精神层面的品质遗传性相当强，上一代欠缺的，下一代也极有可能欠缺。就此意义而言，所谓“命”，是确确实实存在的。依本人理解,“命”应该是指家族灵魂基因的内在沿袭和传递性。

必须被看到和强调的事实是:灵魂基因具备非常顽强的遗传性。肉体的遗传基因被广泛重视,灵魂和精神的遗传性却被完全掩盖和忽略,这是许多大不幸和隐性悲剧产生的原因。而灵魂基因的最核心元素就是“爱”这种精神高蛋白。事实上,“爱能力”和“爱能量”的先天不足乃致命之“大缺”与“大匮”,比缺了所谓的“金、木、水、火、土”中的任何一种元素的贻害都多千百倍,这种致命的家族灵魂基因遗传性“大匮缺”,往往又被严重地忽略。所谓“忽略”,就是视而不见。既然“视而不见”,就无法有效弥补,其连带结果是:一代缺,代代缺,世世代代爱无能,祖祖辈辈血凉薄。这样的爱无能和血凉薄,追根溯源,往往总缘于其家族的某个女性老前辈,比如一个凉薄冰冷的老祖母、一个尖酸刻薄的老外婆。这样的女人如同灵魂沙漠与精神冰窖,是家族的内在不幸之源,其酷寒贫瘠的灵魂代代相传。最糟糕的是,这种灵魂遗传性在暗中顽强发生,极难被规避。

看到本身就是解决,问题本身就是资源。看到灵魂的遗传性,并对这无形而又强大的遗传性给予充分和足够的关注,使女人尽可能从最开端的根脉深处富足丰厚,是对整个人类和整个世界的呵护与慈悲,也是对每个生命个体的温存善待。女人是整个世界的母性存在营养基,尊重女人就是尊重世界,呵护女人就是呵护地球,挚爱女人就是挚爱宇宙,对女人温柔以待就是对自己最大的慈悲。同样,伤害女人就是伤害地球的最大生态,败毁女人就是破坏宇宙的最美情怀。女人能够自爱,就是对整个世界的最高致敬和最大热爱。一个人生而为女人,这本身就是上帝对这个人的厚爱和最高褒奖,也是上帝对这个人的最大信任——必须看到,上帝厚爱一个人,才会使这个人成为女人。女人应该为自己身为女人而骄傲、自豪和深感荣耀。认识到自己是女人,相信女人的荣耀和美好,并最大限度地做到女人,这是女人最基本、最崇高的本分。

女人生命的真粮食和细盐

谦恭是生命的姿态，信任是生命的能力，开花是生命能量的外溢。哪怕一棵树，要抵达能量“外溢”之意境，也必须首先自我具足。能够开出花朵来，说明一棵树的生命状态运行良好。病树和枯树不可能开花，因此，开花总是美丽和健康的状态。花是在“给出”美的能量，并以这种美丽的能量回馈和反哺世界，哪怕魔鬼都不会诅咒芬芳的鲜花。一个女人对世界给出温暖和善意以及爱，仿若树木给出美丽的花朵，乃是生命具足的外化性呈现。

一个女人的灵魂要开出芬芳的花朵来，决非轻而易举和自然而然之事。女人的灵魂必须吸纳到足够的粮食和盐，使自己的内在能量充裕到自给自足以后还绰绰有余，然后才可能外溢性地“开花”。灵魂如果吃不饱，穿不暖，长期处于饥寒交迫的境地，就会极度贫瘠。连自我供给尚且不保，或者虽拥趸丰厚却永无餍足，哪里会有能量开花外溢呢？灵魂富裕丰足的外在标志是具备快乐、幸福以及温暖和爱的能力。简单地说：有能力爱。有能力爱，然后才能具备“快乐”、“幸福”以及“温暖”和“信任”的能力。这些能力是灵魂的基本资源和永远保值的真财富。上天只是给了女人这种“资源潜力”，要把它挖掘出来作用于生命，需要极大的自觉能动性。用心种植、培育、酝酿和发酵，小心地呵护与激发，这种资源才会慢慢生长出来并逐步健壮，以至树大根深，最终花开满树，芬芳四溢。养护这些生命的基本能力，比吸纳任何知识和技能都重要千百倍。

许多看似风光的女人都不曾把自己的生命成长至“甘醇”和“丰裕”之境，其生命被“风光”所障。她们把全部能量都用来放射“风光”，而“风光”这种东西不管怎般耀目，终归稍纵即逝。过度地风光会过早过快地耗尽灵魂能源，使灵魂无法从容圆满。抵达了甘醇丰裕的女人会更柔软、更善意、更自然、更常态、更细腻，也更温情、更妩媚和更娇娆，用一句话来形容：更符合女性的天然和本真。灵魂的饥饿比肉体的饥饿更可怕，灵魂饿得久了，就会枯索干瘪，甚至患上“灵魂白血病”或者“灵魂低血糖症”。这不足为奇，连手机电池——一块小小的铁片子都会因久不充电而“饿死”，何况人的灵魂呢？

灵魂与肉体一样存在求生的本能，也会饥不择食地寻找充饥的代乳品。这就仿若：一个人被困在沙漠里快要渴死了，哪怕喝几口肮脏的黄泥水，也能使生命暂时获救。曾看到过一个电影片断，一个人在野地里突受外伤，生命垂危，需要即刻紧急手术，当一个外科医生在没有任何消毒设施的情况下要用水果刀切开他的肚腹时，有人问：感染了怎么办？医生道：能感染就好了！那意思很明白：只有生命才惧怕感染，也才可能被感染，死亡永远没有机会也不可能被感染，在生死攸关的时候，使生命活着高于感染。灵魂饿极了，也可能拿猪食自救，甚至不惜中毒，烟、酒和白粉，以及无爱之性，都是灵魂用于疗饥医痛的“猪食”。

比如“抽烟”这个行为，我固执地相信：抽烟是灵魂饥饿的具象呈现。灵魂因被痛苦和贫乏所侵蚀而处于极度匮缺状态，如同身体处于极度低血糖状态一样，搞得不好就会丧命，于是，拿“香烟”姑且充饥活命。有的地方把“抽烟”直接表达为“吃烟”，把“喝酒”表述为“吃酒”，这亦暗喻出：烟酒都是灵魂的替代性“粮食”。灵魂里匮缺什么，香烟便替代什么，香烟是灵魂所能找到的最恰切、最实用、最有效、最便利的替代干粮。灵魂没有物质性的肠胃，除了缕缕青烟，吃不进去别的有形食物。“烟”介于“有”与“无”之间，属于“看得见的精神”和“摸不着的物质”，一缕青烟从嘴里吐出来，袅袅婷婷，如梦如幻。眼睛清清楚楚看见那缕青烟，伸手去抓，却是空无。“烟”几乎就是灵魂的象征物和具象化呈现。发明香烟的人一定是个天才，这位天才一定饱受灵魂苦痛的生死煎迫，才会下意识地拿一缕苦烟慰藉自己，从而无意间发现了“烟”的镇痛和疗饥之妙用。“香烟”名之曰“香”，其真意恰恰在“苦”，心不苦到无语不抽烟，抽烟行为表象看去是“吸”与“纳”，其真意却是“释”和“吐”。那吐出来的缕缕团团，都是心里郁结的“苦碱”。所谓抽烟，就是把心里排不出的灵魂苦碱外化为青烟一口口排释而出，把需而不得的粮食幻作青烟一缕缕吃进肚腹，是灵魂因窒息和饥饿而不得不进行的自救行为。或者说，抽烟直接就是灵魂在“呼吸”和“吃饭”。再或者说，抽烟就是在直接“吃苦”！不管医学界怎般告诫，烟草还是在大量生产和销售，因为那是灵魂的急救干粮。这世界上有多少香烟在销售，就有多少饥饿的灵魂在挣扎煎熬。很遗憾，抽烟只是类若仪式的抚慰行为，看上去貌似排释，实则只是个模拟性质的假象，就像婴儿叼在嘴里的“慰安奶嘴”一样，无论多么高档的香烟都不可能真正滋养灵魂。

“慰安奶嘴”只是个空空如也的奶嘴模型，半滴奶液都不可能供给，但是，婴儿只要叼在嘴上，就会得到极大的抚慰，感觉在吸食妈妈的奶液般心满意足。婴儿吮吸“慰安奶嘴”，跟成人抽烟具有异曲同工之妙意，实际上，婴儿吮吸“慰安奶嘴”不是在有形地“吃奶”，而是在无形地“吃妈妈”。初来人世一无所能，婴儿太需要妈妈了，妈妈就是他的整个世界和一切，单单吸食妈妈的奶液对他而言远远不够，他需要直接把“妈妈”吃进嘴里。只有吃着妈妈，婴儿才能获得踏踏实实、真切可触的安全感、稳定感，以及宜居感、美好感和满足感，从而安然入睡，所以，民间把孩子吃奶直接叫作“吃妈”。“吃妈”两个字如果拿来仔细斟酌，会发现，这是个很悲壮也很雅达的词语。“妈妈”这个角色提供给孩子的绝不只是喂养胃囊的乳汁，更是喂养灵魂的精神之粮，这无形的精神之粮比乳汁重要两千倍。如果“妈妈”生命贫瘠、灵魂寡淡，孩子没有吃到足够浓郁和优质的“妈妈”，就会灵魂发育孱弱、精神能量暗弱，哪怕身体吃得胖乎乎健壮无比，那健壮的身体里藏着的却可能是一棵瘦弱的豆芽，甚至是一棵残病的豆芽。一个母亲，尽可能地关注到孩子，拿双手尽可能地抚摸孩子，拿胸怀尽可能地拥抱孩子，拿嘴唇尽可能地亲吻孩子，睡觉时尽可能地搂着孩子，都是在给孩子“吃妈”。

有的母亲,只有在给孩子喂奶时才会难得地抱起孩子,喂完奶马上把孩子丢给保姆,夜里睡觉更是把孩子交给保姆搂着,甚至连母乳也不给孩子亲自喂,而使用代乳品,自己的身体极少与孩子碰触。这样长大的孩子,会极度地灵魂匮乏,因为他没有吃到足量而又优质的“妈妈”。民间所谓“三岁看大,七岁看老”,这话貌似夸张,实则是真言。婴儿的胃囊很幼弱,消化能力也不强,只能吸食流质的奶液。但是,婴儿的灵魂食量很大,消化能力超强,一个孩子的灵魂在七岁以前就基本发育定型,甚至,三岁以前就长全了。三岁以前的孩子简直就是上帝原装的“摄录机”,其脑袋顶端那个不曾长严的“缺口”就是摄录的镜头,他周围所发生的一切他都照单全收、毫无遗漏。因此,孩子三岁以前,父母和其他亲人们的所作所为、所言所行,包括所思所想,都对孩子发生着致命的影响。民间谚语说“吃不全,长不圆”,一个孩子要“长圆”,必包括肉身和灵魂两个向度,如果只给孩子吃奶液,孩子无论长得多么胖,也还是不可能“长圆”。胎儿用十个月的时间在子宫里完成身体的发育,爬出子宫以后,用三至七年的时间完成灵魂的基础发育,这枚灵魂质地如何,七岁以前已经基本定型。因此,如果做母亲的不够充裕富足,不能怀着有意识的觉知给孩子吃足吃够高品质的优良“妈妈”,几乎注定了孩子将终生灵魂孱弱。而要喂饱和喂好孩子的灵魂,做妈妈的这个女人必须充裕富足,自己首先吃够灵魂的精盐和细粮。如前所述,不只是乳房,妈妈浑身上下的每一个细胞都在分泌乳汁,甚至,连妈妈的每一根头发都饱含乳汁,妈妈的气息、语言和行为,也都是孩子无形的精神乳液,不知不觉而又时时刻刻地喂养着婴儿。

这个世界的问题归根结底就是人的问题,人的问题追根溯源有相当一部分就是妈妈的问题,因为所有的人都是“妈妈”生的。无论是“父亲”还是“爷爷”,无论是“总统”还是“皇帝”,都是“妈妈”的产品。“妈妈”就是一块土地,所有的人都是这块母壤上生长出来的“庄稼”。妈妈是整个人类的最初营养基。而妈妈的问题,归根结底是女人的问题。关爱女孩、滋养女孩、善待女孩,就是对整个世界的呵护。

婴儿吮吸“慰安奶嘴”，成人抽烟，以及男女性交，细究起来几乎同根同源，民间也把男人跟女人做爱叫作“吃女人”，“性”也是粮食。不过，对灵魂而言，性这种粮食非常低端。性愈多，灵魂愈饥饿。灵魂匮乏的人总是下意识地拿性充饥，殊不知，性只能使灵魂愈吃愈饥，性几乎是灵魂的白粉，它貌似在满足灵魂，实则是在拉低灵魂，而灵魂的特性是向上飞逸。因此，愈多毫无营养价值的性，会使灵魂如黑铅般愈坠落深渊，灵魂愈往低处坠落，愈容易拿毫无营养甚至劣质含毒的性当干粮。灵魂若能吃到高品质的爱粮，对性的贪婪就会自然减少甚至断绝。虽然性和爱并不二元对立，但是饱含爱之营养的高品质之性总是非常稀少，人所能遭遇到的绝大多数的性不含爱的养分，仿若饮鸩止渴的毒品。这样的性对灵魂而言，仿若空腹痛饮高度数的劣质白酒，无异于吞火烧肝。好的性是爱的阶梯，沿着性走向爱，沿着爱走向神性，沿着神性走向超越，这才是生命的方向。

爱不需要太多，很多时候恰恰是少。就量级而言，再多的爱也还是爱。就像再多的葡萄也还是葡萄，把全地球的葡萄尝遍，也只是尝了个最浅表的“鲜”，哪怕天天吃地球出产的最昂贵的葡萄，也只是吃了“很少”的葡萄，要把葡萄吃到足够多，功夫不在量上。把葡萄做成果脯或葡萄干，就比“葡萄”本身多了一些内容出来，它榨净了葡萄里的水分，浓缩了葡萄的内质，同时把“太阳”的光和热融吸进去，那太阳的能量二次加了进去，当然比葡萄本身的能量“多”，所以葡萄干的价钱远高于葡萄，葡萄干比葡萄包含着更多的葡萄。如果能把葡萄酿成酒，就比葡萄干又多出来一些更加珍贵的能量。如果说葡萄干浓缩了葡萄的肌肉，葡萄酒则提炼出了葡萄的灵魂，当然比葡萄干更“葡萄”。愈精微的东西能量愈大，无形决定有形，葡萄干比葡萄精微，葡萄酒比葡萄干精微。如果把葡萄酒密封起来窖藏上几十上百年，比酒本身又多出来一些内容，因为加进去了岁月的能量。葡萄如果卖十块钱一斤，百年窖藏的葡萄酒可能卖百万元一瓶，因为那瓶子里装的是葡萄的灵魂。品享窖藏百载的葡萄酒，那不是吃葡萄，亦不是喝酒，而是与葡萄神交。与葡萄神交，就是与世界万物神交，就是与宇宙链接，就是与神对话。因为，如果一个人真能与葡萄的灵魂链接，就会发现葡萄酒里头有宇宙也有神，所以一百万亦不贵。

爱与此类似，爱得多或者爱得少，不是量的问题，而是意境是否深远与高阔的问题。一辈子只爱一个人，就数量而言，爱得很少，就意境而言，却可能爱得很多。那些"嘴大吃四方"的人，荤素不忌，剜到篮里都是菜，自以为吃得广而宽，吃得够本，占了天大的便宜，实则什么都没吃到，至多只是吃了一堆葡萄皮而已，那根深蒂固的大饥渴和大贫匮，个中滋味只有自己知道。所以，多与少，不在数量。数量愈少，愈可能抵达高深的意境之"多"。能量的增加和累积只是量变，不是飞跃，爱得比爱本身多出一点，再高出一些，让爱跃向慈悲和神性，质变才会发生。越过，再越过，努力地向深阔的前方运动，向高远处行进，越过灵性，尽可能地逼近和抵达神性，让生命发生根本性的蜕变，灵魂就会获得永不枯竭的大欢悦和大丰足，永远不会再饥寒交迫，也绝对不会拿猪食当干粮姑且充饥。

女人只有吃足了精微的真干粮，才可能使生命充裕宽绰、富含营养。女人生命的贫富跟金钱无关，拥有金钱，那是体现在钱袋子上的最肤浅的财富。金钱乃"身外"之物，这话虽俗滥不堪，却也道出了真知灼见。生命有它自身的"内在真财富"，金钱只是生命的外在附属物，它能买到外在的一切，那一切外在附加物却极难内化进生命的深层肌理，成为生命的真粮食和灵魂的血液。金钱对生命只能起到"量"的平面累积作用，是生命的"外挂物"，就像挂在火车头后面的车厢。在火车头后面挂一万节车厢，它还是火车，只有生出两只翅膀，它才能蜕变成飞机。只有量的积累而不发生根本蜕变，那积累的意义也便逐渐趋小甚至归零。在量的层面上过度积累，不能使生命发生品质性的纵向飞跃和多维度递升，积累的量越大，反倒越拖累生命跃向神性的可能。每当我看到一个富翁或者叫"大款"的在抽烟的时候，就会真切地看到金钱的无力与无奈。

富豪抽烟的事实充分表明:在他拥有了足够多的外在财富以后,其内在仍然处于饥饿匮乏之不足状,而且那匮乏的刻度可能更深更甚更升级,非物质所能填补,“钱”这阿物儿也未曾填补进去充实和疗愈生命内在的根本大贫匮,他必须拿香烟来填空,这是金钱的致命之短板。在金钱力不能及的地方,才是生命真正的神性和高贵之所在。生命比金钱多出太多,大出太多,超出太多,也高出太多,金钱对于外在而言的确万能,然而,恰恰在万能的金钱鞭长莫及的地方,生命的花朵在如火如荼地绽放。没有人不渴望那样的灵魂大绽放,包括被世人诟病的“大款们”。也正因如此,外在拥有愈多的大款(大款和富豪具有天壤之别,大款只是钱多,富豪则可能不名一文,真财富跟钱关系不大),其实愈有机会可能触摸到内在的灵魂景观,只要他具有止步静观的自我洞察力,就会达到物极必反的回向效果:外到极致而调头向内。很遗憾,大款们总是拿自己当富豪,极少能在贪求外在财富的道路上及时止步,而这条路又无穷尽和无极限,所以大款们被财富吞噬,而与神性终生终世永远错失的可能性超级巨大。也因此,女人贪财比男人贪财更加可怕,她将戕害整个家族及其后代,使他们距离神性遥隔铜墙铁壁万重山。

当一个女人的生命真正宽绰丰裕时,她的“温暖”和“善意”才会像树上盛开的花朵一样,除了自足,还能漫溢而出,芬芳世界,这是生命开出的内在之花。能从灵魂内在开花的女人,才是充裕富足的真女人。这样的女人永远不会向外乞讨,她必然要给出和分享,而给出和分享才是真正的“爱”,伸手向外讨要的女人,都是真正的贫穷者。

如上所述:“爱”(超越了情爱的慈悲之大爱)对女人而言如同饭里的“盐”,缺了盐,再怎么施加别的调料,其生命终究是大无味。自己生命里匮盐,必然没有能力对别人甚至亲人补钙。这种把温暖从生命内里逸析出来给予别人的能力并非随便谁人都能具备,一个永远对别人冷漠、疏远和残忍的人,并非只是自私与酷毒,亦是生命的大贫瘠和大无能,这种无能与贫瘠乃是作为生命个体的大悲哀。人们通常总是想当然地认为,温暖和爱,以及信任、快乐与幸福，这些常见词语只具备形容性，是针对状态进行描述的形容词。事实上，它们更具备携带能量的“施动性”，是“能力”，是包含着强力的动词，甚至就是“能量”本身，对女人而言尤其如是。只要是能量，就会遵循同质相吸的呼应法则：没有能力给出，也便没有能力吸纳，失去这种能量与能量的呼应性，就会最终导致生命的寒殇与枯索。仿若井里的泉水，汲取出来愈多，那泉水就会流淌出来愈多，久不汲取，泉眼就会因堵塞而死寂成为枯井。井会死，泉会死，石头亦会死，万事万物都具有生命和生命的频率以及脉动性，哪怕一口井也在默默地渴望生命的呼应，丧失呼应力，就会孤绝而致冷寂枯涸，灵魂尤甚。

有的女人是真“贫穷”，穷到内心捉襟见肘，穷到浑身上下没有一丝暖心的热气，连她自己的两只眼睛都在朝外迸溅冰渣子，其血液的温度接近冰点，她能自己把自己的灵魂冻僵。处于这种“酷贫”和“严寒”的生命状态之下，她连自己的保暖需求都自顾不暇，怎么可能有“温暖”的热能向外溢出呢？她的生命又怎么可能绽放出美丽的花朵呢？对女人而言，生命的真粮食和灵魂之盐，有且只有一种：爱，真爱，大爱和神性之爱。大爱是小爱的天空，小爱是大爱的根基，大爱必须从小爱出发，并以结实细密的小爱来打底，才会取之不尽，用之不竭。此所谓：“问渠那得清如许？为有源头活水来。”

蜂王浆与《劝奶歌》

精神生态与灵魂植被具有巨大的呼应性。女人的生命是否丰裕良纯，与她所处身的精神环境关系密切，女人所从事的职业、所结交的朋友、所阅读的书籍、所接触的核心人群、所耳濡目染的一切，都是其“精神生态”。这每一种生态都可能影响到其灵魂植被的生长。一个女人能够做到严守精神门户，不让邪魔内侵，对其灵魂而言，比汲取外在营养还重要。

每一个女人都是潜在的“母亲”，母亲是孩子灵魂的供氧源。作为母亲，比灵魂贫瘠更可怕的，乃是灵魂携带病毒。贫瘠的母亲大不了养育出贫瘠的孩子，病毒母亲则会养育出祸殃世界的怪胎。认真检点可以发现，几乎每一个犯罪恶魔背后，都有一个不称职而又非常贫瘠的母亲，或者就是母亲这个角色完全缺失。保护女人的精神生态，致命地重要，女人的灵魂如果吃进去太多不洁之物，其灵魂就会很容易生出毒素。一个女人不幸灵魂携毒，首先殃及的是自己的家庭、亲人和孩子，其中孩子尤甚，这很难规避。

母亲这个角色对家庭而言，重要到致命。一个女人如果无力胜任母亲，却又无意识地把自己强行置放于这个位置，必因“德不配位”给家庭惹出灾殃。这里所说的“母亲”不是狭义上特指的“妈妈”，而是广义的概念。就更深层的意义而言，“母亲”的精神和灵魂内涵以及母性的综合意蕴，远远大于、远远超过、远远高于生物学意义的“妈妈”之内涵加外延的总和。生了孩子，那只是生物学层面的“妈妈”，连一只鹿都能完成这个角色。“母亲”这个角色对家庭重要到生死攸关，她几乎决定着一个家庭的精神命运和灵魂脉轮，她是一个家族的“灯塔”式意义存在，如同一棵神坛般的灵魂大树，护佑和泽被着整个家族，为家族提供无形的福荫。绝大多数情况下，“母亲”都由那个生育并喂养乳汁给孩子的生物学意义的“妈妈”来直接承担，不管这个“生物学妈妈”能否胜任母亲一职，她天然占据的是那个天时与地利先天优越的位置。许多情况下，一个女人虽身在其位，却不谋其政，原因往往是：她意识不到这个位置致命的精神意义之所在。有的妈妈只是发挥了“乳房”和“子宫”的生理功能。有的妈妈更甚，连乳房的功能也人为地泯灭掉，她作为妈妈的全部价值就是子宫功能，孩子娩出子宫以后，她的功能即宣布完成。更有甚者，连自己的子宫也舍不得劳驾，而宁可找人代孕，这样的女人，连妈妈这个称呼都配不上，甚至不及一只雌性动物。

当妈妈在精神意义上严重缺席时，在例外或特殊的情况之下，“母亲”的角色不得不由他者来替代，比如奶奶、外婆、姐姐、姑妈、姨妈；有时甚至是保姆或奶妈；甚或也可能由男人来承担这个母性角色，比如祖父或外祖父、父亲或大哥甚至仆佣或马夫。孩子在精神上对妈妈的需要丝毫不亚于对乳汁的需要，没有妈妈精神的庇护，孩子极有可能终生都无法获得安全感，面临陌生或动荡的环境时，孩子很可能战战兢兢，如履薄冰。孩子能在谁那里获得精神上的安全感和稳固感，谁就是他精神上的妈妈。不过，无论由谁来“替代”，都不如原生的“生物学妈妈”自己来承担“母亲”这个角色更好更适宜，这就仿佛任何代乳品都无法超越母乳。妈妈指代物质的保障，母亲供应更多的是精神和灵魂的给养。孩子得不到足量的乳汁，导致身体孱弱；如果得不到精神的给养，将导致灵魂软骨病，贻害无穷。懦弱、胆怯、退缩、保守以及许多的心理障碍和人格障碍都由此发源。

“母亲”这个角色甚至决定着所在家庭每个成员的命运根基，这个角色更决定着整个家庭气氛的“味道”。如果“母亲”的味道是冷而苦的，这个家庭的每个成员都可能将是“冷苦”的；“母亲”有多甜，这个家庭才可能有多甜。家庭成员的幸福峰值基本取决于母亲的味道和甜度。如果母亲在灵魂意义上高度在场，且能给出足够和优质的精神营养，那么，其家庭成员就能依靠这位母亲给出的最原始、最富含蛋白质的营养来抵御病毒侵袭，保持其心性发育良好健全。这就仿若在一片林子里，如果有一棵参天大树能够绽放足够的芬芳，这芬芳自然能够驱散林子里的毒瘴，周围的植被都会非常优质。母亲要成为这样一棵恩荫家族的灵魂大树，内里必须具足爱的软黄金。

爱是“灵魂软黄金”，要生成和析出这种生命的软黄金，绝非易事。拿自然界的“蜂后”类比，蜂后是蜂群中唯一的蜂王，是蜂群中所有成员的“母亲”，她之所以能够坐拥王者之尊的地位，有个非常重要的因素：从出生到死亡，她终生都能享用“蜂王浆”作为生命给养，而普通蜜蜂孵化后只能食用三天“蜂王浆”，之后则改为以蜂蜜和花粉为食物。这个看似寻常的自然现象透露出一个十分可靠的信息：作为母仪众群的“蜂王”，她必须吸纳足够量的高品质营养“蜂王浆”，而且这种吸纳自出生到死亡持续终生，否则它绝对没有能量完成作为众蜂之母的王者使命。同样，在人类的社会细胞“家庭”之中，作为母仪全家的“妈妈”，她本身也必须吸纳足够量的高品质之爱——“灵魂蜂王浆”，或曰“灵魂软黄金”，否则便没有能量福泽和滋养整个家庭。“能量”这种东西不会自己从天上掉下来，它必须依靠营养滋生而出，哪怕是一缕“微风”，也不会平白无故地自己生出来，必须有一个助推能量在后面作为驱动力才能生发，“母爱”的生成和分泌更加需要能量助推力。

这就仿若有的母牛能生产出足量的优质牛奶，有的母牛却产不出奶来，勉强挤出些微，也稀薄淡寡，品质低劣。用一件最恶俗的阿物儿来作比喻，爱资源也如同金钱这种财物，有就是有，没有就是没有，多就是多，少就是少。再譬如，爱就像井里的泉水，并非取之不尽，用之不竭，有的井里甘甜的地下泉水源源不断，汩滔无绝，有的则一脉细流，稍汲即竭。人心里生出来的爱资源跟泉水和矿石一样，质地、含量都具有天壤之别，富井就是富井，贫矿就是贫矿，“富”和“贫”都具有根深蒂固的天机和内在渊源，哪怕含量极高的富矿，也需要深度采掘，才能使其能量外现。同样，莫说有的灵魂不含爱，有时候，即使有爱的乳液蕴藏于女人的心泉，那爱也未必会如涓涓细流般，汩滔不绝地自动流淌并给出滋养。上帝只是给了女人“母爱”的潜能，这潜在能量的流通，有时尚需激发与唤醒。这就仿佛，有时候做了妈妈的牛羊和骆驼们，明明乳汁旺盛，却坚决拒绝让自己生下的孩子吮奶，只要孩子靠近，母畜就会又踢又咬，使自己可怜的乳婴近不得身。遇到这种“拒奶”的妈妈，牧民们就需要一边耐心而又温存地爱抚倔强愚鲁的“妈妈”，一边反复吟唱《劝奶歌》给那刚生产过的母畜聆听，让她明白：自己已经是“妈妈”了，有孩子需要喂奶。这个“唤醒”的过程非常美妙，且意义幽远。草原上流传千古的《劝奶歌》就是“灵魂唤醒歌”，如同一道最原初的灵魂清泉，不染丝毫尘屑，乃是原汁原浆的“天籁”。

说到《劝奶歌》，我必须把自己亲身经历的一件事情说出来。我养了一只名叫“小南瓜”的泰迪狗，每当我坐在电脑前工作时，小南瓜就会卧在旁边的沙发上静静地陪伴着我。它当时还不到一岁，像孩子一样喜欢黏着人。有一天，当我在电脑上播放阿拉坦其其格的《劝奶歌》时，卧在沙发上打盹的小南瓜突然站起来，把头仰得高高的，一边空茫地望着前方，一边期期艾艾地哭了起来。那千真万确就是“哭泣”，像孩子一样伤心地哀哭。它好端端的，为什么会突然哭泣起来呢？是不是因为听到《劝奶歌》？我把那首正在播放的歌曲停掉，小南瓜也随即止住哭泣，又躺下闭上了眼睛。过了几十分钟，我重新播放这首《劝奶歌》，小南瓜再次站起来，仰头望着空缈的远方哭泣起来。过段时间，我再试播别的歌曲，它毫无反应。我丈夫下班回家，我告诉他这件事情，他不相信，让我再试一遍。于是，我重新播放阿拉坦其其格的《劝奶歌》，小南瓜又再次哭泣起来。我丈夫把小南瓜抱进怀里，把他的脸贴着小南瓜的脑袋说，以后永远不要再当着小南瓜的面播放这首歌，它哭得叫人伤心！

我从宠物店把小南瓜抱回家时它刚刚满月，还不会吃豆粒般坚硬的狗粮，我把狗粮用温水泡成糊糊它才能吃。我刚开始把它关进笼子里睡觉，它怎么都不肯，扒着笼子不停地叫喊，我只好把它放出来。它像小孩一样，一刻都不肯离开人，要抱在怀里才肯睡,我和丈夫只要得闲便轮流抱着它,甚至在用热水泡脚的时候,我丈夫也把它抱在怀里。后来,它渐渐长大些,可以自己睡了,还是喜欢钻进类似人的怀抱那样的旮旯里躺着,比如它会钻进一只棉拖鞋里睡。棉拖鞋毛茸茸的,很像“怀抱”,有时候它太黏人,腻得我们不得脱身时,我们就塞一只棉拖鞋给它,代替自己的怀抱。无论什么时候,它从来不曾哭泣过,为什么听了《劝奶歌》会那般哀痛地哭泣呢?《劝奶歌》没有歌词,从头到尾就是简单的几个意义不明的音节在那里往复循环,那音节也没有实际意义,但是,那古老的旋律却真正如同天籁般,令人唏嘘流泪,令动物情不自禁,那就是“天籁”。后来,我又反复品味,感觉《劝奶歌》实际上就是“唤爱歌”。真正好的艺术作品总是会在无意间呈现出事物的隐性真谛,使人的“主观创作”暗合神的“客观昭示”,这几乎是必然:它貌似巧合,实则必然抵达,并呈现出隐匿极深的“客观奥义”,使艺术真实超越人的认知局限,攀越至连艺术家本人也意想不到的艺术意境。这是艺术的伟大和超凡,至高的艺术几乎都是神来之笔,很难刻意为之。草原上流传下来的《劝奶歌》,与其说是艺术创作,毋宁说是神谕。天地有大美而不言,那是上帝借助人的嘴巴吹奏出来的神曲,人可能不懂它在说什么,但动物懂得,动物比人更接近神性,它更能领悟神的梵音。动物始终是神的好孩子,不曾偷吃过禁果,也不曾被赶出伊甸园,而人却长着长着就变成了远离神的孩子,再也听不到神、看不到神了,孩子和小动物距离神更近些。值得欣慰的好消息是,上帝虽然在盛怒之下把人赶出了伊甸园,实际上,上帝非常慈悲,他始终让伊甸园的大门对人敞开着,人只要转转身即可重新进入,而这重新进入才是人对自己真正的在场。

“母性”是需要被启蒙和唤醒的,这是极其深厚的一种情感,就像地下深水一样,需要挖掘和唤醒,不是肤浅的地表水。如上所述,连“本能”都会昏睡不醒,人能以醒着的方式昏睡到什么程度可想而知!动物需要《劝奶歌》去唤醒,人亦需要被唤醒。《劝奶歌》仿若温软的神“手”,这只手轻轻地摩挲在母驼的心里,就像“灵魂按摩”那样;它那沉睡冻结的母性在温软的抚摸之下,慢慢地苏醒过来，再苏醒过来；那“醒觉”的能量像温润的甘泉一样，往灵魂的深处渗透，再渗透。于是，那愚莽无觉的母畜有了“心”和“灵魂”，并睁开天眼，终于感知到生命，并看到自己的孩子，开始给孩子温情脉脉地哺乳，这是生命本身的神奇和伟大。无论智能机器人多么智能，它终究是机器，没有灵魂，也无法被唤醒。就此意义而言，人类大可不必对智能机器人感到威迫。智能机器人就是一个超级“脑袋”，它没有“心灵”，其生命频率低得可怜。甚至，它连一块石头都不如，石头会生长和死亡，还会开悟成玉，机器不会；石头是神的造物，机器不是。机器哪怕一秒钟可能完成一千亿次运算，也不会开悟。我家小南瓜听了《劝奶歌》哭泣不止，是因为这歌曲的旋律让它想起了妈妈。如果它有能力反抗和选择，它一定选择跟妈妈在一起，哪怕残羹冷炙果腹，也不会选择做人类的宠物。在妈妈的身边它是心肝宝贝，在人的身边它是“物”，哪怕被视为“宠物”也还是“物”。人同此心，心同此理，做了妈妈的女人，虽然乳房能够泌乳，未必能分泌出灵魂乳浆，女人那看似与生俱来的母性本能也可能处于高度昏昧状态，需要被启蒙和呼唤方能觉醒。

女人认知并完成女人的前提性和必要性

“常识”往往是最高和最恒定的真理，然而，糟就糟在这里。就最简浅的字面来理解，常识似乎就是“最平常的见识”，或曰“最平凡的知识”，再或曰“最简单的认知”——这是导致事情趋于糟糕的要点。人的本性因为过度自恋而崇尚“反平常”，在人的普遍观念里，“平凡”和“平常”就是“平庸”的同义词。关键在于，生而为人，谁愿意平庸呢？哪怕白痴都想“伟大”和“不凡”，因此“常识”所昭示的最恒定、最基本的“真理”往往被丢而弃之，视作敝屣。然后，人们骑驴找驴，整天沿着陡峭的山道“上穷碧落下黄泉”地追寻“真理”，却又自视为伟大、传奇和殊胜独异。对常识的忽略乃是人类过度自命不凡而导致的可悲。

事实上，“常识”的“常”更应被理解为“恒常”、“根本”、“实质”或不变之“常道”。换言之，不管外部形态怎般千变万化，那恒定不变的朴素真理就叫作“常识”，或者直接叫作“道”。常识、真理、道，怎么定义无所谓，有一点可以肯定：它在低处而决然不在高处。人类越好高骛远，距离道将越远。但人总是执迷不悟地相信：自己之所以没有找到真理，是因为尚且未曾到达更遥远的地方。事实证明，人类许多冠冕堂皇的折腾都是缘木求鱼，许多一本正经的“创新”都是背道而驰。“最高真理”和“最大奥秘”通常都是以“常识”的姿态公开昭示在光天化日之下。但是，人们对待“常识”的态度，却往往像对待“空气”和“泥土”一样，要么视而不见，要么不屑一顾。直至有一天，“常识”像天堑一样横亘眼前，哪怕插上翅膀也飞越不过去的时候，人们才会如梦初醒地睁开眼睛，醍醐灌顶地看到什么叫作“常识”。不管多么气贯长虹和不可一世，最终把人们卡死在“窄门”里的，肯定是“常识”，这确定无疑。

许多女人并不知道什么是女人，这绝非危言耸听。女人必须知道自己是女人，并让自己做到女人，这很“常识”，却很难被女人尤其是“超女”们所接受。很多女人都对女人缺乏认知，很多女人都想做“超女”，这是女人的不幸，亦是时代和世界的悲哀。上帝在每个人的生命里都植入了一枚最原始的种子，这枚种子的生命能量不死不灭，强大到不可抗拒。植入女人体内的仿若一枚“花种”，如果一定要命名，这花应该就叫作“女人花”。女人一生中可能拥有许多种身份，诸如妻子、母亲、姐妹这些“私人身份”，抑或什么长什么家之类的“公众身份”，然而，她最根本的身份却终究还是“女人”，别的所有身份都必须建立在“女人”这个基础身份之上。这个基础身份如果不能很好很圆满地完成，将遗患无穷，严重殃及其别的角色身份的演绎。这就仿若：无论要拿一块璞玉去雕刻什么作品，这块玉石的成色和质地都将发挥着决定性的作用，玉石本身的质地如若欠佳，雕刻出的作品绝对不会太过出彩。这亦是常识。

女人在对“人”充分认知的基础上，必须要认知并完成自己的女人身份，才能担当得起别的身份。一个女人不知道、不承认，且完不成作为女人的存在，绝对做不好恋人、情人、妻子以及母亲这些角色。而“女人”之所以被定义为“女人”，乃相对于“男人”而言，如同河流的两岸，此支撑着彼，彼依托着此，没有此也就无所谓彼。不能否认，女人最终会在某种意义上超越性别，作为人而不是作为女人而存在，但是，超越必须建立在承认和做到的基础之上。承认和做到是超越的第一级台阶，无法省略和跨越，否则就可能受到惩罚。放下竞争和比较心理，女人要想完成自己的性别身份，必须看到、承认并肯定自己的异极性别“男人”的存在。男人是女人的镜子，透过男人这面镜子，女人才会真正看到自己。这就仿若：知道什么是黑夜，才能真正知道什么是白天，不然，“白天”的存在就只是个“概念”而已；同样，在“永昼”的地方，人们很难理解什么是“黑夜”。

有的女人虽身为女人，并从形式上完成了女人应该担当的社会和家庭角色，比如妻子和母亲等诸多身份，却自始至终都意识不到自己作为女人的存在，这无关同性恋现象。她只是像雌性动物比如母鸡、母羊一样，听从上帝的意旨去生蛋产仔，仅此而已，她却想当然地认为这就是“做女人”。还有些女人，或则出于傲慢，或则出于绝望和无奈，无视和敌视男人的存在，把男人当敌人和对手，从而早早地扼灭掉自己体内那颗“女人花种”，不允许自己做女人，也不认同自己的女人身份，自己反对自己，自己抗拒和排斥自己，自己遏制自己最根本意义上的生命属性和性别能量，其人格不扭曲都不可能。

“性别能量”，是一种非常美丽又可怕的生命能源，需要对此高度警觉。打个比方，这种能源相当于地球内部储存的“石油”或“煤炭”，是上帝他老人家好心放置进人类生命内里的原始能量。一个人就是一个小宇宙。根据物理学家的研究，宇宙就是一个“能量团”。我个人认为，梵高先生的名作《星空夜》是对此科研成果最不谋而合的直观解读与遥相呼应。科学家爱因斯坦、艺术家梵高和亲爱的佛陀先生，这三位大咖最终的相遇和碰撞像千瓣莲花盛绽一样地伟大、美丽和壮观，这奇妙的壮观充分有力地佐证着这个世界的神奇和美妙，能够看到这神奇是一种大福德！顺便表白一句：我是多么热爱地球上这三位先生啊！

“性别能量”很强大，强大到可与生命直接抗衡。作为女人，哪怕把“女性能量”这只小野狼锁进黑暗的地牢里，再脚镣手铐地五花大绑，这种能量凭借上帝赋予的强大到压倒一切的自然力量，也会透过墙缝生长出繁茂的绿藤，甚至从耗子洞里也会伸出葳蕤的花萼来吐蕊绽艳，势不可挡。这是不可违拗也无法灭绝的生命奇迹——生命的伟大就是如此壮观！外力愈要堵塞和剿灭它，它愈锐不可抵，仿若春天的韭菜，越拿镰刀去割，它生发得越繁茂。因此，一个女人必须认知到自己是女人，并允许自己做到女人，使生命内里的“女人之花”尽可能灿烂地绽放，她才能完成别的角色，也才可能成全自己和圆满自己，并自然而然地滋养到男人、孩子与世界，也才能激发出最大的母性能量，来福泽世界；在此基础上，才可能真正超越“性别”局限，发挥出更大更高的能量价值。所谓“女超人”，必须先女后超，不女人，怎么超女人呢？同样，男人也必须让自己充分做到男人，才能圆满其作为人的存在。对男人和对女人一样，越人越男人，越男人越人，只有充分地男人，才能超越男人。当女人在女人的基础上超越女人、男人在男人的基础上超越男人时，二者必将在生命的最深处相遇，并在灵魂的意义上抵达神性。神性的基础就是人，只有充分地做到人，才有可能抵达神性。否认和扼灭自己的人性，只能成魔，而且永远不可能活出佛性——人是未来佛，佛是过来人。

若女人普遍地认知不到什么是女人，且领悟不到女人的本心自性对女人的致命意义，这是女人自己和男人以及整个世界的大悲哀。女人是这个世界的母壤性存在，当女人普遍地狞戾冷酷时，世界不遭殃不可能。无论时代怎般发展，女人这个生命能量团所呈现出的姿态永远应该像植物一样，柔美芬芳，温润绽放。女人是上帝创造出的万事万物中最美好、最神秘和最奇迹的生命尤物，生而为女人，应该无条件地热爱自己、呵护自己和尊崇自己，这是对世界和对神性的最高致敬。

促使男人人格形成的因素有很多，其中影响最大的是女人。男人基本由女人造就而成，一生中能否遇到灵魂丰裕的好女人，对男人而言重要到致命。男人遇到的第一个女人是自己的母亲，对男人而言，母亲重要到难以言喻。一个女人如果不够好，她戕伤最深的，将是自己的儿子，而这种伤害又是隐性和无形的，很难被规避。有的女人，还处于人生最美丽的豆蔻少女时期，就把自己活成了冷酷狠绝的“恶婆妇”；有的女人哪怕到八十岁，始终保持着可贵而又难得的“女孩心”——柔软娇俏、慈悲怜悯而又灵动温婉，其生命姿态如同不凋的花朵。“女孩子”和“恶婆妇”这两个概念与年龄和生理不存在绝对关系。如前所述，有的女性哪怕活到八十岁，其“女孩”的娇憨还在，会害羞，会脸红，会腼腆，会撒娇，会顽皮，也会有耻，属于女人的天性还毛茸茸、嫩乎乎的，如同黄瓜顶端那嫩黄的蒂花，仿佛可触可感，那是女性最美丽和最可贵的内在风景与品质。有的女性刚刚二十出头，已经嘴尖皮厚、针扎不透，像穿山甲一样，完全被世俗的厚蜡糊严了灵魂毛孔，如同一支被油漆糊死的竹笛，已不可能再吹奏出那美妙的生命之音了。女孩子家，贵就贵在那一点女儿家本有的“娇憨”与“柔润”。西湖龙井以人喻茶，单是名字听上去就颇耐玩味，如黄毛丫头茶、婴儿茶、宝贝女儿茶、女儿茶、姑娘茶、媳妇茶和婆婆茶，那黄毛丫头茶乃为茶中上品，品中之极又首推婴儿茶。对“茶”而言，自然时令致命地紧要，对人来说，更重要的却是内在的心性质地。属于女儿家的那点天然的娇憨是上帝赐予女性的至尊之宝，是一朵长在女儿灵性最深处的花蕾，能够守护住这深山灵芝般的至尊至贵之花蕾，对女性而言，比守住贞操重要百千万倍，所谓的“处女”与身体无关，而是关涉灵魂的事情。

有的女人虽洁身自好，其生命内里却连一丝半缕的“女儿之芬芳”都不存在。她可能曾经做过“女孩子”，她内在的那株女孩的灵魂苗芽早早地就窒息而萎、幽闭而枯了，根本不曾吐蕊绽艳，这是一个女人最根本的悲剧和哀痛之所在。这样的女人，无论怎般都做不到女人了，那个名叫“女人”的精灵已被闷死在土壤的深处，不会再复活，这是一种灵魂的阉割。灵魂阉割比生理阉割更可怕。被阉割了灵魂的人，无论男女，其生命都极难再“开花”。无论男女，生命的最高意境都是像千瓣莲一样地开花，生命花蕾的绽放不存在性别。如上所述，这不存在必须通过超越而抵达，而不是阉割。所谓“超越”是越过性别能量最高点以后的飞升，而不是金庸小说中“欲练神功，必先自宫”式的强行断灭，强力只能导致扭曲。这就仿若：砍断树根，一棵树绝对不可能再开花，同样，把莲花从污泥里拔出来，莲花就会衰败。所谓神性，就是花之芬芳。连花都开不出来，哪来的芬芳呢？

人的生命乃是能量团的存在，这个能量团的内核是人的肉身。表面上，灵魂居住在人的肉身里，肉体是灵魂的房子，换个角度也可以说，肉身被包裹在灵魂的能量团之内，肉身是灵魂的质核。人是个发光体，“人”内里的“核”就是那具有质有形、看得见摸得着的凡胎肉体，而这个可视可见的凡胎肉体只是“人”的一部分存在，甚至，只是人的极少一部分存在。人的绝大部分存在乃是包裹在这个肉身外面的精神之光，或者通俗地讲，叫作“灵魂”。打个比喻，人的肉身仿若一个灯泡，这个灯泡绝不只是那个玻璃罩体，当这个玻璃罩体接通了电流，把屋子照亮时，它才体现出灯泡的完整含义，一只拳头大的灯泡，可能照亮一个广场。人就是一个“能量场”，身体只是个物质性的灯泡罩，灵魂才是照亮生命和世界的电流，比如霍金那样一个人，其能量却可以照亮半个地球。每个人的能量团都呈现出不同的状态，或者叫气场，这无形的气场有温度，有湿度，有密度，还有味道，比如有的温暖如春风，有的冷酷如雪原。哪怕一母同胞的兄弟姐妹，其生命的能量团也可能彰显出截然不同的状态。不管人的能量状态如何异彩纷呈，都有一个最基本的区别——冷酷或者温暖、恶劣或者芬芳，这取决于其能量的核心性质。

无论男人还是女人，也无论年龄大小，哪怕一个白头老翁，都是上帝永远的“孩子”，每个人的躯壳里面都有个“内在小孩”，区别只在于隐匿得或深或浅。有的人还活着，可是，那个“内在小孩”却被囚锁在灵魂暗室里，永无见天日之可能，有的人的“内在小孩”已被掐死或幽闭致死。外在愈貌似强大和坚硬的人，其“内在小孩”被钳制得愈狠愈绝。有的人甚至至死都不让自己的“内在小孩”露头冒泡儿，这看上去貌似强硬，实则却是可悲的脆弱和怯懦。人的最大冒险，就是让生命最大限度地绽放的冒险。灵魂敢于冲破一切去冒险，才能完成生命的本质存在。同样，女人只有足够和充分地做到女人，才可能超越女人的局限。

远离斗志昂扬之女人

女人的基本特质是“爱”，男人的基本特质是“斗”。男人就像贪玩的孩子，总是喜欢一本正经而又煞有介事地折腾个没完没了，或上九天揽月，或下五洋捉鳖，一刻钟都不肯消停，否则就会缺乏“成就感”，并严重地丧失“存在感”。为了感觉到自己的“存在”，男人必须生命不息，折腾不止。

许多时候，由于折腾得太过投入和沉醉，男人往往忘记掉自己的初衷，愈走愈远，以致走到无法再回头的歧路上，迷失掉作为人的本性与本心，搞得这个世界兵荒马乱外加鸡飞狗跳。如果没有女人拿自己的美与好吸引和牵制着这些大顽童，男人可能早已用一根杠杆把地球撬翻，使可怜的地球失去平衡，从半空一个跟斗云跌落进宇宙黑洞里去了。你若问男人为什么要撬翻地球，男人肯定自己也不好意思承认，大部分情况下，他们弄出惊天动地的声响出来，不过是为了满足自己那自大狂般可怜的虚荣心和贪玩欲外加成就感。他们几乎是在拿世界当玩具或道具，从而不顾一切而又荒谬透顶地要彰显自己的“英雄情结”。这世界上曾经发生过的许多惊天动地的大灾难，都源自男人的“英雄情结”，为了成就所谓的“英雄情结”，男人可以把自己的生死都置之度外。就像《百年孤独》里的奥雷连诺将军，他呕心沥血，竭其大半生之精力，发动了几十场战争，打了无数次恶仗，先殚精竭虑地打败敌人取得胜利，又借助敌人的力量艰苦卓绝地打赢自己取得失败，他母亲乌苏娜最终得出结论：其行为动机没有别的，就是可怜而又罪恶的自大！他是个可怜的“爱无能症”患者，还在母亲子宫里没有爬出来时，就因为这“爱无能”而啜泣不止。如果他有能力爱，其命运可能会完全改写，世界也会因他而少遭许多祸殃。

由于天生害羞和不善表达,男人其实比女人更容易罹患"爱无能症"。如上所述,男人的根本特质是"斗",女人的根本特性是"爱"。"斗"呈现出的是"孩子特质",而"爱"乃是母性的体征,这也就是每当一个女人"斗志昂扬"的时候,她的家庭、孩子及其周围的世界就要遭殃的缘故。连上帝恐怕也好奇:男人们斗来斗去斗个什么呢?有人告诉我们,那所有的斗总结起来无出其三:与天斗,与地斗,与人斗。可以千真万确地断言:前两斗无论如何都注定了绝对失败的结局,这没有任何异议,最后只剩下一个——与人斗。人与人,同样都是上帝的子民,为什么要斗得头破血流呢?想想都荒唐。女人再加入进去披头散发地殊死搏斗,这个世界想太平都不可能。因此,无论男人怎般狼烟四起地斗,女人必须保持足够的警醒度,只要女人足够安详静定和美好,男人终有收手不斗的时候,日子和世界也还可以期待。如果有哪个女人也捋起袖子披挂上了战袍,去不顾命地冲锋陷阵,毫无疑问,其结果除了灾殃,不必怀有任何别的期待。因此,但凡对幸福和爱怀有期待者,必须远离"斗志昂扬"之女人。但凡与这种"斗士女人"链接的人、事、物,几乎不可能存在美好,因她违背了上帝的设计:自然天道。上帝派给女人的最高职责只有一个:爱。爱就是真理,爱就是神,爱就是道,爱就是"一",恰如耶稣所言:"我就是道路、真理和生命。"爱是合一,斗是二元对立。经文有言:天得一以清,地得一以宁,人得一以圣。当女人斗起来的时候,世界必鸡飞狗跳,斗女人所在的家庭必人仰马翻、覆巢之下无完卵。

男人即使活到八十岁也还是孩子,女人即使只有八岁,她弥散出的也是母性的味道,哪怕两岁的女孩也会抱着布娃娃作小妈妈状。作为母壤性存在,通俗直白地讲,作为"母亲"和"妈妈",女人就应该像生长和繁衍万物的大地一样,足够美丽丰饶和温润肥沃,还要宽厚慈悲、善良博大,当然,最好还要妩媚妖娆,并且多情而温柔,唯此,才能以静制动、以柔克刚,使这个世界尽可能地美好安详。

这个世界是否美好,很大程度上取决于女人是否美好,"女人"

就是世界的具象呈现。一个男人把什么样的女人娶回家，基本上就意味着给自己打造出了一个什么样的“私人小宇宙”和“精神小世界”。外面的世界很精彩，但是，如果没有“里面”，外面也就不成其为“外面”了，内和外彼此映衬，相互成全，男人的世界才够完整。女人对男人而言，其意义深厚幽远，“性”和“生育”只是其中很小的一部分，女人那无形的存在感和存在品质才是坚厚深奥的意义之所在，是男人可以直接去呼吸、咀嚼并把自己根植进去的母壤世界。一个男人的世界是否深邃辽阔，许多时候并非取决于他的聪明才智，而在于他身边的女人是否大气和磅礴、丰富和广袤。女人的存在本身就是一块母壤性的大地，女人的精神有多么厚实，灵魂脚跟站立得多么坚定与稳固，男人这棵生命之树就成长得多么葳蕤。女人踮起脚尖并趔趄了灵魂的脚跟，甚或揪着自己的头发使双脚拔地而起、兴风作浪时，男人的私人小宇宙和内在小世界就会台风连连、地震不断，男人的天空必坍塌无疑，女人几乎就是男人的内在命运。

人格形成元素和灵魂低血糖以及女人之微笑

身体是人的质壳，这个质壳只是灵魂居住的房子，灵魂是由人格支撑起来的，而人格是需要一砖一瓦自觉建设的。黏合灵魂砖瓦的胶质物叫作“糖”，亦即通常所说的“爱”。有质有形的糖，也叫“碳水化合物”，是人体热能最主要的来源。由于对糖的误解，许多人谈到糖就会联想到糖尿病或肥胖症，事实上，糖对人体不可或缺，如果血糖过低，会致人死命。同样，灵魂亦需要“糖”，尤其是女性的灵魂，缺了“糖”，女人几乎将终生与幸福美好无缘，其人生将贫瘠如荒漠。“灵魂之糖”是由“爱”酿制生成的，生命里没有爱，灵魂岂能富含糖浆？在上帝缔造的宇宙空间里，太阳滋养万物；在神播种的灵魂生态里，爱就是阳光。没有爱，灵魂里除了毒菌恶苔将寸草不生，其人格将很难得到高品质的建设。

“千万不要去打听丧钟为谁而鸣，丧钟为你而鸣。”这动魄惊心的诗句虽振聋发聩，许多时候的许多人却是充耳不闻，像白痴一样沉醉而又得意地幸人之灾、乐人之祸。那为别人的灾难“幸而乐之”的狞笑、冷笑和假笑，丑陋、冷酷和愚痴到惨不忍睹，任何时候和任何情况之下，只要看到这样丑陋的狞笑出现在一张脸上，不管这张脸伪装和粉饰得多么优雅、美丽和高贵，都应该像远离撒旦一样地迅速远离。面对这样的“乐祸之笑”，连上帝也会禁不住为之扼腕哀叹：人人都是地球这棵大树上的一片叶子，牵一发而动全身，世界上任何一个人的死，都是自己的一部分在死，任何一个人的不幸，也都是自己的不幸。放眼世界，自然界没有任何一片叶子会庆祝另一片叶子的凋落，因为树叶明白：哪一片叶子的凋萎都是自己命运的预演。叶子凋落一片，属于自己的丧钟就敲响一次，有什么值得庆祝呢？只有人才会庆祝同类的灾难与死亡，并为同类的灾亡而幸灾乐祸地发出狰狞而又白痴的嘲笑，这是人性的愚蠢。大家都处身在同一只宇宙“罐子”里，当恶毒被培植和衍生出来以后，没有人能够规避恶毒的戕害。我即人人，人人即我，每个人都是地球这棵树上的一片叶子，当同类罹患灾殃时，那敲响的就是自己的丧钟，生出恶毒的是人，恶毒最终败坏的还是人。如果人不能够醒悟，人将是人自己的掘墓者。

对女人而言，发自内心的“笑”比璀璨的黄金都珍贵、高贵和昂贵，那“笑”就是灵魂开的花，就是拯救世界的灵丹妙药。就生命的深层和终极意象而言，男人若灯，女人类花，“灯”是照亮世界的力量和光，“花”乃是美好和温馨世界的点石成金之神。或者曰，男人在这个世界上寻找的是“花”，而女人寻找的就是一盏能够照亮自己灵魂的“神灯”。花是神的信使，这个世界上有没有神，仔细盯着一朵花打量就会知道，“花”乃是上帝对这个世界发出的会心而又慈悲的微笑，只要还有花朵在绽放，世界就有指望。同样，只要一个女人还能会心地微笑，她的灵魂里就一定有糖，她的心里也肯定有爱，她就是值得付出真心去挚爱的女人。

笑或者不笑，就表象而言无关宏旨。实质上，对女人来说，如果不能从灵魂最深处温馨会心地把自己的生命之花“笑”出来，将是其人生最残忍和最冷酷的巨大之不幸，甚至可能预兆着隐匿极深的悲剧性大灾殃。男人可以因为威严对这个世界保持“不笑”之严肃，而女人一定要笑——不是通过训练让嘴唇呈现某种造型和弧度，而是让心灵真笑。“笑”表面看似容易，其实非常艰难。中国人非常搞笑，照相时因为笑不出来，先是异口同声地集体喊“茄子”，后来直截了当喊“钱”，钱不出口便死活笑不出来，因为铆足了劲要跟这个世界鏖战，不到最后“赢定”亦很难笑得出来。不管是喊钱的表情，抑或最后“赢定”的得意，那都不是真笑。笑是生命呈现出来的客观状态，是春来花自开，只有从内心最深处对这个世界深情地笑出来，才能佐证：一个女人把自己的生命之美圆满地活了出来，就像把“灵魂软黄金”从生活的矿石里提炼出来那样。如果一个女人不能从灵魂的意义上美丽而又灿烂地微笑，将预示着：这个女人的灵魂不曾拥有过真正的春天，也不可能给予这个世界美丽与温馨，这女人将是一棵不能开花的铁树。通俗地讲，这女人很可能是个“爱无能症”罹患者，比之男人的性无能，女人的爱无能要可悲两千倍。

对女人而言，“笑”就是“灵魂开花”，就是生命的“绽放”。让生命如花绽放，来灿烂、美丽并温馨这个世界，同时完成自己的生命存在，乃上帝之意旨。不笑的女人是阴冷可怕的，也是极其可悲的，无论多么知性、智慧和成功的女人，哪怕贵为“女王”，都应该在生命的意义上有深情的微笑展露给自己和这个世界。唯其如此，这个世界也才能滋养她和给予她美的能量回应，使她获得一个女人应该拥有的福祉。一个不能笑的女人，将无法与这个世界的内在律动达成细腻幽微的深层呼应，通俗地讲，她将像绝缘体一样无法与神性链接。神性乃是人的最高和最美的存在意境，不能与神性链接的女人，“神”便抵达不到她，她将无法获得神的护佑与顾照，从而与神性绝缘。与神性绝缘，这将是一个女人生命的最大悲哀和匮损，这匮损没有任何东西可以替代，哪怕一百座金山都无法抵偿这丧失神性的匮缺。“笑”是女人与世界彼此链接融通的最佳和最美的契机与渠道和佐证，缘由着“笑”这朵灵魂内在之花的绽放，女人才能与世界达成同频共舞的优美旋律，神也才能把祝福赠予这个女人。让自己幸福，并因感恩这幸福而会心微笑，是女人的天职和使命，也是生而为女人的骄傲与荣光，甚至是女人存在的意义和价值。

如果一定要用“成功”这个可疑的字眼来量度女人的人生，能笑出来便是女人的最大成功。这里所说的“笑”，与“谁笑到最后谁才是胜利者”的那种“笑”，其内涵迥异，不可同日而语。“胜利者的笑”包含着剑拔弩张的火药味，而女人灵魂的微笑则是与神性的最高和谐与最美呼应，像开在枝头的花朵一样，只有美的飞逸，没有争斗，或曰超越了所有可能的争斗。“争斗”永远是丑陋和低级的，就像战争中不会有赢家一样，任何“争斗”都没有“胜利者”，从争斗中赢得的所谓“胜利之笑”亦是狰狞和丑陋的。女人的“笑”是生命状态的成长、飞升以及抵达,无关任何输赢。只要女人还能真正从心里诚恳、美丽而又温柔地笑出来,她就还有巨大的指望可以期待。这个世界愈充满阴霾,愈需要女人笑得美丽与灿烂。某种意义而言,世界的绝望、阴暗和丑陋就是依靠女人如花的笑靥来改变和逆转的。让女人还能从内心深处笑靥如花、芬芳四溢,也是男人的本分和天职,当女人再也不会醇甜美丽地对这个世界微笑时,男人也必如坠地狱。每一个女人都应该微笑如蒙娜丽莎。《蒙娜丽莎》这幅作品几年前估价三十四亿零两千万美元,听上去很夸张,其实不然,女人的微笑确实匹配得上这个天文数字。可以说,这个世界最大的财富就是"女人的微笑",女人的微笑乃是"黄金开花",或者干脆直接就是灵魂软黄金。无论"蒙娜丽莎"为了什么而微笑,这个"微笑"本身都是神对世界的祝福。

很多女人不会发出会心的微笑,因为她们的心里从来没有过春天,她呈现出的永远都是冰刀霜剑的恣睢和暴戾,怎么可能会有花朵绽放般温馨美好的笑容展露呢?对这种女人而言,其生命像愤怒的剑麻,与世界始终处于剑拔弩张的战斗姿态,她把自己沦落为可悲的"女斗士",不要说对外人,对自己的亲人,她从骨子里呈现出的也可能是战斗的"掐姿态"。

女人为什么会呈现出掐姿态呢?最根深蒂固的原因是:她的灵魂笑不出来。一个人,不管怎般变态和扭曲,其灵魂深处始终都有一只良知的眼睛。那良知的眼睛哪怕在恶魔的心里也始终睁开着,那是上帝最初造人时亲手植进去的芯片,如同鱼的眼睛,没有力量能把它合上。一个人可以自己对自己闭目塞听,欺蒙和强暴自己的良知,总有那么一些瞬间,良知之眼会逼真清晰地洞见自己的罪恶,并为那罪恶无声地觳觫战栗,"良知"被压迫得愈狠愈甚,它的呐喊会愈加震耳欲聋。所谓的"恶有恶报"并非来自外部,"恶"本身即是对施恶者的最大反攻和惩处,没有哪种罪恶能逃脱这种源自内在的自我良知之鞭挞。

有的女人,由于把自己看得太过尊贵,因而意识不到自己的扭曲,动辄就心狠手辣,一定要把事情做到绝,否则便不够快意,这样的女人永远笑不出来。不能笑的女人很难幸福,不幸福的女人什么事情都干得出来。当一个女人对无辜者出手狠绝时,可以百分之两百地断定:她不曾得到爱和幸福。得到爱和幸福滋润的女人是宽容平和的,不会随意对无辜者暴戾恣睢。

对“人”这种造物而言,善恶问题始终是争论的焦点。上帝原本在人类这种生物的灵魂最深处植进了一脉“善根”,这必须再次给予充分的肯定,否则就是对人这种生物的亵渎,是人类的自我贬低。这一脉“善根”是存在的,上帝在造人时肯定和绝对地把它植进人的生命芯片里了。它就像一枚向日葵种子,种植在人的灵魂芯片里,关键的问题是:看它能否顺利地在一个人的人性土壤里萌芽成苗,茁壮成长,并开出金黄的向阳花了。正因为人性中有善根存在,也预示着恶的并存。没有善,就不可能有恶,同样,恶的存在本身恰是对善的佐证,善与恶一体两面,相互依存,护惜、培育、浇灌并滋养这脉善根,和养命一般紧要。养壮了善根,恶念就会断灭。同样是世界的造物,上帝没有给“老虎”这种生灵植入善根,虽说虎毒不食子,但那“不食”乃是出于无意识的本能,并非自觉的善意,老虎吃人时不会生出丝毫慈悲之意,吃过以后亦不会心生愧疚。但人具备自觉的意识和思维,更具有慈悲和愧疚的能力,这慈悲和愧疚就源自那一脉上帝亲手植入的“善根”。只要承认人具备意识的能力,就应该承认善根的存在。毕竟,在世间万物之中,“人”乃是最高的进化成果,而且只有人具备超越自己并抵达神性的潜力,所以天、地、人被并称为三才。

别的万物都处于已经完成的生命闭锁状态,只有人存在极大的精神成长空间,能使自己的存在趋向更加完美的境界,比如通过修为而开悟。人乃是上帝寄予了厚望的造物,也只有人能够帮助上帝完成上帝并超越上帝,因此,上帝不可能不把善的种子植入人的灵魂芯片。就此意义而言,应该相信:人之初,本有善,极个别人堕落成为恶魔,乃因其断灭了自己的善根,只能个案对待,比如希特勒。希特勒是地球上出现过的绝无仅有的超级大恶魔,上帝保佑,希望他是宇宙间空前绝后、永远不可复制的绝对孤本。哪怕地球上曾经出现过希特勒,人性之善在总体上仍然不能被否定。一个人对待世界的态度,就是世界对待他的态度,这个世界永远在悄悄地奖善罚恶,这毫无疑问,不然,世界将何以自处呢?“世界”是个活体存在物,它具有自身的灵性和觉知,它比人和人折腾出来的任何高科技都更加清楚地知道应该成全什么和毁灭什么。世界以存在的方式彰显自己,“存在”不可能臣服于任何强权或意志。存在感知到什么,便回应什么,不做任何解释,也绝不纵容姑息,是什么就呈现什么。女人要真正笑出来,必须越过恶的所有障碍,努力养护生命内里的那脉善根,那脉善根就是埋藏最深和最美丽的花神。

灵魂必备的基础性高蛋白营养质的严重匮乏

身体需要吃饭，灵魂也需要粮食。与身体相比，灵魂需要的滋养更丰富也更精致，粗茶淡饭就能满足身体所需的营养，对灵魂而言，绝对食不厌精，脍不厌细！表象上看，身体吃粮，灵魂食气，那“气”却实实在在，丝毫都搪塞不得，吃得不够或不对，灵魂便会面黄肌瘦，贫血无力，就像肉体罹患小儿麻痹症一样，站立不稳灵魂的脚跟，终生趔趄奔逸，不知其所止。灵魂的成长非常缓慢，且所需元素多而苛刻。缺乏食物营养只不过导致身材矮小，身材矮小基本不影响生命内质的高大茁壮，身体弹性空间的无限存在恰是身体的可贵之处，无论怎般矮小甚至残障的身体里，都可能绰绰有余地进驻伟大到光芒万丈的灵魂，比如霍金。

人们往往把身体比喻为灵魂的房屋，实质上，“身体”这座房屋比世界上任何建筑师的设计和创造都更加奇妙。无论怎般豪华的房子都具有固着化的局限，其空间面积是多大就是多大，没有半毫厘的伸缩性。唯“身体”这座房屋像最神奇的变形金刚一样，可以适应任何豪华和高大的灵魂，哪怕一个可以跟喜马拉雅山比高的灵魂也可以毫不局促地驻扎进一具低矮残破如茅屋的身体里，且收放自如。身体的弹性存在空间无可比拟，灵魂能够超越身体的任何和所有局限，包括死亡。正因为灵魂具有无限超越性，许多时候，身体与灵魂的尺码严重地不对等。比如，在一个七十码的身体里，可能居住着一个三万码的璀璨夺目的大号灵魂，或者在一个两千码的身体里，居住着一个三十码的矮小萎靡且皱巴巴的可怜小灵魂。身体与身体的尺码大同小异，灵魂与灵魂的尺码却可能相差十万座喜马拉雅山！有时候，在一个高大威猛、仪表堂堂的身体里，甚至可能居住着一只耗子般贼头贼脑、肮脏龌龊的小灵魂；有时候，在一具残破不堪、风雨飘摇的躯壳里，却居住着三百头雄狮！灵魂的尺码决定着一个人做人的最终标高。灵魂像肉体一样，需要结结实实、一饭一蔬地喂养才能壮大，然而，人们通常却只知喂养身体，让灵魂忍饥挨饿，使灵魂严重地缺乏营养，发育得干瘪萎缩，难登大雅之堂。

身体如果由于缺乏充分的营养或遗传因素而不够高大完美，这对人几乎不构成任何实质性影响。只要人不过分认同身体，身体便不足以成为人之障碍，无论它完美与否，都不影响灵魂的使用，只要灵魂足够强大和壮阔，就可以游刃有余地打破它的任何限制。如果一个人感觉到被"身体"所限，那恰恰佐证了其灵魂的渺小和暗弱。如果一个人活得像钻石般足够璀璨，即便身体被以死亡的方式变成废品而销毁，他作为人的存在亦不受丝毫影响，甚至可能更加光华万丈。比如佛陀和耶稣，比如托尔斯泰和卡夫卡，他们的身体早已化作尘埃，他们的灵魂却永不磨灭，彪炳万古。能在多大程度上打破身体的局限，就能在多大程度上活出灵魂。身体的伟大之处正在于它的无限容纳性和无障碍通透性，灵魂的伟大则在于它的无限超越性。不能超越身体的灵魂是低矮暗弱的灵魂，这毫无疑问，这就仿若"光"如果不能超越灯泡的玻璃体而弥散和照射出来，那"光"就太过可怜，连萤火虫都不如。上帝的伟大由此也可见一斑：它没有给人选择外形的权利，但却给了人超越外形的可能性。你的体貌形质取决于父母的遗传，你的灵魂却完全由你做主，你要怎样塑造它，就可以怎样塑造它，对这个世界产生影响的最终是你的灵魂，而非你的体貌形质。体貌形质无论多么完美，也无论你多么"天生丽质难自弃"，它最终必然要被时间所毁弃，在身体那日渐荒芜的废墟上站立起来的，只能是灵魂。如果不去喂养和壮大灵魂，在身体灰飞烟灭的同时，灵魂也将委顿在地，成为一摊烂泥。

灵魂非常物质，甚至，比物质还要物质，它决然不可能无缘无故地壮大。如果灵魂营养不足，一个人终生都建立和完成不了自己的人格存在，进而导致其人生跌跌撞撞，幽冥飘荡，于存在的意义上站不稳精神脚跟，筑不牢精神的框架。这种精神矮化和灵魂孱弱比身材矮小残障可悲百千倍，这样的生命很可能像庄稼一样长秕长瞎，其人生很容易破碎或坍塌。一切的征象都在表明：喂养灵魂比喂养身体更加艰苦卓绝和致命紧要。一个婴儿生下来通常只有几斤重，像小猫崽儿那般大，从"小猫崽儿"长成百多斤的成年人，需要几十年如一日，日日三餐，餐餐不断。灵魂同样需要如此持续不断地"喂养"。灵魂营养不足，同身体一样会抵抗力低下，疾殃频生。喂养灵魂的食物有很多，比如知识、艺术、阅历，还有痛苦等，但唯有"爱"这种精神高蛋白，才能让女人的灵魂如葡萄酒般醇熟、甜透且富含生命的真能量。生而为女人，尤其需要灵魂的喂养。

仍以"土地"为例：一个女人的灵魂如果是一块农田，如果这块农田富含化肥和农药以及多种有害物，那么，无论在这块田地里种出什么瓜果蔬菜，都会贻害无穷。只有"甘醇"的女人才能分泌出甘醇的灵魂乳液，从而在其身边营造良好的滋养性精神生态。这个被不厌其详地反复论证的道理非常简单，问题的关键只在于：一个女人怎样才能使自己的生命或曰灵魂成长得像桂花树一样芬芳无比呢？很简单，吸纳足够的爱之营养。当然，男人也需要爱的蛋白质，不过，相比较而言，女人更加致命地双倍需要。拿"牛奶"作比喻，如果男人需要一份爱的牛奶，女人则需要两份。因为女人作为"母性"存在，除自给自足地供应自体吸纳以外，还要对外输出和反哺，女人成长所需的爱之营养必须更丰裕与更优质。人们通常都会错误地把"知识"当作喂养灵魂的主要食物，把学习知识当作培养孩子的唯一途径，认为只要让孩子到名校学到足够多的"知识"就是给予孩子的最成功"教育"，这是个超级大谬误。

只有生命才能影响生命，只有钻石才能打磨钻石，"知识"只能填充脑袋，对"灵魂"几乎不产生营养，知识的灌输和技能的培训与"教育"风马牛不相及。一个孩子即使获得了双料博士学位，其灵魂依然可能面黄肌瘦，发育得连一根豆芽菜都不如，这种孩子脑袋满满、无所不知，灵魂空空如也、一片荒漠，是标准地道的"空心人”。错把灌输知识和培养技能当“教育”,必将带来难以估量的灾患和难以弥补的缺憾,这毋庸置疑!现时代这种“空心孩子”什么都知道,什么都会,唯独什么都不是!他可能看上去眉清目秀,很像是个人儿,就灵魂层面而言,几乎类若一个七拼八凑的“混合组装物”。像电脑一样,这个“组装物”的每个部件比如键盘、鼠标、主机、显示屏,都可能是顶尖名牌,端端正正地摆放在那里,很像那么回事似的,然而,这阿物儿没有“CPU”,致命地缺乏灵魂内存,是个空壳机器。有的女孩更甚,只有一个唇红齿白的“显示屏”,不要说灵魂“CPU”,连“主机”都没有。

人们通常认为“脑袋”就是灵魂,这亦是特等大谬误。脑袋只是智能的工具,哪怕把全天下所有的“知识”都塞进脑袋里,让脑袋变成“百度”引擎,对灵魂也几乎没有任何根本性补益。很多情况下恰恰相反,脑袋里塞的东西愈多愈满,灵魂愈饥饿苍白,只有“爱”,才是灵魂唯一必备的基础性高蛋白营养基。灵魂吸纳够了这种爱的特级高蛋白,能够爱自己,爱众生,爱世界,在爱的基础上确立自己的本心存在,并让这存在与宇宙同频共振,才有能力和条件更好地吸纳与消化诸如知识、艺术之类的二级营养物,并把这些营养内化进生命,使生命真正丰裕富足,绽放出灵魂自身的芬芳与美。

女人的否定性人格成因及强大的戕害力

人的骨肉体质可分为酸性和碱性，同样，每个人的灵魂也有其独属的“体质”，灵魂体质最显著的表现是“人格”。“人格”这个东西看不见亦摸不着，却是一个人最基本的“灵魂血型”。医院在给人诊病的时候有个重要环节：抽血化验。抽血化验的结果通常有两种：阴性和阳性。阴性代表否定，阳性代表肯定，这是众所周知的常识。然而，还有个同样重要的“常识”被人们长期忽略：灵魂也有“阴性”与“阳性”之别。灵魂呈现阳性的人，对自己和世界持“肯定”的态度，认为自己是好的，生命是值得的，世界也是可以信赖的，自己配得上拥有和享受世界，世界也热爱和包容自己的存在，自己与世界珠联璧合，且相得益彰。相反，灵魂以阴性呈现的人，不承认自己，不接纳自己，更不爱自己，对世界横挑鼻子竖挑眼，无论世界发生什么，都令其疾恶如仇，其生命充满内在根脉性的抗争、敌意和排拒，这种灵魂分野最强有力和最鲜明的体现就是“人格”。灵魂阳性就是肯定人格，灵魂阴性即是否定人格。如果一个女人不幸形成了“否定人格”，将遗患无穷，给自己、给家庭、给亲人和孩子，也给整个世界带来无尽的阴霾。要抵制和消解这种否定性人格的形成，必须从根脉深处认真做功。

每一个“女孩”都是潜在的“母亲”，在从“女孩”到“母亲”的成长过程中，任何一个环节的爱之资粮匮乏不足，都会影响到下一个身份的圆满。这就仿若从苗芽到谷穗，任何一个环节的匮乏都可能影响到稻子的最后饱满度。人也同理，一个小女孩生下来，如果不曾在原生家庭里得到充分的高品质之爱的滋养，她就会在生命的最内里体验到一系列否定性感受，进而造成其生命和人格的否定性特质，比如不安全、不自信、不稳定，乃至不聪慧、不敏感、不觉知、不灵动、不温润、不优雅，并最终导致不美丽、不可爱、不富足和不含爱，且对任何细微的精神病毒都不免疫，其灵魂软件很容易被精神病毒攻击，造成人格瘫痪乃至系统崩溃。

对女孩而言，不美丽和不可爱不是因，而是果。因为，那每一个否定性的“不”，都是其灵魂深处埋伏下的一道细微的阴影和裂纹。这些“阴纹”最初可能细若发丝、若隐若现，当“灵魂”像烧制瓷器一样被抛置在生活的大熔炉里经受高温炽烤的时候，那细若发丝的阴纹就会在高强度炽烤之下造成致命的深度“裂纹”。“裂纹”超过了某个指数值，“灵魂瓷盘”就会埋下“碎裂”的隐患，出了炉膛，稍有震荡和碰撞就可能爆毁成一地碎片，这在很大程度上就是“精神分裂”的最初因由之一。表面上精神分裂都缘起于偶然的外力，实质上是这个分裂者的灵魂胎模具备分裂的“原始体质”。同样的外力，作用于一个人如同轻风拂面，作用于另一个人则可能如同惊涛骇浪，自己的耐受力和精神体质才是内因。如果一个孩子的灵魂胎模没有打磨到位，分裂几乎是必然，而打造孩子灵魂胎模的人就是母亲。也因此，通常而言母亲应该为孩子的精神分裂负主要和大部分的责任，外力在其次。愈强势和暴戾冷酷的母亲，孩子分裂的概率愈高。许多情况下，真正摧毁孩子的，不是别人，往往就是孩子的母亲。

需再次申明：“妈妈”和“母亲”是两个概念，“母亲”包涵“妈妈”，其意义远大于、远高于和远超于“妈妈”。“母亲”的角色不一定由妈妈承担，甚至不一定由女人来承担，再甚至不一定由某个具体的“人”来承担，在非常特殊的情况下，男人能够胜任“母亲”的角色，一棵树、一条河甚至一座山都可能荣幸地替代某个孩子的母亲角色，再甚至一头母牛或一头骆驼也可能像母亲那样慰藉一个孩子的心灵，象征性地代施母亲的职能。但凡出现精神分裂孩子的家庭，肯定不曾给出细腻柔润而又丰足甘醇的母性之爱，这几乎毫无疑问。在那样的家庭中，作为母亲的那个女人要么资质太低太暗弱，要么太自以为是和太过强势与暴戾，极少可能是一位温润如玉、自在安泰的好母亲。“好母亲”恰如其分，其能量存在不多不少刚刚好，温度和柔韧度相得益彰，一般不会养育出精神分裂症孩子。一个家庭只要出现一个精神分裂的孩子，这个家庭别的孩子要绽放出美丽的生命花朵来，必须具备足够的觉知度和超越家庭常态的生命能量。那处在同一精神环境下的别的健康孩子能够躲过母亲的能量劫伤，通常会超越常人，成为卓异的优秀者，把同胞中那个精神分裂症者的生命能量也加倍地活出来，使疾患和奇葩并存。简言之，一个女孩如果不曾得到原生家庭的充裕之爱，其内在深处就会携带太多的“否定元素”，她会像一棵病弱的瘦草那样，始终处于灵魂贫血和精神饥渴的萎缩状态，哪怕外貌生得清丽娟秀，其人生仍可能荒芜颓败。只有爱的高蛋白给足给够了，一个女孩才可能真正美丽。

对女孩而言，“美”和“漂亮”是两回事，美包含漂亮，又远大于漂亮。漂亮是有形有质、可触可见的物质性存在，它浮于表层，不具备渗透性，而且没有光泽度，它必须附着在各种形质之上才可能存在，它是某些特定形质存在的相加物；换言之，把某些元素累加在一起就可以拼凑出“漂亮”。而“美”包含了太多的精神内蕴，它不是加法的结果，而是元素与元素相乘的飞逸性生成物。如果“漂亮”是五官相加拼接出来的一张“脸”，“美”则是灵魂自内而外闪耀在脸上的神光。当然，形质本身如果具备一定的穿透性，也会美无敌。比如玛丽莲·梦露，她的外形本身已精神化，对她而言，肉体本身就是灵魂，每根发丝飘逸出来的都是精神，精神和肉体在她的身体上跨过固有的分界融会为一，如同秋水共长天，美至妙绝，她的灵魂完全彻底外化到了她的形质之上，她的身体成了美之精灵，她的灵魂就是身体。然而，像“蚕”一样，她的每一缕灵魂能量都被绽吐出来织成了光彩夺目的外在之“丝”，她把每一滴血都化作了夺目的美艳。所以，她蚀空自己，悲惨而死，她的生命最终成就了光艳照人的空心茧壳，她就是一朵妖艳欲绝的肉质玫瑰。

人们常拿“如花似玉”来形容相貌姣好的女孩，“花”显示出女孩的植物根脉性，是女孩的“灵魂”外化物，而“玉”则是女孩的体貌和形质外化物。灵魂不具备花的芬芳，再漂亮的女孩也只是美在形质。某种意义而言,“玉”乃是石头的“开悟”,连石头开了悟都可能晶莹剔透。我个人认为,高僧大德留下的舍利子,恰恰仿若身体结晶而出的“灵魂之玉”。舍利子是灵魂的形质外化,是能够看得见和摸得着的“灵魂”。同样,“花朵”是能够看得见和摸得着的“神”。红楼大观园里姹紫嫣红,最美还是林黛玉。黛玉只能姓“林”,林属“木”,那是她的灵性之所在,咀华含英,与天地灵脉相连,不脱本心,不离本性,她是个吸纳天地精灵之气的真女孩。相比之下,冷美人薛宝钗就不具备相应的觉知度。薛美人也金贵,然而,恰如其名字所昭示的,她贵在“金”,虽也属“宝”之一种,却与玉无缘。金银有价玉无价,与林黛玉相比,她端的是差了个境界,再怎么着也越不过那个“俗”字。贾宝玉只能“含玉而生”,决然不可能“佩金而出”,所谓金玉良缘,金形于外,玉质于内,“金”说到底不过一种金属,光华灼灼,冷硬似铁。灵透易碎的玉终究不是钢铁的对手,所以玉碎而死,死而犹生,“金钗”成为生命的装饰物,虽胜犹败,虽生若死。

女人的肯定性人格建设比什么都重要。没有力量能够否认:真正的“美”乃是灵魂穿透生命的外在形质弥逸出来的神光。这“光”不是轻而易举就能具备,也非外力能够赋予,它是生命成长到某种境界以后自己透出来的“晕光”,它不是累加与拼凑,而是逸出和飞升的奇迹。漂亮仿若人工打出来的腮红,美丽是仙果的光晕,如果说漂亮相当于“二加二等于四”,那么美丽相当于“二乘二等于月亮”。“爱”同时亦是生命抵达灵透之境的最佳路径。如果刚生下来的孩子像一块混沌蒙昧的“石头”,那么,只有“爱”才能使这块愚顽的石头慢慢地祛浊透光,像去除蒙蔽一样变得晶莹若玉,若翡翠,若美钻,放射出夺目的亮光。爱愈丰沛,女孩就会愈益晶莹剔透地美和靓。“美”就像瓷器表面的那层“釉”,那釉不是在外表涂抹上去就可以了,而是放置进炉膛里高温烧铸而出的,那烧炙的火候差池半毫厘都不行。爱越真实丰厚,那“釉”的色彩越美到光华灿烂。漂亮是看得见的“亮”,美丽是内质的“靓”。哪个男人不喜欢美丽温润如碧玉的靓女孩呢?父母的爱使女孩美丽如玉,男人的爱使碧玉开花，美到动魄惊心。像“养玉”一样，女孩的“美”和“靓”亦皆是拿爱养出来的，不去拿爱滋养，天生的外形再出众，也不过是“漂亮”，与“美丽”相去甚远，根本不在一个意境上。

“自卑人格”的形成和突围

对自卑的超越乃是对人性痼疾最严峻的挑战之一。就本质而言，自卑是一种接近绝症的“人格疾病”，每个人身上都或多或少地存在“自卑情结”，因为每个人都具有追求“完美”和“优越”的天性，哪怕明星也会对自己吹毛求疵，求全责备。适度的自卑无可规避，也并不可怕，甚至会成为自我激励之力。然而，当“自卑”由表入里，深刻地内化进细胞里以后，它就会固着和演变为一种人格。“自卑人格”几乎等同于“灵魂癌人格”，它不仅可能使人丧失爱的能力，更可怕的是丧失掉“被爱的能力”。一个人只要形成自卑人格，哪怕打死他，他都不会真正相信自己配得上这世界上美好的事物，愈美好的东西他会愈不敢相信。即使把美好诚心诚意地双手捧着递到他的手掌心，他也会视为对自己的“污辱”和“讽刺”或“怜悯”与“施舍”，他死都不会接受那美好。愈美好的东西他会愈加弃绝和躲避，甚至连碰都不敢碰；又甚至，他会对着那恭送到手上的美好恶狠狠地吐唾沫，然后再拿脚把它践踏成齑粉烂泥。实际上，自卑者心里爱死了那被自己踏碎的美好，他无时无刻不在渴慕那美好。为了不让自己去碰触他渴慕到死心绝念的东西，他会躲在黑暗的洞窟里自己对自己千刀万剐，挫骨扬灰。当他鼓足勇气钻出洞窟的时候，又会为自己“人穷志不短”的“傲骨”而得意扬扬，充满“胜利的优越感”。他所谓的“胜利”来源于他决绝地抵制和抗拒了美好事物的致命之诱惑。他不知道，这胜利对他而言乃是真正的可悲、可怜和不幸。尽管他表面上会因战胜了自己而骄傲，于内在深处，他深知胜利就是“丧失”。他清楚地明白，他的“胜利”乃是滴血的“失败”，甚至是穿骨蚀髓的完败。尽管如此，他仍然会大义凛然地对美好采取“拒绝”的姿态，根深蒂固的致命自卑使他坚信：

自己不配！因为“不配”，他进而可能对美好生出真心实意的刻骨之仇恨。

“自卑”这种“灵魂癌人格”乃是一种“灵魂白血病”。其灵魂中否定性的“白细胞”远超肯定性的“红细胞”，其灵魂血象永远呈现“暗弱”状态，其行为方式永远是被动性的退缩与躲避。哪怕貌似“进取”，其进取也往往带着强烈的否定性和攻击性，其结果通常是“杀敌八百自损三千”，表面是在自卫，实则是在自毁。形成“自卑人格”的因素主要有内外两个，内里是严重地缺乏自信，外在乃是所遭受的致命打击和否定，起本质作用的仍是“内因”，外因必须通过内因的高度合作才能有效作用于人格的形成。如果内在建设坚不可摧，任何外力都无法渗透进去并产生影响。归根结底，自卑源于灵魂的原始营养严重不足，抵抗精神病毒的免疫力太差，比如《百年孤独》中的阿玛兰塔。

阿玛兰塔由于初恋严重受挫，终生都不曾再建立起女人的自信，她宁可把手伸进火炉里烧得皮开肉绽，也决不让那只手伸出来接过男人递给她的玫瑰。因为，“接受别人”同时意味着“给出自己”，她由于自卑导致畏怯从而永远丧失掉了“给出自己”的能力。对自卑而又怯懦者而言，所谓“给出自己”基本相当于闭上眼睛“跳沟”。她坚信：自己面临万丈深渊，只要跳下去必将万劫不复。而那所谓的“万劫不复”其实不过是被拒绝和被背叛。她没有能力相信：自己想象中的“万丈深渊”只有半尺深，跳下去不是粉身碎骨，而是种子落地般地成全和绽放，哪怕“被拒绝”和“被背叛”也是变相成全。

生命如同一枚“花种”，自卑者会把这枚种子裹在坚硬的甲壳内，并牢牢地紧攥在手里，自始至终都不敢抛出，从而使生命窒息于灵魂的子宫，并胎死腹中，向内完成“自戕”；或者，自卑者把那枚生命的花种用怨恨硬化成子弹，奋不顾身地射向他者，向外完成“他戕”。不管是退缩性的自戕，或是进攻性的他戕，都是自己对自己生命的最大背叛和拒绝，这种自己对自己的拒绝才是最冷酷悲哀和最残暴可怜的拒绝。

克服自卑的唯一途径是自内而外地超越自卑。这种超越建立在全然和高度地"接纳"之上,首先接纳这个世界在外象上呈现出来的各种"不平等",然后接纳万事万物内在意义上的终极大平等,再然后全方位多层面地接纳自己——包括自己的所有不完美,并真切地认知到:那"不完美"正是上帝留给自己的"成长口",正是那"不完美"的"裂隙"铸就了自己的独一无二性。上帝必须透过生命的"裂隙"才能把自己的神光照耀向一个人的生命,使生命完成独属于自己的卓绝之美。没有"裂隙"的生命将是封闭和僵死的生命,这样的生命将永远没有机会化蛹成蝶。所谓"完美"实则是死亡和固化的别称。让自己那枚生命的花种落地生根,开花结果,是什么就是什么,无论怎样都欢喜悦纳,自在坦然,乃是生而为人的真正荣耀和伟大之所在。

拿生命聆听伯格曼的细语与呼唤

英格玛·伯格曼先生是我最热爱的导演，没有之一。我个人坚定不移地认为：他是有史以来最伟大的导演。他的电影，如果拿一句话来解读，就是在诠释爱。而且，他诠释的不是狭隘的男女之情爱，而是博大细腻的人性之爱，或曰生命之爱。伯格曼先生告诉我们，人的灵魂是有温度的。家族的灵魂亦是有温度的，家族的灵魂温度具有强烈而又致命的遗传性和感染性，如果一个家族灵魂凉薄，就会生出凉薄的儿孙。一旦"凉薄"成为家族体征和家族人格，其成员很难对其形成逆袭和对抗。这种"家族人格"必将祸殃无穷，使家族后代天生罹患灵魂感冒症，且终生难以治愈。"凉薄"是致命的精神冰毒，会导致"灵魂感冒"这种可怕的风寒症。罹患此症之人，无论拥有多少财富，无论取得怎般成就，都类若钢铁冰冷的机器，很少能活出人味，亦极难活出真意趣。这种人致命地缺乏幽默感，呈现出机器般高度的智能化和程序化特质，其生命将高度精确和规则化甚至数据化，其灵魂极难逸出"规则"半毫厘。他们将像智能机器人一样，对一切都精准无误地做出智能性"程序反应"，而不可能使生命具备任何原创发生性，更不可能活出生命的大美与神性。无论裹覆在多么丰厚的物质外壳里，其内心仍冷到哆嗦，两只眼睛会像结了冰渣般寒气袭人，这类人应该叫作"灵魂渐冻人"。当"渐冻"发展到一定程度时，这类人将成为"精神植物人"。

伯格曼先生的电影《野草莓》中的那个老祖母，就是这种凉薄匮爱女人的化身性代表。那个凉薄的老太婆养育出了凉薄的儿子，凉薄的儿子又养育出了更加凉薄的孙子。这个孙子凉薄到拒绝生命的可悲程度，其妻怀孕后，他没有丝毫对新生命的惊喜，相反,对自己无意间创造的新生命暴跳如雷,恨不得当即腰斩。老太婆的儿子,那个取得了终身成就奖的医学教授,甚至分辨不清患者是死还是活,因为他的血液凉薄到冰点以下,他根本感知不到生命的存在,然而他却是救死扶伤的“知名医学教授”,这实在是巨大的讽刺。所幸,老太婆的孙媳充满生命的热能,宁可离婚也要生下孩子,最终勇敢地站出来遏制了这种凉薄基因的家族性延续,使这个家族的血液开始回暖升温,这才使得其子孙后代有望触摸到“幸福”那对他们而言高不可攀的翅膀尖。

伯格曼先生作为世界级大导演,其伟大的标志性地位像丰碑一样屹立在世界电影史上,没有人能够撼动。他的代表作,无论是《呼喊与细语》,还是《芬妮与亚历山大》,所传递的实质内容都是家人之间的“亲密”、“温馨”与“爱”——这种最日常、最平凡、最普通,也最柔软的人类灵魂所必不可少的刚需性粮食。他的主题看上去从来都不深刻,也不艰涩,更不搞什么时尚、前卫、酷,平凡和普通到就像家常便饭。然而,恰恰是这种平凡和普通,使他抵达了令整个世界难以企及和难以超越的电影艺术的峰巅之境。比如《呼喊与细语》,我认为,它不只是电影之经典,而且堪称伟大和奇迹。在我的心目中,伯格曼先生不亚于文学界的托尔斯泰,他毕其一生之心血,始终在不遗余力地诠释家人之间的亲情与爱这个被人忽略的永恒而又伟大的主题。他终生都在探索宗教与信仰,最终证得:爱就是宗教,爱就是信仰,除此以外,没有别的通灵之神。

如果一个人自己宣称自己的“伟大”,并把自己从“平凡”的众生之中抽离出来,抵制平凡,且以自我宣称的“伟大”和“卓异”甚至“神通”而自居和骄傲,认识不到“平凡”的高贵性和超拔性以及伟大性,他便毫无疑问已经跌落在平凡之下,连平凡都远远和遥遥地不及,是掉落进了自己拿“自负”挖掘的深坑中,要爬出这自掘的深坑抵达“平凡”的地面,并从地面上站起身来,去触摸平凡,对他而言高不可攀,甚至终生终世都难以抵达。如果一定要“卓越”的话,“平凡”乃是“卓越”的第一级台阶,不能抵达“平凡”,永远不可能触摸“卓越”。

自负者和所谓的“神通者”,要么跌落在地面以下八百米的深坑中,要么像脱线的风筝一样高高地飘荡在两万米的半空中,都与“卓越”风马牛不相及。他们要么在深坑中永世不得露面,要么从空中坠落成为一地鸡毛,恰恰因为不甘于平凡,不肯接受平凡,进而从根本上丧失了任何卓越的可能性。这种自我宣称的所谓“伟大”不是伟大,而是双脚离地、颠倒错乱的梦幻,是自卑和自鄙,是愚痴和无知,是疯癫的自欺,是不敢正视自己的妄想,是自己反对自己、个体反对世界和整体存在,企图可笑和自不量力地反对宇宙秩序,进而反对人自身基本特质的一种狂妄和愚蠢。恰如明朝末年的密云禅师所言:“具足凡夫法,凡夫不知;具足圣人法,圣人不知。圣人若知,即是凡夫;凡夫若知,即是圣人。”

在伯格曼先生的电影里,“男人”与“事业”基本处于第二位的价值取向,女人、孩子与爱始终占据着首要的宗旨性核心价值地位。他清楚地明白:抽离掉亲情与爱,任何貌似辉煌的事业全部都是虚妄,而女人就是爱的化身。在地球上,在宇宙间,还有什么“事业”能比“爱”更伟大呢?宇宙本身就是爱。违背了爱,任何貌似“伟大”和“冠冕堂皇”的事业都值得质疑。在诠释女人与爱时,伯格曼先生并没有把目光凝聚在“男女”这个最容易吸引眼球的卖点上,而是在亲人、亲情与亲密这样的普世性家庭大爱上,使女人超越狭隘的性别局限,抵达母性之美。在他长达五个半小时的代表作《芬妮与亚历山大》中,主角就是两个几岁的孩子,正是这两个孩子,让我们看到人的灵魂成长脉络及其细枝末节,伯格曼先生用自己的生命告诉我们:所谓伟大,就是平凡。

养玉之道与养人之理

这世界万物有灵，石头也有生命，有它们独特的生命频率。如果足够静心，就能感觉到石头的呼吸和心跳。石头并非静止不动，作为生命存在体，它们也时时刻刻都在生长。它们亦有自己的成熟期和生死轮回，而且，它们亦在用心修持自己，感悟存在。同时，它们亦有自己的痛苦和磨难以及命运轨迹，不同的命运也造就出它们不同的生命景遇，比如有的石头碎了，有的石头修炼成了玉，亦有的成了翡翠。

"金银有价玉无价"，一件玉品可能售出天价，人们丝毫不以为奇，许多女孩不惜重金，替自己购买心爱的玉镯，认为那美丽的玉镯可以使自己尊贵无比。在人们眼中如此珍贵的"玉"，本质上仍然是石头。煤炭和钻石的分子虽然结构完全相同，然而，石头与玉品具有天壤之别，钻石与煤炭不可同日而语，由"石头"到"玉品"，由煤炭到钻石，是大自然艰苦卓绝的造化神功。面对鬼斧神工的"翡翠钻石"，人们往往惊叹不已，甚至有人为了一块价值连城的"美玉"或"钻石"，不惜牺牲自己的生命。殊不知，"人"是比任何钻石都更加珍贵的"神品"，与"人"这种造物相比，美玉也好，钻石也罢，都不足挂齿。一块全宇宙最值钱的钻石，相比于一个人而言，仍然轻若鸿毛。然而，人类的常态价值观和行为模式是：愿意终生苦心孤诣地去雕琢一块"玉"，去追逐一枚"钻"，却不肯在"人"自身的蜕变上下功夫，更看不到生而为"人"的无可比拟的尊贵与荣耀。

就像"骑驴找驴"一样，人往往舍弃人作为人自身的价值，把人作为人的存在贬低为"工具"，然后，利用这个"工具"去殚精竭虑地追逐类若钻石之类的"财富"以及名利和地位。谁能否认呢？人的最大财富还是人，在成为真人的基础上超越人性的桎梏，使自己尽可能地抵达神性之存在并脱离生死之轮回，也即人们常说的“开悟”之境，就是人所能达到的最崇高、最神圣的“地位”。除此以外，那所谓的“地位”再高，又能高到哪里呢？许多高高在上的人，由于“地位”太高，高到连自己都触摸不到自己，已经丧失掉作为人的最本心之存在，那不是高，是“癫”。

忽略自己作为“人”的存在，无论去经营何种貌似伟大的“事业”都是对人自身的浪费和贬低。许多时候，人把人贬低为“工具”，无非为了谋取一份“职业”或“地位”。然而，无论在“职业”上，还是在“事业、志业、福业和道业”上，还需要去一步一个台阶地精进和完成，不把自己当人，任何的“地位”都是把自己当作被役使的奴隶。“人”本身已经足够荣耀和神圣了，何需一把象征地位的“椅子”来为其狐假虎威地增值保价呢？退一万步讲，就算要把人贬低和造就成为工具，也要把“人”放进眼里，郑重其事地去对人做功才行。人，表面上自誉为万物之“灵长”，事实上某些情况下，很大程度上根本不曾把自己认真当人。比如，人们往往拿“如花似玉”来褒奖女孩子，那意思是说：女孩子实际上是低于花和玉的。这理论看似荒谬，事实上某些情况下，人确实把人看得比石头要低。再退一万步，就算女孩子是石头，那石头也需要用心去滋养。

不要说活生生的女孩，哪怕一块无知无觉的“玉”，不好好地用心去“养”，也只能是普通的石头。玉石，玉石，再好的玉，也还是石，想让这石头获得灵性，靠的就是心力和“养”功。养得好了，玉才能成为“活玉”，与佩戴者脉息相通，使人如其玉，玉似其人。事实上，“养玉之道”看似简单，里面却蕴含着极深奥的天机，对养玉之理略知一二的人都晓得：玉和人一样，有肉眼看不见的毛孔，这毛孔被行家称作“土门”。土门是玉石排泄内部杂质的管道，杂质排泄得愈快愈净尽，玉才能愈加晶莹剔透。不过，想要使玉获得生命，成为通灵的“活玉”，必须让它与人的生命接触，吸纳进去生命的营养。这个道理看似平常，却喻示着太深的禅机：一块石头尚且如此，何况人呢？何况孩子呢？更何况天性纤灵的女孩呢？

事实上，不只是玉，据专家探测，“石头”其实也是生物，不仅能呼吸，而且有心跳，只是频率特别缓慢，人的神经无法直接感应到，这不是石头的木讷，而是人的迟钝。“养玉”的方式看似简单平常：把玉佩戴在身上，让玉与人体接触，人的身体就会喂给它养分，日久天长，它就能慢慢获得生命，并不断生长和灵透。再好的玉，如果不与人体接触，与生命处于完全隔离绝缘的状态，也活不过来，终究也还是一块憨头呆脑的石头。反过来讲，哪怕像玉这样的石头，拿体温去暖它，拿生命去喂它，拿心魂去养它，它也会具有人的灵性。《红楼梦》里的贾宝玉离不了身上那块与生俱来的玉，失了玉，他就会失魂落魄，只有那块玉回到身上，他的魂魄也才能回到其身体。这看似荒谬，实则亦蕴含着极深的禅机。那块玉是他的魂魄，那魂魄外化成人，就是美如仙葩的林黛玉。林黛玉其实是贾宝玉的生命“外挂”，他们异体同源，不二而一，林黛玉仙逝而去，他不出家不可能。一个人失了心魂，在这世间何以为寄呢？心空之人自然要遁入空门，以空皈空，方得其所，万事万物越不过昭昭天道。

仔细推究，每一道养玉的细微环节，其内蕴都玄机无限。比如，从市场上买到的玉饰，为了卖相好，绝大部分都被商家打过“蜡”，看上去晶莹璀璨，事实上却是致命之蒙蔽。这“蜡”就像涂抹在女孩脸上那层厚厚的脂粉，正好堵住了玉之“土门”。如果不除蜡，“养玉”根本无从谈起。很显然，无论再好的玉，如若不能呼吸，永远只能是死玉，没有生命的死玉有什么养头呢？那不是如同母鸡抱着石头孵卵嘛！涂抹在女孩脸上的脂粉无论再厚都不要紧，一水为净，痕迹无留，那蒙在女孩心性上的“脂粉”，才是女孩的致命之毒。比如薛宝钗，生得面似满月，肤如凝脂。令人遗憾的是，这样一个妙龄少女，居然暗藏着那么根深蒂固的功名利禄之心机。那功名二字对其灵性而言，比任何的脂粉都更加脂粉，这种“灵魂脂粉”终生洗涤不去，因为它像土壤里的化肥，直接渗透在血液里，所以她才会去竞选宫女，入宫不成她才会退而求其次，想要成就“红楼少奶奶”的名分与尊贵。这一切都与心性和爱无关，不过是一个女人用心经营出来的功名梦。她不仅劝说听到功名二字就勃然大怒的宝玉去谋取功名，自己也在处心积虑地谋取功名。她不是像花朵自然绽放般烂漫无拘地活出真生命，而是苦心孤诣地经营和役使人生，这就是她的全部悲哀和不幸之所在。她从头至尾没有真心真意真情趣。老天成全她，让她守着红楼少奶奶的名分徒然地空耗岁月。她就是个被世俗之尘垢蒙蔽了心性“土门”的小老太婆或活木乃伊，虽妙龄二八，却已呈现出世故艰深的妇人之谋略，且处处心机，与那个活死人王夫人倒是有得一拼，做她的儿媳丝毫不屈才。哪怕貌若天仙，怎有半点可爱？打死了，林黛玉都不会去参选宫女，她连想都不会想到那般恶俗的鬼念头，不失赤子之心的宝哥哥若是能爱上薛大美人，那才是逆了天理常道！

养孩子仿若养玉，如果父母不能在灵魂上与孩子达成融通，孩子的心性就会被尘垢之“蜡”糊住，何谈成长呢？更可怕的是，许多父母本身已经被尘垢之蜡糊严糊死，如同死魂灵，孩子也必然被糊住，几乎难逃其劫，除非孩子运气好，遇到额外的穿透性天机，才可能被“启蒙”。懂玉的人最懂得“启蒙”之要义：买到新的玉饰后，必先用温水浸泡，把土门里的蜡溶解出来，擦干再佩戴，只有这样，那玉才能呼吸畅通，生命的营养也才能喂养进去。对养孩子而言，更需要拿爱去“溶蜡”，二者具有异曲同工之妙。不过，孩子与玉石又端的不同，孩子本身天生具足又心性灵透，每个孩子的灵魂都晶莹若玉，或者说，每个孩子都是一块极品“宝玉”，只要不对其心性“糊蜡”，就是功不可没的恩德。人的本心被糊上厚蜡再去溶解，是最艰辛的事情，洗玉容易洗心难。

许多时候家庭和社会都在对孩子粗暴地大肆“糊蜡”，齐心协力、众志成城地用世俗的观念把孩子“闷死”、“淹死”，使孩子早早成为混搭而成具有固定装置程序且兼容性极强的机器，还自以为“成功”。孩子稍有半点不合程序，家长决不死心，非把孩子彻底改装成机器。孩子与社会和既定程序稍有半毫不兼容，家长就会心惊胆战，变本加厉地拼命“糊蜡”，拿各种俗不可耐又恶心透顶的教条和观念去兜头盖脸地糊与填，就像拿浓稠的油漆往一棵活生生的树身上拼命涂刷那样，直至孩子彻底兼容并程序化，终生终世按照被写就的社会芯片按部就班地运行，哪怕活到二百岁，其人生也不过是亦步亦趋地“走程序”，将不会有任何原创性可言，更不会活出生命的神性之美，只是不折不扣的“行尸走肉”，如同摆在玻璃橱窗里被展示和兜售的新加坡胡姬花。胡姬花很美，被誉为“卓锦万代兰”，然而，那玻璃窗里摆着的却是丧失了生命的死兰和僵兰。商人把活兰从花枝上采摘下来，经过几十道工序——灌、浇、铸、涂、染、糊等，然后拿来出售，那售出的每一朵金光闪闪的胡姬花，都是一枚镶嵌在金壳里的花尸。被彻底程序化的孩子，也如同经过无数道工序加工处理的胡姬花，就是冠冕堂皇的灵尸而已。那糊死孩子灵魂的就是五颜六色、鲜艳夺目的各种世俗和观念的“金粉”。

人如玉，玉似人，但凡“生命”，就需要“呼吸”。“呼吸”二字看上去简单，却是生死之玄关，哪怕像玉这样的石头，如果呼吸不畅，也会窒息。“有纳必有吐，有入必有出”，养玉者如果仅仅把玉饰佩戴在身上，只是喂给它吃，不让它吐，它就会因消化不良而吃撑。因此，在佩戴过程中，还要给玉“吐”的机会，否则人身上的汗水和油脂会堵塞其土门，致使玉品吸纳进去太多污物而被“淹死”。所以，大约每过五六个月，必得让玉“吐”一次。那“吐”亦很讲究，有“温吐”法，有“干吐”法，温有温的好，干有干的妙。吐后的玉戴起来会更加鲜艳亮丽，日久即会渐渐现出宝光。所谓“珠光宝气”，听上去很美，做起来却要步步经心，不用心呵护疼爱根本不可能养出好玉来。养玉是爱玉人最大的乐趣，贴身而藏，精心呵护，经过天长日久的把玩佩戴，那玉就会像虫蛹经过艰苦的挣扎与阵痛，最终化蛹成蝶，逐渐蜕去粗糙的土壳，现出天地给予它的灵性、润泽、色彩以及光华，其生命才会盎然绽放，生出芬芳之香。

我国古代把养玉叫作“盘玉”，极其讲究章法，如果盘法不当，再金贵的美玉也会被毁掉。和养孩子一样，盘玉也各门各法，因人而异：文人文盘，商家武盘，修身养性者多为意盘。细斟起来，唯“意盘”出神入化：爱玉者将玉持于手上，一边盘玩，一边在心里念想着玉的品质和美德，持续从中汲取精华，以养自身之质气，久而久之人玉合一,与其说是“人盘玉”,不如说是“玉盘人”。不过,“盘玉”亦有很多禁忌,如忌摔跌,忌冷热无常,忌火烤,忌酸蚀,忌油污,忌尘埃,忌化学物质,还忌贪婪,忌狡诈,忌烟熏火燎。犯了这些禁忌,就不是盘玉,而是暴殄天物了。养育孩子亦如是,不用心对待孩子,就是最大的暴殄天物!真要把孩子当人养好,首要的条件是:自己拿自己当人。

灵魂之盐的匮乏和精神毒素的排释

盐是人体不可或缺的物质，人不吃盐就会浑身无力，甚至导致生命衰竭。灵魂也需要盐，甚至比肉体更需要。对灵魂来说，爱就是不可或缺之盐。盐非常不起眼，且比任何调料都便宜，然而，做菜时如果不放盐，无论别的调料怎般到位，也无论厨师的技术怎般高超，菜都不可能做得出味道来。盐对菜具有一票否决权。盐像空气一样，因为太过平常，人们反倒容易忽略其存在，事实上，把空气拿掉，要不了几分钟人就会毙命。“爱”是灵魂之盐，把爱拿掉，或者爱营养不足，灵魂就很难发育健全。灵魂发育不良比身体罹患小儿麻痹还要可怕，患了小儿麻痹可以借由拐杖站起来，灵魂缺盐匮钙，将没有任何力量可以支撑生命站稳精神的脚跟，灵魂站不稳，立不直，别的一切都无从谈起。

仿若园子里的“歪瓜裂枣”，人，尤其是女人，极易把自己长歪，长歪的女人大多源于根深蒂固的“灵魂匮盐症”。男人怕长孬，女人怕长歪，“歪”和“孬”大相径庭。歪，多指外形不端正。歪者易孬，孬者则不一定都歪。孬是内质的败坏，更深透也更无可救药，是灵魂浸毒，仿若一枚挂在枝头的果子，哪怕鲜艳欲滴，完美无瑕，如果剧毒无比，连飞鸟都会远远躲开。顺便提及，乡下四五岁的小孩子都晓得，但凡生长在路边伸手可及的果子，如果外表看上去娇艳诱人，却又累累垂枝，鸟兽不问，一定剧毒无疑，绝不可染指沾舌。

自然界的瓜果如果不够醇甜，原因不外两个：一是土质差，土壤的水分和营养不足；二是不曾吸收够足量的阳光。不管品种多么优良，缺少阳光的拂照，蔬菜瓜果都不可能甘甜味美。塑料大棚可以用电或燃料制造温度，却无法提供阳光，阳光乃是携带丰富营养的能量，跟电温绝然不同，电温属于“白光”，外热内寒，它可以把蔬菜催生得虚胖醉红，鲜艳硕大，却无法把真营养和真味道喂进去。因此，大棚蔬菜形美而味寡，营养贫匮。女人如果灵魂携毒，原因与此相类：缺乏足够的爱之滋养。所谓的“知识”和“技能”都属于“电能”，对生命没有真滋养。一个孩子，哪怕拿到双料博士学位，其灵魂仍可能孱弱不健全。

“爱”是灵魂的阳光和不可或缺之盐。有的女人不只是把自己长“歪”，甚至长“孬”，还殃及家人。女人可以不美，只要灵魂不携毒，依然可以成为好女人。一旦灵魂携毒，再怎么美都于事无补。有的女人灵魂里积存了许多毒素，只要遇到“弱者”，就会不失时机地紧抓不放，把分泌和积储在精神腺囊里的全部毒蛊，都朝着无辜的他者兜头盖脸地喷溅出来，连她自己都意识不到她对别人恶毒到怎般程度。而这只佐证着一个对她而言冷酷到残忍的钢铁事实：作为女性，她不曾被爱滋养过。她的生命里缺少了“爱”这种至关紧要的致命元素，她是个严重缺乏爱盐滋养的“灵魂贫血者”。因为爱的极度匮乏，她的灵魂发生了可怕的转基因变异，已丧失同情、悲悯以及温暖和爱意这些最基本的人性能力。这种丧失对女人而言，是比死亡更可怕的噩梦与灾难。可悲的是，她本人可能丝毫都意识不到，自己生活在地狱般的噩梦渊薮里，还会自以为是地张牙舞爪和飞扬跋扈，所呈现的灵魂粗鄙得惨不忍睹，本人还洋洋自得地以优雅和高贵自居。

一个人是否粗鲁，粗鲁到什么程度，表现在他如何对待他者，尤其是“地位”和“阶层”劣于自己的“弱势”他者。面对“尊贵者”眼皮向上翻，这是人之常性，这常性之外才见人之真性。对高者俯低和对低者居高，都是大粗鲁和特粗鲁。仿若一只木桶，其盛水量取决于最低的那片木板的完整性和坚固度，哪怕这只木桶深高逾丈，只要低处某片木板有漏洞，漏洞以上完全无效。同样，一个人对待“卑微”者的态度，才真正标示出其人性品质的优劣，动辄对司机、保姆或酒店服务生吆五喝六、丑态毕露者，必然预示着其灵魂的内在大粗鲁。所谓“卑微”，是名卑微。何为卑？何为微？何为大？

何为强？如庄子所言：没有比秋毫更大者，没有比泰山更小者，没有比早夭的婴儿更寿者，也没有比八百岁的彭祖更短命者。站在宇宙全息的角度看，一个人，无论怎般“伟大”，当他视别人为“卑微者”而彰显自己的“强大”和“高贵”时，他都可笑和可怜到令人不齿。

灵魂的剧毒通常都源于仇恨和怨怼。“仇恨”的种子如同灵魂里潜滋暗长的恶性肿瘤，或曰精神癌细胞，比肉体之癌更可怕。肉体癌细胞虽百弊却有一利：不具有异体传染性，它伤及的只是携带者本人。灵魂癌患者戕殃的却是他者，从其灵魂里面弥漫出的毒素仿若“鼠疫”，具有极强的传染性和戕害性。不过，就像肉体癌细胞可以被剿灭一样，灵魂的恶瘤也同样能够消解，那用以消解“仇恨癌瘤”的灵丹妙药非常简单：一点点的爱意和温暖之光而已，一点点，仅仅一点点，只需一点点。然而，这“一点点”爱意的功效却神奇到难以想象，其功能和特质都与“盐”类似。一点点的盐，就可以把一大锅菜“点石成金”；同样，一点点的爱意，就可以化解灵魂癌细胞。在许多民族的传统习俗中，都把“面包”和“盐”当作至高无上的尊贵礼物。我个人认为，这两种物品代表着两种至高无上的根本营养——面包滋养肉身，盐滋养灵魂，对生命而言，二者缺一不可。盐看似有形，实则无形，它以润物细无声的渗透方式而存在，这其实就是“爱”的意象。

如上所述，盐看似平常，其功效却非常巨大。盐很便宜，同样，一点点的爱意也并不靡费多少生命能量。人，天生具足爱的能量之光，只要愿意把生命的神光发掘出来，一个人的灵魂之光能够照亮整个地球！上帝为人类设置的生命规则是：对生存愈紧要和必需的物品，愈便宜易得，比如食盐和大米，再怎么都贵不到哪里去。致命到一分钟不可或缺的物资，干脆直接免费供应，比如空气。如果呼吸所需的空气必须花钱购买，许多穷人肯定要窒息。

给他者一点点爱意和温暖，也就是个举手之劳的顺水人情，比“为长者折枝”更便捷。好言一句暖三冬，冷语一字寒三年，说出一句暖心话来，不费吹灰之力，却可以温暖地球，哪怕一文不名者亦能游刃有余地做到。然而，许多貌似高贵的女人，冷酷和残忍到令人发指，粗鲁和暴戾到让人瞠目，她们用自己的言谈举止，淋漓尽致地阐释着什么叫作真正的“粗鲁”。那种粗鲁低级和恶俗到让人不忍目睹的程度，这就仿若一枚被虫子咬坏的石榴果，从外表看，鲜艳欲滴，剖开内瓤细瞅，不堪入目，那是一种骨子和灵魂里的真粗鲁与大粗鲁。这种“高级粗鲁”披着高雅的貂皮大衣，喷着昂贵的法国香水，由于包装精致，掩饰性太强，有时候乍露峥嵘，就把她自恃和骄矜的“尊贵”碎裂成一堆烂泥。从其言谈举止可以鲜明地昭示出：真正货真价实的“粗鲁”与衣着、门第、阶层、学历、文化以及地位这些花里胡哨的玩意儿毫无瓜葛，那是灵魂深处的简陋、庸鄙和大荒凉与大残暴。

对自己令人发指的粗鲁，一些自视高贵的女人愣是丝毫都不觉知。可悲就可悲在，这样的女人压根就目中无人。“目中无人”——这四个字看上去平凡而又普通，且因司空见惯而让人熟视无睹，然而，它却是灵性觉知的“最大障碍”和“最低阶梯”。如果女人天生是优雅的，这“优雅”必须以“目中有人”为始发点。倘若一个人不能够认知到这个四字熟语因“至浅至白”而抵达的“至深至奥”之意蕴，可以毋庸置疑地断言：其灵魂如同被糊在泥巴里那样暗无天日，连一丝人性的亮光都不可能透得出来。但凡“目中无人”者，其人生必将一团烂糟，这毫无疑问。因为其灵魂必然跌落在“人”以下，无论其表象多么辉煌光鲜，距离“人”都相当遥远。当一个人对人的本性存在不在场时，其所作所为一定远低于人。

人们往往浅薄而又想当然地误以为，“目中无人”是一个人对待他者的粗鲁无礼，是一种居高临下的骄纵和傲慢。事实上，这只是它最浅表、最粗陋的意义，它的恶劣程度远超“无礼”千百倍。“无礼”属于浅表层面的社交枝节，相比之下，几乎可以被忽略不计。“目中无人”首先揭示的是一个人自己的“生命觉知状态”。当一个人“目中无人”时，证明他处在最低级、最昏昧的认知未觉层面，不要说目无他者，连自己都看不到自己，这才是“目中无人”提示出来的最残酷的事实。直白地讲，“目中无人”者，自己都意识不到自己是“人”，对生命缺乏最基本的认知。看不到“自己”，便看不到他者，更看不到天地，看不到众生。所谓“见天见地见众生”，必须建立在“目中有人”的基础之上。如若“目中无人”，包括自己在内的整个世界都将被“物化”。所谓“物化”，即让自己的生命状态掉落到“人”的底线之下。事实上，“人”也并不是生命最高级的存在和认知状态，“人”之上还有“神性”存在，“人”之下那是“物”和“兽”。一个人无法感知和企及“神性”已足够悲哀，再沦落到“人”之下，匍匐成为物之存在，就非常可怕了。

他没有能力爱人，更不能自爱。必须看到，“自爱”是个极高的意境，其首要条件就是要“目中有人”。所谓目中有人，首先必须认识到“自己是个人”，并“自己拿自己当人”，这样才能“做人事”，“说人话”，表现出充分和美好的“人性”，也只有这样，才有能力自爱。目中无人者，会毫不姑息地败毁自己最深层的人之本性，却又完全不自觉，因为他不具备回向反观的内视意识，当然也不可能实现自爱。

因看不到“人”的存在，一个人只能看到包裹和披挂在“人”外面的那个最表层的物质性外壳，于是，自我感觉良好地把自己抬举为高高在上的“贵族”，而把别人视作卑贱之物。有时候，别人在他眼里不仅不算“人”，比“物”还要低贱，就像希特勒面对犹太人那样。

灵魂也需要排便，这个事实必须被洞察。有的女人原本心里就对别人有恨有毒，有恶有怨，那毒戾之气浸染和充满了她的每一个细胞，那积蓄在血液里的恶毒早已如沸腾的硫酸，在她体内“嘟嘟”冒泡，只愁找不到喷发口。“弱者”的出现终于给她提供了“施恶喷毒”的机缘和对象，于是，她就像电脑程序里潜匿的黑客，疯狂泛滥，难以遏制。“大鱼吃小鱼，小鱼食虾米”是自然界的丛林法则，“欺软怕硬，向弱施暴”乃是卑劣无奈的心理运行链条。

人在江湖走，谁能不挨刀？谁挨了刀子能不生出怨毒来？不管地位高低、贵贱尊卑，每个人的灵魂里面都可能积攒或多或少的戾毒，有戾毒就需要排释，灵魂比肉体更需要新陈代谢。上帝的设计很吊诡：身体的垢物经由肛道完成排泄，灵魂的排泄口却往往由尊贵的“嘴巴”来承担，这是许多人下意识的可怕选择，所谓“口业”，多由此造作。语言这东西表面看无足轻重，事实上杀伤力超强。必须看到，语言貌似来无影、去无踪，却包含着巨大的能量，这能量比刀剑更甚，刀剑只能伤身，语言戕伤的却是灵魂。只要承认灵魂存在，就不能无视“语言”刺刀见红的杀伤性。能量只能守恒，不可能消失。

同样，从“嘴巴”里投掷出来的各种飞刀就像李莫愁的冰魂银针，虽能使他者致命，但那恶毒的能量并不会就此消失，而是在加大力度继续传递，制造出新的恶毒和仇恨能量，这能量由强者至弱者，由弱者至更弱者。这种以恶衍恶的恶力排泄只是能量的再传递，“嘴巴”投掷出的恶毒能量，或迟或早还要更强势地逆袭而回，对排毒者卷土重来，这就叫作：福来者福往，祸出者祸入。

能量不会消失，“施恶者”以“释恶”的方式再次为自己植种下了更深重的“恶根”与“恶业”。这种“恶业”隐匿愈深，发酵性愈强，爆发力愈大，再次攻击他者和遭遇反攻击的势能也愈益不可遏制。因此，灵魂的“宿毒”必须有觉知地在灵魂内部完成自体化解，让它由戾毒蜕变为芬芳的营养，滋润自己的生命。“戾毒”也是一种能量，而且是强力能量，对灵魂土壤具有极丰裕的滋养性，如同种庄稼用的人粪肥，比任何合成化肥对庄稼和土地都更好。而生命本身就是能量团，因此，最经济实惠和最无害的途径是合理转化并利用这种能量，使其茁壮自己的生命，而不是将其铸成子弹向他者攻击；否则，就是对自我的浪费和对生命的消耗。作为女人，让自己的灵魂真正足够优雅和美好，是其生命中最宝贵的可遗传和可再生的财富。

阿玛兰塔的爱无能绝症和她的百年之孤独

马尔克斯的长篇小说《百年孤独》风靡全球，里面有个非常令人痛心的老处女叫阿玛兰塔，面对爱，她至死都不曾交出自己。不是她生命不含爱，亦不是她心里不愿爱，而是她没有能力爱。她是个“爱无能”症患者。无论对男人还是对女人而言，“爱无能”都是灵魂绝症，是生命的大悲摧。爱既是一种能量，亦是一种能力，把爱这种能量像光和电一样释放出来，让爱像一盏灯，甚或像一只萤火虫那样，照耀自己和别人，并温暖和照亮世界，需要很平常也很伟大的能力与勇气。

“释爱”如同“析盐炼金”，是一种非常值得研究和激发的能力，对这种能力的培养需要高超的技术，无论一个人多么有爱，只要患上“爱无能”症，都将十分可怕和可悲。《百年孤独》里的奥雷连诺上校和他的妹妹阿玛兰塔，都是典型的“爱无能”症患者。奥雷连诺上校还没有出生时，待在母亲的子宫里就开始昼夜哭泣。伟大的马尔克斯先生在小说里说：他之所以哭泣，就是知道自己没有能力爱。因为没有能力爱，他在结束了大半辈子毫无意义的戎马生涯以后，只好循环往复、无止无休地制作小金鱼，做完化掉，化了再做，以此消耗其空洞无爱和乏味蚀骨的生命。

他妹妹阿玛兰塔更甚，虽深爱过两个非常优秀的男人，到了最关键的时刻，却总是决绝而又义无反顾地锁死自己的心扉，就像拿铁钳卡紧自己的脖子那样，宁愿自怨自艾地把手伸进火炉里烤得皮焦肉绽，也不敢把内心的爱之烈焰释放出来半毫卡，致使同样深爱她的男人不是绝望自杀，就是至死独身，连她的母亲乌苏娜都因她的“冷酷”而从感情上放弃了她，在她把手伸进炉膛时连瞅都不瞅她一眼。然而，正是乌苏娜在老得瞎掉眼睛时才最终发现，阿玛兰塔不是冷酷无情，恰恰相反，她是“世界上最温柔和最多情”的女人。但是，她太懦弱胆怯了，没有能力爱与被爱，因为爱无能，她在万不得已之下才被迫锁死自己的心，她的痛苦比因她自杀的男人更深亦更甚。因为痛苦和绝望，她其实已先于爱她的男人而自杀。那些深爱她的男人杀死的是他们的身体，她杀死的却是她的心。对女人而言，自杀就是诛心。所谓“诛心”，对女人而言就是扼断爱之咽喉。

她早早地就开始动手替自己缝制殓衣，她细细密密，把殓衣缝制得比嫁衣还要精美。而她缝制殓衣的全部激情都源于对情敌雷贝卡的仇恨和怨毒，连她自己刚开始都不曾察觉，她是在为情敌缝制殓衣。当整个世界都把那个因失去丈夫而幽闭在痛苦牢笼里的女人忘却时，只有阿玛兰塔一刻都不曾忘记过她。阿玛兰塔对情敌的怨恨有多深，对男人的挚爱就有多深，她完全依靠怨恨和嫉妒的滋养支撑自己活着，情敌的殓衣就是她自己的嫁衣。她活着，爱已死，所以她嫁给了死神。她的爱有多深，怯懦就有多深，恰如道高一尺而魔高一丈，她浓深的爱意最终也未能冲破自己的怯懦之屏障。事实上，她并非输给了情敌雷贝卡，而是输给了她自己的胆怯和懦弱——与其说她是在怨恨雷贝卡曾经抢夺去她深爱的男人，不如说她在怨恨自己灵魂的残障与无力！对女人而言，“爱无能”就是最大的精神残疾和灵魂痼障，爱与被爱是女人的本质存在，女人约等于爱之化身。不能爱与被爱，比身体的任何残障都更可怕也更可悲。就此意义而言，阿玛兰塔不是在怨恨情敌，而是在怨恨自己，所以她精心精意缝制给情敌的殓衣，最终必用来装扮她自己的死亡，这绝非偶然。

阿玛兰塔的情敌雷贝卡敢爱敢恨，不顾一切，不再爱的旧情人被她一脚踢开，连犹豫半秒钟都不曾，她即刻就投入了新欢——自己义哥的怀抱，哪怕冒着破坏伦理纲常的大逆不道之罪恶也在所不惜。与雷贝卡相比，阿玛兰塔悲哀到吐血！每一次都是：在自己爱到剔骨入髓的时候，她毫无预兆并心狠手辣地亲手扼断爱之咽喉，就像生生地掐死美丽的白天鹅那样，令男人措手不及，五内俱焚，那沸腾的激情居高不下，永远都无处安放。无论男人怎般不顾尊严地哀求和说服，她都森严壁垒、滴水不漏。她坚定不移和始终不渝地相信：自己配不上那只美丽的“爱情白天鹅”。她用自戕般的倔强和决绝维护着自己那可怜而又可悲的“自尊”——宁可我负爱，决不让爱负我！她可悲而又无奈地坚信：只要把心交付出去，就可能遭遇男人的辜负。而她又抗拒不了爱情那巨大到致命的诱惑，于是，她一次次地投入烈火焚心般的绝爱之中，又一次次地临阵脱逃，把她那狼狈不堪的情人们悬置在激情的悬崖绝壁之巅，不上不下，任凭他们卑躬屈膝地软硬兼施，她都铁石心肠，不为所动。被自己强力幽闭到几乎窒息的她，下意识地只好把没有任何出路的情欲之魔弥发到亲手养育的侄子甚至侄孙身上，使那两个无辜的孩子至死都不曾摆脱她种植进他们血液里的悖乱常伦的情欲之孽毒。

所有人都认为她冷血，事实恰恰相反，阿玛兰塔仅仅是怯懦和自卑：恐惧被辜负，她便以辜负抵制辜负；害怕被拒绝，她便以拒绝抵制拒绝；担心被背叛，她便以背叛抵制背叛。最终，她自己背叛了自己，自己拒绝了自己，自己辜负了自己！她没有能力承载那白天鹅般美丽的爱情，宁愿拿无形的利刃把爱情的白天鹅鲜血淋漓地活活腰斩，甚至活埋！她不是对男人残忍，而是对爱情本身残忍，而她的残忍却恰是热烈到冷酷的绝爱。在内心最深处她清楚地知道：她对男人有多么冷酷绝情，就能在男人的生命里镌刻下多么幽深的刻度。她本能地明白：男人会忘掉爱过的女人，唯独忘不掉得不到的女人，一旦她以自己的妥协喂养了男人的激情之胃，男人的激情之坑洞就会因得到满足而迅疾抹平。她实际上很享受自己对男人的决绝，冷酷和决绝恰是她热爱男人的方式。如此扭曲变态地对待爱情和男人，注定了她和男人两败俱伤的惨剧。她赢了男人，输掉了自己，残忍而又罪恶地戕害了所有爱过她的男人。与她有过感情瓜葛的四个男人中，钢琴师直接切腕自杀，将军孤身至死，她侄子横尸街头，她侄孙沉湎于酒池。那个可怜的侄孙除了阿玛兰塔——这位亲手把自己养大的姑婆，终生不曾爱过任何人。

这四个男人都至死不曾抹去对她的记忆,不管是心痛自杀的钢琴师还是孤绝终生的高级将领,无论是她亲手抚养大的侄子还是侄孙,无不对她爱到刻骨铭心乃至挫骨扬灰!那个人高马大的侄子恨不得拿枪逼迫她——自己的姑姑跟自己结婚,而那个侄孙哪怕醉死在酒池里,其肿胀到变形的尸体依然还在苦苦地思念着自己深爱的女人——阿玛兰塔老姑婆。她比她爱过的四个男人都活得长久,而支撑她活下去的强大力量之一,竟然是她对情敌雷贝卡的嫉恨,"恨"成为她终生咀嚼且须臾不可离弃的粮食,她像嗜毒一样对仇恨和嫉妒上了瘾。为了阻止情敌的婚礼如期举行,她甚至不惜动用毒药——她的灵魂血液里已感染上可怕的仇与恨的病毒,她的爱由于过分地压抑和扭曲已经变质,她对情敌下毒的行为丝毫不足为奇。

阿玛兰塔的毒药没有杀死情敌,而是杀死了蕾梅黛丝——她哥哥奥诺连诺将军那可爱和纯洁得如同雪白小鸽子般的妻子。这个还不曾长大就做了妻子的小女孩太过纯洁了,纯洁到如同真正的天使。所以,毒死的肯定是她,不可能是雷贝卡。雷贝卡的生命太过强悍,对毒药天生具备免疫力,当毒药出场时,毒死的肯定是这个家族中或者说是这个世界上最脆弱、最无助、最纯洁、最无辜,同时也最可爱、最令人心痛的人——小天使蕾梅黛丝,这是注定的。她的死,恰因她的纯洁,那纯洁对仇恨的怨毒不具备丝毫免疫力,所以她代替雷贝卡死去。她以她的死而获得了永生,成为整个家族纯洁之爱的象征和永不熄灭的长明灯。是的,她就是百年孤独之家的一盏照亮灵魂的明灯!这盏永恒的灵魂之灯由一个"孩子"点亮,这也绝对必然。点亮灵魂之灯的必须是"孩子",必然是"孩子",也只能是"孩子"。守护这盏灯的是乌苏娜,这个家族的母亲、祖母、老祖母、老老祖母!这也是必然,不可能是别人。整个家族中,除了这位瞎了眼睛的老祖母,没有人能够认知和看到这盏灵魂之灯的意义和价值。这是个天才的隐喻,同时也是个妇孺皆知的常识。

那个情敌雷贝卡没有被阿玛兰塔毒杀,雷贝卡像扔掉一张废纸一样，毫不犹豫地扔掉了和情敌阿玛兰塔殊死争夺的男人，移情别恋阿玛兰塔的哥哥。阿玛兰塔把那个被情敌扔掉的男人捡起来放在心口焐热以后，比情敌更加狠辣决绝地把他弃掷于地，连再多看一眼都不肯。情敌的移情别恋彻底和永远打败了阿玛兰塔，使她丧失掉任何可能取胜的机会，于是，她痛下决心，一定要把情敌熬死以后自己再死！因为，就是这个情敌雷贝卡，彻底挫败了她热爱男人的信心，并摧毁了她挚爱男人的能力，使她心里终生埋下怨恨和自卑的种子，并患上了至死不可治愈的"爱无能"绝症。她没有力量原谅她的情敌，也没有办法排遣她的怨恨，更没有勇气克服她的自卑与怯懦。于是，她只好替情敌精心精意地像缝制嫁衣一样缝制殓衣，就像那些欢庆丧钟的人不知道丧钟为自己而鸣那样，她也不知道，她实际上是在替自己缝制殓衣。因为，上帝让她先于情敌而死，使她至死也没能盼来情敌老死的喜讯，倒是以她自己的死彻底完败于情敌，这既合情又合理——上帝不允许仇恨打败爱，爱的能量必须大于仇恨和恶毒的能量！阿玛兰塔以让男人绝望至死的方式热爱着男人，同时也让自己生不如死地绝望着，她拿针线细细密密缝制的其实不是殓衣，而是绝望和怨恨！她每针每线缝出来的都是怨和恨以及痛与悔，这就是"爱无能症"患者的惨局。

阿玛兰塔不仅丧失了爱的能力，亦同时丧失了被爱的能力，她是个双重的"爱无能"症患者。男人把爱的金元宝放到她的窗台上，她让那金元宝放在那里也不准许自己去动一指头。必须指出：不是她不想拿和不愿去拿，而是她不许自己拿。而她为了抵御那爱的金元宝对自己的致命之诱惑，痛苦到把手伸进火炉里烤得流油冒烟也决不妥协分毫，那是她的命，也是她的病。承受资财需要福德，承受爱需要力量。如前所述，阿玛兰塔的"爱无能"症也不是无缘无故罹患上的，当她爱意初萌爱上钢琴师的时候，她遭受了难以承受的重大挫败，无情地输给了自己的情敌雷贝卡。相比于寄居在她家门下的雷贝卡，阿玛兰塔是名正言顺的主人，占据着绝对优势的地位。然而，哪怕使出投毒杀人的手段，她还是毫无余地地败给了雷贝卡。这豁出命去全情投入的爱足以证明:虽然她至死都是个老处女,却并非是个活得不疼不痒的苍白无力之女人,她的生命比任何人都更具力度和强度。她是个活到极端和极致的女人。作为一个初涉爱河的少女,为了自己暗恋的男人,她宁可投毒杀死情敌,也要阻止情敌的婚礼,这样决绝的爱非一般人所能抵达。她爱得决绝,伤得也决绝,那一次挫败以后,她再也不敢交付出自己的心了。她认定:只有不交出,才可能得以保全;只要交出,便注定要收获败局。对她而言,一次挫败就是终生挫败,一次摧毁就是彻底灭绝,她投出的毒药不曾杀死情敌,而是杀灭了自己的信爱力。从此以后,她再也没有能力重建自信,送上门来的爱情愈隆重豪华,她愈胆怯害怕。不要说主动给出自己的爱,即使别人诚心诚意地奉上,她也不敢伸手去拿。

然而,她心里其实太想拿了。因为想拿而又不许自己拿,她烧伤了自己的手。因为被烧伤,她再也不敢拿,只能把她带伤的手以呵护的名义偷偷伸向自己照顾的孩子——她的侄子侄孙:这是怎般地可怜和可悲啊!她用她那双带毒的手杀死了那两个孩子的灵魂,毒化了他们的记忆之血液,因此,她至死都拒绝对神父忏悔。原因很简单,她虽一生清白,但是她的灵魂对自己的侄子和侄孙犯下了不可言说的乱伦之罪,她那双手对侄子和侄孙而言不属于“姑妈”和“姑婆”,而是绝对地属于女人!她深藏在骨髓和血液里的女人本性透过她的手指准确无误而又入魂摄魄地传递给了她的侄子侄孙,使他们魂飞魄散、挫骨扬灰,至死都不曾挣脱她的情欲羁绊!当她拿自己的双手爱抚那两个晚辈的赤裸之身时,那不是姑姑在爱抚侄子,也不是姑婆在爱抚侄孙,老天作证,那就是女人在爱抚男人!那种成年女人的爱抚对两个赤身小子而言,勾魂摄魄,镂骨刻髓,就像灵魂胎记一样,令他们如同中了魔咒,毕其一生不得忘怀和解脱。

阿玛兰塔可以烧伤自己的手,可以掐灭自己的心,可以决绝地阻断男人的爱,然而,她无法改变自己作为女人的存在事实。既然上帝把女人的种子埋植进了她的身体里,她便没有力量完全违背女人，于是，那被扼住了咽喉的女人居然对自己的侄子侄孙倾释了属于女人的能量，她当然不敢忏悔，她至死都没有勇气面对自己那严重扭曲的灵魂！而这一切背后的动因只是她懦弱而又胆怯的“爱无能”绝症。爱，很容易，也极其艰难。

女人的母壤存在特质及发酵性

女人乃是这个世界上最伟大和最美好的存在。如果你是男人，请你在最深邃和最博大的意义上热爱女人，怎么热爱都不算过分。热爱女人就是热爱生命、热爱世界和热爱自己。如果你是女人，请你为自己感到由衷的骄傲和自豪。无论你高矮胖瘦，无论你是什么肤色，无论你是什么出身，无论你处身怎般境地，无论你年龄几许，请你相信，你就是神的恩宠者，你就是伟大，你就是神圣，你就是美好，你就是温暖，你就是花朵，你就是太阳。热爱你自己吧！爱你自己就是爱男人，就是爱世界，就是爱孩子。如果你真心实意地热爱你自己，那么，你就是光，你就是热，你就是爱，你就是美和神。

女人并非天生就是女人，女人成为女人需要一个过程。这个过程的完成前提是：女人必须认知到自己作为女人的性别特质和精神特质。一个女人毕其一生都不知道什么是女人，更不知晓自己是女人，这丝毫都不鲜见，亦不荒谬。女人的最高存在意境是母性的完美绽放，这甚至与一个女人是否生育孩子关系不大，对一个家庭而言，作为母亲的女性形象之存在，重要到致命。“一个好母亲堪比一个民族英雄”，此言真实不虚。

通常而言，每个家庭都应该有一位代表性的“女性人物”存在，且对家庭和孩子高度在场，这个女人乃是整个家庭的“灵魂之母”。她的存在质地应该像大地一样坚实，像棉花一样柔软，像火炉一样温暖，像甘泉一样源源不断，像稻花一样香醇。她无条件地对孩子给出温暖之爱，她给出的无条件之爱无条件地覆盖家庭的每一个成员和每一件物品，包括宠物和盆栽花草。她是这个家庭精神气质的具象体现，她就是“家”的呼吸和心跳，她就是“家”这个概念的拟人化呈现，她就是“家”这个人性营养基的“酵母菌”。有这样一个女性存在，且无条件地高度在场，这个家庭才可能紫气氤氲、福瑞吉祥，其家庭成员无论处身社会抑或在自己的人生之中，通常不会成为“问题人物”，不会有人格障碍，不会与自己或世界不协调。反之，如果缺少这样一个“灵魂母壤性”的女人存在，家将名存实亡，不成其为家，家只是房子的代名词，其成员成为“问题人物”的可能性超级巨大，其子女丧失幸福和爱的能力、出现情感障碍在所难免。

“母性”这个概念包含母亲，但大于母亲，对一个家庭而言，“母性人物”的作用重要到生死攸关，几乎是家庭一切福祸的根本性始发基。古人云：家有贤妻，夫无横祸。这句话仅仅道出了一个狭隘微小的侧面，事实上，女性——准确地说，应该是母性，其作用对家庭的意义远远不止于此，如同酿酒的关键用料酵母菌，母性存在决定着整个家庭的底蕴、气脉、氛围、温湿度、酸碱度和福祉造化，其成员的人格质地几乎取决于这块小小的酵母菌的质地和品性，仿若酒香之于酵母菌的作用一样。

一个家庭可能拥有不止一位女性成员，但，总会有一个体现着“最高母性”之存在，她如同一棵枝繁叶茂的大树，以其繁茂如盖的树冠，像温暖的怀抱般荫泽和福被着整个家庭。在一个几代人共居的原生大家庭里，这个女性成员可能是祖母或外婆，可能是妈妈，亦可能是姑妈或姨妈之类的角色，有时候，这样一个重要到致命的角色甚至由家里的佣人来充当。比如，《喧哗与骚动》《呼啸山庄》，还有《飘》，这些世界名著里面都不约而同地出现一位慈悲柔软、像宽阔的河床那样的老女佣，她们把自己的全部生命都幻化为浓郁醇茶般的爱意，毫无保留地倾洒于主人的家庭尤其是主人的子女。她们是家庭的灵魂火炉，这个“火炉”一旦熄灭或抽离，整个貌似华丽辉煌的家庭就会沦为冰窖，丧失掉最基本的核心凝聚力和最底线的温湿度，成为寸草难生的荒漠。这样的荒漠冰窖是生长灵魂毒菌的最优质土壤，在这种能量生态中长大的孩子，人格极难健全。

再近一些，比如影星张国荣的保姆。张国荣曾坦言：在他童年的成长过程中，他感到最疼爱和最理解自己的是家里的一个工人，即他的保姆，他对这个保姆始终心怀眷恋。我个人判断，这种缱绻之情甚至超过他对自己的母亲。张国荣曾在节目访谈中讲到一个细节——母亲到他家里做客的时候，问他：我可以使用你的洗手间吗？这令他感到极其难过。这句话佐证出，他与母亲的关系疏离到令人伤痛！母子之间根本未曾建立起暖融融如鱼得水的骨肉深情，其母子缘分十分浅淡。可以确认：在他童年时代，母亲未能给予他足够的暖和爱，在生命的深层存在里，他是被忙碌不堪的母亲严重忽略的孩子，以致他终生都不曾真正驱逐去那种灵魂的大寒凉和大荒芜，他最终的悲剧与这种深层意义上浸入骨髓的"寒凉荒芜感"不无关系。但凡这世界上能有一豆暖意坚不可摧地维系其心魂，一个人都不会选择跳下万丈深渊。仿若一棵树，只要有一丝根脉深扎于大地并能够汲取到营养且保持活性，这棵树都不可能完全死透。一个人只有在灵魂上死透了全部根脉，彻底丧失掉与世界的内在精神链接，才会最后毁灭肉体。毁灭肉体是自杀的最后一道程序，灵魂死亡事件在毁灭肉体以前往往已先行发生并完成已久。这个完成过程可能非常缓慢，如同树之枯萎，总是从一片又一片树叶的凋零开始发生，那内在死亡的发生惊心动魄，却往往不为人知，只有在死亡进行到最后一道程序——毁灭掉生命最外壳的肉体时，人们才会恍然惊诧。

"母性"存在是家庭的守护神。当母性存在缺失时，"祖母"或"老女佣"这样的女性，往往代偿性地弥补那个空缺，对家庭发挥着比母亲更母性的护佑作用，就像老家做的新里新表新棉花的厚棉被一样，乃是最原汁原味的醇香之爱的化身。她们会挤出自己的每一滴生命汁液喂给自己所照顾的孩子，几乎直接用自己的身子在家里焐出一个永不退温的角落，从而让孩子们能够偎在那个角落里取暖，如同小鸡偎在母鸡的羽翼庇护之下那样。缺失了这样一个精神意义上的温暖角落，家里的孩子极有可能在童年时代被"冻伤"，如同感染上"灵魂伤寒"一样，成年以后一遇"人性的冷空气”侵袭，就会“心理发烧、精神感冒”，成为终生难以根治的老病根。人们常说：女儿是父母的贴身“小棉袄”。事实上，母亲是整个家庭的一条“老棉被”。这条“精神棉被”如果又薄又硬，不仅保暖性差，而且四处透风，这个家庭的孩子必被“冻伤”。如果这条棉被像“飞毯”一样“魂不守舍”，孩子就不只是冻伤，甚至要被冻残，不落下病根不可能。“灵魂保暖”对孩子而言，关键到致命，儿时被冻伤，终生难以回暖，所谓“伤寒”，发生于灵魂比发生于肉体惨重几百倍。身体的伤寒有药可医，灵魂的伤寒极难除根，它不只是病，往往演绎成为内在命运。

如上所述，许多时候，家庭里至关重要的母性角色，往往由一个看似无关紧要甚至“可有可无”的女人来担当。她不一定掌握家庭的经济大权，甚至可能不具备在家庭内部“参政议政”的资格，又甚至可能在家里处于最卑微和最易被忽略的地位，但是，她的存在对孩子们具有潜移默化的无形之影响，这种影响或许无声无息，却像天空一样不可或缺。这个女人可能半分钱都赚不来，且可能手无缚鸡之力，甚或可能一个字都不认识，却拥有一个“老祖母”般宽厚温暖、充满悲慈和爱意的怀抱，使这个家庭的孩子或病残势弱者受到其无条件的庇护和恩泽。这样一个“守护神”般的女性存在，对一个家庭福德无量、幸甚大焉，其作用巨大到无可比拟。通常情况下，这个女性成员应该上了年岁，且历经忧患沧桑，像封藏多年的纯酿葡萄酒一样，醇香悠远，沁人心脾。缺失了这样一个母性角色存在，家庭极有可能埋下人性的祸殃，其孩子人格致残的灾难几乎难以规避。

古语有句话说：“家有老人是块宝。”以我本人的理解，老人对一个家庭而言，仿佛一棵参天古树，使每个成员的心灵都得以寻找到最切近和最无条件的抚慰与舒解。这世界上几乎没有人不喜欢古树名木，一个村庄拥有一两棵古树，整个村庄包括动物和鸟儿们都会受惠无穷。同样，一个家庭如果拥有这样一棵“灵魂之树”的存在，乃是极高的造化和福德。“树”的特质乃是：它在，无条件地在，不声不响地在，甚至死了还在。比如大漠上的胡杨，死而不倒，倒而不朽，它不喧嚣，不折腾，不索取，不移动，永远最大限度地伸展开手臂，随时随地准备接纳和拥抱孩子们。如果这个老人是位女性，比如外祖母或祖母，则再好不过。

“妈妈”这个角色可能引起天下许多子女的抵制和怨恨，却很少有人怨恨自己的“奶奶”。“奶奶”比“妈妈”年岁大许多，经过几十载的“酵酿”，“奶奶”一般都会温润如玉、慈悲安详，如同棉花糖般又糯又甜。“妈妈”作为比“奶奶”年轻的女性，可能仍然“坚硬”和“尖锐”，且戾气犹在，会自觉不自觉地忽略和刺伤儿女。更重要的是，“妈妈”往往不够宁静安详，她混乱而又忙碌，充满骚动甚至狂躁，会被许多芜杂和貌似紧要的东西所占据，比如某种个人感情、某种私密哀伤、某种自己所追求的执着和虚荣。许许多多的“妈妈”就像一个塞得满满当当的抽屉，她往往没有多余的“灵魂空间”容纳孩子，也意识不到需要腾出纯然宽裕的精神空间给孩子，她不会把“孩子”当作心中的“唯一”，甚至不能给予孩子应有的“优先额度”。煎熬过十个月漫长的孕期以后，许多“妈妈”会如释重负，就像丢掉沉重的包袱那样，迫不及待地把孩子丢开给别人代养，自己迅速恢复“女战士”的身份，去冲锋陷阵和攻城略地，却不知晓这是无可比拟的特级大愚蠢，她哪怕把月亮打拼到手里也弥补不了自己惨重的损失。遗憾的是，这惨痛的损失要等到许久以后她才可能发现，往往连亡羊补牢的机会都捞不着。通常而言，女人所取得的任何“成功”都不能够抵偿这样的“失败”。

“奶奶”通常已经不会再像妈妈那样愚蠢和犯“作”。一个女人把自己活到“奶奶”的意境时(需要说明：做了“奶奶”不代表抵达“奶奶的意境”，做了“妈妈”不表示具备“母亲的情怀”，生理和灵魂经常不同频且相距甚远)，往往已经被岁月剔除所有可能剔除的“杂质”，淘洗出纯粹而又醇香的“母性”品质，很大程度地过滤掉了“女人”这个性别所带给女性的难以克服的原始局限和灵魂骚动，比如嫉妒、狭隘、小心眼儿、对爱情的过度贪食、对体貌的病态敏感、对外在世界不切实际的妄想与期待等痼癖。她谢下了所有可能侵扰灵魂的帷幕，提纯并回归到母性本身。像绵羊或骆驼那样，

“奶奶”会长出一身浓密的慈祥与爱意，毛茸茸的，很温暖，也很柔软。她会像母鸡孵蛋一样，暖化和护佑孩子们那幼小脆弱得如同蛋黄般的灵魂，用自己那爱的“羊毛”使孩子晶莹的灵魂成长得“谦谦如玉，铮铮如铁”，即古语所言的“如铁如玉”。

在古今中外的艺术作品中，这样的“母性守护神”角色都十分典型，比如《百年孤独》里的乌苏娜。她活了一百多岁，由“母亲”到“祖母”，再到“老祖母”和“老老祖母”，后来的许多年，由于太过老迈，她双目失明。然而，她瞎了许多年，其家人硬是毫无察觉——我个人认为：这个情节具有非常丰富而又深刻的象征意义。失明的乌苏娜实际上比家里的任何一个明眼人都更加“心明眼亮”，原因很简单：活了一百多岁的她，已经不需要再用眼睛去看，她的“心”比眼睛更亮，连太阳的影子移动过半寸她都洞若观火，孙儿媳的婚戒丢失，掘地三尺都寻不见，倒是她这个瞎眼老太婆准确无误地，在第一时间和第一地点一下子就寻找到了。很简单，她是用“心”，而非用眼睛去寻找。无论是面对战争、瘟疫、饥馑、疯狂，抑或是成袋子的金币，她从来不曾迷失过，永远明察秋毫且明心见性，就像贝多芬由于耳朵失聪反而能够捕捉到宇宙间最伟大的旋律一样，她由于眼盲而洞明了灵魂幽微如毫发的每一条交叉纠缠的分枝小径，且至死都充满旺盛葳蕤的生命活力。在整个《百年孤独》里，她的生命最奔放、最热烈、最宽厚、最博大、最勇敢、最执着，也最美丽，她是母性的典范。她尽了最大努力，始终保持让家成为家，让家里的孩子有灵魂停泊的港湾，不管孩子在人性的荒园里漂泊和迷失多久与多远，她作为物质和精神的家园永远在，始终在，且时刻以最温暖的怀抱迎纳羔羊的归来。

有的女人就是喜欢犯作，作到鸡飞狗跳，恨不得把天捅出个大窟窿，不如此便感觉不到自己的存在。“作女”对家庭的潜在性深度危害不可估量！对一个家庭而言，最大的不幸乃是拥有一个绝对权威的作女角色。这位作女凶悍无比，冷漠和强势到令人发指，既不安详又不娴静，且张狂躁动，无止无息地狂作滥作，时而叫嚣乎东西，时而隳突乎南北，使躲在暗洞里的耗子都对其闻风丧胆。

摊上这样一位不省油的“作女爷”，如同把房子盖在活动频繁的地震带上，此乃人间之大不幸、家庭之头等大祸殃。所谓的家庭“地狱”，就由这样的“作女爷”打造而成。

几乎每个家庭都有一个“母性权威人物”存在，这个母性权威者差不多决定着这个家庭的味道、气质、氛围以及命运，也致命般地影响着这个家庭成员的人格和灵魂质地。许多时候，一个家庭的可悲，往往预示着那个母性权威者的可怜。作为女性，母性权威者的“可怜”恰恰体现于她的恶毒、残忍和冷漠暴戾得“可恨”。所谓“可怜之人，必有可恨之处”，把这句话往纵深处探究，其意蕴可以直接解读为：“可恨”本身即是“可怜”。这就仿若园子里那些长歪的瓜，所谓“歪瓜裂枣”，就其最浅陋的字面含义而言，是指那些长得不够齐整和端庄的瓜果菜蔬之类。事实上，自然界真正的歪瓜裂枣并不可悲，虽形貌不端，其味道通常并无大异，歪的只是外形，有的瓜果“歪”得还十分艺术。如果用于指人，“长歪”则是指“心性”的“扭曲”和“变态”，俗话叫作拧巴。比如，作为女性，原本应该仿若“菩萨低眉、温润如玉”，结果却是暴戾恣睢、凶悍歹毒，动辄金刚努目、舞爪张牙。身为女性，把暴戾恣睢施加于他者固然可恨，对其本身而言，则是一种更加可悲可叹的大可怜。

试想：对于一个女人而言，还有什么能比把心性“长歪”更大的不幸和灾难呢？女性的存在意境就在于一个“好”字上。“好”就是“女子”，“女子”就是“好”，依照上帝的意旨，“女人”这种造物乃是天上人间第一等“大好”。宇宙万物，有什么奇珍异宝能够超越女人之好呢？上帝慈悲！只有当他老人家为这个世界创造出女人这等尤物的时候，他的才智才发挥至登峰造极的神逸之境。莫管珠圆玉润之翡翠，抑或如画之江山，都不及女人之好的万分之一。“我见青山多妩媚，料青山见我应如是”，此言差矣，“青山”不能和“女人”相比。青山只是“美”，而女人不仅“美”，而且还要再多一层“好”。“好”可以包含美，又远超于美。就此意义而言，“美女”并非对女人的最高赞誉，“美”距离“好”尚差相当遥远的路程，女人的最高境界是“美好”——美且好：美见于其外，好蕴藉于其内。

就整体外形构造而言，上帝已把女人造化得臻于完美了，女人就是宇宙之“好”的总体现，世间万物不及女人之好。所谓“长歪”，就是女人心性的败坏，就是人性之“大孬”。“孬”，“不好”者也。女人必须“向好”而生，这乃是不可违逆之天道。不幸使心性败而“坏”之，向恶而行，把自己长成像螳螂那样身挎砍刀、毒液四溅的歪瓜，这是一个女人生命的最大破产。这个破产预示着：其整个人生除却苦果，将会颗粒无收。

“我爱你”的多重讯息传递性

“我——爱——你”，这个短语非常简单，然而，其内在结构却极其复杂，说出这三个字必须了悟生命的真谛，并具备相当的灵魂能量。这三个字通常先由男人说出口，这与男人的勇敢和主动性无关。就生命的本质而言，女人乃是自然和世界的一部分，就像一朵花和一棵树，她静静地绽放着，她本身的存在就是爱，她就是爱本身，或者直白地说，女人约等于爱，就像玫瑰约等于美一样。女人无需开口言爱，只需默默地绽放着美与芬芳，花开蝶自来。也因此，就两性关系而言，男人的特质是“爱”，而女人的特质是“被爱”。女人当然有权利积极主动地去大胆热烈地爱，因为女人的天职就是爱，但，女人的爱，必须首先指向自己，即我爱我。对女人而言，没有“我爱我”，绝对不可能有“我爱你”。女人愈爱自己，愈可能被别人爱；女人越爱自己，其生命便越可爱。对女人而言，如果不能够无条件地完成“我爱我”，便很难发生“我爱你”，有时貌似发生了“我爱你”，实则却是没有真正发生的伪发生，也因此，在现实生活中，女人的主动表白往往被视为稍悖常规的“突兀”与“逆袭”。

上帝在创造女人的时候就派定了女人独特而又崇高伟大的母性角色，他老人家让女人生有子宫和乳房，这具有非常深刻的象征意义，这象征意义必须被发现和认知。“子宫”用来孕育生命，“乳房”用来滋养生命，就狭义的生理机制而言，这毋庸置疑。透过这个有质有形的生物学现象，上帝的用意非常深奥，其中大有玄机可探，超越形质朝向无形的深虚处领悟：女人所赋有的“孕育”与“滋养”的双重功能既是物质和身体的，更是精神与灵魂的。“心”是女人永不枯竭的“精神乳房”，而“爱”是女人终生都在分泌的“灵魂乳浆”。一个女人若是败坏了心性，首先将是自我生命的大灾殃和大不幸。仿若一个水果，如果它不幸生虫从内里坏掉，对要食用它的人而言固然很遗憾，但食用者还可以有别的选择，对这个坏掉的水果本身而言，其不幸则无可超越。这再次诠释了一个显而易见的常识：使恶者成为恶者就是对恶者的最大惩罚。施恶本身看上去是在戕害别人，这戕害却必然地首先发生于自我，只有先自戕，然后才可能戕人。施恶看上去是在占便宜，实则是在完败基础之上的再次自我败毁和自我讨伐，是上帝对恶者内置的天刑。只要施恶发生，天刑就自动激活，对别人施恶的过程，亦是对自己实施刑罚的过程，这是明暗双重刑罚的发生：起心动念，自有天鉴，千手所指，千目所见，岂能自欺欺天！

所谓恶者，就是一个从灵魂内里腐烂掉的变质毒水果，或者，所谓恶者，就是一个灵魂癌细胞。无论一个癌细胞多么强悍和霸道，它的结果都是灭亡，没有一个癌细胞在打败良性细胞以后还能继续存活。因为无论多么强势的癌细胞，也必须以良性细胞为粮食，这里面所蕴含的玄机非常值得深思，它昭示出的实质是：恶者其实清楚地知道什么是良者，而且，它必须依靠良者喂养自己的生命，生命的粮食必须也只能是良性存在物，连恶者自己也不能食恶而生！恶者在对良者施恶的时候，亦同时是在对自己施恶，恶者仿若那些“人体炸弹”式的暴徒，它的胜利必须以自我毁灭作为代价。换言之，它的成功就是与良者同归于尽式的生命大溃败，这是一个很重要的揭示与警醒。现时代，“癌”已经成为人类的大灾殃。癌是什么呢？形象地讲，是人体内一群不管不顾、让欲望疯狂肆虐的“暴徒”。仔细琢磨，这种肉体绝症何尝不是现时代人的精神写照呢？人的灵魂先疯掉，然后身体里的良性细胞才可能疯魔致癌。“癌”就是与良性细胞“同归于尽式的绝望”和徒然反扑！如果人是有指望的，如果人的眼睛能够看到光，心里能够感受到爱与暖，何至于此呢?！一个败坏了心性的女人，哪怕对自己的亲生孩子也给不出高品质的爱来，这是肯定和绝对的，再怎么努力想要给也给不出来，所谓“巧妇难为无米之炊”，精神和灵魂领域与现实的物质层面同理同道，且前者更加严苛。

这里包含一个非常重要的事实存在：女人并非主观上想要给出爱，就能如愿以偿地给出爱来，当一个女人告白出“我爱你”的时候，这只是一个主观意愿的自我诉求。言说出这三个字，不管是对异性倾慕对象，抑或对自己的亲人，之所以必须十二分慎重，在于“我爱你”必须首先是一种自我具足的资本性的“能源”和行动性的“能力”。就可能性而言，“我爱你”这个诉求包含两层基本含义：其一，“我有爱”；其二，“我想要并且愿意和能够（“想要”代表主观愿望，“能够”代表客观条件）把我所拥有的爱能量给予你，请你和我共同来分享和沐浴这份美丽的爱能”。建立在这两重基础意义之上，“我爱你”才是一种可能良性发生的美好之感情。无论是对异性倾慕对象，抑或对自己的亲人，皆如是。“爱”是一种能量，“我爱你”是非常美好的、“我”和“你”的爱能量彼此震荡并在激发中共同生长和提升的互动过程。如果本身不拥有高品质的爱能量，贸然言说出“我爱你”这个诉愿，那么这个诉愿要么沦为一句言不及义和言而无信的空话，要么就是一种以自我满足为取向的“勒索”与“侵犯”。这就仿若，一个一文不名的赤贫者对别人慷慨悲壮地许诺：我要送给你一座带泳池和花园的高档豪华大别墅！这要么是阴险的骗局，要么是天真可笑的幻想。爱的本质必然是“自我具足”基础之上的“饱和”与“逸出”，就像盆子里装载的水满了以后自动溢出盆外那样，带有“给予”和“分享”的意味。只有在确确实实“有爱”且“具足”的状态之下，“爱”这件事情才可能美好地发生。

换言之，“我”和“你”的爱首先必须具足灵魂能量，然后才可能发生互动和激荡，再然后才可能在彼此激发的过程之中成为一个双向流通基础之上的带有生长和提升性质的“关系”。“关系”是两个“爱能量”碰撞之后植活下来的第三存在物，它必须和必然地生成在“有爱”之后。但是，人们通常总是试图让“关系”诞生在先，或者，在宣称爱的同时关系就随之诞生，一厢情愿地期望“关系”生发出爱来滋养和满足自己的灵魂之胃，这完全是本末倒置。自身生命里不含爱的人，怎么可能进入爱能量流通的关系之中呢？爱是爱能的流通、碰撞和再生过程，是一种活生生的发生和开花。爱不是宣言，更不是空洞的口号，而是一个发电的过程，不具备足够的生命能源，从哪里发出“电”来呢？发不出电来，生命就会处于无明的昏昧之中，连自己的心都照不亮，怎么可能照耀到别人呢？所谓“爱”，就是拿自己的光去照耀别人，拿自己的热去温暖别人，自己的灵魂饥寒交迫，却妄言“我爱你”，简直就是不知天高地厚。

“爱”是生命电能发出来的光，同样的能源也能发出破坏性的黑暗电能和带毒的电能，比如“恶毒”和“仇恨”。显而易见，仇恨和爱来源自同样的电能，都是生命的核心能量，那么，与其仇恨和恶毒，何如去爱呢？而且，仇恨和恶毒消耗的生命能量远大于爱。生产一千瓦的仇恨比生产一千瓦的爱，需要多耗费数十倍的生命能源。如果生命是一个“酿造工厂”，同样的能源，可以生产葡萄酒，也可以生产硫酸，可以想见，要生产硫酸，生命本身不受毒害和染污绝无可能。那么，既然同样是耗费能量，既然同样是生产，为什么不选择酿造葡萄酒，而要去生产硫酸呢？就此意义而言，爱远远地比恨划算，哪怕仅仅出于“自私”的目的，爱也具有更大的自益性，仇恨和恶毒是损人不利己的双倍亏损，杀敌一千自损八百。“敌人”如果反扑，那损失更加不可估算。仇恨必激发仇恨，恶毒必引发恶毒，只要举刀，必然带来刀光剑影，选择拈花还是举刀，是生命的大分野。这拈花和举刀不只表现在行动上，更体现于每一起心和每一动念。一起心，玫瑰丛生；一动念，血雨腥风。所谓的“报应”是当下即刻的同时发生，中间没有时差。在心里拈花的同时，生命就得到了当下的安详和滋养，无须等待福报。

一个人起心携刀，动念持剑，却等着上天给自己“大福报”，这是痴人说梦！只要“举刀”，无论具象情势如何，无论刀尖指向哪里，都是指向“世界”这个整体，而自己也是这个整体中的一分子，因此，杀人就是杀己，损人就是损己，只要损人在先，天必损之。就像俗话说的：有初一必有十五。这样里打外拐，怎么算都是个大损亏。如果一定要算账，爱，才是最大的划算。如果一定要耍聪明弄手腕，爱才是最大的聪明和计谋。如果当真仇恨谁，那就去爱他吧！在爱他的那一刻，玫瑰就会在瞬间绽放于你自己的心田。如果当真要报复谁，那就去爱他吧！在爱他的那一刻，你的生命也在当下得到了芬芳的滋养，你生命的璀璨和光明，就是对他的最大报复。除此之外，没有更划算的"报复"了。如果实在气恨不过一定要对别人"施恶"，如果实在不能爱"敌人"的话，那就真心实意、兢兢业业地爱自己吧。爱自己就是对"敌人"的最大打击、最大仇恨、最大恶毒和最大报复。所有对别人的仇恨和恶毒，都是在"以己为敌"。也因此，自己的最大敌人不是别人，恰是自己，真正的"心中无敌"，恰是自己对自己温柔以待的最大慈悲，也是对世界的拈花微笑。

本身无爱的人言说出"我爱你"，其实际含义只能沦落于比较低级的层面。在这低级层面上，"我爱你"三个字翻译过来只能是："我需要你，请你把你的爱给予我吧！"一个自身不具备充盈之爱的女人言说出"我爱你"的时候，以为自己是在"示爱"，实际上只能是在"索爱"和"求爱"。同样，当一个不具备爱能量和爱能力的"贫瘠妈妈"，自以为自己是在爱孩子的时候，极有可能是在向孩子索爱。她是以自我满足为隐性需要的，而她却很可能完全不自知，还会错以为自己是在输出性地"施爱"，致使孩子很可能被她剥夺到孱弱的程度。她不但不会责怪自己，反而会加倍苛责和掠夺孩子，因为孩子不能满足她无限度的深层渴求。这就仿若：一个身无分文的人不择手段地混进赌场并进入赌局，无论发生什么状况，他对整个赌场都只能是"掠夺"而不可能"给出"，那貌似的"给出"也只是"羊毛出在羊身上"的变相掠取。作为妈妈，她对孩子的爱亦不可能违背"爱的双向流转"这一能量运行规律，不可能因为她是妈妈就有能力使爱沦落为单向度的"填鸭"行为。妈妈在培养孩子的时候，孩子亦同时在培养妈妈，这是个双向成长和彼此相互成全与造就的过程，没有孰高孰低之分别。妈妈没有任何特权享有对孩子居高临下的优越感、掠夺权和施加欲以及支配力。就此意义而言，女人必须把"我爱我"当功课般一丝不苟地完成，就像玫瑰必须使自己绽放成玫瑰并完成和做到玫瑰一样，在此基础上，"我爱你"才会具备发生的可能。

“我爱我”，这件事情看似简单，对女人而言，其实千难万难！要超越这个自己爱自己的艰难险阻，女人必须先与父母尤其是母亲讲和。在生命深处与自己的母亲讲和，这几乎是女人的一门大功课。只要完成了这门功课，女人的生命就能开花；也只有完成了这门功课，爱才可能在女人的生命里发生并流动，女人才能成其为女人。这就仿若：只有春天来临，大地苏醒解冻，阳光普照，再加上雨露滋润，玫瑰才可能美丽地绽放。抵达不到生命的春天，玫瑰不可能开花，即使勉强催绽，也极可能成为妖花和狂花。

太多的女人终生都完不成与母亲和解这个最基本的人生功课，就像许多男人终生都无法与父亲完成内在和解一样。这门不及格的功课像红灯一样挂在其命运的航标图上，必将不可避免地无数次叫停其前行的脚步。这个致命大缺憾没有任何东西可以弥补，以此造成的人生局限性和暗弱性不可估量，而且，这种遗憾和局限以及能量暗弱还会无可逃避地传递给后代，像俗话所说的那样：你种的荆棘终有一天会扎到你，你绕不过去。

灵魂核基地对女人的高强度辐射

女人乃是世界的内质性存在，女人永远比男人更灵敏、更柔软，也更性情。男人仿若世界的“外挂存在”，而女人更多地体现出世界和时代之“本心”。在丧失理性或不够理性的时代里，受戕害最深最甚的往往是女人，哪怕女人并不直接和深度参与时代，仍然是最惨重的受害者。因为女人的“外壳”远没有男人坚硬，女人无论再怎般“女汉子”，其灵魂质地仍是柔软的和具有吸纳性的，很容易被外力穿凿、腐蚀和渗透，因此，女人永远是时代弊病的最大受害者。如果女人不具备自觉克服时代弊病的警醒意识和内在力量，将贻害无穷，因女人的母壤性存在特质决定了：当女人的本心受到戕毒时，其毒性必然反向祸及世界，使时代和世界的气质趋向阴戾和毒霾。这就仿若：土地里渗了毒，种出来的庄稼必然携毒。因此，呵护女人的本心就是呵护世界，护佑女人就是护佑时代，女人有多好世界才会有多好，善待女人就是善待自己和世界。当女人被败坏的时候，人人都将是受害者——必须牢牢铭记：女人是世界的母壤性存在。

某种层面而论，在抵抗人性之恶的病毒袭击方面，灵魂处于绝对的弱势地位，许多时候只能“恶为刀俎，魂为鱼肉”地任恶宰割，或者让灵魂像“草船”那样，任凭恶毒的箭镞发射而来，毫无抵御之力。处身社会关系之中的人，其灵魂想要规避恶意的戕毒几无可能，甚至，愈身居高位或利益的核心地带者，所遭遇的恶力愈凿骨剔髓。比如那些中国古代的宫廷皇族，谁能规避恶毒的围剿与算计？权和利在哪里，人性的恶能就凝聚在哪里，权、利愈密集和高标的地方，恶能愈密集和高标，“权”和“利”会把人性之恶激发和外化到白热化的极限。我个人固执地认为，利益高度密集的地方，犹如核基地，恶能辐射性特别强，所谓的“官场”和“商场”基本等同于“灵魂核基地”。处身那样的恶核高辐射地带，尽管可以做到“久而不闻其臭”，灵魂被深度戕毒的事实却几乎无可规避。

通常而言，长期在官场或商场的“灵魂核基地”深入打混过的女人，很难再抱持女人的本心与真性。“女人”这个词是对女性的最高赞誉。我倾向于认为，“女人”两个字是最丰富、最柔软、最美丽和最优雅的褒义词，“最女人”的女人就是美、爱、善以及柔软和甘醇的化身，是蜜糖、棉花以及鲜花的综合体。当女人把自己活成女汉子时，女人的额度在她们的本性里被压榨到最低数值。如果好女人呈现百分百的女人额度，女汉子连半成都剩不到，拿“试纸”去测试，其灵魂性别会呈现出绝对阳性，比男人还男人，不管外表再怎般貌似柔媚，都掩不住灵魂的凛冽和冷硬。仔细盯着她们的眼睛看，会让人心惊胆战：那不再是女人的眼睛。那眼睛犹如深不可测的潭渊，使人坚信，里面藏着凶险的鳄鱼。只要走近那深不见底的潭渊半步，就会让人禁不住头皮发麻，直觉告诉你，稍有不慎，就可能被鳄鱼所伤。你可能完全看不到鳄鱼的影子，那潭渊看上去绝对平静无澜，但你仍然坚信：里面藏有凶险的鳄鱼！那鳄鱼甚至可能正躲在你看不到的地方瞪着一双狰狞的眼睛窥视着你。好女人的眼睛会让人感觉到世界之美好和生而为人的荣光和幸运。

在“灵魂核基地”深度打拼且如鱼得水的女人，自己都不会意识到，自己已沦为永远的“非女人”，其生命永远都不可能再“开花”和芬芳了。无论外貌如何，无论年龄大小，如果一定要给女人的灵魂一个外化的具象，女人的灵魂能够呈现出的最美具象应该是一棵开满花的树。“身体”乃是人们赖以阶段性暂时借用的硬件，其大概使用期与中国的房产使用期限等长，都是七十年。“肉体房子”七十年报废，装在里面的那个叫作“灵魂”的软件最终决定一个人的存在品质。当一个女人的灵魂抵达开花状态时，哪怕活到八十岁，她亦会醇香四溢。然而，许多女人的身体里驻扎的不是开花之树，而是动物，比如狐狸、猎犬、恶狼，甚至是一头猪、一头蠢驴或一只宠物狗、一头忍辱负重的骆驼。还有的女人，身体里曾经成活过植物，但是，那植物却未曾抵达开花状态，只是把自己长成了一丛荆棘、一株野蒿草、一丛剑麻，或是一棵苦楝树。甚至有的女人身体里既无动物，也无植物，只是一片荒漠盐碱滩。

最可怕的是：女人的身体里装着一架倾轧或吞噬的机器，只以功利为最高准则铁面无私地走程序，内在无感亦无觉。我坚信，上帝赋予女人的本性乃是一棵开花的树，如果女人身心过度地介入权和利密集之地，其灵魂之树必然要遭受戕毒，这无可规避。因为权和利密集之地就是“灵魂核基地”，无论怎般屏蔽和保护，日久天长之下，灵魂都不可能不被恶能辐射而戕伤。街边的行道树被灯泡灼炽而枯死人人看得见，灵魂被恶能辐射而发生变异，连当事人都极难察觉。在这个金碧辉煌的超豪华时代，灵魂已被挤逼至无处可逃的高危境地。可是，地球上所有的急救设施都指向肉体，所有的保健和治疗器械也全部指向身体。以身养身，以身疗身，都存在捉襟见肘的巨大限局。欲养其身，必先养其魂，魂之不养，身何以安？只有安身才能立命，身无所安，命何以存？《黄帝内经》早已把这个道理讲得清楚明白，人却始终在执迷不悟地缘木求鱼。

我观察发现，有两类人容易抵达高寿：一类是灵魂屏蔽能力特别强的人，一类是灵魂浸染程度特别低的人。前者以自己的坚韧修持穿越恶能辐射，从而抵达不染之意境，使灵魂免于戕毒，很觉知地使肉身侥幸安泰；后者则由于天然的屏障无意地远离无形的腐蚀，使自己逃过了恶毒的侵袭，像“漏网之鱼”那样例外获得颐养天年的福分。前者多是处身“文明”而又以深厚的功力穿透了文明的“文化人”，后者则是远离文明辐射侥幸躲过了文明戕毒的村莽野夫。真正的“文化人”，就某种意义而言，应该是用自己的内在功力颠覆了“文化”二字之顺序的人，即“化文”之人——化解掉了文明染污和侵蚀的人。

食而不化者，食之愈多，其覆盖性愈深，比文盲更十百倍地文盲。真正的“文盲”不是没有文化，恰恰相反，可能恰恰是太有文化，或者说太有知识了。越博学往往越盲视，越盲视往往表现得越文化。所谓的“文化人”，就是被文化、文字和文明化解掉本心的人，文化——为文所化，即被文明吞噬化解的意思。相反，生活在深山野坳里的那些不识字且被视为“文盲”的村夫野佬，往往因为不识字且没文化，而无意之间抱持了心性的大天真。这种大天真使他们可以直接与神对接，洞晓天地万物的幽微奥妙。而他们自己却又不知晓自己的洞察（一旦知晓，就会成为自己对自己的内在搅扰和障阻），在不知之中把自己的所知点点滴滴地溶释于岁月，成为不智之智者，从而无意间抵达“绝圣弃智”之意境，于是，神赐他们以高寿。当你有幸见到他们时，他们往往张着没有牙齿的嘴巴，像三岁孩童般天真地望着你，真诚地以为你是高深莫测的天外来客，却不知自己才蒙神宠爱堪称天人。而这样的“天人”注定极少：社会这个“精神核工厂”对灵魂的戕毒辐射太过强大，极少有人侥幸成为网外之鱼。

灵魂软黄金的形成与析出

爱乃是灵魂软黄金。

一个“爱”字说出来很简单，其内蕴却具有极其复杂的多面性。人们在口口声声说情言爱时，大多数时候并不知晓爱为何物，人们的口头泛滥成灾的爱，往往只是最低意境的爱：男女欲情之爱。真正的爱，远大于和远高于欲情，乃是灵魂的软黄金。毋庸讳言：要淘炼出璀璨的真金来，需要大量的矿石。男女欲情之爱，亦是爱的矿脉之一种，有必要探究其成毁运转的机理。

就性别层面的男女之爱而言，女人的本性乃是“被爱”，这几乎从根本上决定了女人的被动性和局限性，这是女人与生俱来的局限。挣脱和超越这个最原始的暗示与制约，让女人在抵达和做到女人的基础之上超越女人，需要太大的力量。不管女权主义者怎般抗拒，有个事实都没办法否认：在这个世界上，男人在许多方面仍处于较女性相对主动的地位，毕竟，就最具象、最基础的体能而言，其原生力量天生大于女性。这可能会冒犯到某些自以为强势的女性，但是，为什么要讳言呢？上帝的确把男人设计得更主动和强壮，单就“性”这个最生物、最低级的层面而论，生理结构亦决定了女人被动从属的特质。就精神层面而言，男人亦相对处于“施爱”的主导地位，女人则天生处于“受爱”或者叫“被爱”的附属地位。当然，女人也可以主动对男人“施爱”，但就爱情的基本格局而言，“被爱”仍是女人普遍而又首要的主流姿态。女人的植物属性和自然属性决定了：女人天生就是让男人来爱的，就像美丽的自然风景天生就是让人来欣赏那样。父母和亲人的爱对女人而言固然必不可少，然而，被男人爱过的女人，才更有能力滋生出高品质的爱来反哺世界，这亦是客观事实之一种。亲情之爱如同灵魂必不可少的蛋白质，男人的情爱对女人而言却如同极其珍贵的“特殊元素”。少了蛋白质会营养不良，缺了“特殊元素”就要生病，这“特殊元素”亲情给不了。亲情蛋白质会使女人的灵魂健康茁壮，唯有爱情能使女人的灵魂生出翅膀来于蓝天白云中翱翔。被男人真正贴心透肺、细腻温存地疼爱过的女人，也才有可能超越女人的局限，逸出神性之光，以一个好女人的福禄照亮自己的家庭小宇宙，进而泽被男人与世界。

既然如此被动，生而为女人是一种悲哀吗？恰恰相反，虽然就所有表层的具象化呈现而言，女人处于“被动”地位，然而如果女人能够得天时、地利以及人和的滋养，使自己足够女人，并真正高品质高额度地做到女人，那么，通常而言，女人的生命能量至少大于男人的十五倍！在家庭关系中，女人的能量场是男人的十六倍，这是有关专家有理有据的测量数据。换言之，与其说在男女两性中，男人处于主动地位，毋宁说男人处于“进攻者”的地位，在进攻中，男人的能量被快速消耗，而女人作为防守方，能量反倒在递增状态，因此，总体而论，女人的能量远大于男人十五倍。女人是“地”，男人是“天”，没有天，地还是地，没有地的支撑，天就会坍塌，地是实的，而天是空的，地的存在密度高，天的存在密度小。也正因为如此，如果父亲缺席，孩子受的影响不会太大；如果母亲缺席，这对孩子将是致命的影响。

就本质而论，在爱的问题上女人也可以比男人更为主动，这主动表现在自己对自己的爱。女人能够主动地爱自己，就是在主动地爱男人和世界，爱自己比爱别人更具备主观能动性，也更具备无条件性。从“小爱”的特质出发，爱别人是两个人的事情，需要配合和呼应，难免牵绊缠带，而爱自己却是可以独立完成的事情，在任何情况下，一个人都可以很好地爱自己。如上所述，对女人而言，爱自己就是爱男人和世界。女人也只有先爱好自己，才能爱别人，甚至，对于自己的孩子亦复如是。一个不能很好地爱自己的女人，也决然地爱不好甚至爱不到孩子。这就仿若：玫瑰把自己绽放得越美，对这个世界的爱意就越深。如果玫瑰因为心怀怨恨而生了气，把自己弄得洒了狗血般面目可憎，表面上玫瑰好像在报复世界和它的敌人，事实上它败毁和报复的是它自己。恶毒的女人就仿若把自己糟蹋成沾了一摊狗血的烂茅草，这是女人的最大愚蠢，一个女人有多恶毒就有多愚蠢和多可怜。这再次佐证了一个真理：上帝让恶人成为恶人就是对恶人的最大惩罚。

“一个好女人，三代好子孙”，这个“好”并不特指外形，一个“好”字蕴含着无穷无尽的精神力量。无论“好女人”需要具备多少条件，首要的一个只能和必须是：灵魂像“富矿”般蕴含源源不断、绵绵无绝的充裕之“爱能”，用两个字简言之就是“有爱”。“生命里有爱”是识别一个好女人的绝对标准。无爱的女人乃是“灵魂的不孕不育症患者”，其灵魂子宫里只能生出“不幸”与“悲哀”。有爱的女人才是真女人。女人要富含爱能，决非轻而易举的事情。这就仿若：大自然要孕育出“黄金”这种稀缺物质，决非一蹴而就，要经过千年万载和艰苦卓绝的地质阵痛，比如火山爆发、地壳碰撞，那阵痛要把地球折磨到死去活来，才可能有一星半点的黄金生成析出，而且不可能有人工合成黄金存在。连黄金这种无知无觉的“铁疙瘩”阿物儿的生成尚且如此艰难，灵魂要结晶一点爱的“软黄金”出来，不经过水深火热的阵痛和炽炼亦绝无可能。要使灵魂富含软黄金，女人必须首先自己爱自己，对女人而言，只有爱自己这件事情全然而又无条件地发生，才可能有被爱的发生。

爱也好，被爱也好，都是一种能量转化。只有从爱出发，才能抵达被爱。这个世界能量守恒。所谓“能量守恒”，某种层面而言，可以简单地解读为具象之“圆”。圆，是这个世界的具象之道：宇宙是圆的，太阳是圆的，地球是圆的，月亮是圆的，水滴是圆的，绝大部分的植物果实也都是圆的，种子也是圆的，无形的能量存在也具备“趋圆性”特质——起点就是终点，出发就是到家。比如，有生就有死，从生到死是一个首尾相接的圆。以此类推，有起就有落，有始就有终，有因就有果，几乎任何事物和能量都具备两极呼应性，这两极呼应如果拿线画出来就是一个首尾相接的“圆”。所以，菩萨畏因，众生畏果，“因”是圆的起笔，“果”是圆的落笔，在哪里起，必在哪里落,第一步就是最后一步,一件事情的成败与否,在起心动念那一瞬间即决定了终局。“相由心生,命由己造”,找“高人”算命是非常不必要的行为,自己安的啥心、动的啥念,自己比谁都清楚,再高的“高人”也只能捕风捉影,自己的起心动念处,就是命运归止处,哪怕绕过九曲十八弯,命运都会最终抵达它应该到达的地方,不偏不倚,分毫无爽。对命运而言,不存在意外和侥幸,所以叫作“宿命”。

女孩的成长过程中最怕“吃毒”。只要是毒,就会造成戕害。毒魔有它自己的路径,哪怕伏脉千里,它也会曲径通幽地赫然呈现。只要种下毒,就一定有毒果结出,这也是个圆——能量运行的轨迹之圆。吃的毒多,又没有相应的爱盐渗入内在进行有效和即时的中和,那一点点累积起来的毒素就会变成沉重的“黑铅”。灵魂里有黑铅沉潜,女孩就很容易长成“生铁疙瘩”:不灵透,不柔软,不温暖,不光鲜,亦不芬芳,类若生铁。

所谓“祸不单行”并非偶然,而是具有内在成因的:能量具有多米诺骨牌式的连锁反应性。越是生铁女孩,越容易像沙枣树那样吃镬头,吃得多了,不是把自己长成能将世界钻出洞孔来的“钢钉”,就是长成随时预备对世界出手的铁锤,要么干脆长成匕首或尖刀。没有哪个男人会喜欢由生铁疙瘩锻造出来的“武器女孩”,于是,“武器女孩”自然得不到高品质的爱情,得不到爱情,生铁女孩就会更加拧巴,以致把自己拧巴出“毒”来。这种毒内化进生铁女人的灵魂细胞里,生铁女人就会成为含毒生命体,像夏天的蚊子样,逮住机会就叮人,这还只是“微毒女人”。随着毒性的加重,生铁女人还会把自己长成蝎子、蜈蚣,甚至扭曲蜕变成披着羊皮的狼外婆,比如金庸小说里的李莫愁。

李莫愁虽毒,但每次杀人都光明正大地留下手迹,坐不更名,行不改姓,也算毒得坦荡直接,毒得光明磊落有骨气。现实生活中,愈阴狠到极致段位的女人往往伪饰得愈“优雅”与“高贵”,害人时比蒙娜丽莎的微笑还要迷人。这样的携毒女人哪怕差强人意地嫁掉,也决然成不了孩子的好妈妈和家庭的好母亲,更不可能成为福庇家族的母性供氧源。她本身的生命贫瘠而又荒芜，怎么可能拿得出丰富的滋养来呢？灵魂发育繁茂丰沛的女孩，不仅美丽温润，拥有丰富的爱之矿脉，而且具有非常强大的释爱能力。“爱”——不只是灵魂财富和精神资源，亦是生命能力，有的女人生命含爱值很高，就像含金量极高的矿石一样。但是，仅仅“含爱”是远远不够的，那蕴含在生命内里的“原爱”还需要最大限度地被释放出来才能发挥其功能，否则就会因自我幽闭而白白地损耗掉，就像石油和煤炭，如果不能采掘出来有效使用，只能相当于不存在。许多人就是因为“释爱无能”这个障碍，把蕴含在灵魂里的爱之煤炭原封不动地带进坟墓里，终生都不曾发出一丝光、散出一分热。哪怕其生命里深埋着金子般的爱之矿脉，如果不能爱，亦是对生命的浪费和对世界的亏欠。

父亲对完成女儿生命丰裕度的意义与影响

上帝给了女人女性的身体硬件，女性的身体硬件相加却绝不等于“女人”，“女人”远大于身体硬件的总和，且比这个“总和”多出很多，高出很多，美出很多，这毫无疑问。需要再次申明，“女人”是上帝植入女性身体里的一枚“花种”。这就仿若：上帝给了树以开花的潜能，但是，一棵树想要绽放出美丽的花朵，必须自己非常努力才行。树木沉默无语，总是无声地静立着，老天作证，亲爱的树们未有半分钟在偷懒，它们一刻不停歇地忙碌着，按部就班地成就着自己的本性，该开花时开花，该结果时结果，从不会对自己的本性有半丝半毫的扭曲或怠慢。与一棵树相比，人有时候不知道要愚蠢多少倍，一棵杏树永远都深深地知道并承认自己是杏树，从而恪守杏树的职责与本分，开杏花，结杏果，它不会因羡慕玫瑰而自卑，亦不会因嫉妒桃树而怨恨，它臣服于上帝并全然接受上帝指派给它的身份和特性，坚定不移而又幸福地做着它自己。

与树不同，女人却常常至死都不认知自己的女人性，并完全丧失掉女人的本心。上帝植入女孩生命深处的那枚美丽的花种，必须被唤醒，女孩的生命之树才可能繁茂生长，在该开花的季节开出美丽的女人花来。这个“唤醒”生命花种的过程和环节对女孩而言，关键到致命。杏树可以自己开出杏花来，女孩则必须经过唤醒才能开出女人花，这并不是说树比人更优越，恰恰相反，这一事实佐证了人作为灵性生命的伟大。作为拥有灵魂的人，其生命远没有树木那般简单本能，因为拥有灵魂，人的生命极其复杂，这种复杂度远超动物和植物的总和。树是永远不会醒来的女人，女人只有醒来才能成为一棵美丽而又神圣荣耀的生命之树。如果女人不能带着高度的觉知使灵魂苏醒，就会跌落到树以下，比一棵树的生命频率还要低。同样,一棵树如果死了,其生命频率便类若石头。唤醒女孩灵魂花种的方式有一万种,无论哪种方式,都必须以“怜惜”、“呵护”和“疼爱”为基础。女孩的花种太过娇嫩,稍微不慎,就可能被碰伤,唤醒的方式必须像蝴蝶吻向一朵花的花萼那般,轻轻柔柔,悄无声息,虔敬而又神圣,如梦似幻而又真切甜蜜。只有这样,才不辜负上帝苦心孤诣的伟大创意——女孩就是上帝天才创意创造出的奇迹。

如前所述,女人怎么才能认知到自己是女人呢?一个关键是,心里看到男人的存在。通常而言,天生的盲人并不特别痛苦,事实上他不可能深刻地认知到什么是“盲”,当他终生都生活在黑暗中时,“黑暗”与“光明”对他都不存在,他只是明眼人眼里的“盲人”。黑暗相对于光明而存在,女人相对于男人而存在,看不到“男人”,“女人”这个概念必无以为存。也因此,在一个家庭里,完成女儿者多是父亲,造就儿子者多为母亲,性别的认知与完成需要异极相激的能量呼应和映照。这个世界是阴阳调和的,就内在而言,万事万物都是阴阳混合体,若过度偏于一极,必生异畸。

父亲是女儿遇到的第一个男人,母亲是儿子看见的第一个女人。如果为父不良,做女儿的可能终生都遇人不当,某种意义而言,女儿终生都在寻找父亲的影子;或者相反,终生都在逃避父亲的影子。“父亲”这个男人要么使女儿趋之若鹜,要么使女儿避之如虎,无论如何,都不可能不深刻地影响到女儿对男人的认知。有许多小男孩发出过“妈妈,我长大要娶你”这样的宣告,亦有同样多的小女孩向父亲发出过“我长大要嫁给爸爸”的誓言,这样的父母肯定是世界上最好的男人与女人。如果做母亲的把自己活得不成样子,可能导致儿子终生不娶,在儿子眼里,母亲就是“女人”这个性别的具象呈现。如果父母一方在家庭中缺席,会导致儿女在恋爱上困难重重,对营造和进入亲密关系要么畏缩怯懦,要么完全无措,要么根本寻找不到路径。

有的女人,自始至终不曾在内心深处摆正“男人”的位置,甚至,她从来不曾“看到”和“肯定”过男人的存在,于是,她无论如何都无法完成自己作为女人的自我认知与成长，这是女人生命悲剧的根源之一。换言之，她根本不知道什么是女人，更不曾认识到自己是女人，她怎么可能做个好女人，并绽放出女人的芬芳来呢？

完成女人的是男人，完成女儿的是父亲，父亲给予女儿什么能量，女儿成长为女人以后，就会把什么能量回馈给男人。如果父亲对女儿缺席，女儿很可能就会对男人缺席；如果父亲十恶不赦，女儿极容易对男人暴戾恣睢。两个量子分隔极远的距离，仍能彼此遥相呼应，父亲和女儿的能量呼应性与此类同，母亲对儿子亦如此。如果做丈夫的对妻子冷酷无情，妻子也许无可奈何，但到了一定的时候，其女儿就会代替自己的母亲，甚至在完全无意识的情况下，把加倍冷酷的能量回返到父亲身上。同样，一个做妻子的对丈夫如果残暴凛冽，到了特定的时候，其儿子就会把同样的暴冽返还和施与母亲。

父母和亲子之间的能量互应性几乎分毫无爽，比爱因斯坦关于量子纠缠所说的“鬼魅的远距影响力”还要神奇。父亲对待女儿的态度，基本上决定了女儿与男人的关系基调，父亲在女儿眼里的所作所为就是在对女儿演绎“男人”这个性别的特质与品性。生养了女儿的父亲能把男人这个角色做到多好，其女儿就可能把女人这个性别角色完成到多好。妈妈这个角色亦然，妈妈能把女人这个角色完成到多好，儿子就会把男人这个角色发挥到多好。父母可以离婚，但是，不能缺席子女的生命成长。所谓的“缺席”不但就表象而言，还对作为父母的能量而言。人到心不到那不是在场，心到人未现也不算缺席，表面现象不重要，关键在于对子女给出的能量是否足够，以及能量的品质是否能恰如其分地滋养到子女的灵魂。

培植被爱能力的艰难度与风险值

爱是一种能力，被爱更是一种能力，而且，被爱能力比爱能力重要千百倍，也艰难千百倍。人们通常认为，“被爱能力”是天生的，不需要特别关注、鼓励或激发，事实绝非如此。能量是双向回环、彼此激发的，如果能量只能单向度流动，马上就会枯竭。

缺乏被爱能力的人，只会能量输出，无法输入，会造成灵魂贫血，最终什么也给不出。给本身就是要，要就是给，只给不要或者只要不给，能量都不可能正常运行并生长。

具备了爱的能力，并不意味着同时具备“被爱”的能力。“被爱”这种能力并非天生具备，而是根基里的积淀，是用砖块建设起来的以自信作底子的地基。没有坚实的地基，再漂亮的楼房都不堪一击。爱仿若看不见的财富，都是能量之一种，并不是任何人在任何情况下都能承受任何精神或物质的财富。不同的人对能量的承受能力亦不同，这就仿若，武功高手可以拿一片树叶轻松抵挡一把玄铁重剑，普通人早已被削斫如泥。据统计，那些意外中彩票巨奖的穷人，五年以后，其生活普遍远低于中奖之前的水准。他们没有能力消受意外得来的巨额财富，那财富非但不能赐福给他们，反倒用财富的巨大能量压垮击碎他们，就像人们常说的：德不配位必有灾殃，货悖而入者必悖而出之。所谓“被爱能力”，意指：一个人具有足够的能量接受能力并能内化别人给予的爱之能量，让两个能量就像棋逢对手一样，彼此激荡，融圆合一，相辅相成，交互推动。不但拥有爱的能量，且同时具备爱和被爱的双向能力，这样的女人才富足丰裕，能够承担和完成妈妈及母亲的神圣角色。

爱和被爱，归根结底是一种信力。有能力爱的女人对自己和世界都具备充分和确定的信任度。对这样的女人而言，给出自己的爱,就像把一滴水珠抛向大海,或是把一枚种子抛向湿漉漉的大地,她的安全感和信任力使她坚信:“抛出去”就是“回家”,就像游子回到故乡那样,就是让生命落地生根,也只有“抛出去”,那生命的种子才可能开花孕穗,“抛出去”是一件很美丽很自然的事情。然而,这“抛出去”对有的女人而言,却仿若上刀山下火海般艰难,她们是生命的胆小鬼和守财奴。这种生命的守财奴比葛朗台还要可悲,葛朗台守的是金银财宝,她们守的是生命本身。她们死握生命,就像紧紧地把一只小鸟攥在手里一样,除了攥死它,令生命窒息和萎缩,不可能有别的结果。

有能力爱和被爱的人不会像生命的吝啬鬼和胆小鬼一样,因恐惧忐忑、缺乏安全感而死死地攥牢自己的灵魂与爱意,患得患失地唯恐遗漏出去点滴分毫,永远像螃蟹那样把灵魂和爱意裹嵌在坚硬的甲壳里,拿铁钳子都钩撬不出来一星半点。这样的人可能有爱,但却像守财奴一样把爱聚敛在自己的灵魂黑匣子里,再加上双重保险锁,唯恐自己把爱像钞票样花出去,却买不回来等值交换物而吃了亏空或受了损辱,从而浪费和糟蹋了自己那视之如金的爱。于是,那爱的能量便成为存储进银行永远舍不得用也不敢用的钞票,以“珍惜”的方式最大限度地实施着最完整和最彻底的“浪费”。这样的“爱无能症”患者,甚至对一只小狗都不敢大胆释放爱能,害怕因狗的突然亡故或丢失而亏损到自己的感情投资,却不懂得:亡故带来的“绝望”和丢失带来的“伤痛”,也是生命的深刻体验和宝贵的灵魂资源。只要对世界敞开爱的怀抱,任何的发生都是生命的真情回馈,甚至包括抑郁、愤怒和怨恨以及绝望这些情绪都是人类灵魂的需要。“问题即资源”,没有这些“情绪粮食”和“精神风景”,人类的灵魂将会怎般地苍白无力和乏味无趣啊!既然上帝在人类已经进化到如此高级阶段的情况下,仍然让灵魂保留愤怒、哀伤、嫉妒、绝望以及苦痛这些情绪能力,足以证明这些情绪的价值之所在。机器人无论具备多么无可匹敌的智能,也还是“智能”,而不是“情绪”。如果我们听到一台机器在深夜里暗自哭泣,那才是可怕的事情。

事实上，那些所谓的“负面情绪”都是爱的能量变体，只要有爱，必然伴生这些被人们定义为“负能量”的情绪，没有“负”，哪来的“正”呢？很难想象，一个彻底泯灭了痛苦、忧伤、愤怒和嫉妒以及仇恨和绝望的人会去痛快淋漓、活色生香地爱与活！除非像某些“得道高人”那样，超越了七情六欲，进入悲悯苍生万物的“大爱”之境，才会波澜不惊，克服小情小绪。然而，我却总是疑心：“高人”难道不再是人了吗？如果他还在呼吸，如果他的灵魂还驻扎在他的凡胎肉体里，他真的能够彻底地波澜不惊吗？弘一大师临终留下“悲欣交集”的绝笔，这四个字足以证明：像他这样的“高人”，也仍然至死都怀有“悲”与“欣”这样的凡人情感。就此意义而言，抑郁、精神分裂，还有发疯这些现象，都应该受到应有的尊重，作为灵魂的存在状态，亦算是人的可能性存在之一种，属于人的一部分特质，它属于整个人类，也属于每一个人。这些被视为“病态”甚至“灾难”的灵魂数据，码写在每个人的生命程序里，没有人敢于说“我身上不存在抑郁和分裂的特质”。只要是人类的特质，就属于每一个人；只要承认自己是人，就应该怀着尊重之心去接纳它的存在，就像接纳“癌”对于每个人的可能性存在那样。换句话说，这世界上每个人的死亡都是“我”的一部分在死亡，每个人生癌都是“我”在生癌。同样，每个精神分裂者的分裂都是“我”的一部分在分裂，每个疯子的发疯都是“我”在发疯。我们有什么理由和资格去嘲笑属于人类的任何一种存在特质呢？除非我们从人的立场上剔除了自己作为人的存在。我即人人，人人即我，嘲笑别人就是嘲笑自己，恶心别人就是恶心自己，欺骗别人就是欺骗自己，不能爱别人就没有能力爱自己。

来做这样一个假设：如果有某位天才发明了一种药，服了这药以后，人类将彻底根绝各种苦痛以及由苦痛引发的各种疾患，比如精神分裂、抑郁症和癌症，那么，这药是吃还是不吃呢？吃了以后，每个人都变成乐呵呵不知忧愁为何物的“傻白甜”，这个世界就会成为天堂吗？没有众生的业障，就没有菩萨和佛；没有各种苦痛和疾病，就没有幸福和快乐。同样，没有罪和恶，就没有爱，爱从来都不是一件轻而易举的事情，人会患上“爱无能”这种病丝毫都不足为奇。佛陀和耶稣乃人类这棵大树上开出来的最高、最美、最接近神性的生命花朵，这样的花朵一经绽放，便永远不可能再凋谢。然而，无论这佛性的花朵多么高贵和美丽，它都必根植于众生的土壤。没有众生之根的滋养，哪来的佛呢？脱离了众生之土，佛又何以为佛？那每一个疯子、白痴和傻子，那每一个精神分裂者和抑郁病人，都是人类之树上的一片叶子，也都是滋养佛花的资粮。有谁敢于站出来说自己比一个白痴和精神病人更接近佛性呢？

就本质而言，爱和被爱的无能，仍然是未能对自己和这个世界建立起牢固确定的信任度，是原爱营养不足、灵魂不够坚固自信的典型症状，如同依靠投机手段发家的“暴发户”，虽已拥有不菲的财产，但那“财产”还属于其生命的外在物，尚且没有能够内化进灵魂深层去消化为内在的精神力量和营养，就像吃进胃里的海参鱿鱼未曾消化和吸收，又原封不动地被拉出来那样。就此意义而言，“被爱能力”就是承载和吸收能力。缺乏被爱能力的女人，别人哪怕把爱放在她手中，她也没办法吸收和汲取，这就仿若有人把巨款存在银行里，从来舍不得消费一分那样。对许多因偶然因素而得了横财的“暴发户”而言，财是财，人是人，财融不进人，人也吸纳不了财，那财产只是偶寄暂存于其名下的一个阿拉伯数字，那个数字只对银行有意义，对其灵魂本身没有任何内在的实质含义，几乎相当于不存在。金银钞票这类物质财富想要真正内化进一个人的灵魂，并滋养其生命，比登天都难。许多情况下，物质财富只能作为生命的“外挂物”而存在，不仅不可能使生命富裕充足，而且会成为生命的大障和负累，使生命更加贫匮僵硬。如果生命是一个“火车头”，仅仅累积财富，就像在火车头的后面无限量地增加货厢那样，生命拖拉的货厢越多，越难以“起飞”。

不能被内化的财富就像乞丐手里捧着一块侥幸捡来的狗头金，乞丐随时担心着这从天而降的意外之财再向天而飞。作为根深蒂固的“资深乞丐”，贫穷感已渗入骨髓，那乞丐还没有能力拥有并内化这块狗头金，或者他没有能力相信自己已经拥有了狗头金。

当然，其根本原因还在于：他没办法相信自己当真配得起这块狗头金，从骨子里讲，哪怕拥有一百块狗头金，他仍然缺乏足够的能力蜕变和提升自己作为“乞丐”的身份认定，“乞丐”两个字已内化进他的血液，镌刻在他的骨头上，哪怕拥有一箩筐狗头金，他也仍然是个拥有一箩筐狗头金的乞丐。拥有爱能量却不敢释爱的“爱无能”症患者就是这样的可怜虫：不敢相信自己有爱，更不敢把爱对别人给出来，他把爱握在手里白白地浪费掉，自己却因爱缺失而冷得瑟瑟发抖，这是灵魂乞丐。

我曾从父亲那里听到过一个真实的故事：中华人民共和国成立前，村里一个财主家着了火，一家人都被烧死了，一个给财主家扛活的老长工，无意间从灰堆里扒出一罐子金元宝，由于无人发现，便悄悄据为己有了。得到这笔他几辈子也挣不来的巨额财富以后，他不曾过上好日子，相反，没过多久就疯掉了。他疯癫的症状很奇特，每天衣衫褴褛地从村东踱至村西，再从村西踱至村东，见人就问：“亏心不亏？亏心不亏？”然后，自答：“亏，不亏。不亏，亏。”他终究是个穷人，福浅命薄，降伏不住那笔意外之财。他疯癫致死以后，那罐子金元宝被原封不动地搜出来充了公，他一枚也不曾消享。这就是对“穷”的最好注解。

穷是一种病，拿金子治不好，爱无能也是一种病。如上所述，别人把爱送到手上，那“爱无能”症患者也不一定能接受住，比如那个《百年孤独》里的阿玛兰塔。事实极富讽刺意味，“爱”这种世界上最高贵的礼物跟“金钱”这种世界上最低俗的东西具有同样的特质和性能：只有进入流通，才能兑现出它所蕴含的价值。如果不拿出来进入流通，百元大钞连一小片手纸都不如，把一个亿的现金存进银行里不动，它也只是一个数字而已。同样，“爱”如同“电”，作为能量，只有发挥出来才能显像存在，否则等于不存在。试想，谁有幸亲眼看到过“电”的模样？谁又能直接拿钞票当面包吃？钞票不能被直接当作干粮充饥，爱无能等于无爱。如同“知而不行，等于不知”一样，知与行必须合一才算真知，爱与行必须双管齐下才是实爱。爱是个动词，且永远是个动词，被爱亦如是。

“搏到残”与“长至甜”的生命大分野

“甜”是女人生命的最高与最美意境，就像芬芳与绽放是花的最高意境一样，女人要长到甜，女人必须长到甜，长到甜是女人对自己的尊重、对孩子的呵护、对男人和世界的挚爱。

哪怕是知性女人，无论其知性高到怎般程度，其生命的底色也必须甜。对知性女人而言，“甜”可能会被羞于流露，因为，甜的质地是蛋黄般的柔软，且貌似肤浅，知性女人耻于柔软浅露，往往下意识地把“甜意”埋在生命内里很深的地方，对外呈现出理性的嶙峋，以此彰显“知性”和“深刻”。即便如此，生命的甜意也决然不可丝毫丧失和断灭，那被深蕴久藏的“甜意”如果得到足够的护惜，就会发酵成为悠远绵长的“幽香”，那以甜为底色的“幽香”会远超甜的意境，使生命抵达更高远深阔之美。世俗的小女人如果把生命甜成水果，像葡萄、蜜橘之类，而知性女人会把自己香成干果，像核桃、花生与开心果之类。但，“香”是以甜为根基的，哪怕性情有些怪异和格色的女人，只要不失其甜，或者说只要灵魂保持住一定的“含糖量”，生命仍然会极富营养，仿若苦瓜或榴梿，即使味道略怪，也终究没有毒性。简言之，只要生命有糖，女人就不会沦为“斗士”。沦为斗士的女人，会比男人斗起来更加可怕，非搏到残不收手。“搏到残”和“长至甜”，是女人生命的两个大分野和两种大意境。

女人“长到甜”，就像麦穗长到金黄饱满那样，这是女人非常美的生命意境。要抵达此般意境，必须天时、地利加人和，缺一不可，就像种庄稼，从播种到收获要经历萌芽、分蘖、拔节、灌浆，还有扬花和孕穗，每个环节都必须充分到位；否则，那麦粒就不可能金黄饱满。举个不甚恰切的例子：每个女人都天生拥有乳房，但是，女人的乳房却并非能够无缘无故地分泌乳汁出来，无论多么美的乳房，都无法自动分泌乳汁。想要分泌乳汁，必须首先受孕，而受孕的前提条件是，要和男人做爱，让男人把生命的麦种成功输送进子宫。这个“输送”具有很深的象征意义：表面上，男人“输送”给女人的是生理性的“种子”；事实上，那被输送给女人的更是灵魂之爱。做爱的过程，亦是爱的“授受”过程，灵魂和生命是必须参与并渗透其中的。乳汁只为“生命”而分泌，哪怕子宫里怀了胎儿，如果胎儿不曾发育成熟且分娩出来，乳汁亦不能分泌，这表面上看似不足为奇，内里却蕴含着极深的“天道”。怀孕过程如果剔除掉灵魂的参与和呼应，生出的孩子就可能木讷呆板、不够灵透，那孩子作为新生命表面上看似完整，实则是不够和残缺的。那残缺的部分看不见也摸不着，但生命的不完整性会自然和必然地呈现出来。所谓的“先天不足”，并非专指躯体，那“不足”更多地指向灵魂不健全不完备。

很遗憾，现代医学已用试管方式代替了男女“做爱”这个环节，使生命的神秘和神圣性被机器解构，使生命像别的“产品”一样沦落在流水线上被按程序制造。如上所述，没有“做爱授精”这个环节，子宫不可能受孕；胎儿形成而不诞生，女人不可能有乳汁分泌。就像树木有心跳、石头会呼吸一样，“乳汁”亦极具灵性，哪怕牛奶场的“专职奶牛”，想要分泌出牛奶来，也必须受孕生子。依照上帝他老人家的最初设计：乳汁是神为小生命预备的自带口粮，神知道，刚出生的小生命太过娇嫩，担心那小生命不能成活，就特意设计了母乳供其吸食，母乳只能伴随生命的诞生而诞生，此乃神的旨意。无论多么高超的科技手段，都无法让母牛在不生小牛的情况下分泌出牛奶来。人类饮用的牛奶其实都是小牛们的口粮，人类消费掉多少牛奶，就有多少小牛被杀害做成酥香可口的“小牛肉”，有的小牛甚至刚出生几个星期就进了人类的胃囊，终生没有机会吮吸到一口妈妈的奶汁，而那奶汁是上帝为它专门给出的。人类先强迫牛妈妈怀孕生下小牛，然后把它的孩子做成香嫩的“小牛肉”吃掉，再把它的奶汁挤出来自己喝掉，在人类的这个连锁行为中，“母牛”被完全机器化，对牛而言简直伤天害理。人类有一天是否会因此触怒神灵从而受到严惩，还很难断言，或者也许，上帝已经在以某种方式惩罚人类。尽管人类如此放肆和残忍，上帝仍决绝地坚持：乳汁为小生命而分泌，且只为小生命而分泌。这个神圣原则迄今未能被人类的科技所超越。这充分佐证：上帝始终没有对人类的步步进逼而屈服，同时也没有对人类失去最后的信心，他继续让小生命降临世间，而“每一个孩子出生时都带来消息说：神对人类并未灰心失望”。既然神相信人是有救的，人应该就是有救的，这有救的希望可能恰恰孕育在人类所遭受的灾殃中，只有灾殃才能有力地促人反思与警醒。

有质有形的乳汁尚且顽强地坚持它自己的分泌之道，决不为人类的科学所妥协，无形的灵魂乳浆也决然不可能平白析出，它必然伴随爱的生成而生成。一个女人，如果不曾和男人真正相爱过，没有被爱情像春雨一般酥透过，其灵魂决然分泌不出丰足的爱之乳浆来。在子宫怀孕以前，灵魂必先于肉体受孕，这才是完美而又神圣的生命孕育之道。灵魂是需要拿爱像煲汤一样认真煲煨的，就像拿身体去养熟和激活一块玉那样，没有被爱煲透的女人，其灵魂必然质地冷硬、生涩、板结，会长期甚至终生凝滞固着、角质钙化，成为塑料般不能导电的情感绝缘体。能够与男人“心有灵犀一点通”的女人，必然是灵魂被爱煲透的女人。无论怎般貌似刚强，哪怕是女匪女盗女皇女王女汉子，都本能和天生地需要情人的疼爱，这是天道，无须拿任何理论去评判。男人愈疼爱一个女人，女人这枚“果子”就会愈益甘美酣醇；女人愈“甜”，才会愈加具备爱的资源和能力来反哺男人。男人对女人的最有效力量是“爱”，而女人对男人的最强大力量则是“甜”。

被反对和抵制的身体对女人的深层报复

身体乃是灵魂的庙宇和殿堂，它丝毫都不比灵魂低贱，或者说，身体亦是灵魂的一部分，两者原本不存在二元对立性：身体是有形的灵魂，灵魂是无形的身体。现代人，尤其是现代西方医学所犯的一个重大错误就是：把灵与肉完全地分割开来。事实上，肉体只是人的一部分存在，仿若露出水面的冰山之一角，“人”还有一大部分存在淹没在水面以下，那叫作“灵魂”，或者叫作“意识”。水面以下的无形部分，决定着水面以上的有形部分，同时，两者又互相作用，彼此影响，对灵与肉任何一方的忽略和鄙视，都是对人本身的贬低。

但是，在人们的观念里，灵魂似乎更高尚和尊贵，而身体属于形而下的低俗存在。身体作为“肉体凡胎”的确有其局限性，但是，尊重和承认这个有限的身体却是天道。“上帝”绝对地“形而上”，然而，他老人家也苦心孤诣地创造了一个有质有形的“形而下”之“宇宙”。在这个宇宙中，有毒蛇还有癞蛤蟆，有苍蝇还有蛆虫，有恶性肿瘤还有艾滋病毒，但是，这一切难道能够影响宇宙的伟大并否定神性的存在吗？《老子 · 十三章》有言：“吾所以有大患者，为吾有身，及吾无身，吾有何患？”如果没有身体，人将不知“死”为何物。然而，“不知死”，又“焉知生”？身体有多轻，就有多重，谁反对身体，谁就会遭到残酷的报复。女人面对身体时总是比男人更容易因走向极端而导致失重和错位，过度地看轻身体和极端地推崇身体，都是对身体的大不恭敬。灵魂有多么尊贵，身体就有多么尊贵，当一个女人对自己的身体都丝毫不加呵护、疼惜和尊重时，她的灵魂不大可能精致美好。

有的女人因为过于知性，下意识地过度强化灵魂和精神，对自己的身体忽略甚至无视,即意识不到身体的存在,或者她不曾看到和接受自己作为女人的身体存在,这也是悲哀和不幸。这样的女人,反倒会对“浅薄”而又“无耻”地沉溺于身体的女人嫉妒到眼睛发绿,同时她又意识不到甚至不敢承认这种嫉妒。“嫉妒”这种胆汁状的黑色能量比仇恨还可怕,仇恨随时随地可以找到渠道排释,甚至可以明目张胆地摆到桌面上,恨得光明正大,“嫉妒”则是一种“地下作物”,像地瓜样深埋在土壤里,还必须在地表以上开出美丽的“花朵”来掩饰自己,埋得愈深,其能量聚积得愈甚,且永远无法找到直接和光明的路径释放自己,必须左躲右藏,才敢稍露端倪,而且必须处心积虑地乔装打扮自己。那深埋在潜意识深处的“嫉妒”像伺机作案的小偷一样,不得不羞怯委屈地披挂上各种各样貌似端庄堂皇的外衣,改头换面地以相反的姿态扭捏而又凛然地出现。这只恶毒的“狼外婆”很狡猾也很虚荣,病态地喜欢披上“正义”这件理直气壮的名牌西装作外套,内里如苦胆,外在极冠冕。

“嫉妒”这种能量因为缺乏正当的路径来排释,于是,便又衍生出了“委屈”的毒药,嫉妒和委屈像硝石与木炭样相互作用,使其能量更加酷烈。那些活得连自己的身体存在都感知不到的女人,焉能不嫉妒、不委屈、不仇恨呢?身体的报复比灵魂的报复更狠辣决绝!而嫉妒、委屈和仇恨这些妖魔不管被压制隐匿得多么幽秘,都会自己随时伺机溜出来作祟,任何力量都阻碍不住,压制越甚,其反弹力越强大暴烈,门窗被堵死,它们哪怕从烟囱里爬出来也要兴妖作怪。有时候由于嫉妒得太入骨,那嫉妒的力量太过强大,会导致女人被自己那浩荡的嫉妒覆盖了知觉,坚持自欺欺人地认为并且相信,自己是在维护正义和捍卫节操,就像罪犯总是千方百计地制造伪证来掩饰罪恶那样。她的所作所为不过是被压抑和扭曲的生命内驱力在作祟,她整个生命状态都郁堵得像炸药那般,成为攻击性的能量存在。她又找不到攻击的目标,只能压了再压,这亦是能量自身的运行规则:当能量遭遇到更强的能量时,只能用压抑的铜墙铁壁严防死守,连火星都不敢爆出来,只有遇到虚弱的对手时,才敢突破防线大肆活动。

还有的女人由于长期甚或始终都在扮演“好人”角色，却把身体视为洪水猛兽，其内在攻击力便更加不可遏阻。通常而言，“好人”的攻击性比“坏人”的攻击性更大，因为好与坏是同一种能量的两个端极呈现。当一个人呈现为众人眼中的“坏人”时，其内在就可能呈现出相对“好”的能量；相反，一个人以“好人”的面目出现时，其内在能量则趋向于“坏”。

快乐是生命的本性，一个从来都不曾快乐也无能力使自己快乐的女人，必然蓄积着可怕的攻击性。某些情况下，与“坏女人”相比，“好女人”的“尊贵”里包含了太多攻击性火药。这些火药不被排释出来，无论多么好的女人，都不可能爱得很好，就像一棵树生了虫，便没有办法好好开花那样。女人要爱得好，必须尊重自己的身体存在，一味追求“灵性”，而忽略身体的现实存在，其灵性亦不可能多么晶莹剔透。

女人必须在生育孩子之前首先生出自己

每个人都应该完成两次出生：一次是妈妈生出自己，一次是自己生出自己。那第一次是肉身的出生，那第二次是灵魂的出生。一个女人，只有结结实实地自己生出自己的灵魂，并使那灵魂像金黄的麦穗一样饱满芬芳以后，才可以用自己的身体生育孩子，否则几乎等同于玩忽生命和对生命犯罪。一个女人的最大犯罪就是：在对生命毫无认知的情况下，无意识而又贸然地带生命到世界上来。这既是对生命的亵渎，亦是对世界的不恭。女人生命的最峰巅绽放是生出孩子，即创造出生命。创造生命乃是最高的创造。然而，太多的时候，女人只是在做生理性的繁殖，根本谈不上任何创造性，甚至连“创造”这个意识都不存在，仅仅只是动物性的繁殖。这样的女人，终生都不曾生出自己的灵魂，她的存在本身就是一个极大的残缺。就此意义而言，人生的终极目标，应该是完成自己作为人的存在。许多人貌似在这个世界上创建了惊世“伟业”，事实上，从灵魂层面来说，自己只是个半拉子人儿而已。仿若一枚谷穗，有的完成了七成饱，有的完成了五成，至死都是个“半仁儿”。

在潜意识深处，人其实本能地知道自己的残缺性，所以，人总是下意识地感到不满足，因此一生都在努力追求“满足”，比如追求物质、金钱、爱情、地位、权力之类。然而，这所有的东西都无法真正让人感到“满足”，它们只能像填坑一样，堆积在人的那个灵魂的坑洞里，无法真正内化进生命，完成自己作为人的最高也是最圆满的存在。人出于本能，非常容易自欺。比如，女人往往把生出孩子当作对自己生命的完成，其实，她只是制造了跟自己同样的残缺而已，用残缺填充残缺，残缺仍然是残缺。女人最大程度地首先生出自己，完成自己，然后再创造生命，这无论对自己、对孩子、对世界都至关重要。开枝散叶，子孙满堂，亦并不代表个体生命的完成，有时恰是制造了更多的残缺。

从潜意识里讲，男人因为无法像女人那样亲自生出孩子而倍感失落，因而终生都在努力生产出别的存在物，比如一家上市公司、一件艺术品，抑或一把政治交椅。这些对男人而言，亦是生命的替代品，但无法真正带来满足，只能使男人的残缺更加深重。因为，那一切都是在生命的外围和表层做功，对灵魂而言，完全如同隔靴搔痒。然而，大多数时候，男人会像女人终生都在围着孩子打转一样，围着一些貌似宏大的事物打转，几乎类同于饮鸩止渴，得到的愈多愈不满足。大多数时候，男人对这种永无止境的“不满足感”并不多加思索，总是想当然地认为，自己做得“不够多”、“不够大”、“不够强”，等到够多够大够强时，就会满足，于是，终生都奔波在一条叫作“更加——”的路途上，至死都不曾停下前行的脚步抬头看看方向和天空。同理，女人因为自己生不出自己，于是假借生出孩子来自欺欺人地填充自己的残缺。

对女人而言，最高和最美的创造价值便是创造生命。许多女人包括许多精英女人都错误地把“生出孩子”当作“创造生命”，以致错过了自己最美最高的价值存在机会——成为母亲。绝大多数女人都完成了“生出孩子”的“生物职责”，鲜少有女人抵达并完成“创造生命”的“母亲使命”。于是，另一个话题必然被引出：女人在什么情况下才可能抵达并成为母亲呢？毫无疑问，当一个女人生出自己的灵魂，而且使自己的灵魂首先怀孕，并爱上整个世界时，她才有可能成为真正的母亲。女人的灵魂如若达不到受孕状态，便没有资格做母亲，哪怕生下整整一打孩子，她也仍然不是母亲，只是生物学意义上的“子宫妈妈”，跟母猫区别不大。

实在说来，自视为万物之灵长的人类应该从植物身上汲取太多美好的生命品质，比如植物的“生育操守”：一棵树该什么时候扬花吐蕊，就什么时候扬花吐蕊，决不违背自己。如果它因内在问题开不出花，它就老老实实地不开花，哪管它“病树前头万木春”呢？聪明的人类拿塑料大棚造出“人工春天”，诱逼蔬菜违背节令而开花挂果，虽貌似成功地战胜了自然天道，那结出的果子究竟如何人类心中有数。哪怕是种菜这种极其琐屑和形而下的小事情都历历明晰地昭示出：任何一种胜利都暗含着潜在的失败，任何一种失败都昭示着微妙的胜利，天道昭昭，分毫无爽。连蔬菜瓜果比如一枚西红柿的生命都如此地靠谱和庄严：不让它应时而发，它就汲取不到足够的阳光，没有足够的阳光，它便缺乏足够的营养，看上去长得胖胖红红很可爱，实则是个徒有其表的“白痴大傻瓜”，只配拿去喂给猪吃。连小小的西红柿都糊弄不得，何况是生育孩子这样的事情呢？人类自作聪明种出来的“白痴西红柿”大不了拿去喂猪，违背天道生出的空心孩子怎么办呢？想“退货”都没地方。这个世界其实非常靠谱，不管人们怎般花样作死地瞎折腾和不靠谱，天道和自然都会以自己的方式让它最终靠到该靠的谱上去，“存在”不会撒谎，该给出什么它清楚地知道，没有半丝偏差。

套用一句俗话来说：这个世界有时候很靠谱，有时候看上去似乎很不靠谱，但归根结底是靠谱的。当我们对世界丧失信心时，不妨抬头望望天空就会发现：那天上的太阳乃一位最最靠谱的严谨不苟的大先生。不管世界怎般风云变幻，多少万万年以来，它日不错影，何曾有半丝半毫和一时一刻错乱过自己的方寸和阵脚呢？只要太阳不乱阵脚，这个世界终归是靠谱和可以信赖的，也是有指望的，任何嚣张跋扈和颠倒错乱的不靠谱都会以自己的潜在呼应力靠到应该靠的谱上去，只是人们视而不见而已，低下头去仔细瞅瞅，就会被结结实实、精致苍老的世界惊得瞠目结舌——存在不会撒谎，人类给出什么，它便回应什么。宇宙是个全息存在体和全息能量场，人的一个小小的念头都会得到它应得的回应，且分毫无爽。从存在的角度而言，法律其实是最具象也最肤浅、最低级也是最短效的约束，和存在的反作用力相比，法律基本相当于“速效感冒胶囊”，治标不治本，聊且消除症状而已，既不崇高，也不神圣，甚至极难讲到深层和究竟的公平。上帝为存在设置了更高意义的反应机制，哪怕跳出“三界外”，也躲不过这个存在机制的制约。

毋庸置疑，这个世界很靠谱和非常靠谱：人给蔬菜喷毒药，神

(或者叫存在)便赠人以癌症;人对世界给出假情,神让你收获假意;人给时代制造喧嚣,神赠人以孤独;人给自己折腾出灯红酒绿,神赠人以寥落孤寂;人让金币统治自己的心,神便让沙漠占领人的灵魂;人播撒冷酷,神让人收获寒冰;人占有的愈多,神让人愈益焦渴,患上灵魂糖尿病;人对人背信弃义,神便让人绝望到底。谁说这个世界不靠谱?它靠谱得毫厘不爽,恰如种瓜不能得豆。有时候种瓜者可能处心积虑地收获到一只小肥羊,剥开羊皮一看,那羊肚子里还是一个瓜。谁种下了什么谁知道,谁应该收获到什么神知道,种下豆子的人,有时候貌似收获了一个大西瓜,哪怕把瓜吃进胃囊里,拉出来的还是豆。这个世界永远靠谱,只是人眼里看到的"谱册"与上帝手里握着的谱册不大一样,许多时候人眼看到的只是表象的"副册",最终呈现的"真本"将是上帝的终极大手印。有的人看到的不只是"副册",而是"又副册"和"又又副册",要看到存在的"真谱",必须具备法眼方可。

"谷雨前后,点瓜种豆",种庄稼尚需严格遵时守令,而且每个细节都极其讲究章法,错过短短的几天,就会误了庄稼一生,何况养育孩子这种"百年大计"呢?现实中,人们生育孩子甚至比"点瓜种豆"还要随意,其大胆、放肆和不管不顾的轻率与潦草做派,令上帝都瞠目结舌,但人却毫不自察,视生孩子如母鸡下蛋,把妈妈和母亲公然混为一谈。必须从内涵上真正和彻底澄清"妈妈"和"母亲"这两个概念,这个澄清行为重要到致命,紧急到迫在眉睫!

一个女人,自己还不知道自己是谁,自己还不曾真正建设起自己的健全而又稳固的灵魂塔楼,就可以轻率贸然理直气壮合理合法地生下成堆的孩子,这是对生命毫无敬畏的玩忽和放肆。然而,全地球人都不认为,"母亲"这一宇宙间最神圣、最伟大、最艰难、最具专业性的职位需要"持证上岗"。事实上,许多国家,比如德国,就有非常详细和严肃的"母亲上岗说明书"。中国这样一个人口十几亿的国家,"母亲"这个岗位不需要任何培训,也无须任何最简单的"说明书",比动物并不高明多少。事实上,"母亲"这个专业职称比"大学教授"更具内涵,大学教授只要具备足够的学术知识即可,

“母亲”一职所需要的灵魂丰厚度，有可能十个大学教授都难以抵达。然而，几乎任何职业都要评定职称，唯独“母亲”这一专业不需要评职称。大学的分科越来越全面化和细致化，却从来没有一所学校开设“生命课”，让人自己对自己的灵魂有所了解。

很显然，人对世界的探索已经无所不至，唯独对人自己的内在探索几乎是个空白。连买一台洗衣机都配备有详细的“说明书”，但人的生命没有“说明书”，人像无照驾驶的赛车一样，在人生的大街上横冲直撞，什么“红灯”都敢闯，佛挡杀佛，神挡灭神，正经八百地对着宇宙宣称：上帝已死！毫无疑问，无论人类制造出怎样的高智能机器，哪怕是最先进的航空母舰和宇宙飞船，都没有“人”本身这部肉体和灵魂密切契合的“机器”更精密幽微和复杂高级。人区别于机器的最大标志是：人有灵魂而机器没有。但，人对研究人的灵魂远没有研究机器的兴趣大，甚至相当多的人不相信“灵魂”的存在。许多情况下，人对人的敬意远远低于人对一台普通机器的敬意，在许多人的意识里，一辆名牌轿车甚至一个高档手机都比人更金贵、更有价值，也更值得尊敬。一个研发手机的“工程师”会非常受人尊重，却不知，“母亲”这个使命比全宇宙最高级的工程师都更高级、更伟大。因为到目前为止，这世界上已经制造出来和将要制造出来的任何高智能机器都远远地比不上“灵魂”的精密度。人甚至可以制造出来“克隆人”，但目前为止，直至地老天荒，无论多么高级的工程师都不可能研发制造出来一枚“人造灵魂”。仅就此而言，当人宣告“上帝已死”这个论断时，乃是怎样地狂妄和可笑啊！

除上帝以外，能对人的灵魂产生影响的最重要人物是“母亲”。然而，人却毫无理由且坚定不移地相信，只要能从子宫里生出来孩子这种产品，这样的女人就是“母亲”！终有一天，人们会认识到：女人必须首先生出自己，让自己从内到外结结实实地真正存在，并让自己的灵魂被爱全方位多角度地完全照亮，成为一个生命发光体，而后才能生育孩子，也只有在这种情况下，女人才配被称为“母亲”。

女人成为母亲的前提:对生命的神圣之邀请

通常而言,因生理故障不能生育的特殊个案除外,每个"女人"都具备成为"妈妈"的生理潜能,从"女人"到"妈妈",是生理机能的成熟过程。这地球上的雌性动物通常都具备此项功能,比如母鹿和母猫。但,"妈妈"和"母亲"却是两个完全不同的概念,"妈妈"的诞生依附于子宫成熟,而"母亲"的诞生则仰仗于灵魂成熟。

身体成熟至可以做妈妈的信标非常明显:当生命的潮汐在子宫里涌动时,比如现在的女孩子,由于营养过剩,十三岁就可以怀孕生子。大家深信,让十三岁的女孩生育是荒唐的,于是,法律限定了结婚年龄。然而,灵魂达到什么状态可以做母亲,却被完全忽略不计,甚至极少有人关注到这个致命的问题。在中国,绝大部分情况下,女人之所以诞下孩子主要是外在因素的推动,其最主流的驱动力通常是:一个女人因为结婚做了妻子,于是便理所当然地怀孕生子,生育孩子需要的硬性条件无非是一张"准生证",而法律准许一对夫妻生育孩子的依据无非是排除掉遗传性疾病即可,至于对男女双方的灵魂成熟度,连半个字都不会触及。甚至,作为写作者,我本人在此提到"灵魂成熟度"与"生育孩子"的关系问题时,都极有可能被当作莫须有的笑话。当然,作为社会机器,生硬的法律没有办法判断一对小夫妻的"灵魂成熟度",这应该是家族长辈的职能。实际情况却是:极少有家族长辈认为自己孩子的灵魂和人格尚需继续成长,从而提醒他们暂缓生育;与之相反,家长们总是迫不及待地催促新婚夫妻尽快生下孩子。他们心里十分清楚,只有诞下孩子,一对小夫妻似乎才真正算是夫妻。如果不能及时诞下孩子,这个婚姻就处于极其不稳固之状态,家长会始终悬着一颗心,担心那小夫妻一拍两散,让他们脸面尽失,尊严扫地。

这是个致命的关键结节点之所在:家长总是像劝瞎子跳井和赶鸭子上架般软硬兼施地逼迫"适龄"孩子结婚,孩子一天不结婚,他们便会被"失败"和"耻辱"压迫着,连头都抬不起来。已适龄而未婚的孩子们自己更是感觉无颜见江东父老般地羞赧与惭愧,比做了贼还心虚。在中国现时代,男女必须结婚的最本质根由只有一个:年龄。年龄到了线,如果不能及时结婚,便会成为"家耻"。为了洗雪家耻,家长们恨不得拿绳子把孩子绑进婚姻,至于感情——天可怜见,我甚至不敢和不好意思在这里提到"爱情"二字,因为由爱情而走进婚姻,这似乎太矫情也太荒唐了:天啊,难道男女结婚竟然需要爱情这劳什子阿物儿吗?有一点感情的碎屑残渣就十足地够意思了,至于"爱情",已经变得比宝马、钻石和别墅都更加昂贵,比深山灵芝更加稀罕难觅,谁还会对其抱持奢望呢?

填充婚房需要家具,填充婚姻需要孩子,给人的感觉仿佛:只有孩子的出生才能坐实和套牢婚姻,没有孩子,婚姻就会沦为自欺欺人的"空城计",因而孩子必须被尽快地制造出来填空救急。于是,从最初开始,许多情况下,一个女人"怀孕生子"就只是外力推动之下而被动发生的生理繁殖事件,这"繁殖事件"几乎与繁殖的对象"孩子"本身无关,它满足的几乎全部是外围之急需:或者是婚姻本身之需要,或者是家庭传宗接代之需要,或者是自我心理满足和自我价值佐证之需要,再或者是家族的面子和尊严之需要,甚至可能是其他的阴谋或阳谋之需要,比如拿孩子绑定一个男人和一个关系,套牢和保全一份资产或系统。生孩子事件作为生育者的一种外在需求和自我需要而功利性地发生,孩子被拿来填充生育者的人生荒凉和生命虚无。许多情况下,孩子甚至被当作生育者的"人生成果"来炫耀。那生孩子的原因可以找到两百个,唯独没有一个是发生于对被生育者即"孩子"的诚挚之爱的邀请——必须看到、认知并承认:生育孩子应该且必须源于"爱对于生命的邀请"。

在生育以前,做妈妈的女人应该从内心深处,发出最真实、最诚挚、最热切与最本真的深情之呼唤:亲爱的孩子,请你来吧、来吧！这是一个如此美好的世界，这个世界诚挚地欢迎你的到来。你的到来对我们的家庭来说将是最隆重之盛事，我们将以全心全意的爱之胸怀迎纳你的光临，不管你是男是女，也不管你是什么肤色和什么长相，你都是我最最可爱的心肝宝贝小天使。如果你是黑头发大眼睛，我爱你；如果你是黄头发小眼睛，我也同样地爱你。来吧宝贝儿，我在梦中已经一千次与你相会，你是我的生命我的爱，你是我的精灵和我的心肝儿，你就是我的小天使啊，请你来吧，我的宝贝儿！

生命的到来必须源于内心之爱的邀请——这邀请可以不被言语所表述，但它必须在内心自然发生。一千个女人可能说出三万个生育的理由，但孩子来到这个世界的缘由有且只能有一个：爱。只有得到了爱的邀请和祝福，孩子的到来才是一件伟大而又美丽的生命盛事；否则，它就只是动物性的繁殖事件。这样的"繁殖妈妈"不配受到深刻而又神圣的尊重，爱更不可能在母子之间真正发生。有什么办法呢？爱是世界上最简单的事情，同时也是最庄严最隆重的神圣，它不会随意而又轻易地发生，更不受任何外力操控。对于繁殖性的生育而言，从一开始，孩子就被完全工具化和筹码化或者财产化与物质化，而不曾被当作神圣的个体生命而受到尊重。这一切的根源都在于：生育者本身的灵魂没有生长到成熟健全的程度，生育者还不曾在精神和灵魂的意义上创造出自己来，当自我在人格意义上尚且不健全时，所养育出的孩子怎么可能灵魂不孱弱甚至残缺呢？许多生了孩子的女人只能算是"子宫妈妈"，根本无能力担当"灵魂母亲"的重任。那被生下来的孩子只有妈妈，没有母亲，本质上讲只能算"灵魂孤儿"，其成长道路将有太多的磕绊需要在遭遇中超越，而且成为"灵魂残障儿"的可能性极大。

哪怕一个女人的身体严重残缺比如瘸了腿，也决不意味着她没有资格做母亲，只要其灵魂健全壮硕，人格独立强大，有能力对孩子从内心深处发出诚挚之邀请，她就可以理直气壮地发出独属于她自己的祈祷。这份独特的祈祷会更美丽也更具说服力："孩子,我没有美丽的容貌,甚至还瘸着一条腿,但是,这个世界如此妙不可言,哪怕作为肢体残障者,我也一样感到幸福、温暖和安全,并能够充分感受到生命之美妙,我活出来的生命一点都不比别人少,也不比别人差。来吧,我的孩子,放心大胆地来吧,我用一条腿也可以很轻松地替你支撑起一个结实温暖、安全可靠的世界,请你张开笑脸怀着喜悦之心像小鸟一样义无反顾地飞来吧。”并不是每个女人都能够祈祷,祈祷也是活出来的。当一个女人发出真挚的祈祷时,她就完全可以有资格成为母亲了。

母亲的丰裕值和婴儿的全然度

什么是女人，以及女人对这个世界的存在意味着什么？这个问题必须被认真严肃地拿来探讨，探讨这个问题的意义，不亚于探讨宇宙奥秘的价值。每个女人都是潜在的“母亲”。关于“母亲”有三句名言。一句说：“一个民族的较量就是母亲的较量。”一句说：“推动摇篮的手也是推动世界之手。”德国著名教育家福禄贝尔也说：“国民的命运，与其说是操控在掌权者手中，不如说是掌握在母亲手中。”我个人认为，这三句话应该作为国民标语刻写在所有可能刻写的地方，并且每天都在电视的黄金时段重复念诵五十遍。

每个学子都有自己的“母校”。“母校”这个词非常美，且含意深刻。事实上，“妈妈”才是一个人真正的“母校”。现时代的中国父母们，都恨不得拼上性命去替自己的孩子争取“名校”，以致名牌学区房寸土寸金，殊不知，真正的“好学校”就是孩子的母亲这个人。当一个孩子脱离母亲的怀抱走进幼儿园的时候，他已经由生命的第一所学校毕业，其生命的基本质地已经铸造完成了。必须洞察到这个事实：妈妈本身就是孩子的母校，这所母校至少决定了孩子百分之八十的生命品质，孩子哪怕在地球上最知名的学校读到博士学位，所学到的东西也无非叫作“知识”或曰“技能”，与生命关系不大。对一个孩子而言，母亲才是最关键的学校，她直接决定了孩子的灵魂质地和精神品性。一个好母亲超过十所哈佛，母亲这所学校如果太过贫瘠，给孩子造成的生命匮乏，地球上任何一所名校都难以弥补。

孩子来到世界上以后，在最初的时候都只是一只小动物。这只“小动物”区别于猫狗之类动物的本质乃是：他的体内被上帝植入了成为“人”的潜能。作为一个“婴儿小动物”，在他成年以后，其生命潜力能达到多高的存在值，几乎取决于"母亲"最初的唤醒、激发以及滋养。人与人的身体外壳大同小异，归根结底是相同的，然而，里面潜藏的那个"人的核心存在数值"却具有天壤之别。如前所述，那个"作为人的核心存在数值"仿若电脑的"CPU 芯片"，这个"芯片"决定着这个孩子成人以后的生命存在品质。如果人的身体外壳类若测量体温的"水银柱"，那么，里面装的"灵魂水银"呈现出什么颜色、浓度、味道以及品质，决定了这个人的存在特性，而"灵魂水银"的质地如何，几乎取决于母亲。不管有意无意，能否胜任，母亲就是那个最初的"灵魂芯片写入者"。这个"生命程序写入"行为从孩子在子宫里坐胎就开始了，甚至，比这个还要早。因为在婴儿坐胎子宫以前，母亲的卵子已经存在，那卵子本身已携带大量数据。这些数据包括生理数据，亦包括精神数据，比如孩子的"性格"，就属于"精神数据"的范畴。性格有后天成分，亦有先天成分，这毋庸置疑。母亲如果具备足够的觉知度，在孩子出生以后，甚至可能有意识地"改写"部分不够优良的精神数据；如果母亲疏忽大意，这些不良的精神数据就可能伴随孩子一生。

除非特殊情况，当婴儿作为一个小动物生下来以后，跟他最密切接触的是"母亲"。母亲跟他的所有接触，无论是言语、行为，还是一颦一笑、一举一动、一声叹息、一个表情，包括呼吸的节奏、说话的语速，都对"婴儿小动物"具有深刻而又永久性的意义和影响。在这个时期，"母亲"就是婴儿的"全世界"，几乎可以说：母亲对婴儿给出的是什么样的世界，婴儿的芯片就会被写入什么，这个最初的"写入"具有决定性的影响。如果一个女人不够好，那么，她就决然和绝对不可能在婴儿的灵魂芯片上写入高品质的原始数据。甚至，在婴儿坐胎子宫的十个月里，母亲的精神和情绪都极度地影响甚至决定和写就着孩子的"精神数据"。在怀孕期间，如果做母亲的不够安详静定，她生出的很可能就是个躁动不安的孩子。孩子出生以后，想要纠正那"躁动不安"的数据，需要下极大的功夫。同样，如果母亲在怀孕期间惶惶不可终日，孩子生下来必先天缺乏安全感和稳定感，如同惊弓之鸟。要安抚孩子那惊恐的小灵魂，比做一个世界上最复杂的外科手术还要艰难。

既然母亲对孩子、对世界具有如此致命的影响，那么，“好女人”是怎样炼成的呢？换句话说，造就和成全一个好女人的首要元素是什么呢？答案只有一个字：爱。必须看到并承认：好女人就是由“爱”塑造和滋养出来的，“爱”在一个女人的生命中渗透得愈到位、愈细密、愈透彻，一个女人的“女人性”，或者狭隘通俗地讲叫作“女人味”，再或者往宽阔高远处说叫作“生命的丰裕值和醇美度”，才会发酵和生长得愈完全、愈充分、愈丰沛。这就仿若：季节当令时，只有经历过一场场必需而又酣畅的雨水，吃足几回淋漓尽致的“透墒”，土地才能够生长出好庄稼来。

对女人而言，酣畅而又淋漓的“透墒”就是爱。“爱”如果滋润不到火候，女人的“心田”就会因干旱和贫瘠而板结成生硬冷滞的盐碱滩，甚或荒芜成寸草不生的沙漠。不管“女权主义”者叫嚣得怎般张狂，女人就是女人，女人的最高本性是其不可泯灭的“母性”。作为母壤性存在，母性的生命质地应该是柔软、温润而又丰沛充裕的。对于这个世界，女性所能发挥的最重要的泽被效能是：创造、柔润和滋养生命。如此这般，这个世界才可能温馨甘美，适宜人居。

这个世界的绝大部分福祉来自女人的母性之美。冰心先生有言：世界如果少了女人，就少了百分之五十的真、百分之六十的善和百分之七十的美。事实上，她的话远远地不到位，世界上如果少了女人，除了毁灭，没有第二种结局。这毁灭倒不是缘于繁衍的断绝，只剩下男人在世界上，男人会无法无天地生生把世界给拆毁和玩掉，就像拆毁钟表一样。因为，哪怕长到一百岁，男人都是孩子，而女人生来就是“妈妈”，没有妈妈，世界就会乱套。妈妈的生命愈丰裕，生出的婴儿才会愈全然。妈妈的生命“丰裕值”与外貌、体格、年龄、学历没有直接关系，或者关系不大，决定一个女人生命丰裕度的主要元素是其人格的建设状况、灵魂成熟度、爱资源的含量、爱与被爱的能力、灵性觉知意境高低，最后才是其学识的渊博程度。就此意义而言，女人的最佳生育期并非仅仅取决于身体发育状况,必须把灵魂成熟度也考虑进去,作为重要依据。如果一个女人的灵魂还处于"幼儿期",显然不适宜生儿育女做母亲。就像种庄稼,除了自然季节当令,还要把土地调理好。春天固然是奉上帝之命即时而来了,但是,如果土地砾石遍野,板结似铁,绝对不可能收获稻穗的丰硕与饱满。

在场的缺席和缺席的显著呈现

当心脏不再跳动时，一个人就宣告了死亡。作为家庭的灵魂和心脏，许多女人对自己的家不在场，这个家表面上繁荣昌盛，实则名存实亡。这绝对不是家庭的个案悲剧或私人悲剧，这个悲剧必然延伸到世界的纵深地带，戕害到整个存在。因为家的悲剧就是夫妻的悲剧，夫妻的悲剧就是孩子的悲剧，孩子的悲剧就是人的悲剧，人的悲剧就是世界的悲剧。一个女人如果做了妈妈，无论她在外面的世界多么精彩，或者说，无论她在所谓的"事业"上取得了怎般成就，如果她对家和孩子不在场，这本身就是其人生的最大破产，任何的"事业"和"成功"都补偿和抵消不了这个生命本质的破产。

有经文说："在你所在的地方恰是你不在的地方。"这句话值得大大和深深地玩味和再玩味。有的人貌似活着，却很可能从来都不曾活在他自己的临在里，而始终都在临在着别人的在。所谓"在场的缺席"意指：当你吃饭的时候你没有在吃饭，当你走路的时候你没有在走路，当你看花的时候你没有在看花，甚至当你做妈妈的时候你没有在做妈妈，当你活着的时候你没有活着。对于许多重大的生命发生，你形式上到场了，但人没到场；你人到场了，但心没到场；你心到场了，但到场得不够全然；你全然到场了，但不够专注和深刻。比如，表面看上去，你忙碌而又喧嚣地活在世界上，忙碌得焦头烂额，马不停蹄，事实上，你心猿意马，顾左右而言他，真正对世界在场的只有"十分之一的你"，或者说，你对许多事情可能都在场，你的每个在场都额度极低，你像撒胡椒面一样，把本来就浓度不高的你到处乱撒，表面上你无所不在，实质上你一无所在。再比如，你生了孩子，你是妈妈，可是，对孩子而言，你甚至连"十二分之一的在场额度”都不够,你作为母亲对孩子的存在值低得可怜,你只是抽出十个月的时间,让孩子顺便借用你的子宫,就以为自己是伟大的“母亲”,是个百分百的妈妈,你活得风光无限很“成功”,你相信离开你地球就会停转。在你忙着推动地球的时候,你的孩子,那个由你带到世界的鲜活真实的生命却在受苦和绝望,你却丝毫不知觉——这是很多“妈妈”对孩子的存在现状。

以存在的方式缺席,对于一个母亲而言乃是最常犯的生命劫殇性的严重错误。以在场的方式缺席孩子的精神成长比完全不在场还要可怕。果真完全不在场,那个“不在”会像窟窿一样显现于明处,周围人人看得见,反倒容易得到某种方式的弥补,比如被领养,比如由祖母或外祖母替代母亲的角色。所谓“在场的缺席”,即人在魂游,其灾患几乎无可规避,因为母亲“在场”的假象将掩盖致命的缺席漏洞,因为母亲那个貌似的“在”,别的关注能量就会本能地自动对孩子避开而绝对“不在”,这样,“在”与“不在”之间必然形成一个隐性空隙,孩子从这个生命空隙中坠落至暗洞,这样的隐性悲剧极难避免。

一个拥有家庭和孩子而又对家庭和孩子“心不在场”或“在场额度”极低的女人,无论在外部世界取得怎般辉煌的“成就”,必然要收获生命的劫殇。“母亲”就像一个家庭的“母性之树”,几十年的夫妻做下来,不要说子女,哪怕连其丈夫也是她这棵“母性之树”上结出来的“果子”,品尝一下果子的味道,就知道“母树”的生命意境处在哪个纬度上。作为“母亲”,其最大的悲催就是:对自己的家庭和孩子以在场的方式严重缺席,这种缺席造成的大劫殇,终究要以某种外相令人瞠目地呈现,其最显著的呈现者就是孩子。“孩子”会把家庭和母亲隐藏的一切生命漏洞都毫无遗漏地表征出来,呈现给世界,任何外部辉煌和成功都掩盖不住那个劫殇的暗洞。

草原上拒奶的母驼到底是动物,傻得可以,有时候竟然连自己做了妈妈都不知道,需要被反复“劝奶”,才会认知自己的母亲身份,从而允许孩子吃奶。像这样已经生下孩子却不知道自己做了妈妈的傻畜儿在草原上并不鲜见,所以才会有世代相传的《劝奶歌》被创造出来。然而，人真就比母驼聪明吗？非也。女人生了孩子，自然升级为“妈妈”，但就像拒奶的母驼一样，“妈妈”只是生理身份，距离“母亲”这个灵魂身份还相差甚远，许多“妈妈”比母驼也强不了太多，甚至连母驼都不如。母驼很听劝，被千古流传的歌曲唤醒以后，就会为小骆驼哺乳。许多女人的所作所为与母驼相反，会千方百计地逼回已经分泌出来的乳汁，从始到终不让孩子吃一口奶。亲自哺乳已成为落伍的古董行为，根据时尚原则，保持乳型完美成为妈妈女人的要旨，这乃是人类的堕落、愚痴和无耻！

有的妈妈虽然也为孩子哺乳，但是，其灵魂却没有优质足量的精神乳浆分泌，这是比拒乳更可悲的事情。这一事实昭示的实质是：这个妈妈没有进入“母亲”的意境，只是搁浅在生物学身份的“妈妈”上，她成为妈妈的资源只是子宫，当子宫的任务完成以后，她便随即丧失掉作为妈妈的角色，其子女仍面临成为“灵魂孤儿”的风险。

肉体乳房分泌出的乳汁十分有限，作为家庭精神源泉的“母亲”，所分泌出的“灵魂乳液”却可以绵绵不绝、甘醇无比，甚至几世几代都恩享不尽，这样的女人才是真正的好女人和富女人。这样的女人谁家娶回去，就会是谁家的“传世之宝”，这“传世”二字绝非夸张。众所周知，生物学上存在“隔代遗传”的现象，那存在于血液和基因内里的家族疾病，甚至可能远传几代，顽固地复制再现。“灵魂基因”同样具有这样的遗传性能，贫瘠的女人会把这种灵魂贫匮症代代相传，比身体的遗传疾患还可怕。“富足的灵魂”才是女人最好也是最大的陪嫁，比陪嫁宝马轿车豪华两万倍。拥有一个豪华富足的灵魂，其价值远超一百辆宝马轿车。男人能娶回一个灵魂富足豪华的女人，其家族必定福禄无限，恩泽无边。女人所谓的“旺夫命”，非关其别，就是她生命内里所蕴含的那种博大深厚的爱之矿脉资源。

“妈妈”是个什么味道的女人，完全可以由其子女显现出来——这必须被洞察到：“妈妈”这个女人在现实中藏不住。如前所述，“妈妈”对家庭和孩子而言，是灵魂粮食和精神茶饮，无论这个做妈妈的女人是否分泌乳汁，其整个家庭都在呼吸、汲取和消化她，不只婴儿在“吃妈”，整个家庭都在“吃妈”。因此，妈妈的灵魂质地如何，无须她本人出场，尝尝其家庭成员尤其是孩子的味道，就知道她是个怎样的女人。这就仿若：测试过一块田地的土质，就可以断定这块田地会种出什么样的庄稼出来。女人的“母壤性存在”具有极强的发酵功能，连家里的墙壁和家具都会弥散出女主人的味道。也因此，一个男人如果真爱孩子，就要足够地爱孩子的妈妈，因为匮乏也具有恶性循环性。父亲无爱会导致母亲匮乏，母亲无爱会导致家庭匮乏，家庭无爱会导致孩子匮乏，孩子无爱会导致世界祸殃，世界祸殃又导致男人无爱，男人无爱再导致女人匮乏……

这个因果连环链也同样逆向成立，如果一定要有个先后顺序，给出爱的应该首先是女人，女人是爱的脉源性存在。女人本身无爱，必造成连环匮乏。如果一定要追究到底，一个人必须首先让自己的生命含爱，然后才能和别人产生爱能互动，包括和自己的配偶。这就仿若：依靠输血不可能滋养生命，必须自己具备造血功能，自爱——自己首先有能力爱自己，做到爱的自给自足，这是最基本的生命功课。自爱乃是爱的根本宗旨，基本上，别人不可能把你不具备的东西给予你，尤其是爱，你本身的爱能量越匮乏，越得不到别人的爱；你本身的爱越充裕，别人的爱越会流淌向你。想要得到爱，就本质而言，必须首先向自己的内在去要，换言之，想要源头活水来，必须自己在自己的灵魂里打井。从自己的灵魂之井里去汲取爱，才可能取之不竭，除此以外，所有的外求之爱都必然遭遇断流，没有例外。“求之不得，反求诸己”，此言放之四海而皆准。

许多做妻子的，就因为得不到丈夫的爱，从而失去了爱孩子的能力，主观上再怎么努力，也还是力不从心，所以才有戏言曰：一个男人最高的泡妞境界是泡自己的妻子，而一个妻子无论出轨于谁，都是自己对自己、自己对孩子、自己对自己家庭的出轨，无论男人还是女人，最高的忠诚都是自己对自己的忠诚。对女人而言，要斩断“匮乏”的恶性循环链，唯有自爱。治愈世界必须从治愈妈妈开始。整个世界都在“吃妈”，当“妈妈”贫瘠孱弱、重疴难医时，谁都在劫难逃。人想要自己治愈自己并治愈世界，必须以生命的名义，让自己首先对自己高度在场。自己出离自己的本心，使自己缺席自己的存在，是人的最大悲哀，无论经过多少轨迹，也无论能驶出多高的速度，人毕其一生所能抵达的最远的距离，也无非是让灵魂回家，也只有“回家”，才能对生命在场。

灵魂乳浆的滋养性和黏着力

男人呈现力量，女人分泌乳汁，力量的主要特质是“进攻”，而乳汁的功能则是“滋养”。如果承认“人”的存在和宇宙一样本质上都是“能量团”，“力量”和“乳汁”则是男女能量团的具象化呈现。无论世界发展到什么时代，男女都不可能一样，宣称“男女都一样”表面上是对女人的拔高和赞誉，实则是对女人的贬低、扭曲和违背。在“男女都一样”这个宣言之下，真正的意思乃是说：要女人跟男人一样，而非让男人跟女人一样。“男女都一样”是在抹杀女人的女人性，取缔女人所独属的特质。女人如果把自己当男人对待，像男人那样把“世界”当战场去冲锋陷阵，攻城略地，这是对自己的极大戕害，也违背了女人作为女人的本性和实质。

就生物学意义的肉身来说，女人分泌出喂养婴儿的液体乳汁；就无形的精神意义而论，女人分泌爱与美以及慈悲的灵魂乳汁。相对于男人以力量为标志的父性存在，女人作为“母性存在”的最珍贵的具象外化物就是“母乳”。“母乳”有两种：一种是乳房分泌出来的有形之汁液，一种是灵魂分泌出来的无形之精神营养。只能分泌液体乳汁的，那叫“奶妈”，但凡雌性哺乳动物都具备此项功能，母牛尤其擅长，这世界上没有任何一个女人的产奶量能超过“母牛”。奶牛一旦不能再生产牛奶，就成了人们眼中待宰的废物。然而，即使一个女人切除掉双侧乳房，终生也不能分泌半滴乳液，她对孩子的母性存在意义也远超母牛千百倍。这个世界上不会有人认为，失去乳房的妈妈会同时丧失作为母亲的资格。奶牛成为奶牛取决于乳房，妈妈成为母亲，却可以与乳房完全无关。一个灵魂丰裕的好女人，哪怕切除乳房，到八十岁的时候，也依然能够“产乳”，且年岁愈大，所逸析出的“灵魂乳浆”愈甘醇芬芳和富含营养。

好女人分泌出的灵魂乳汁就像“蜂王浆”一样，能够泽被整个家族，使家族的精神根脉得到恩泽和滋补。一个家族的精神资粮如果充足深厚，其后代必远离匮乏。母亲与奶牛决然不能相提并论，然而，在析爱和滋养的意义上，又具有共通之处：一头奶牛如果不能产乳，它作为奶牛的存在将毫无价值；同样，一位“母亲”如果不能“产析爱意”，她作为母亲的滋养价值也将丧失殆尽。

所谓“母亲”，就其本质意义而言，包含两个元素：一个是“母性存在价值”，一个是“亲与爱的滋养黏合能力”。“母”加上“亲”才是“母亲”，“母”的最根本含义是“生产性”，“亲”的最根本含义是“滋养性”，能生产、富含爱之滋养，这才是“母亲”的完整意义。对于一头母牛而言，其最高的生产价值是产下牛犊，其最丰富的滋养是分泌出牛奶。然而，对于一位人类的母亲而言，生下孩子和分泌乳汁却是其作为“母亲”的最低职能完成和最物质的外化实现。如果她不能生产出绵绵无绝的爱意，并拿自己的爱意泽被其所处身的精神小宇宙，则不配被称为母亲，她与一头母牛相比，差别并不大。母牛只有一个乳房，一位灵魂丰厚深阔的好母亲，其身体的每个细胞都是灵魂乳房。当母牛的乳腺干涸以后便不能再分泌乳汁，对于一位真正的好母亲而言，无论她自觉与否，都时时刻刻在分泌和逸析无形的灵魂乳浆。这种“气体乳浆”弥布于其家庭小宇宙的每个角落，散发着花香般沁人心脾的芬芳，滋养着其周围的精神植被，如同一种无色无形的内在阳光。如果一位母亲足够伟大，在她去世很久以后，她仍然能够继续对后代弥布出高品质的灵魂滋养。

如果说男人的存在具有更多的“动物性特质”，女人则呈现出较多的“植物性品质”。好女人在一个家庭中的存在意义，仿若一棵大树在沙漠或村庄里的存在，其意义无可比拟。通常而言，每个村庄都会有一两棵大树，人们喜欢聚在树下或纳凉吃饭，或闲聊解闷，那古老的大树默然无声地存在着，春华秋实，岁岁年年，它容纳一切，亲和并化解一切：欢笑、哭泣，抑或厉骂和诅咒，它都兼收并蓄，无论人们对它给出什么，哪怕是污垢和垃圾，它回应的也只有芬芳。没有大树庇护的村庄，将是缺乏灵魂支撑的村庄，这个村庄很可能灾殃连连。人们都相信，古树上面住有神，事实上，古树名木本身就是神，它给出的滋养静默无声，其存在却不可或缺。只要有一棵古树名木存在，这棵树就会成为周边人们的精神寄托，人们向它求子祈福，许愿化灾，有什么解不开的疙瘩，也会向它祈诉，它成为一座活着的庙堂和会开花绽蕊的有形之神。一个村庄需要这样一位会开花的“活神”，一个家庭更需要一位具有母性意义的“女神”。女人本身先天具备树木般的植物性，她对家庭的庇护作用远超树木之于村庄。家庭缺乏母性的庇护，就像光秃秃没有树木的村庄，不只是贫瘠荒凉，而且可怕，无形的隐患将潜滋暗藏，随时可能伺机爆发。

这世界上的树木有很多种类，上帝让绝大部分树木绽放出甘醇的芬芳，也让极少数树木分泌毒瘴，上帝创造了香樟树，同时也创造了败血草。植物恶毒起来也非常可怕，这世上有食人树，也有腐尸花，虽美若仙葩，却都恶毒和凶残到令人望而生畏。女人自古以来就被誉为“花”，这听上去俗滥不堪，如前所述，如果深入细究，却又其意深远。拿女人与花类比有三重含义：体貌外形之优美，灵魂气息之芬芳，精神姿态之静定。如果一个女人貌若天仙，却暴戾恣睢，就丧失了女人的植物性特质。植物性对女人而言乃是最重要的特质存在，只有活出了植物性，女人的灵魂才能开花和芬芳。不只女人，甚至男人的内在意境抵达某种状态以后，也会趋向植物性。自然界的“植物”与动物相比，看似无知无觉，其价值不可估量。女人的灵魂像花一样吐露芬芳，其存在感像植物一样静美守定，这对女人而言，重要到极致。

据考证，中华民族的“华”，其意实与“花”相通，意蕴之美难以言喻，它昭示了人作为生命存在的最高意境：芬芳盛绽如千瓣圣莲。无论男人抑或女人，使自己的灵魂“开花”都是最美的意境。“开花”对植物而言，既是生命的圆满，也是灵魂“开悟”。“花”就是看得见的“悟”和“道”。“莲”是植物，是佛意的借喻。提到佛境，人们就会不由自主地联想到“莲”这种植物，而不是某种“动物”，这大有深意。作为“动物”之人，其精神意境愈高，愈趋近植物性，而植物的最高存在状态乃是“开花”。人的灵魂愈趋向花之状态，其意境愈近神性。以“花”借喻华夏民族，其精神意蕴优美深阔，禅境悠远。

乳房不泌乳与灵魂不析爱之症结寻源

当自然界的气候出现问题时，果树会不开花，不挂果，成为“哑树”，这种现象司空见惯。然而，人们不知道：当时代的精神气候出现问题时，人的灵魂也会不开花，不挂果，女人尤甚。比如，在这个物质空前丰富的时代，不孕不乳的女人愈来愈多：身体的硬件配置悉数健全，所有的科学手段都使尽，女人愣是无法怀孕，使用人工手段好不容易完成怀孕生子的环节以后，乳房却又不泌乳。当这样的事件层出不穷时，那真正“不孕不乳”的症结往往不在生理，是灵魂出了问题生了病。甚至，许多女孩的灵魂在整个青春季节里，连一丝半缕的爱意也生不出来，比自然界不能开花的哑树有过之而无不及，这是时代的悲哀。

乳房不泌奶和灵魂不产爱，属同一病源，但后者的严重性远超前者；或者说，灵魂不产爱，才是导致乳房不泌乳的根本症结。不泌乳的妈妈可以拿钱购买到代乳品，不产爱的女人几乎无可救药，无论她出现在哪里，无论她外在表现如何，就本质而言，她永远只是一个“竞争者”和“掠夺者”，除了“利己”，她不可能具备别的特质。她的灵魂像螳螂一样带刀，在任何地方都能制造出寒彻骨髓的人间地狱；甚至说，她本身就是地狱携带者，其家庭小宇宙也难逃其劫。更糟糕的是，当一个女人不产爱时，往往会条件反射般本能地疯狂分泌毒汁，就像太阳照不到的僻暗角落容易滋生蟑螂蛇鼠一样，这是女人天生的母性滋生力所决定的。这就仿若：当一只母鸡母性大发时，实在找不到鸡蛋来满足其孵卵欲，就会在本能的驱使之下找几块石头抱在怀里认认真真地“孵卵”。同样，如果一个女人不产爱，就会不可遏制地析毒，来满足自己天生的母性繁孽之固有特质。就此意义而言，女人可以简单地划分为含爱和不含爱两类,像蘑菇一样,女人也可以简单地划分为有毒和无毒两种。女人是否含毒,女人的灵魂能否析爱,取决于她汲取了多少高品质的爱资粮;或者简单地说,她是否被爱到。而女人要被很好地爱到,必须具备足够的"被爱能力"。

某种角度而论,被动乃是一种更深层次的主动,主动有时候恰恰是被动。表面看去,"爱"带有主动性,"被爱"处于完全被动的地位。事实并非如此,被动也是一种积极主动的敞开态度,而不是无奈和不作为。不能否认,"爱"是一种带有主动性的给出能量,但是,"被爱者"如果完全被动,爱能量根本无法进入互动流转程序,即使被迫勉强流转,也流之不畅,行之不远。这就仿若:如果河道被阻塞,河水怎么可能顺畅流通呢?水有水的势能,河道亦有河道的态度和力量。表象看去,河道别无选择同时也无能为力,事实上,它的"空无"亦是一种积极主动的敞开性力量呈现。这种"敞开"同样需要极大的能量,即"空性"的力量。没有空性,就不可能有接纳。"被爱"必须具备积极能动的接受性,才能使"爱"这种能量得以流畅互动。河床空出自己,以"空无"的姿态呈现,这是它非常积极主动的态度。只有它呈现了这种敞开与接纳的态度,水才能成行。换言之,"爱"和"被爱"这两者必须共处于同一个对等层面之上,否则就会形成能量落差。只要有不对等的落差能量存在,就极有可能沦为"瀑布"般居高临下的强势压迫和侵袭,造成其中一方的能量减损以至暗弱。

人们通常认为,一个女人,哪怕酷毒残暴如恶魔,都伤及不到自己的孩子,这是个绝对的谬误。如果承认爱是一种"能量",那么所谓"被爱者",就是能量的"承受者"。哪怕能量披上"爱"的外衣,也同样可能成为破坏和摧毁性的"攻击"。这就仿若:"电"是一种能量,人类生活到了今时已无法再离开电能助力,但是,倘若不能恰如其分地使用,"电"在瞬间就可能烧焦一个大活人。但凡能量,都带有攻击性,爱的能量尤其可能成为一种冠冕堂皇之下的隐性攻击力,令人尤其是至亲之人防不胜防,伤到残而又完全不自知。

比如,发生在母亲和子女之间的这种爱的压迫不仅会造成伤害，还可能成为一种剥削和掠夺，使作为孩子的被爱者变得孱弱退缩、灵魂不健全，甚至精神分裂。可以绝对肯定，一个心性败坏的女人，不可能只戕害到别人，而对自己的亲人和孩子却例外地给出高品质的爱能来。同样，一个无爱的女人，也绝对不可能把自己并不具备的“爱”之营养给予自己的孩子，无论她多么自私地想给，也给不了。谁都无法给出自己并不具备的东西，这一点必须被觉知到。因为许多恶毒、自私和无爱的女人会一厢情愿地确认，并坚定不移地相信：自己的恶毒和冷漠不会伤害到自己的孩子，自己会把用恶能劫掠到的高品质爱能给予自己的孩子。这是大错特错和自欺欺人的认知。

无形之“母爱”和具象之“乳液”异质同理：一个心性败坏、恶毒而又冷酷的女人，不可能对自己的孩子给出高品质的营养之爱来。“母子同心，父子同性”，通常而言，母亲是什么心性，孩子极有可能就是什么心性，除非有外力加入进来特别干预，否则很难超越。哪怕母亲生下孩子后，把这个孩子交由别人抚养，孩子仍然会具备生母的秉性，通俗地讲这叫遗传，科学地说这叫量子纠缠。很多人认为，“秉性”这东西不会遗传，事实上，其遗传性特别强。愈无形的愈精微，愈精微的愈容易遗传。所谓遗传，用在精神和灵魂方面，用“纠缠”一词更恰切。这种“能量纠缠”性可能迁延几代几世。无形决定有形，信息决定能量，能量决定物质。看得见的东西实际上是频率较低和比较粗陋的东西，看不见的“意识”的精微遗传性大到不可估量。比如，一个父亲如果自欺欺人地企图让别人相信自己是“超人”，同时他内心深处清楚地知道超人是不可能存在的，但他却愚痴而又侥幸狡黠地认定：如果自己诱导得巧妙，别人真会相信自己是超人。不过，他好歹会在廉耻心的局限之下犹抱琵琶半遮面，不是那般赤裸裸。然而，极有可能，他的孩子直截了当就是个“妄想狂”式的人格障碍症精神病患者，比父亲有过之而无不及。原因很简单，从意识和精神上讲，孩子对家族灵魂的忠诚度远超狗对主人的忠诚度，而且这种“忠诚”非常盲目，不问青红皂白。如果家族的灵魂树枝偏斜了三尺，其子女的灵魂树枝很可能斜出一丈三！因此，但凡出现“妄想狂”疾病的孩子，其根源不在孩子，是那个家族患了“妄想狂型人格疾病”，这种家族人格疾病的根本原因是自卑和自卑引起的怨恨。这样的家族，往往会认为整个地球都亏待和歧视了他们家，全人类都瞎了眼，未曾认识到他们的殊胜和价值，更未曾把他们放在应有的地位和荣耀上。这种自卑和怨恨情结也是一种灵魂干粮，孩子不可能不吸收。于是，善良而又单纯的孩子替整个家族跳出来，牺牲自己作为人的幸福，成为一个妄想狂，直接真心诚意地宣称自己是“上帝”，可以重新打理宇宙秩序，成为一个畸形大笑柄。这个孩子实际上是其家族的受害者，他把家族不便和不好意思直说出来的委屈和野心大声地呐喊出来昭示于天下，他代表的乃是整个家族的隐在心声和灵魂实相。家族能量把这个孩子一个劲地往上推举，让他一股脑儿爬到天上。这孩子天真地相信，他能替整个人类把星星摘下来。问题是星星不可能被摘下来，也不需要被摘下来，这是常识。上帝把宇宙打理得刚刚好，完全不需要为了成就某个人的英雄情结而颠覆重来。于是，这个孩子要么吊在半空中，上不着天下不着地地悬着，要么从天上跌下来粉身碎骨。如果家族真的爱这个孩子，就不能一味地鼓动他不顾一切地往天上攀爬，甚至造天梯给他，而是要小心翼翼地诱导他，让孩子一步一步从半天空落下来，脚踏实地，有一是一，承认自己是肉体凡胎的人，然后从人出发，再去超越人。“超人”、“超人”，即使真要做“超人”，也必须从人出发。如果家族能量坚持死心塌地地鼓励孩子上天，只有一个原因：这个家族打定了主意，哪怕牺牲掉这个孩子，也要跟世界死磕到底，从而成就自己那不可言喻的奇葩野心。或者干脆，家族就是要处心积虑地把这个孩子推出来做自己的代言人，来对世界宣称自己“本应得到”的“殊胜地位和价值”。这个幕后推手才是真正的“妄想狂人格障碍病患者”，孩子只是其看似无意实则精心操控的傀儡。如果是这样，除替孩子祈祷以外，别的还能做什么呢？无论如何，孩子是无辜的。

这里还存在一个可怕的事实：如果一个女人不产乳，或乳液携带病毒，很容易被发现，进而及时采取替代和补救措施。但是，如果一个女人的灵魂不产爱，或因其灵魂携带病毒导致其析出的爱也严重劣质，这种情况却会被经常性和普遍性地忽略，从而贻害无穷。不产爱的女人从外相上去看，可能是个非常严苛自律的好女人，该她做的事情她都做了，任何方面都无可挑剔。但是她的灵魂铁板一块，是封闭性的，就像被塑料壳子紧紧裹着那样，孩子呼吸不到她，也消化不动她，她是坚硬和冰冷的，像蚌一样，没有丝毫的缝隙。她不是有机存在，而是像铁豆子一样，是个机械存在，哪怕她跟孩子在一起，孩子还是感觉和呼吸不到她。她的内质处于闭锁状态，而她本人又丝毫不自知。这种妈妈极容易引起子女的怨恨，作为母性存在，她实际上是不在场的，她的存在是个障碍，如同面粉里面的一粒磨不烂的豌豆，她丝毫都无法滋养到孩子，孩子不孱弱不可能。

爱对女人如此致命地紧要，因而，女人的生命想要富含绵绵无绝的高品质之爱，需要从幼童时期就有意识地进行爱的资源储备。一个小女孩，如果能够得到来自原生家庭的丰足充裕而持续的“源头之爱”，就会成为美丽、富足而又敏锐灵秀的姑娘。一个女孩是否“美丽”，取决于她在成长过程中得到的爱是否足够充裕。这就仿若：玫瑰是否能够绽放到充分和美丽取决于它所汲取到的营养，只有汲取到足够的能量，玫瑰才会把自己绽放到最美。不过，女孩比玫瑰的绽放空间要大出千百万倍，玫瑰的全部生命就是它可视可见的形质，如果某种玫瑰的基因不够好，无论营养怎般充足，那花朵也不会超过它的基因。女孩除了先天的可视形质，还有个无形的灵魂，这个灵魂具备无限的可能性，这无限的“可能性潜力”可以冲破任何形质的约束，包括基因遗传，这乃是人作为生命的伟大之处，也是女孩高于玫瑰的荣耀之尊。玫瑰很美，但没有哪个男人会娶玫瑰为妻，所有的男人都喜欢形质美。同样，所有的男人都不会仅仅限于形质之美。男人的存在超过动物，女人的存在超过玫瑰，这是人之为人的荣光和神圣。

女孩得到丰足的爱，就像水果在树上吸纳到足量的阳光和雨露一样，其生命自然就会美丽醇熟，芬芳四溢。这样甘醇的“美丽”

蕴含容貌，却又远大于容貌，就算并非天生丽质，只要有足够的爱把一个女孩润透，她的神采里也会闪耀出美丽的圣光。这种源自生命内在的“美”和“光”没有任何化妆品可以仿制合成，那是自生命深处透射出来的美，带着沁人心脾的芬芳和光晕，如同苹果上自然衍生出来的那抹红晕，美到令人怦然心动。这样从内朝外透射和润泽出美丽光晕的女孩，极容易得到男人的垂顾。吸纳了充分的爱情，女孩才可能点石成金，成为幸福甘醇的好女孩。关爱女孩就是关爱世界，关爱女孩就是关爱生命，关爱女孩就是关爱家，关爱女孩就是关爱人类的脉源，关爱女孩就是关爱人类的母亲。女孩就是美，就是爱，就是世界和家。

“爱与需要”和“残缺与完美”

生孩子意味着什么？这对一个打算生育的女人而言，非常非常重要。人们会把人生中的许多事情视为“重大事件”，从而慎重到不能再慎重，比如择业、购房、理财，极少有人认知到：生育是人生重中之重的头等大事，其重要性甚至超过婚姻。失败的婚姻可以推倒重来，把一个孩子带到世界，这个存在的事实却不可能再改变。绝大多数人认为，生孩子是一件理所当然的事情，根本无须作任何思索，连动物都会自然繁殖，何况人呢？这种想当然的错误观念，使得绝大多数人对“生孩子”这件事情缺乏最基本的觉知和意识。人们也为生孩子作准备，但其准备工作大都停留在外围和表层，比如经济、身体和物质。对于“生命”和“生命的意义”，尤其是对“制造生命的庄重严肃性以及神圣性”丝毫不假思索。这样导致的结果是：把孩子带到世界以后，根本看不到孩子作为生命的神圣存在。生孩子这一行为对许多父母而言，只是“需要”，而不是出于“爱”。

许多人把“爱”与“需要”混为一谈，这是个极大的谬误，尤其在生养孩子这件事情上，这个谬误将贻害无穷。因为爱而生育孩子，和因为需要而生育孩子，表象上看，其结果完全相同——孩子的诞生，实质上两者具有天壤之别。出于“需要”而被炮制的孩子，从最根本的意念上已经被“工具化”和“物化”，他不是被当作“生命”和“人”对待，来到世界上以后，他很难获得生而为人的独立人格以及尊严和荣耀感。许多女人在生育孩子以前，并不曾真正想清楚自己对生育孩子这件事情的态度，甚至完全没有经过主动思考，就是一种无意识的盲目状态，这是对自己，也是对生命的大不恭。一分恭敬一分收获，十分恭敬十分收获，无论做任何事情，缺乏骨子里的恭敬之心都不可能得偿所愿，何况生孩子这样天大而又隆重的事情呢？

“需要”和“爱”是完全不同的两种境界，“需要”是匮乏的佐证，而“爱”是自我具足之后的对外“溢出”。需要源自不足，爱则是建立在自给自足基础之上的情不自禁的给予和分享。通俗地讲，需要是灵魂嗷嗷待哺的饥渴，爱是营养的输出；需要是能量自外向内的吸纳与汲取，爱是能量由内而外的流淌和释放。当孩子因为“被需要”而非因为“爱”的邀请被制造和诞生时，这本身就成为最大的内在隐患，几乎所有的问题和不幸都自这个天生贫匮的源头滋生而出。在中国，孩子出生的最大动力通常都是“需要”：婚姻的需要、家庭的需要、面子的需要、本能的需要、填空的需要，甚至劳动力的需要、财产继承的需要、社会功能的需要之类。尽管伴随着需要，也有爱产生，但是这样的本能之爱，其品质往往非常低劣，甚至携毒。

拿个例子来说明：当“残障儿”被意外生出来时，这对有的家庭而言，几乎相当于晴天霹雳般的“灾难”，甚至是“耻辱”。家庭会因这巨大的灾难和耻辱而感到无颜见人，甚至会选择偷偷地抛弃孩子。这个反应方式本身的言外之意是：不，这孩子不是我想要的产品！他不够完美，他不符合我的期许和要求，他会使我为难和丢脸，我的体面和尊严将因他的存在而破毁，我坚决要求退货！上帝，请把他收回去吧，我拒绝接受这样的残次品！这整件事情的言外之意是：我需要一个孩子，这个孩子要足够完美，借由孩子的完美，我人生的残缺才会得到裨补。换言之，孩子是因被需要和利用从而被制造，而不是因爱被邀请而到来，这种“有条件之爱”对孩子而言比砒霜还要毒！究其深层原因，父母首先不把自己当人，然后，也决然不可能把孩子当人，于是，便给不出人对人的高品质之爱。觉醒过来，拿一双“慧眼”，看到自己作为人的存在价值，是个艰苦卓绝、路途漫漫的功课。当人把自己当人的时候，距离完成爱这门功课就不远了。

与此相反，有些家庭却会主动领养残障孩子。毕竟，无论医学技术怎般发达，永远会有残障孩子出生，残障不会被百分百地规避。就算把控住了出生以前的所有环节，孩子在出生过程中和出生以后，仍然存在致残的各种可能。只要人类存在一天，残障人就会以某种比例而存在，没有残障，也就无所谓健全，健全和残障是密不可分的表与里。残障是健全的一部分，每一个残障者的存在，都以自己的残障保证着人类整体的健全性和完美性。甚或者，每一个残障者，都是人类的替罪羔羊。无论是身体残障，抑或是灵魂残障，比如盲人和聋哑人，比如精神分裂者和智障人，他们以自己的存在对人类整体说：让我下地狱吧！我不下地狱谁下地狱！只要人类存在一天，各种可能出现的残障就会永远存在。那么，上帝分派谁来扮演这些残障者呢？必须有人站出来占据这些残障的额度，人类的整体健全性才会得到保证，"残缺"是完美不可或缺的组成部分，于是，那些残障者站了出来。他们或者是我们的手足亲人，或者是没有任何血缘关系的陌生人，归根结底，他们都是人类的一部分存在。如果我们承认人类"一体同源"，大家都是同一棵树上的树叶，那么，谁有资格嘲笑和鄙视残障者呢？嘲笑他们，就是嘲笑自己！每个残障者的残障，都是人类的一部分残障；每一片生病的树叶，都是人类这棵整体之树的哀痛。当同一棵树上的一片树叶嘲笑另一片树叶时，这是怎般的浅薄、无耻和残忍啊！这样的嘲笑恰恰佐证了嘲笑者本人灵魂的破败，这破败比残障更加残障。

每一个残障者都在拿自己的病痛替人类赎罪！某种意义上，他们才是人类的"圣徒"。表面看，那些主动领养残障孩子的家庭是因为不缺钱；事实上，"钱"在这里根本不是核心问题，关键在于对待生命的态度截然不同。这世界上有钱的家庭不在少数，有多少个家庭站出来领养过残障孩子呢？他们宁可出天价购买私人专机，也决然不会去领养别人生下的残障儿。与之相反，有那么一些家庭，他们具备足够的经济能力养育孩子，自己也能生孩子，但是，他们却不生孩子，而是选择领养别人家抛弃的残障儿作为自己的孩子。他们考虑的是：那些残障儿不管是谁生的，已经来到了这个世界上，我能领养一个，这世界就少了一分的悲哀和不幸，从而多一个生命得到关爱与温暖，与其我给地球再增加一个生命，不如我把自己的爱给予既有的生命。这样的普世胸襟与悲悯情怀是暴发户式的“有钱人”万万不可理解的。他们领养残障孩子这看似不可思议的行为背后的寓意十分深刻，翻译成通俗的语言是：

“孩子，你虽然天生身患残障，但这不是你的过错。没关系，不要在意那所谓的‘残障’，虽然你没有手，虽然你听不到，虽然你看不见，但是你的人生却可以同别的孩子一样精彩而幸福。请相信这个世界，请相信你自己和我们这个家庭，我们爱你，你是我们的心肝宝贝儿小天使！你是独一无二的生命存在，我们对你的爱也将独一无二，请你接受并热爱你与众不同的特质。来，到我们的怀抱里来吧，这里就是你的家，并始终是你的家，我们要用自己的爱抱紧你，且永不离弃！来吧，来吧，来吧！来加入我们的家庭，来分享和领受我们的爱，来和我们一起生活于美丽的地球，并让生命像花朵一样绽放出你独特的芬芳！”

对这样的领养者而言，孩子是个生命，是个人，他作为生命来到地球上与所有的生命一样是值得欢庆的神圣之事。尽管他“与众不同”，但他作为人的个体尊严丝毫不会因为身体残障而减损丝毫；相反，他需要更多的爱。值得骄傲和自豪的是，那些领养残障儿的夫妻会从内心里认定：“我们拥有且能够给出这更多的爱，所以，有能力做这个宝宝的父母，我们的相遇是我们共同的缘分，他的生命会在爱的滋养下绽放出独特意境的美，这份独特的生命之美也会使我们的家庭更加丰裕富足，并回馈给我们独特的生命体验与爱的感悟。”而对那些抛弃者而言，孩子只是“物”的存在，是个失败的产品和废物般“没用”的“残次货”。这充分佐证出：他们也是非人。只有非人才会把生命当作非人，并把亲生的孩子当废物扔掉。

健全的孩子有幸可以躲过被当作“残次品”扔掉的灾难，然而，许多孩子仍然难以规避被当作“填充物”役使的命运，与残障孩子相比，这些孩子并没有幸运太多。说到底，一把瘸腿椅子跟一把完美的椅子相比差别并不大，那完美的椅子甚至要承担比“瘸腿椅子”更多的重负，被压垮的可能性完全不能排除。倒是天生的“瘸腿椅子”可能侥幸地豁免被役使的命运，安然地享有独属于自己的生命权利，就像庄子的那棵长歪的“树”，恰因长歪而得以保全自己的本性。

在许多家庭中，孩子的出生几乎“一俊遮百丑”地满足了方方面面的需求，与此同时，各种尖锐的问题也都退居其次，被表面性地覆盖，孩子在大家庭和小夫妻之间几乎发挥着“救星”般的功能。如上所述，由于婚姻本身的内在匮乏，如果小夫妻超过三五年生不出孩子，那婚姻往往就会因贫匮而告急。与漫长的一生相比，三五年非常短暂，然而，婚姻这个结构体的内在能量却会被三五年的时间耗干，如同一枚椰子被吸干了汁液，如果没有“填充物”及时救驾，婚姻就会因干涸枯竭而捉襟见肘，难以支撑。夫妻双方都拿不出灵魂的有效能量来为婚姻充电，婚姻本身更生不出新鲜能量为自体补充血液，从而沦为毫无生命力的“被消耗品”。这种婚姻不是一棵生机勃勃且具有强壮生命力的鲜活之“树”，它从一开始就没有在坚实的感情土壤里被真正植活，只是个由各种物质元素加少许“感觉黏合剂”组装起来的积木式“类建筑物”，被耗空是必然的。在这种不足为外人道的内在窘迫之下，作为填充物的“孩子”降生以后，大家才会长长地舒出一口气：婚姻关系被套牢，警报宣告解除，家族体面和对外尊严终于可以保障不受威胁了，阿弥陀佛！

在许多家长根深蒂固的观念里，孩子不能如期结婚是“耻辱”，离婚则是“丑闻”，用高压手段把孩子赶进婚姻，再催生出第三代的孩子作为保险栓，“耻辱和丑闻”才可能被规避，尊严和体面也才可以继续冠冕堂皇地光鲜给别人看。因为孩子的存在，小夫妻哪怕用痛苦把自己锉磨至枯萎衰竭，也会最大忍耐度地选择把婚姻的牢底坐穿，婚姻由感情的“空城计”转变成孩子的“独角戏”。在这样虚伪甚至病态格局之下，孩子想得到自然而又高品质的爱，可能性极小。爱，只有在爱的环境和格局中才能流动，整个婚姻和家庭的空气如果窒息贫瘠，父母双方要么不在场，要么痛苦不堪，对孩子的爱能量不可能单向度顺畅而又健康地流动，毕竟“爱”是脆弱而又娇嫩的花朵，怎么会在窒息冰冷的精神空间绽放呢？仿若一棵树，如果栽种在不通风不见阳光的背阴低凹处，那棵树绝不会茁壮成长。同理，家庭缺少爱的能量流动环境，孩子不可能健全成长。感情窒息的婚姻给予孩子的爱不是过度黏滞缠带，就是反向忽略，或者是爱的高压威迫，其浓度、温度以及湿度和力度都极难被掌控在最佳分寸。

爱，是一门神圣而又伟大的功课，人并非天生具备爱的能力。对生命的欢庆，乃是生命的基本尊严。如果，我们不能欢庆生命欢庆爱，我们就不配享有生而为人之荣耀，这毫无疑问。如果我们认知不到自己作为人本身的尊严和神圣荣耀性，累积多少“外挂物”到自己的身上，都无济于事。人，不是因为坐上某一把“尊贵”的椅子才尊贵，也不是因为取得了某种外在的“成功”才尊贵，人作为人本身，就足够尊贵，人把人本身活至圆满，就是最大的“成功”，“人”才是人所能从事的最伟大最神圣的“事业”。

毒蛇能为自己的孩子供蜜吗

人们往往错误地认为，坏人只是对别人坏，恶人只是对外人恶，自私者对自己的家人和孩子会爱得很好很无私，这是个惊天大谬误。蜜蜂的孩子产蜜，毒蛇的孩子携毒，老鼠的孩子天生只会打洞。无论一只耗子怎般爱孩子，鼠仔都不可能生出翅膀变成白天鹅；无论毒蛇妈妈怎般宠爱孩子，她的孩子都不可能不带毒。所以，女人必须先爱自己，然后才可能爱到孩子；也所以，“君子乐得做君子，小人冤枉做小人”。做了小人那是真冤枉，因为，小人无论怎般使尽心机，要尽恶毒的手腕，最终什么都得不到，小人只能白白地小人一场！这是宇宙规则，所以，小人冤枉做小人！

“爱”，是生命成长过程中最不可或缺和极其关键的元素，缺了爱元素，一个人极有可能长成苦涩的“毒果”。这样的“毒果人”在其人生中无论怎般辗转斡旋，都很难收获到幸福，要传递甜美的人性甘霖给他者，几无可能。女孩子缺了爱的滋养更可怕，不仅对自己是个导致灵魂癌基因形成的生命灾难，而且嫁夫损夫，成家败家，做了母亲，会无形地戕害到孩子最内在的心性，使孩子的灵魂长不全、长不圆、长不美、长不壮。判断一个女人是否“好女人”，外在因素固然重要，最重要的一点是：要看这个女人的生命中是否富含爱的矿脉资源。通俗地讲，要看她的生命矿藏中是否“有爱”、爱的储量大小、爱的品质如何、爱的再生性能和输出性能强大与否。对一个女人而言，“有爱”比有貌、有钱、有才都重要千百倍。

俗语所谓“穷养儿子富养女”，其潜在意思是说：如果穷养女儿，那女孩长大后很可能一身贱气，不够尊贵。因此，许多父母以为，所谓“富养”，就是在物质上尽可能地提供满足，不让女孩缺钱。事实上，这恰恰喂养和撑持了女孩对物质财富的贪欲，不仅养不出尊贵之气，还会养出内在大贫瘠。对女孩而言，真正的“贫瘠”体现在生命的最深处：一是缺乏爱的矿藏，二是缺乏爱的能力。“爱”是灵魂软黄金，把“爱”这种软黄金从小潜移默化地给予女孩子，给足给够，给到宽绰富裕，并把这真财富种植进她内心最深处，使她感悟到爱是生命最大的财富，使她的生命像甘甜的清泉般爱意丰沛，且一生如涓涓之流源源无绝，这才是真正的富养。拿钱和物去撑填女孩的欲胃，那不是富养，是最大的穷养。长大以后，她眼里除了钱物别的很难看到别的存在，除了钱物别的很难使她真正满足，钱喂出来的胃囊只能食钱充饥。

“无爱”的女人再美丽都弥补不了生命的大苍白和大贫匮。这样的女人不管拥有多少外在资源，不管怎般貌美如花，其生命都很难具备旺盛的内在生长力。相反，爱矿脉丰富的女人，其生命如同一片美丽的森林：鸟语花香，蜂舞蝶翔，溪流潺潺，莺飞草长，蘑菇草莓鲜美芬芳且生生不息，令人心旷神怡和如饮琼浆。而这瑰丽妖娆和璀璨夺目的灵魂之美——是而且只能是——以“爱”为根脉的风景呈现。没有爱的蕴藉，生命无论怎般貌似华丽，也只能是一片凄风苦雨的荒芜。

“爱”是女人生命矿脉的最大资源和财富。必须承认的事实是：“爱”这种“灵魂软黄金”并非天然生成的生命资源，绝对不可能自己从天下掉下来储存进一个女人的生命矿脉里，也不可能像野花野草一样自己从荒原上生长出来，如同庄稼与煤炭以及石油和醇酒一样，种植、输入和窑存进生命里多少原材料，才能从生命里汲取多少爱的软黄金出来。打个最恶俗的比喻：“生命”仿若一张银行信用卡，储蓄进卡里多少爱，才能提取多少幸福的利息出来，从来不曾储存进去爱的本金，生命就是一张空卡，连一毛钱的爱之利息都提取不出。这样无爱的生命，就是“赤贫”和“暴穷”，这样的人才是真正的大可怜和大贫贱，极有可能终生都活在极度的匮乏感之中，从而无止无休、不择手段地勒索和豪夺，下意识地去填充和补偿那种生命的“原始大贫匮”，却又毫无觉知，其行动的深层动机永远是“获取”和“占有”而绝非“给予”。哪怕是自己的亲生孩子，她也会下意识地拿来当作“填充”自己生命空缺的“占有物”，“男人”这种“阿物儿”更不在话下，绝对是她“利用和猎食的第一对象”。无论对谁，这种女人都给不出高品质的醇爱，在她貌似“给爱”的时候，仍旧毫无疑问是在反向索取。没办法，她就是饥饿，她的生命里有个填不满的“暗洞”。这暗洞仿若无底之深渊，拿多少东西都填不满。她可能终生都在“要”和“吃”，却永远吃不饱也要不够，这是世界上“最穷”的一类女人。甚至，这类因天生贫匮而掠食成性的女人在怀孕的时候，都会自私自利地跟胎儿争夺营养，把自己吃得肥肥胖胖，孩子生出来小小瘦瘦如耗子崽儿。原因很简单：她比孩子还要“匮饿”因而“饥不择食”，连自己孩子的资源都要下意识地争抢。

这样的女人往往“能力”超强，会手脚并用，拳打脚踢，不遗余力地去“捞取”世界，然后，把捞到手的“世界”貌似慷慨无私地给予孩子。但是，她给出的不可能是“爱”，只能是爱的附属物和替代品甚至隐性含毒物，孩子的生命仍然无可救药地处于爱的“贫匮状态”——爱这种灵魂软黄金，任何东西都不可能替代。而且，这种貌似无私地替孩子捞世界的行为，表面看去很母爱也很高尚，实质上，这行为本身不过是为了填充和掩饰自己的生命大匮乏。她捞到手的东西连自己都不可能真正满足，她越捞取就会越匮饿，如同饮鸩止渴般，怎么可能真正满足孩子的生命所需呢？这种行为本身就是对孩子的“弱化”、“矮化”以及“物化”和“匮乏化”，再也没有比母亲对孩子的这种以爱为名义所施加的伤害更大的伤害了。也是无奈，她生命里原本无爱，怎么可能把爱拿出来给予孩子呢？

一个人无论如何都给不出自己所不拥有的东西，哪怕是对自己的亲生孩子，自己没有，绝对给不出，上帝也对此无奈。那么，作为终将走向母亲身份的女人，从哪里汲取和存储“爱的软黄金”，那爱的原始材质由何而来呢？往纵深处探究，必然追溯至“父母”和“原生家庭”。一个孩子来到世界上，得到的最基本、最原初的“爱”，直接源自父母和家庭。父母给予的爱仿若“灵魂初乳”，每一滴都千金难买，没有任何物品可以替代，这就仿若任何代乳品都不可能真正替代母乳一样。现代科学如此发达，然而迄今为止，未能制造出能与“母乳”品质匹敌的代乳品。“母乳”和“眼泪”，乃是这世间两种不可仿制的“神品”，没有任何高科技手段可以生产和制造。

母乳喂养的孩子免疫力超强。同样，吸纳了足够的高品质母爱——这种“灵魂初乳”，孩子长大以后，对各种灵魂常见病毒都具备超强的抵抗力，比如孤独、冷漠、打击、伤害、空虚、挫败，还有羞辱，诸如此类难以规避的灵魂常见病毒，就很难突破一个人的灵魂防线，对其人生造成戕害。对付身体病毒的是医用抗生素，抵制灵魂病毒的灵丹妙药只能是“爱”。“爱”的初乳越早输进孩子的生命里，其品质越好，再生性越强，醇度越高，抗病毒效能越好。父母和家庭给予孩子的这种看不见的“爱之精神能量”和“灵魂软黄金”，乃是孩子受用终生的最重要和最珍贵的灵魂资源。如果储备充分，在此后漫长的生涯岁月中，孩子就可以凭借这最初的爱之原始能量储备防御各种“精神外敌”的袭击，不致太过趔趄和颠簸甚或支离破碎，出现各种灵魂或精神的疾患。孩子健康茁壮地成长，且内外和谐，可与宇宙同频共舞，使生命美如莲花盛绽，才可能以自己的创造回馈这个世界。而且，也只有吸纳够了父母给予的灵魂初乳之爱，一个孩子才可能获得生命所需的最基本之“安全感”、“稳固感”以及“自信感”和“尊严感”，以“人”的身份和信念，自在轻松、安之若素地在世界上定下神来，并在成长过程中顺利建设起自己的核心人格。

建设核心人格对人的重要意义

所谓人的“核心人格”，就像计算机的“CPU”一样，决定着一个人生命的基本性能和灵魂品质。计算机的“CPU”必须被安装进去，否则这部机器就是废铁一堆。同样，一个孩子的“核心人格”必须被建设才能存在和成立。如果缺乏父母给予的灵魂初乳之爱，孩子很可能终生都建立不起自己的“核心人格”，成为一个惶恐不安、东拼西凑的“空心组装物”。这个“空心怪物”外表看上去鼻子是鼻子眼是眼，半根汗毛都不少，并且或美丽或英俊，有模有样很像个“人”，然而，却是个空空荡荡、光怪陆离的“组装机”，就像一台组装而成的兼容型计算机里缺少“CPU”一样，其生命程序无法正常有效地启动和运行，且永远不可能弹奏出优美的灵魂乐章。他永远在东寻西觅，永远在恍恍惚惚，他不确定自己是谁，不确定这个世界的存在，他对这个世界将严重地缺乏认同感、安全感以及稳固感和信任感。找个适当的地方把自己的“心神”稳如泰山地安放下来，使灵魂扎根，使生命开花，对其而言将千难万难。像出了问题的摄影机一样，他的生命将终生无法“聚焦”，因而人生最终沦为一道无法定影的“虚光”，如同被曝光的废胶卷，根本无法清晰显像。

换言之，其灵魂仿若一盘散沙，没有爱的种子植入灵魂对生命起凝聚作用，他将“什么都不是”，而且永远不可能回答“我是谁”这个最根本的存在问题，终生都可能像“宇宙孤儿”一样，始终无法使自己以独具的确定身份纳入存在——爱的匮乏就是如此地致命和可怕！加缪先生的小说《局外人》就是对此类“宇宙孤儿”的形象而又生动的写照。

人的灵魂看不见亦摸不着，仿佛虚无缥缈，这就给了人们大谬特谬的错觉，以为一个人的“灵魂”可以自然生成或天生就具备，无须努力去刻意建构。事实上，“灵魂”具有极其坚实的“物质性”，就像墙壁和房屋一样实实在在、真真切切，需要由一砖一瓦、一石一沙，兢兢业业、认认真真地垒筑打造。缺少了哪怕一块爱之“砖瓦”，那灵魂的墙壁上就会出现一个“缝隙”；缺少了哪怕一桶爱的“水泥”，灵魂的房屋就可能豁出一个“漏洞”。缝隙和漏洞多了，孩子的人生就可能塌陷。所谓“人格形成”，就是灵魂打造和建构的过程。这是艰深而又长期的功课，需要父母用爱的初乳帮助孩子点点滴滴去建构。一个孩子的“灵魂城堡”绝对不可能自然生成，也不可能轻而易举就筑造出来，更不能偷工减料、一蹴而就，或是像懒汉种庄稼那样，不管不问“望天收”，而是必须一滴心血接着一滴心血，日复一日、月复一月、长年累月地耐心垒砌铸筑。那把灵魂的散砖碎瓦凝铸在一起，使其像“城堡”般坚不可摧的，就是父母的“爱”。“爱”就像必不可少的优质“水泥”，如若不能把砖瓦碎石和大砂这些材料渗透粘牢，灵魂的城堡就会脆弱不堪，孩子的精神颓败如残垣，一遇颠簸就可能碎裂为一地鸡毛。

母亲在家庭中的缺席必须被关注到！“母亲”是地球上最珍贵、最高端、最精密、最神圣的产品——“人”的生产者。如果她缺席，她所制造的产品将给这个世界、给地球带来怎般的灾殃难以想象。人们吃菜的时候可能看不到哪怕针尖那么大的一小粒“盐疙瘩”，但是，只需品尝一小勺菜汤就能感知到：无形的存在比有质有形的存在更具影响力。缺了母性之爱的家庭，将呈现怎般的凄凉、荒芜甚至悲惨，怎么估计都不算夸张。作为母亲，这个女人如果为这个家庭提供了足量和高品质之爱，一切都将另当别论。母亲，是一个家庭的“灵魂供乳源”和“精神炭能”，把一个家庭供养起来的是金钱，然而，使一个家庭获得灵魂生命的却是“爱之炭能”。母亲提供的无形之爱是整个家庭的精神滋养，比氧气更不可或缺。母亲不在场，家庭就会在精神上严重“缺氧”，造成这个家庭的“窒息”、“幽闭”，甚至“毒化”和“变异”，孩子的人格和灵魂不残缺都不可能，孩子成为“空心人”的可能性将成十倍地增长。

当然,仅仅在场还不够,还必须是高品质、高营养、高额度地在场。一个女人,如果怀了怨戾之毒,要拿出丰沛细腻、高品质高蛋白的爱能量来,几无可能,哪怕是最本能的母爱,也要大打折扣。这就仿佛:一头母牛生了病,它产出的奶液绝对不可能是上等佳乳。母爱是女人的灵魂分泌物,灵魂染了病毒,或者灵魂严重贫血,母爱决然不会是优质醇酿。

虽然动物世界存在"虎毒不食子"的条律,在人类社会里,一个"恶女人"却极难成为"好母亲"。"女人之恶"与男人之恶有所不同。男人的恶是进攻型的,其对象多是"世界"这个外物,大张旗鼓,刀尖朝外,是外向之恶,男人即使对"人"施恶,也无非拿刀砍了他,或拿枪毙了他,伤的多是外在之"肉身",而不及躯壳内里的"人"。女人的恶则是"自殇"和"内向"渗透型的,直逼躯壳内里的"人"。"世界"这个蛋糕多被男人抢占,女人的恶大多指向"人"。男人终生可能都在处理"人与物"的关系,恨不得把地球啃下一块来据为己有,从而彰显自我,而女人则一辈子都在纠结"人与人"的关系。女人要对他者施恶,自己必先成为恶人,因此,女人之恶必然先祸殇于己,而后再殃及于他,女人通过败毁和毒化自己,从而不自觉地戕及他者,包括自己的子女。

对作为"母亲"的女人而言,其"恶"无关暴力,灵魂的"酷毒"即是母亲之大恶,"毒女人"即是"恶女人"。女人甚至不需要有意识地主动施恶,只要她败坏掉自己的心性,其恶力就会无限蔓延,所及之处无人能避,包括亲人(当然包括孩子)。而灵魂之毒的主要元素乃是恨,只要浸润了足够的恨能量,女人极易使自己成为"恶女人"。一种形不外现的"非暴力之恶"和"软暴力之恶",或曰"心性渗透之恶",比外向进攻型的硬暴力之恶更可怕。

当然,这并不代表"恶女人"缺少母爱;相反,恶女人愈恶,对自己的孩子可能愈爱,这并不矛盾。因为一个人的"内"和"外"往往互为表里,呈现相反的两极状态。汉语中的许多成语都能反映出这个事实,以"色厉内荏"一词为例:"色厉"与"内荏"并非矛盾并列体,而是"因果"关系,正因为"色厉",所以才可能"内荏"。"厉"是一种负向能量，把这种负向能量从“色”的表面释放出来，内里自然表现出安详宁静的“茬”。相反，正因为“口蜜”，所以才“腹剑”，正因为“刀子嘴”，所以才“豆腐心”，反映的皆是因果逻辑：正负能量永远相辅相成、相克相生，这是能量运行的自然规则。“恶女人”往往比一般女人更加过分地爱孩子。然而，如前所述，恶女人爱孩子的方式往往是：拼却全力去替孩子捞世界，如果世界是一头硕壮的豹子，她可能拼死也要砍下一条最肥美的豹子腿来给自己的孩子独享，至于别人家的孩子饿死，那与她完全无关。不过，事情的结果往往是：要么那孩子对母亲替自己砍夺来的豹腿看都不看一眼，患上终生不可治愈的“精神厌食症”，生命内里面黄肌瘦，像灵魂痨病鬼一样，要么吞噬了豹肉却无力消化，造成人生的“胃溃疡”和灵魂“肠梗阻”。

“好母亲”必须首先是“好女人”。好女人就像一棵花香四溢的苹果树，那自然的清香和芬芳是孩子最好的营养。如果一个母亲像臭椿树和石楠树一样，散发出刺鼻的恶臭味，怎么可能不戕毒及自己的孩子呢？只要与她接近，那毒瘴之气绝对无可规避，更何况，就像狐臭患者自己闻不到自己的狐味一样，恶女人一般都鲜少意识到自己的毒与恶，那种下意识之间弥散出来的恶腐之气更容易戕及自己的孩子。女人的“灵魂气味”比女人的外表和言行的影响力和穿透力更强大，连女人隐藏在潜意识深处那些自己都意识不到的恶能量，都能被孩子照单全收地汲取到生命里，并储存在灵魂芯片上，这几乎无可避免。孩子的灵魂没有壳，其吸收能力超强，比起成年人，孩子的敏感度要强大三百倍。孩子仿若一个“超级小雷达”，每一个汗毛孔都是超级灵敏的“暗信息接收器”，或者叫“暗物质吸纳器”，他的每一根头发和每一根汗毛都是跟宇宙直接联通的“灵魂天线”。孩子就是一个天然的“摄像机”和“收录器”，年龄越小，摄录性能越好。一个小孩子比一个最高配置的智能手机高级无数倍，成年人自以为孩子小，对自己的所作所为和所思所想一无所知，事实上恰恰相反，小孩子几乎是全知全能，类若一个小精灵，甚或小神灵。等到有一天，孩子就会把小时候摄录到的东西原汁原味地播放出来。所以，孩子就是父母和家庭的灵魂写照，就是一个“照妖镜”，任何细微的东西都不可能对孩子隐瞒得了。

母亲的“灵魂雾霾”不管隐匿得多么深、装饰得多么巧妙，孩子都能准确无误地嗅察到，并毫无遗漏地接收进生命芯片里，或迟或早，再把这些“数据”在生命里显读出来，呈现为“性格”甚至“人格”和“命运”。越小的孩子，接收性越强，哪怕睡在母亲子宫里的胎儿，也能接受到母亲的全部灵魂信息，并毫无遗漏地刻写在自己的生命芯片上。举一个最粗浅最表象的例子：一个做母亲的，如果当着孩子的面对保姆冷酷残忍或对动物暴戾恣睢，转过身来，对自己的孩子再怎般和风细雨、温情有加，孩子还是会受到极大的暗伤。如果类似的事情反复发生，严重的就可导致孩子精神分裂或抑郁。因他面对的是一个分裂的母亲，母亲呈现给他的是两副完全不同的面孔，他不知道哪一个才是真的。母亲对孩子而言就是“世界”的雏形，世界分裂，孩子的精神岂能不分裂？他实在无力在心里建立起最原初的“一”这个完整概念。同样，如果一个母亲满怀仇恨，她无论怎般对孩子甜言蜜语，孩子仍然能把“仇恨”分毫无爽地吸纳进灵魂。如果父母面和心不和，表面上对孩子大秀恩爱，私底下剑拔弩张，孩子不分裂几无可能。更致命的灾难在于：绝大部分母亲不知道每个孩子都是灵魂的“超级小雷达”，从而完全无视孩子的存在，无所顾忌地对世界大肆析毒，在不知不觉中严重不可逆地致伤孩子。

父母的灵魂品质决定着孩子的精神人格，父母能够时刻闪耀出良知之光，这光必然照耀到孩子的人格。作为一家之主，父母灵魂深处的人性善根若被利益、欲望、仇恨或恶毒之心一刀斩除，这将是招致家庭祸患的总根脉，也是一个家庭的致命劫殇之根源。父母身上即使只有一丝善根尚存，那丝善根也会闪烁出哪怕萤火虫般的微光，这个家庭就会有奇缺的“良知之光”透射进来，哪怕只有一丝半缕，整个家庭的灵魂都不会太过漆黑幽暗、雾霾浓锁。一个家庭自断善根，任何外力都救不了它，断灭善根的家庭，如同生了恶性肿瘤的癌症病人，几乎无可救药。因此，只要身为父母，护佑自己的善根等同于护惜眼珠那般重要。

“善”或者叫“良知”，如同遮灾避难的灵魂之伞，它首先庇护的是自己，然后才谈得上福荫他者。同样，当“善根”被断然剪除，受戕害的首先是自己，然后才殃及他者，并通过殃及他者，更深地反向戕害自己，这是个恶能的恶性循环反应，也是恶能的恶性升级过程。一个自斩善根的人肯定不得善终，这是他在劫难逃的命运，早已在冥冥之中注定。然而，自斩善根者往往无暇也没有能力看到这个恶相，在善根断灭的同时，这个人的心肯定已经盲然无明。

在时代因缘造就之下，“女强人”和“女商人”愈来愈多，这绝对无可厚非。毕竟，克服性别局限，使自己的人生更辉煌，也是女人的荣光。只不过，愈成功的女强人和女商人，愈需要高度警觉，因为，“强”和“商”都会严重地戕害到女人的心性。哪怕心无恶意，一个女人，只要心里装进了太多商场上的“生意经”，其灵性就会被严重地污染和占据，还能剩下几多额度的内心空间去认真地爱，实在值得质疑。就像女人被逼上硝烟弥漫的战场是人类的大灾劫一样，女人过度参与到生意场和权利的核心竞争中心，如果不能保持心性的自我警觉和自我防护，对女人而言，乃是大残忍和大不幸——女人更灵敏也更内在，被环境和毒戾之气渗透得会较之男人更彻底也更深重。同一个时代里，被时代之流弊毒戕最深的往往是女人，女人的灵魂之壳比男人软得多，很容易被时代之毒突破并入侵。

遗憾的是，许多女人往往以能够参与到核心竞争中心且占据一席之位而沾沾自喜，完全不懂得保护自己的心性，最终把自己活成个不伦不类、不男不女的“怪物”。这样的“女人”外表往往异常光鲜，生命内里却残破到不忍卒睹，用一个具象来表达：这种女人的生命最终就像一座金碧辉煌的大楼，每个房间和角落都描金镶银，极尽奢华，但里面空无一人——黄鹤一去不复返，此地空余黄鹤楼。女人把自己沦为一个冰冷坚硬的空蚌壳，那内里的“人”早已魂飞魄散；又像空心螃蟹，体型庞大，外壳坚不可摧，但是里面没有一丁点儿蟹黄。当作为母亲的女人空心的时候，她的孩子不空心和分裂，几乎不可能。

对男人而言，战争和生意都可能只是发生在人生里的“事件”，“事件”哪怕天大，也终究只是生命外围的东西；对女人而言，几乎不存在“事件”，所有的发生都是“事情”。对女人而言，“事”就是“情”，“情”就是“事”，所有的“事情”对女人来说都是“情事”，即使经营个鸡零狗碎的小吃摊，女人也会不自觉地让这“生意”成为生命本体，倾心尽性，全情投入。女人很难像男人那样把持自己，做到“事不关己，高高挂起”。女人投入的往往是最本真的性情，因而迷失心性的可能性比男人大得太多。这种心性被占据的残忍不只是对“参战”的女人自身，对其周边的精神植被亦是严重的荼毒。女人是这个世界的福祉之源，尽最大可能地让女人保持一颗鲜美清澈的初心，就像在沙漠或闹市里种植下一棵菩提树一样，方圆数千米的范围之内，人们都会受到这棵树的爱之恩荫，周边的精神生态亦会受到非常好的滋养和庇护。

这就仿佛，一个高度繁华和商业化的大都市里，如果拥有一个街心花园，这个“花园”看上去是一块未被有效利用的“闲地”，对寸土寸金的都市而言，仿佛是一种极大的“浪费”。殊不知，没有这个街心花园的滋养，整个城市都会失去内在的平衡，从而患上狂躁症、抑郁症或精神分裂症——城市是会生病的，这绝不是危言耸听，城市越大，越可能病入膏肓。女人的存在仿若“街心花园”对于商业大都市的存在一样，其意义和价值不可估量。当女人像战士一样在名利场上冲锋陷阵、攻城略地时，这将是女人自己和整个世界的不幸与灾难。女人可以做“战士”，但必须比男人怀着更高的心性警醒和觉知度，才有可能不失其本心。

在和平年代里，“商场”和“职场”就是精神“战场”，所谓“生意”和“竞争”，是这个世界上仅次于战争且极易趋向丑恶的存在。但这个存在无可规避，这是人类难以克服的生存之需。女人不幸沦落到生意的竞争场上，即使没有被利益之争和铜臭之气荼毁心性，其心灵也要被严重地挤压和占据——“挤压”和“占据”，这两个词很平常，然而，必须引起高度的警觉。所谓心性被“占据”，就仿佛一个发了疯的市长，下命令把该城市所有的公园以及绿化带统统拆除，然后盖上摩天商业大楼和临街商铺，这绝对荒谬透顶。然而，这样的荒谬时刻都发生在女人身上。某种意义而言，女人的心就是男人、孩子和整个世界的“街心花园”，却在被愈来愈严重地占据，已经局促到要播撒下一枚花种都极其艰难的程度，那心已被占据到针尖难扎。更不幸的是，女人自己意识不到这种戕害，而是自觉主动、哭着喊着要去冲锋陷阵，且以此为荣，充满巾帼英雄的辉煌豪迈，却不知那内里的悲哀有多么惨痛。有些时候，当这“巾帼英雄”把世界捞到手以后才会发现，其生命的大本营早已千疮百孔、风雨飘摇，此般情状之下，女人的心就像被糊进泥巴中一样，极难保持清澈甘醇，换言之，极难不使自己沦堕为心性败毁的“作女人”。当一个母亲被某种竞争性和战斗性极强的身份严重占据时，其家庭就会沦为无形的战场，孩子会感觉到严重的“硝烟弥漫”和高度震荡：父亲是家庭的天空，母亲是家庭的大地，当母亲神不守舍地折腾时，对孩子而言，就是不折不扣的“灵魂地震”。生活在母亲制造的“地震带”家庭里，孩子必然成为精神的“惊弓之鸟”，人生中的任何风吹草动都会击碎他那忐忑难定的可怜的小灵魂。

即使情况稍许好些，女人作得不是那般厉害，其家庭也仿若市场或者干脆就是小型超市，看上去物质爆满、琳琅俱全，但孩子生活在里面仍然会焦虑难安。虽然每个人都需要到超市购物，但没有人愿意在超市多待哪怕五分钟，那不是生活起居的地方。可以想见，生活在“家庭超市”里的孩子会是怎般状况。如果家庭是一座拥有几口人的小小“微城”，母亲必须具备“街心花园”的功能，她必须让自己的心拥有足够的闲暇空间，并让那个灵魂空间鸟语花香、草木葱郁，不管“外面”的世界怎般兵荒马乱，“母亲的街心花园里”永远都保持安详静定、蓊郁芬芳，使孩子可以在那个独属于自己的小小花园里惬意而自由地放飞自己的心。母亲的花园越大，孩子的精神翅膀才会越大和越硬。如果母亲这个人本身如寸草不生的荒漠一样贫瘠，孩子不遭殃绝不可能！

心灵是什么？女人的母性之泉，灵魂之乳汁的分泌源，爱之泉眼和湖泊。当心灵里面塞满利益和硝烟的时候，爱的矿脉必然被截流乃至堵塞。此般情状下，“斗志女人”那所剩无几的爱之脉源，想要被调和至适宜的温度、湿度以及柔软度和饱和度，同时还要醇香清洌，将难之又难，这首先取决于她是否能与男人达成温暖淋漓的爱流融通。

“达成生命之爱的良性交融”，这对心灵而言极其重要。爱就像血液一样，需要流通，流通就需要畅通无阻的脉腺。一个女人的爱流脉腺如果不能畅通无阻，其心灵必因窒息而枯竭。爱又像是电流，如果爱的电流不畅通，母亲的灵魂必漆暗昏昧，不可能照耀到孩子。无论多么独立、多么强大的女性，都需要来自异性（同性恋者除外）的阳极之爱来激发和滋养，然后，其情感脉腺才会通畅无阻、汩滔不绝，精神之乳腺也才会温婉细腻地泽被自己的亲人。如前所述，身体乳腺癌往往根源于灵魂乳腺癌，患乳腺癌的女人，通常而言，大部分都爱得不够好。爱不好，仿若生命的地下泉眼被堵塞一样，必造成“障碍”，爱之碍，就是肉之癌。女人的本质就是爱，因此，女人无论如何都要爱得好。爱得好对女人而言，是生命中至关重要的事情。女人爱不好，别的方面基本都抵达不到极致之美好。爱得好与不好跟所爱对象无关，对女人而言，爱就是生命姿态，爱就是人生观和世界观以及价值观。对女人而言，爱的最高境界就是自己化身为爱。必须承认，女人就是爱本身。当女人把自己活成爱的时候，也是她最女人的时候。对女人而言，成为爱就是成为佛。这无关所谓男权女权、男尊女卑，上帝创造了男女两性，也就设置了阴阳两极，这阴阳两极不能默契地彼此激荡，灵魂之花就不可能葳蕤绽放，心灵的泉脉也不可能生生不息、津津无绝，这是自然天道。就仿佛，电池的阴阳两极不相契连，就产生不出电流。一个女人，除非神力相助，如果缺乏细致入微的呵护和温暖之爱，其内心必冷凝板结，生硬阻滞，只要情感脉腺无法畅达顺通，灵魂也必将像盐碱滩一样，干涩坚硬，贫瘠匮乏，收获不到人生的“好庄稼”，这是肯定和绝对的实相。

君子就是君子的果报，小人就是小人的代价。君子乐得做君子，小人冤枉做小人。如果承认女人的最高境界是把自己修持成为爱本身，那么，对女人而言，所谓恶毒者，就是自己把自己修炼成了一枚恶果，这本身对自己来说就是最大的不幸和灾难；殃及别人，那是恶果的恶性辐射。可以肯定：恶毒者甚至规避不了自己对自己的绝对伤害，更不可能使亲人逃避其戕毒。这种“戕毒”可能恰恰是以“亲”和“爱”的名义而呈现，会戕害得更加入骨入髓，且毫无意识和察觉，伤到极致透彻、痕迹不露，伤者和被伤者都浑然不觉。原因很简单：当戕毒以“爱”的面目出现时，“施爱”者会理直气壮，“受爱者”会毫不设防，且无以抵挡，伤到残却又不以为伤。要想避免这种戕伤，只有一个路径：扎扎实实地建设起自己的核心人格；通俗地说，给自己这台肉体“电脑”安装上性能最佳的“CPU”，并不断地以“成长”的方式升级自己的“CPU”。唯有如此，才有可能爱得好。

家的走魂失神和孩子的在劫难逃性

走了神的人，被定义为“精神分裂”。所谓精神分裂，就是一个人出离了自己的核心存在性，丧失了中心凝聚力，失去了与自己的链接，像脱线的风筝一样，把自己搞得魂飞魄散，不知所指；简单地说就是，自己弄丢了自己，自己不再知道自己是谁。现实生活中，愈是冠冕堂皇的人，愈容易弄丢自己，尤其是女人。当一个女人取得了许多社会身份和某种“成功”以后，这些身份和所谓的“成功”就会像屏障一样，把她与她自己隔离开来。这个屏障被不断地加固，最终，这个人会被“成功”和“身份”完全屏蔽掉，像生活在茧壳里的蚕蛹一样，她将又聋又瞎，严重地丧失视听能力，却又完全不自知，这是另一种不易被发现的“精神分裂”，或者更准确地说叫作灵魂分裂。灵魂分裂的女人，必导致家庭的走魂和失神。“精神分裂”是最严重的精神疾病之一，罹患此疾，无异于生命的弥散与崩盘。然而，一个人走神分裂并不是最可怕的现象，最可怕的事情是一个家的走神。

家如果走了神，其灾殃难以想象。判断一个家庭是否守神，只需看看其孩子的精神状况即可。孩子会像镜子一样，把家庭的内在精神实相映现得分毫无爽，孩子就是家庭的照妖镜。守住了家之神，就会笃定孩子的心魂。如果一个家庭失了神，孩子必然形聚神散，如同一盘散沙，极有可能终生一事无成，什么都不是，既建设不起核心人格，亦缺乏最基本的安全感和稳固性，终生连幸福的边角都摸不着，更不要说以自己的存在回馈世界了。原因很简单：他根本没有长成人，他只是个空心组合物。家庭聚神，孩子才会成人；家庭失了神，孩子决然不可能成人。家仿若大海，而孩子仿若海面上的一只小船，如果大海整天都在兴风作浪，且翻手为云，覆手为雨，无有一日消停的时候，又不着边际，茫茫无涯，孩子的灵魂不翻船绝不可能。患上“精神分裂”的孩子，通常都有一个兴风作浪、无有宁日的家庭。事实证明，愈“成功”和“光鲜”的家庭，愈容易失神走魂：成功和光鲜都指向外部世界，为了夺取外部世界的成功与光鲜，家庭的能量必然向外大规模地倾注和流失，孩子被忽略，长成枯黄寡瘦的秕谷子，这几乎不可避免。而一个家庭能否保证不走神，很大程度上取决于家庭的女主人是否能够守神。女人要想守神，必须认知和感悟到女人的植物性存在特质。

植物与动物的根本区别在于：植物的根脉性更强，动物的位移性更大。植物把根扎得愈深愈牢，生命愈蓬勃葳蕤；动物相反，运动速度愈快，生命愈强壮健硕。植物的生命在于“静”，动物的生命在于“动”。动物往往从外往内死，多死于外戕；而植物则从内朝外死，多死于根枯。或者换言之，男人死于身，女人死于心；男人亡于敌，女人殇于己。基于女人所固有的植物属性，女人愈守静与笃定，其生命才可能愈舒展和丰饶。一个家庭中，当男人特别“嗜动”时，女人就要特别“持静”，这样才能使家庭守恒。如果男人嗜动，女人有过之而无不及地更加嗜动，几乎没有例外：这个家庭必分崩离析、形聚神散，孩子绝对遭殃无疑。原因很简单：必须先有守，然后才能攻。男女双方都去张牙舞爪地向外疯狂进攻，家庭不失守几无可能。所谓的“失守”，不一定是离婚，亦不一定是破产，而是失魂落魄，使家庭名存实亡，沦为空壳，使孩子感受和体验不到丝毫的亲密度和稳固性。相比之下，只要不失神，离婚和破产都不算严重问题，有些单亲家庭长大的孩子，照样出类拔萃。一个家庭只要失了神，无论表面看去怎般天衣无缝地完美，家的魂魄必散，而家庭魂魄弥散的最终体现者和受害者只能是“孩子”——家庭这棵树上结出的果子。

现阶段，“成功家庭”对待孩子的普遍模式是：拼命挣来雄厚的资产，然后拿钱打通关节，先是想方设法把孩子送到国内名校，如果进不了国内名校，再辗转送到国外，然后便万事大吉了，把孩子的全部教育都寄托于名校和国外。这很可怜也很无奈,在竭尽全力疯狂“捞世界”的过程中,孩子被忽略几乎在所难免。可以发现,手中有点钱的父母,大部分都要想方设法把孩子送到国外,美其名曰“留学”,实则要么是无奈,要么是赶潮,要么就是完全的盲目之举。中国父母们对“国外”的崇信到了盲目可笑的程度,有的父母终生不曾踏出国门半步,对那个太平洋彼岸的世界一无所知,却坚定不移地相信孩子在那块遥远而又陌生的土地上会长成奇迹般“金黄的麦穗”。

这种“盲信”背后其实是根深蒂固的无知和自卑。其结果是:父母与孩子之间长期不见面,甚至极少交流感情,有时候,只有在父母生了重大疾病甚至生命垂危时,孩子才会被急匆匆地从太平洋彼岸召回,仓促地打个照面以后,很快阴阳两隔,再也没有比这样更丑陋、更粗鄙和更残酷的家庭亲子模式了。对孩子而言,这是最简单、最粗暴、最省事,也最不负责任和最愚蠢的做法,这是在把孩子的生命成长进行商业化简单操作与投资。家长很盲目地相信,只要付出一笔钞票,就可买到孩子的终生幸福和锦绣前程,实则大错特谬。那不叫“留学”,而叫作放牧式“游学”,或者干脆叫作“洋流浪”。许多家长恨不得砸锅卖铁也要把孩子送到国外,以为这是对孩子所能付出的最高值的“爱”与“教育”,实则适得其反。这种行为只不过是对孩子的灵魂进行名牌包装和功利速成,与不惜重金给孩子买名车名表毫无区别,心对心的真正滋养半丝半毫都没有渗透进孩子的灵魂内里。哪怕孩子侥幸“成功”,其生命也多半类若机器,毫无原创性和美感可言,更谈不上生命的独特绽放。

除了极少数真正根据自身潜力和需要的理性留学,事实上,在这种钞票投资模式之下,孩子连俗滥的“成功”机会也很少,倒是成为“四不像”的概率更高。盲目赶潮式的“洋流浪型”留学生,归国以后成为“四不像”的可能性超级巨大,甚至可能成为灵魂的终生贫匮者。灵魂的成长具有紧密的连续性,仿若小麦分蘖、拔节、灌浆,一个阶段紧接着一个阶段,其中某个环节跟不上,就会产生恶性循环。灵魂的成长也一样，在最关键的精神发育时期，把孩子连根拔起，送到一个完全陌生的土地上盘桓几载以后，孩子的灵魂之根就会萎缩掉，它完全扎不到那块土地里，回来以后，也极难再能扎进自己的土地，其生命成为一个无根的悬浮物。而造成这一怪象的本质原因，一般来讲都在于妈妈作为母性存在的失守。在这样的家庭中，妈妈作为女人，要么完全对孩子不在场，要么就是一盏不省油的灯。

"不在场"的妈妈缺乏的是见识和觉知能力，对事关孩子命运的事情听之任之，不省油的妈妈往往是作女人。一个"作女人"比一个"作男人"的危害性要大十百千倍。在一个比较作的家庭里，女人能够守静，对孩子乃是天大的福祉。只有守静才能处定，只有处定才能慧生。做妈妈的那颗"慧心"要穿透现实斑驳陆离的铜墙铁壁，用心灵的真光映照到孩子的灵魂实相，必须守静才行；否则，"养育孩子"这件神圣之事只能变成可悲而又盲目的钞票投资行为。

很遗憾，教育是"农业"，而非"工业"，当孩子的生命和成长被当作商业项目进入简单的投资模式以后，除了不幸，除了使孩子成为"空心人"，不可能有别的收获。地里的庄稼是被农药烧死的，"富贵人家"的孩子是被钞票这种粉色化肥戕毒而败毁的，种庄稼需要农家肥，养孩子需要本真心，钞票永远只能是替代品。舍得大把为孩子花钱，这不是爱和教育，而是偷工减料图省心，简单地说，是一种变相购买的投资行为。如果孩子是庄稼，金钱就是生命的化肥，化肥用得越多，孩子的心田越板结，灵魂越贫匮。富贵之家往往习惯拿钱说事，想当然地以为孩子的心智建设和灵魂成长也是钞票购买行为，这是对待孩子成长的最大误区。在这个误区的产生过程中，妈妈往往是第一责任人，这样的妈妈，往往都是不折不扣的"作女人"。一个家庭里只要出个作女类型的妈妈，这个家必走神无疑，极少有例外发生。当女人不再女人时，所有的一切都将发生"转基因变异"，这就仿若土质发生了变异，无论种植什么，都不会有好收成。

从表面去看，人似乎愈来愈精致；事实上，趋向精致的只是世界的表象和人的包装与外挂物，人本身愈来愈粗鄙，甚至在不知不觉之中，人的灵魂早已发生“转基因变异”，但人却不自知。终有一天，上帝会以某种方式，让人睁开眼睛看到自己的变异。

家庭灵魂缝隙与孩子精神分裂的对应性发生

对孩子而言，家庭就是宇宙，母亲就是世界，家庭和母亲对孩子的命运起着决定性的作用，一个温馨的家庭和一个好妈妈胜过十所哈佛，这丝毫都不夸张。有人做过概率统计，一个好家庭和好母亲的辐射能量可以影响到十万人，这样的统计完全科学。根据量子力学原理和量子纠缠理论，人亦是能量存在，能量与能量哪怕远隔太平洋也可以相互纠缠，一只蝴蝶轻轻地振动翅膀，就可能在千里之外引起轩然大风暴。一个母亲的能量传递和辐射力，绝对不可小视。

生命本自具足，一个女人如果生了孩子，在外部世界努力打拼的同时，其最神圣的职责是完成和发掘自己的内在世界，并在完成自己的基础上最大限度甚至超限度地唤醒孩子的生命潜能，而不是丢开孩子，拿全部身心去向外打拼世界。以“替孩子打拼世界”为招牌而忽略自己的内在发掘和精神建设，进而忽略孩子，乃是当下中国父母最冠冕堂皇的错误行为，也是对孩子最大最难以补救的伤害。“世界”永远都是生命的外围性存在，当一个人，尤其是女人，把自己的能量过多倾注于外围存在时，必然造成生命的内在大荒芜。或者说，所谓向外打拼，实乃是把自己生命所固有的内在宝藏弃之不顾，而去向外乞讨；再或者打个恶俗的比喻，放着上帝赋予自己的生命内里的金山银山于不顾，却去对外掘金。其最显在的表征是：当非常忘我地把“世界”打捞到手以后，蓦然回首才会惊觉，孩子生命的麦穗已经长秕！哪怕把一粒秕谷拿金子包装起来，秕谷也还是秕谷。

向内挖掘和对外拓展，二者并非二元对立的矛盾体，“广阔天地大有作为”，女人可以嗜动好作，但是，无论再怎般所向披靡，女人都应该首先于内在深处始终固守生命的根脉。只有在守牢根脉的基础之上,女人才能底气十足地拓展生命的深阔度。女人不宜把生命的“战线”拉得过远过长,亦不能把生命的“阵地”开辟得太过宽广,否则就会失根走神;或者简单地说,女人不能失去精神家园和灵魂故乡或曰自己的本心。虽然守牢本心对男人亦很重要,但是,作为家的灵魂,作为大地的象征,作为孩子的母壤性存在,女人丢弃了本心,会使家成为名存实亡的空壳存在,使自己的丈夫和孩子以及孩子的孩子也成为迷失心性的迷茫之羊——“空心人”。男人的动物性决定了男人可以无所顾忌地纵横驰骋,女人的母壤性决定了女人更适宜做生命的圆周运动,“致虚极,守静笃”,一圈一圈、细细密密地耕作和种植自己的生命领地,无论再怎般辽阔都不离“原点”,而那个原点便是自己作为女人的“本心”。失却本心而不顾一切地疯狂往外捞世界的女人,最终很可能被世界吞噬,成为世界的猎物。这就仿若:一枚鸡蛋若是自己努力从内向外突围,成就的是“生命”。如果通过外力被由外往内破碎,那就是“食物”。女人太过狠绝地与外在世界拼斗厮杀,不是被世界撞破那个娇嫩的“灵魂蛋黄”,就是本能地构筑起铜墙铁壁般的防御外壳,自己窒息并闷死自己的内在生命,如一枚孵坏的蛋,永远丧失破壳而出、化蛹成蝶的机会。

虽然,“时代不同了,男女都一样”,女人亦有权利动和作。所谓“动作”,就是“好动嗜作”。在一个价值多元、个性张扬的时代,不让女人作,尤其是对聪明而又具备足够能量且自视为大咖级的女人而言,几乎不可能。女人一旦作起来极容易兴风作浪、忘乎所以,晕头转向到不辨东西,这苦的绝不只是男人,当女人疯狂地作起来的时候,其主要受害者只能是自己的孩子。每当有一个疯狂的作女人出现时,其身后都会站着一个或几个遭殃的孩子,许多家庭的“成功”都是以戕毁孩子的灵魂和精神为代价换取的。孩子表面看上去像模像样,实则不过是穿名牌开名车的秕谷一粒,其内里苍白简陋到惨不忍睹。

如上所述,养孩子和种庄稼具有异曲同工之理,小麦到了该灌浆的时候如果不能及时充足地灌浆，那麦穗注定要秕，错过了节令，再怎般补救都是事倍功半。孩子也一样，在孩子需要爱的滋养时，如果滋养不到位，孩子的核心人格想要建立起来就非常困难，当令之时只需花费一分心力就能抵达的成长度，错过了时节，再花费十分的心力都增补不进去。而孩子最关键最致命的成长期很短暂，第一个致命阶段主要集中在一至七岁，孩子的这个生命黄金期如果抓瞎，第二个阶段的"洋流浪"和"洋插队"几乎无效，哪怕把孩子送到月球上让外星人栽培也不行。在一至七岁的致命关键期，恰恰有很多父母把孩子交给别人，自己则忙着替孩子"打拼世界"。就在父母打拼世界的时候，对孩子忽略的大错已经酿成，以致终生都难以弥补。

试看这个脉络肌理：在一至七岁的生命黄金期，父母忙着捞世界，无所顾忌地把孩子弃之于脑后，人为切断孩子和自己的灵魂链接；孩子的灵魂已经"脉断"过一次了，在青春期的最关键时候，父母又用打拼来的钱把孩子送到国外，再次人为地造成孩子灵魂跟父母和家庭的断联，致使孩子的灵魂第二次"脉断"。就像电脑从网络上掉线一样，这几乎相当于把孩子这个"瓜"从家庭和父母的藤秧上人为扯掉两次，且远远地胡乱抛置到陌生的地皮上，完全不考虑那遥远陌生的土壤是否适宜孩子这粒独特的种子。经过了这样的两次浩劫，孩子的人生不秕掉几无可能，他根本没有机会汲取到足够的营养，因为灵魂的种子根本不曾被埋植进土壤。这是发生在不少家庭的实例。种庄稼的人都知道，播种是需要力度和深度的，许多时候，不但要把种子严严实实地埋进土壤里，而且要重重地踩上几脚，不这样的话，种子跟土壤就不可能深切地粘连。当然，如果孩子在一至七岁时吸纳到了足够的营养，其灵魂已经孕穗出独属于自己的生命种子，且饱满健硕，也就是说，他完全可以脱离藤秧茁壮成长了，那么，他游学愈远，裨益就愈大。但这样的孩子极鲜见，大部分的游学孩子都是半瞎不饱的秕谷，天马行空地游荡几年下来，只能更秕：他连故土母壤里的营养都不曾汲取到生命里，其精神之胃连中国的土鸡蛋都难以消化，那些洋意艺儿怎么可能进入其生命内里呢？再通俗地讲，他看不上土鸡蛋，又不能吸收半生不熟的洋牛排，其灵魂怎么可能不贫匮呢？

女人的植物性同时也决定了女人的气味性存在特质。所有的植物都有气味，浓淡不等而已。女人的“气味”不是香水营造出来的，无论多么高档的香水，都制造不出来真正的“女人香”。女人的本真之香是以“善”和“爱”打底的。如果一个女人从生命内里弥散出的精神乳液味道苦涩，甚至像砒霜一样携毒，再或者像白开水样寡淡，又或者如隔夜的馊饭般腐蠹，繁殖着大量病毒细菌，使人近之掩鼻，那么，这个女人的家庭成员以及和她近距离接触的核心生命植被圈，都将受到无形之戕害，如同被灵魂雾霾戕毒一般。

人的灵魂同身体一样，无时无刻不在“呼吸”。灵魂走进人群，呼吸的是那个特定人群营造和挥发出来的无形之氛围；灵魂走进书籍，呼吸的是一本特定之书的气息；同样，灵魂回到一个家庭，它呼吸的只能是属于这个家庭独有的“精神空气”，而家庭的精神空气一多半甚至百分之九十取决于这个家庭处于“母性”地位的那个女人。这个女人的灵魂品质决定着这个家庭的精神性格，或紧张，或焦灼，或清凉，或温馨，或白色恐怖，或冷若冰霜，或如三月小阳春，或如酷热之盛夏，而家庭的精神性格又决定着其成员的人格形成。如果这个女人不能像桂花树一样绽放芬芳之精神气息，分泌甘醇之灵魂乳浆，对这个家庭而言，将是致命的贫匮，其成员很可能精神窒息，灵魂缺氧，这个家庭的未成年者甚至可能导致人格发育迟滞或孱弱不健全，严重的可能出现精神分裂。几乎所有出现精神分裂的家庭都是深层精神贫匮和漏洞百出的家庭。一个家庭是否在精神上深度周密与凝聚，最终将由孩子来体现。极其特殊的个案除外，枯瘦的石榴树上结不出灼灼其华的石榴果。

你家有太阳吗

在物质泛滥成灾、欲望爆棚崩盘的现时代，全地球人都可能患上或正在患上同一种终生难以治愈的顽疾——“匮爱症”。仿若干枯的禾苗渴望阳光与雨露，人浑身上下的每一个细胞都恨不得变成呐喊和索求的嘴巴，希望别人把爱给予自己：给我爱吧，给我关注吧，给我能量吧！却不知道，爱必须首先发生于自己的生命内里，且抵达自给自足的灵魂供氧良性循环状态，然后才可能与他者交融流通。爱和泪一样，都是灵魂的血液，向别人索爱，那是试图对灵魂输血，依靠单向度和外援性的“输血”不可能真正满足灵魂，灵魂必须自己能够生血造血。换言之，一个人必须能够像自体生血一样自己爱自己，形成爱的自体供养和自体循环。如果“自体供爱”不曾发生，任何与爱有关的能量都不可能与他者良好互动。

人总在抱怨这个“世界”的冷漠和残酷。让我们把门关上，把手放在胸口，扪心自问：你自己真的爱你自己吗？在你自己的“家”里这个对你而言最为核心存在的地方，可曾有爱的发生与流动吗？家对一个人而言，就是他的具体而微之“小宇宙”和“微世界”，人对家的建设几乎不遗余力，豪宅靓车、花园泳池、珠宝字画、古董奇珍，无所不尽其极，却唯独缺一样平常而又普通的“稀罕物”——爱！人处身超级豪华之家，如同十八亩地独生一株苗，内心孤独焦渴到难以言喻，此乃现代人之本质处境。如果家是独属于每个人的“小宇宙”和“微世界”，爱就是家这个小宇宙的大太阳。如果把太阳拿掉，地球将何以为生呢？然而，许多人都处身于没有太阳照耀的家庭小宇宙中，这才是看不见的时代之悲催。

宇宙、天地、世界、国家、社会，这些词语都太过宏大，这所有的“宏大存在”落到最实处，就是自己赖以存身的那个小小的“家”。

对于一个人而言，宇宙、世界以及天地和社会最真实可感、最有声有色、最可触可摸、最有质有形的浓缩体现物就是“家”。地球太大，宇宙太虚，世界太概念，社会太空茫，把它们具象到一个点，就是你自己的“家”。家，就是一个人的地球、宇宙、世界以及社会——我如此啰唆，是想说明：人们往往志存高远，动不动就放眼世界，出手就想把宇宙打个洞，拿根筷子就预备把地球撬起来，许多时候，连自己那个“一亩三分地”的家都经营得漏洞百出，把家搞得如同西伯利亚流放地一样，令灵魂处身其中饥寒交迫、瑟瑟发抖，却又一味地抱怨“世界”的寒绝和枯索，这简直就荒谬至极。《礼记·大学》有言：“古之欲明明德于天下者，先治其国；欲治其国者，先齐其家；欲齐其家者，先修其身；欲修其身者，先正其心；欲正其心者，先诚其意；欲诚其意者，先致其知，致知在格物。”说过这段话以后，《礼记·大学》又倒过来说：“物格而后知至，知至而后意诚，意诚而后心正，心正而后身修，身修而后家齐，家齐而后国治，国治而后天下平。”

世界很大，家很小。然而，没有小家，国将不存，无比巨大的“国”和无比微小的“家”通常总是并列出现，组成一个词语就叫作“国家”。透过“国家”这个词可以佐证：家甚至跟国一样重要。虽然“家”很小，小到绝大多数时候也就是百多个平方米的空间里居住的三五口人而已，然而古人说“治大国如烹小鲜”——这句话实乃超级真理。一个人如果能把这百多个平方米的几口之家打理好，几乎可以断言：这个人的福命不会太浅，人生基本不会有太大差池。然而，大多数的人，尤其是自认为能量巨大的“非同凡响”之人，总是连自己那一亩三分地都打理不好，却焦头烂额地忙着要“打理世界”。现实中，“能量”越大的人，家里往往越荒凉和凄惶，连耗子都不愿在那里坐窝，他却又耀武扬威，自己拿自己当人物。当然，“人物”们的家可能超级豪华，但许多时候豪华的只是房子。事实证明：愈豪华的房子，愈可能是荒芜之地。因为，当一个人把能量过度关注在外相的“豪华”上时，往往忽略内在的经营、浇灌以及培植和滋养，家里不要说仿若太阳那样的恒常之爱，连一颗温情的小星星都难以寻觅。灵魂处在如此冰冷萧瑟的豪华里,除了瑟瑟发抖,哪里敢奢望幸福呢!许多人把自己的人生经营得十二分豪华,那"豪华的人生"也像豪华的房子般寒光凛凛。在这辉煌耀目的壳子里包裹着的往往是难以言喻的深层大悲凉,这内在大悲凉中极难有生命的绽放和爱的开花。无爱的人生,无论怎般豪华堂皇,都不值一过,也都必然指向内在终端大破败,破败的最终显像者是家里的孩子。

如果宇宙是一棵开满鲜花的大树,"家"几乎可以算作这棵树的种子存在物。必须扪心自问:在自己的家里,可曾有幸福的花朵绽放吗?你能在自己的家里嗅到爱之芬芳吗?夫妻之间有爱吗?父母和子女之间有爱吗?兄弟姐妹之间有爱吗?你可曾兢兢业业地用心血经营过属于你自己的这个最真实可感的"小宇宙"?如果家是疏离冷漠的,亲骨肉之间都不能有爱发生时,又遑论外围存在呢?如果连家里都是寒冷刺骨的,裹上厚厚的棉被都自己暖不热自己那颗心,坐在自家的火炉旁品着滚烫的热咖啡还需要拼命用电话寻求温暖的外援,又能在哪里找得到温情和爱呢?完全不必讳言:正因为亲骨肉之间不能发生爱的开花,连自己的家都冷若冰窖,才会导致外部世界的疏离和冷漠。爱和幸福很伟大也很简单,如果它不能对内发生,也决然不可能向外发生。再向深内处挖掘,如果爱不能在家庭内部的亲人之间发生,是因为自体之爱,即"自爱"不曾发生。"自爱"——指向自身之爱,即一个人自己对自己的爱,这是最核心和最致命的爱之源脉。如果"自爱"不能发生,所有指向他者的爱都不可能真正发生,即使看上去貌似发生,也是自欺欺人的伪发生。

没有人肯相信一个人会自己不爱自己,就天性而言,一个人爱自己肯定应该超过爱别人。但是,"爱自己"不只是空洞的概念和想当然的宣称,它必须是实实在在的发生,就像花朵绽放在树枝上,可见可视,可感可触。许多时候,人们只是自己认为自己爱自己,实际上,爱并未发生,那所谓的"自爱"只是自欺欺人的假想。又许多时候,人们把"自尊"当自爱,把"自恋"当自爱,甚至把"自高自大”当自爱，这些都代替不了真正的自爱。自尊心特别敏感、动辄因受辱受伤而暴跳如雷者，恰是不自爱的典型表征；处处争强好胜、竭尽全力证明自己者，也不是自爱的表征。如果真爱自己而且底气十足，何须证明给别人看呢？证明行为本身揭示的恰恰是匮乏、自卑与恐惧。

“自爱”是个有血有肉的事实，它发生了就是发生了，没发生就是没发生，丝毫含糊不得。如果自爱不曾发生，“他爱”也决然不可能发生：爱是一朵花向另一朵花的致敬，是一抹芬芳与另一抹芬芳的融通，就像一盏灯点亮另一盏灯那样。一个人的生命之花真正绽放了，他对另一个人的爱才可能真切实在地发生。如果你的灵魂里没有花开，你怎么可能让别人分享芬芳呢？你的灵魂之灯一片漆黑，怎么可能点亮别人呢？这个道理揭示出来的最严酷的事实乃是：一个无能力很好地爱自己的妈妈的人，亦无能力很好地爱孩子。

很多情况下，当妈妈自以为自己很爱孩子时，爱很可能根本未曾发生过，那发生在母亲与孩子之间的极有可能是别的东西，比如占有、控制、伤害、炫耀、填空、期待、怨恨，甚至是掠夺和侵犯，但做妈妈的却千真万确地相信自己是在很投入地爱。貌似被爱的孩子，实质上并未被爱到，于是，疏离、冷漠以及仇恨和怨毒的基因被种植进孩子的心里，这样的孩子，哪怕在天堂里也不会幸福。再进一步，一个女人，如果其人格和灵魂没有得到完全和健康的发育并臻于成熟，根本没有资格做妈妈。

不能否认，爱是灵魂开花，是精神和灵魂事件的自然发生。哪怕在植物界，任何一株玫瑰的吐蕊开花都无法被任何力量所命令或指使，哪怕是希特勒拿他那法西斯的刺刀威逼着，都无法迫使世界上任何一朵卑微的小花违背自己的本性和节律而绽放。无知无觉的植物开花尚且不能被外力所威迫，何况人的灵魂开花呢？一个人无法命令自己爱别人，也同样无法命令自己爱自己或别人爱自己——爱，必须自然发生，而这正是爱的伟大和神圣之所在。爱，发生了就是发生了，没发生就是没发生，不可能无中生有或弄虚作假。自己爱自己也不能被强迫，爱自己也同样是非常困难的发生，它也必须遵从爱的发生规则。所谓的“自恋狂”，许多时候恰恰因为无能力爱自己，才会那般地虚张声势，一个真正爱自己的人不会出现自恋的病态症状，“自恋”恰是不自爱的明证。

一个人哪怕口口声声哭着喊着要爱自己，“自爱”也未必能够发生，必须“春来”，然后才能“花开”。爱就是灵魂开花，它不可能超越自然天道。“母亲”这个角色的缺席会深刻而又致命地影响到一个家庭的灵魂基因，家庭的灵魂基因变异会扭曲孩子的人格，孩子的人格扭曲又会祸殃无穷，酿成其所处世界的无尽灾患。也因此，家庭精神基因的变异会改变一个民族的基因，而“民族之间的较量，就是母亲与母亲之间的较量”，“推动摇篮的手，就是推动世界的手”，这些论断丝毫都不为过。让我们睁开天眼看看吧：母亲的角色就是如此重要，如此伟大，如此不可或缺！母亲如果在孩子的成长过程之中缺席，孩子几乎注定了灵魂孱弱和人格扭曲的悲剧。如果一个母亲的灵魂不开花，她所处身的家庭小宇宙就不会有太阳，没有太阳照耀，孩子的灵魂亦极难开花，这毋庸置疑。

灵魂坠机事故的潜发生和灵魂孤儿之冷处境

每个时代都有每个时代独属的气质，极少有人能够完全规避和超越时代气质的浸染，进入纯粹的时间纬度，去成就属于自然人的本真之荣耀。人们想当然地认定："过去"就是落后和古董，"现代"就是先进和发达，新的绝对比旧的好，多肯定比少富裕，因而极难有"回向反观"的省察力。于是，人游离于根脉愈来愈远，人们所能寻觅和遭遇到的精神资源和灵魂营养基亦愈来愈稀薄寡淡。

不管外质怎般登峰造极，灵魂这条内在之河基本恒定，有形有质的"新事物"层出不穷，灵魂元素和灵魂原资源几乎未动。以汉字为例，现代人折腾出了那么多花里胡哨、貌似高深玄奥的烂玩意儿，但是，都不曾越出老祖宗们最初创造的汉字园囿。迄今为止，无论多么时尚前卫酷的"新新人类"所使用的仍然是几千年前的"旧汉字"，左不过拿旧汉字组合生造出一些穿着奇装异服的混搭新词而已，并不曾有人造出新的汉字出来。这说明，汉字完全够用，没有创造新字的必要。因为就根本而言，世界还是这个世界，没有新的本质性元素增加进来，中国古人对"世界"的探究远超现代人，现代人的所谓高科技只是对世界的开发、利用以及侵略和强暴，却又无知地把这种侵略称为"发达"和"先进"。甚至，古人造的汉字总量远远超过现代人的使用需要，有很大一部分古汉字被作为"繁体"弃置不用，这并不说明古人"笨"和"迂"，恰恰佐证了现代人的内质之匮乏、灵魂之简陋和精神之贫瘠。

中国古人远比现代人活得精致、细密和丰富，他们需要不同的汉字表达灵魂的精细微妙之感受。古人，尤其是中国的古圣先贤们，其灵魂精微到能与现时代最前沿的自然科学相媲美。可以毫不夸张地说，现代科学技术能有多么发达，中国古圣先贤们对灵魂的探索就有多么精微，其精微度远超现代的“量子力学”研究成就，而现代人的感觉神经较之古人已粗疏到不堪之地步。与层出不穷的新玩意儿相比，“人”这种上帝之造物已经“落伍”得实在太不像话。迄今为止，“人”居然还是像最初那样：一块板，七个眼儿，眼睛没有挪地方，鼻子还是两个孔，连牙齿的数目都不曾变化。甚至，如果某个新生儿多生出一根手指头的话，都必须被医生切掉。可见，上帝一次性就把人设计到了顶级配置状态，此后连一枚小小的牙齿都不需要再改动，哪怕最先进的智能手机都需要几个月一更新、半年就换代。这足以证明，人与“上帝”相比，根本不在一个量级上，而人却动不动就想超越上帝，这实在是可怜又可笑的无知和狂妄。

所有的一切都在“日新月异”，唯独“人”仍是老样子，新新人类再怎般捣鼓，也不过弄出些表面的“奇装异服”而已。大家都不约而同地尊重了上帝的原创，再怎般时尚前卫酷地整形和易容，也没有人给自己创意出两个鼻子或一条尾巴来。这足以证明：整个存在的核心是守恒的，再怎般折腾，也脱离不开源头，跑得再远，也不曾实现任何真正的抵达。人貌似折腾得天翻地覆，哪怕像孙悟空一样，一个筋斗云翻出十万八千里，也逃不出如来佛的手掌心。换言之，很可能：人做了很多，却什么都不曾做；人无所不至，却哪里都没有抵达；人制造了很多，却什么都没增加；人消费了很多，却活得愈来愈少。据考证，中国笔画最多的字念“biang”(第二声)，共五十六画，其具体构造是：“一点飞上天，黄河两边弯；八字大张口，言字往里走；左一扭，右一扭；西一长，东一长，中间加个马大王；心字底，月字旁，留个钩子挂麻糖；推了车车走咸阳。”瞅瞅，多么美的意境！这一个字的丰富度无可比拟，连无所不能的电脑都打不出来，单凭这一个字，就可以佐证，古人比现代人活得悠闲、丰富和雅致得多，他们居然阔绰到需要使用五十六画的汉字！

现代人呢？连最常用的字都要简化到不能再简，比如古人造的繁体“愛”字，“心”居中央，上下两只手，其意思很明白：两只手捧着一颗心，那才叫“愛”。现代人居然一刀剜去了中间那个“心”，这简直就是丧心病狂！要那个“心”干什么？太麻烦了，只需张牙舞爪伸出两只手，去掠夺和打劫，喜欢什么便拼命去拿，这不叫“爱”，这就是厚颜无耻的愚痴和贪婪！可以毫不讳言地断定：“爱”字少了多少，现代人就少活了多少！与古人相比，现代人不折不扣地少活了一个完整囫囵的“心”。把“心”整体剜掉以后，现代人吃了多大的亏，这个账很难算！吃了这么大一个亏，再怎般豪夺巧取，也还是入不敷出，甚至亏到血本里。“新新人类”更酷，连简化字也懒得再用，直接用符号代替，甚至创造出一整套“网络符号”。那些符号毫无美感可言，丑陋到目不忍睹，唯有方便、实用加快捷。这就是现代人的生活观，甚至是生命观——方便、实用加快捷！如同一份桶装的方便面，可悲到不敢细思量，生命已完全沦落至“工具”之境地。

灵魂如果是一条内在的恒河，其糖分是恒定的。构成灵魂之“糖”的元素无非美、真、善，信、望、爱，除此，还能是什么呢？无论怎般“现代”，也无论怎般强取豪夺，灵魂那条河流淌到现在，其根脉处的糖分已被极度稀释，这且也罢了，里面还被投进和排放了各种毒素，人能在里面获取几多真营养呢？在如此“丰富”的时代，人们的饥饿和贫匮感却强烈到令人瞠目的地步，人人恨不得伸出一千只手去掠夺。如果内在不贫匮、不饥渴，掠夺欲会如此强烈到不可遏制吗？贫匮和饥饿，这是时代之弊症。每每在新闻中看到，某某贪官贪到若干个亿，现钞成箱成箱堆在家里码成墙，仍贪个不停，一天不进账，就会感觉亏欠了自己，这是“饥饿症”的典型症状。那成箱的现钞佐证的，恰恰是“贫匮”而非富足，是地道的饮鸩止渴，而这正是现代人的灵魂困境之写照。

如果一个时代过度非理性地喧嚣狂躁，那狂躁的泡沫就会无可抵挡地被呼吸进每个人的细胞，并内化进血液，造就无数的灵魂孤儿、精神乞丐和心灵流浪者。而且，愈是风口浪尖上的“弄潮者”，愈容易沦落为灵魂孤儿和精神乞丐。因为“弄潮者”往往需要把灵魂抵押甚至拍卖给魔鬼，来套现自己那所剩无多的生命底本，才能在时代的风口浪尖上站稳脚跟，从而不致被滔天巨浪所吞噬。

而时代的浪潮总是一浪盖过一浪，等到“弄潮者”扛不住想要上岸时，往往发现：那抵押给魔鬼的灵魂再也赎不回来，自己早已成为被魔鬼玩弄于股掌之上的空心人质。这样把灵魂弄裂弄破、弄碎弄烂、弄飞弄散，最终弄丢弄毁的“空心怪物”不计其数。表面看去，他们当之无愧地堪称“力拔山兮气盖世”的时代英雄或巾帼英雄，实质上却是地地道道的“空心巨怪”。这样的空心巨怪完全被时代的泡沫所吞噬，已丧失进入纯粹的时间纬度把自己作为人的神性活出来的能力。心愈空，外相愈巨大，就像空心菜一样，那原本应该向内凝聚和生发的能量全都挥发到了外围，外相不可能不膨胀到巨大。巨大的“空心怪物”们像灵魂的“不明飞行物”一样，由于脱离既定的精神轨道太久，离灵魂的“中心原点”太远，已完全丧失方向感、核心凝聚力以及主动操控性，只能在莫名的时代外力推动之下依照惯性不可止息地旋转。那不是从生命出发的自主旋转，而是不可控的被旋转，如同与地球失联的飞机，穿过精神的大气层，渐趋渐近地无限逼近生命的黑洞，最终导致肉体不幸与灵魂彻底失联的惨剧——其肉身还在地球上，而灵魂早已飘荡在九霄云外且回头无望，即自己弄丢了自己。当他们绝望地想要把自己那灵魂的残渣碎片聚拢、拼凑和焊接起来并强行拖拽住，企图找回那个被弄丢的自我感应器，妄想着身体能与自己那早已失联的灵魂在高空完成“握手”，从而沿着来路“回家”却不能时，只好别无选择地把身体像空茫的城堡一样毁而弃之，通俗地讲叫作“自杀”。再或者，让身体像没有真神驻守的豪华宫殿样荒芜为长满杂草的废墟，也即所谓的“疯癫”。

各行各业的明星牛人自杀时，人们总是表现出超越常态的瞠目大惊诧，却极难看到和想象那些裹匿在金壳子里面的闪闪发光的“豪华大孤独”与“狂欢版大绝望”，还有无与伦比而又精致高档的名牌无助与坚硬的脆弱。就灵魂层面而言，“明星牛人”们的自杀事件基本上都是“灵魂事故”——灵魂与精神之家失联以后导致的“身体坠机”。那自杀者被迫杀毁的只是自己空荡荡的身体躯壳，或者不如说灵魂因失控而碎毁以后不得不放弃身体，就像把一个空酒瓶子顺手扔到垃圾堆上那样。严格地讲，那不叫自杀，身体里的“人”早就去向不明了，杀死谁呢？就是“丢垃圾”而已。灵魂完全弥散净尽以后身体只能沦为三种形式的废品垃圾：或者尸体，或者植物人，或者疯子。所有的自杀事件都在有力地佐证一个钢铁般的事实：灵魂所面对的困境远大于肉体，灵魂所遭受的荼毒必须被面对，就像养生大行其道一样，“灵魂避毒”迫在眉睫。

就人性的自益性特质和容易仇恨的局限性而言，受过深度伤害和戕毒的人，要具备足量的善能，并对世界宽怀以待，将极其艰难。伤害和戕毒会对灵魂的系统软件造成大面积强力杀伤，而一般人的灵魂软件里很少自觉装配相应的“杀毒软件”，不要说高功能防火墙比如《般若波罗蜜心经》或《金刚经》之类，连最基本的低级防御机制都不具备。就是无意间侥幸接触到高含能的灵魂软件比如《金刚经》，也不深解其意，因而发挥不出有效能量。

就具象而言，肉体在抗病毒客观机制的设置方面比灵魂优越和强大千百倍。这世界上现已制造出来的抗病毒药物成千上万种，全世界每年还要投入大量资金用于研制开发新的抗病毒药物，连癌细胞都有望遭遇药物克星，但是，没有人在意和重视以“恶”为首的“灵魂病毒”对人造成的困扰与攻击。实际上，灵魂时时刻刻都可能遭遇恶能攻击，换言之，灵魂随时随地都可能中弹躺枪，而这个世界并没有提醒人们为灵魂穿上防弹衣。

灵魂像天真的孩子那样赤膊上阵，手无寸铁地迎受着猝不及防的恶弹狙击，以至伤痕累累甚至终身残疾。灵魂的防护衣少之又少，那绝无仅有的几件还是我们的老祖宗穷尽毕生之心血打造出来的，已经被反复使用了好几千年，上面堆积着厚厚的岁月之尘埃，因其不够“时尚前卫酷”，往往被人们当老古董弃之如敝屣。却不知道，老祖宗打造出来的那几件“灵魂防护衣”地道和结实到远超十足的纯金，不折不扣地“一字值千金”，随便拎出一句半句来仔细嚼烂了咽进胃里去，都能使灵魂足足半年之久不渴不饥。很可惜，人们往往有眼不认金镶玉，误把珍宝作瓦瓿。

老祖宗打造的灵魂防护衣被弃之不顾，这个时代又无暇亦无能为灵魂重置衣装，于是，灵魂只好像乞丐一样衣衫褴褛、寒彻骨髓地流浪于人性的荒原雪域，再也没有比这个时代的灵魂更可怜、更悲惨、更孤独和更绝望了。如果依据灵魂的孤独、寒冷与绝望的程度划分所谓的“阶层”，绝大部分人都在“贫困线”以下。给人的感觉仿佛：他们的肉体裹嵌着世界超级名牌招摇于豪华的时代之舞台，而灵魂却披着破烂不堪的麻袋片蜷缩在别墅的地下室里冻得瑟瑟发抖。比起人们为肉体设计的花样翻新到穷奢极欲的名牌时装来，灵魂之寒碜窘迫到惨不忍睹。单单就此层面而言，肉体享受的待遇仿若皇家公主，而灵魂仿若流落街头的孤儿和乞丐，这乃是真正的“贫富悬殊”。这种悬殊导致的结果必然是个体生命的内在趔趄与失衡。

灵魂未成年和精神早产的双相残缺

爱，必须以自我完成为基础，父母必须先拥有自己的人生，而后才能生人。为什么这世间最伟大的盛事——孩子的诞生不被欢庆和悦纳，而被许多人视为重荷负累呢？问题的症结在于：做父母的不曾为自己而活过。原因很简单，他们不曾拥有自己，也不知道自己是谁，怎么可能替自己而活呢？由于不能也没有办法活自己，只好被迫活孩子：没有人生，于是便生人。民间有句俗语："四十以前活父母，四十之后活孩子。"这真是悲哀透顶的大实话，却从来不问：什么时候活自己呢？回答是：不需要活自己，因为"自己"根本不存在。毋庸置疑，中国的许多父母都从来不曾替自己活过，这不是自我牺牲，而是无可奈何：因没办法活自己，于是变本加厉地"活孩子"，却又把这种无奈之下的盘剥与侵蚀当成爱之奉献。父母和孩子双方都为自己不能活自己而十二分地委屈和怨恨，于是，彼此沦落为彼此的债务人。此般状况之下，爱由何而来，又怎么可能产生呢？

爱，必须从"完成自我"做起，从彻底而又负全责的"自私"做起，必须先活好自己，然后才有资格和能量活他者。客观地说，父母和子女也是彼此建立在人格独立意义上的"他者"，人格边界不清，就像互相搂抱着在水里游泳那样，谁都游不开，且有可能双双覆没。就本质而言，生命是以个体为存在根基的，自己就是自己，他者就是他者，哪怕是父母和子女之间，也不能跨越生命的边界，否则就是冒犯，就是侵略，就是粘连缠带，就是掠夺和戕害，就会产生怨和恨。高品质的爱必须和必然产生和建立于人格边界完全清晰的基础之上。当每一个人都成为自己，相信自己，热爱自己，并做到自己和完成自己以后，爱也才可能从优质和优美的关系中产生。爱是能量自足以后的外溢，是灵魂开花。自己完成自己，自己丰盈自己，自己做到自己，让自己的人格和灵魂独立自主、自我具足，让自己首先爱上自己，进而爱上世界，然后爱上他者，让爱进入分享和流动，再然后爱情发生，婚姻缔结，家庭成立，再接下去，才是孩子的诞生——生出孩子应该是生命的最高圣典，而不能沦落为填空，这才符合天道人伦。

如前所述，许多情况下，男男女女们根本不曾完成自己的人格和灵魂丰足度建设，自爱和他爱都不曾发生，人生观、世界观和生命观也完全不曾稳固坚定地形成。就灵魂而言，自己还趔趔趄趄是个孱弱不健全的孩子，却已经在家长的一路安排和操控之下，生下了自己的孩子。就实际情况而言，许多父母都是灵魂未成年者，许多孩子都是“精神早产儿”：其父母尚且灵魂未成年，孩子怎么可能足月而又强健呢？尤其是“妈妈”这个独特的角色，更加地问题多多。

正因为妈妈这个角色对孩子而言，意义太过独特和重大，必须撇开一切别的角色身份包括父亲的存在，来单独探讨“妈妈”的问题。作为妈妈的女人，不知道什么是妈妈、什么是母亲、什么是孩子、什么是生命，这是“不幸孩子”——通常又叫作“问题孩子”——产生的根本症结之所在。

且看中国妈妈的常规做派：通常而言，只要孩子顺利出生，做妈妈的那个“女人”基本上就认为对自己的人生有了个比较圆满的交代，自己人生中最大的那道“填空题”已经完成，可以圆满过关了。既然人生最重要的这张“考卷”已交过，接下来就可以理直气壮地“结业”开溜了。于是，许多妈妈生下孩子后，往往会把孩子以最快的速度和最利落的方式抛置一边，自己义无反顾地在第一时间向“世界”冲去——急急慌慌甚至竭尽全力地冲向外面。去干什么呢？捞世界！“捞世界”三个字表达的是最荒唐的行为：世界在那里，万古长存并安然无恙，没有人能捞到其半根毫毛。如果世界真能被人捞取，那么世界早已体无完肤甚至荡然无存，哪里轮得到当今之人再去捞呢？然而，捞世界却是“妈妈”们忽略孩子的最惯用的借口，也是妈妈们所能犯下的最惨痛的人生错误。在妈妈们义无反顾地向世界冲去那一刻，几乎注定了孩子的人生大悲剧，能够幸运逃过这一劫的孩子极少。

如果说，原先的时候那个还不曾做妈妈的女人是在为自己“打拼世界”，现在，当这个女人生下孩子以后，便顺理成章地拥有了一个非常冠冕堂皇的神圣之借口：为孩子捞世界。对这个捋起袖子急于捞世界的女人来说，把孩子从肚子里生出来就是其作为“妈妈生涯”的苦役结束日，甚至，那怀胎在身的十个月孕期都太过漫长了，简直是对自己人生的浪费。孩子甫一落地，那个好强而又时尚的妈妈就开始紧锣密鼓地瘦身塑体，摩拳擦掌，准备冲锋陷阵，“重返人生”了。天可怜见，十月怀胎对某些女人而言简直就是偷窃和打劫其大好人生！在这类女人看来，科学家显然有必要开发出一种技术，把女人从这十个月中彻底解救出来，这是愈来愈多时尚女人们的共同诉求。许多女人万般无奈地亲自从自个的肚子里生下一个男孩以后，往往不惜重金通过各种渠道再领养一个女孩，也决然不肯再动用自己的肚子和人生，认为一个丫头片子，根本不值得劳动自己的子宫。在这一类妈妈的眼里，孩子根本不是“生命”，而是赤裸裸的工具。她们领养女孩的目的非常明确：自己年迈时，让这女孩侍候自己。这样的妈妈，她根本看不到生命的尊贵和神圣性。她们会把“生育任务”压缩在最短的时间内以最便捷的方式解决掉，唯恐它占据自己那美好而又伟大的人生，从而以拒绝充当“生育机器”为借口而充当实际上的“生育机器”，完全忽略“妈妈”的内在意蕴。

有的妈妈生下孩子以后甚至不曾有一个夜晚把婴儿搂在怀里睡过，这样娇贵的妈妈往往有资本雇得起若干个高级保姆，因而无须亲自搂孩子睡觉。亲自搂孩子睡觉，那不只是辛苦，关键是太掉身价，若是让外人知道，岂不是要笑掉大牙？自己的人生居然那般地寒酸吗？竟至于要亲自带孩子！至于母乳喂养，乃是万万不可采纳的下下之策：观世音菩萨老天爷啊！要毁掉两个美丽的乳房外形，还有比这更可怕的事情吗？不！对这些时尚前卫酷的妈妈们而言:乳房不是用来给孩子喂奶的,那是拿来给男人喂养眼睛的。好不容易坐满三十天的月子,“妈妈女人”迫不及待地向世界冲去,至于宝宝呢,很好办,丢给外祖父母、祖父母或是别的八竿子打不着的七大妗子八大姨,或者干脆从乡下雇个文盲保姆来把孩子交给她全权代管,自己腾出手来去打理神圣的“事业”,比如某家“公司”。相对孩子而言,打理公司才是正事和大事。

殊不知,“孩子”这份“生命事业”比两百个公司加起来都更紧要,因为孩子是个“人”,而人乃是神的伟大造物,比这个世界上别的任何事业都更加神圣。他刚刚来到这个世界,对一切都一无所知且除了吃奶睡觉一无所能,从出生到七岁,对一个孩子而言,关键到致命的致命!其人生能否结实稳固,他能否对世界建立起牢靠的信任度和安全感,他能否与自己和他者建立起亲密融洽的关系,他能否获得足够的自爱能量并培养出他爱的能力,几乎就取决于这一时期。然而,恰恰是在这最关键的灵魂建设期,孩子往往被当作“小动物”而潦草地喂养——所谓的“潦草”并非特指物质,哪怕用进口特供奶粉喂养孩子,与妈妈亲自哺乳相比,也还是潦草。这神的伟大造物被当作“小动物”喂养到两三岁(这个年龄正在一再地降低,甚至一岁不到的孩子也可以进入幼儿园的小小班了),就被急不可待地送进幼儿园,这是大部分妈妈的育儿路径。许多年轻妈妈甚至把孩子送到数千里以外的老家,几个月都不见面,自己去忙着为孩子而打拼,这就是不折不扣的缘木求鱼。

不过,绝不能否认这些妈妈对孩子的爱心。如前所述,她们提供给孩子的可能是国外进口的高档奶粉、玩具和名牌婴儿装。但是,这些名牌用品包装出来的仍然可能是低级粗鄙之爱,名牌产品决不等于名牌母爱。哪怕有些妈妈不得已把孩子带在身边,也只是表面带在“身边”,那孩子果真是在妈妈身体的“旁边”,孩子可能根本未曾进入妈妈的心里。她们每天忙得焦头烂额,把孩子抱在怀里的短暂时间脑子还在忙里偷闲地处理工作事务,那些事务比孩子重要千万倍,以至于,她们顾不上认真看孩子一眼,在陪伴孩子的短暂时间还紧盯着手机。作为妈妈,她们以完全在场的方式对孩子完全不在场,她们在自己的眼皮子底下以“为孩子打拼”的名义实施着对孩子最冷酷最残暴的忽略,却对这残忍的忽略从不觉察。她们虽双目炯炯,却极少能看到孩子作为人和生命的存在,也听不到孩子对母亲的无助之呼唤,只把孩子当作小动物那般简单粗暴地喂养着。所谓“视而不见”,所谓“充耳不闻”,所谓“舍本逐末”,所谓“因小失大”,用在那些因心盲而忽略孩子精神成长和灵魂建设的妈妈们身上,再恰切不过。错过孩子的成长,将是妈妈们的最大损失。贵为女王的撒切尔夫人就是个典型例证,在收获政绩的同时,她作为母亲的伤痛难以言喻,亦难以弥补。

秕谷孩子和光鲜辉煌的作妈妈

格非先生的长篇小说《春尽江南》里有个孩子叫小东西，小东西的妈妈把他胡乱丢在外婆家以后，自己就忙着从事伟大的革命事业去了。那个女革命者或者叫“女事业家”忙得昏天暗地，若干年如一日，从未顾得上抬头看儿子小东西一眼，她把小东西彻底忘掉了，哪怕小东西就在她的眼皮子底下团团转想引起她的注意，她也完全地视而不见。有一天，她因那荒谬而又虚妄的事业“东窗事发”，被官兵围剿，小东西一看见官道上飞驰而来的大队人马立刻感觉到势头不对，半秒钟都没有耽搁，便像兔子一样窜出来，不顾一切地向妈妈所在的“事业圣地”狂奔而去，他要向妈妈报信，他要救妈妈！这个才几岁的孩子凭直觉知道那些官兵是去捉拿妈妈的，结果他就在妈妈的院子里中弹而亡。

格非先生写道：鲜血汩汩滔滔地从小东西那小小的背部涌出来，那一股股的热血全部都是滚烫的灵魂，那流出来的就是纯粹的热乎乎的灵魂啊！小说的这个情节使我只要想起来就会禁不住泪如雨下，也因此使我对格非先生充满了无限之敬仰。每个孩子都是神啊，孩子的每个细胞和每一根毛细血管里都充满着滚烫的灵魂，只要拿眼睛看着孩子，孩子的灵魂汁液就会喷溅而出流向生命，使生命获得难以替代的高蛋白真滋养。这样的高蛋白真滋养是一百个假大空的各种“聚会”都难以提供的。我个人十分冒昧和坚定地认为：聚会的规格愈高，场面愈大，人数愈众，能给予生命的滋养愈少愈低愈暗弱。抱着一个孩子尽心尽意地好好亲吻一番，摸摸他那饱含灵魂的小脚小手小脸蛋儿，比一个耗资巨大的“聚会”更能滋养生命。我对格非先生的敬仰实际上远不止于“小东西”，追究起来，还有个伟大的伯格曼情结。英格玛·伯格曼是我最热爱的导演，他的电影我看多少遍都百品不厌，格非先生有此同好。他专门给大学生开设了伯格曼的电影赏析讲座，却遭到学生们的投诉，说他把自己的私爱强加于别人，这令我悲哀和遗憾到心尖打战，因而更加对他充满无限的崇敬。

话说回来，世俗眼中所谓的“事业”和“成功”，许多时候虚妄到狗屎不如，狗屎其实是真东西和好肥料，可以壮庄稼养田地。许多“作女人”就为了那些狗屎不如的“事业”和“成功”，把自己的孩子当作物品弃置不顾，那真是不可饶恕的罪过！母亲对自己的孩子犯错误，就是在对世界犯错误，因为每一个孩子对世界的影响都不可估量，连蝴蝶振翅都可能引起风暴，更何况一个人呢？一个希特勒给人类带来了多么大的灾难，地球人有目共睹，因此，决然不可小视母亲的职责。“粗暴”这个词看上去很野蛮，仿佛只有那些没文化的粗鲁之人才有粗暴之举，殊不知，最文雅、最文化、最学问和最绅士淑女的那些“尊贵之人”，以爱孩子的名义对孩子做出来的事情往往粗暴到令人发指。

忽略孩子者多是成功而又光鲜辉煌的“作妈妈”们，越辉煌的妈妈，忽略孩子的可能性越大，对孩子忽略的程度也越深越甚。不过，作为妈妈，这些辉煌的女人“看到”自己孩子毁灭的那一刻终将到来，且一定会到来：当“泰坦尼克号”撞上深隐的冰山时，那一刻就会无可避免地如期而至了。直到这时这刻她们也未必会真正领悟到：“妈妈”就是这世界上最重要、最神圣、最伟大和最壮丽之事业，哪怕联合国秘书长的位置等着她，也没有做妈妈要紧。因为妈妈是在建设和创造“灵魂”与“生命”，地球上几乎任何公司都不会像妈妈那样直接制造人，直接面对和建设灵魂，真正的灵魂工程师是“妈妈”。

愈是自认为很有本事的妈妈，做妈妈往往愈失败，那失败的惨痛将无以言表。因为，“本事妈妈”一般都特别“作”，她们的能量不可遏制地单向度朝外辐射，目光也永远单向度朝外扫视，根本无暇真正关注到孩子。在她们眼里，外面的事情件件都比孩子要紧，她们自负而又可笑地相信：作为“牛人”，自己对世界的作用巨大无比，地球离了她们就会停转，孩子完全可以交由保姆照管，只有那些没本事的笨蛋妈妈才会亲自带孩子。事实上，倒是没有本事和能耐不大的百姓妈妈通常会守定孩子，并老老实实、点点滴滴地给孩子以切实的滋养和爱意，使孩子的灵魂得以健壮成长。本事特别大的“作妈妈”们永远不配被称作“母亲”，也极难得到孩子的爱，她们生命的最大收获往往是难以化解的“怨恨”和“冷漠”。爱，不可能在这样的妈妈与子女之间发生，哪怕她替孩子挣来半个地球，孩子的灵魂和精神也注定了内在的匮乏。孩子该灌浆的时候没有灌浆，几乎注定了“秕谷”的命运，节令过后，再怎么补灌，那灵魂之浆都极难注入。一时之匮，就是终生之乏，所有的生命都具有自己的节律性，不遵循节律将遗患无穷。而这样的灵魂匮乏许多时候将代代因袭，造成无可弥补的家族创痛——灵魂的内在匮乏永远不可能用物质填充。这世界上有多少灵魂“长瞎”的秕谷孩子，就有多少心盲眼瞎的“作妈妈”。

从妈妈到母亲，那是精神的飞跃。要使生育成为对“生命的创造”，要使爱超越责任与孝道自然发生，就必须使妈妈成为“母亲”。如前所述，“子宫怀孕”的前提，是作为妈妈的女人对一个男人的爱之发生，即当“爱”真实而又芬芳地发生在一个女人和一个男人之间时，才预示着子宫怀孕的时机成熟。而灵魂进入受孕状态的前提，则是一个女人对整个世界包括自己在内的爱之发生。换言之，只有当一个女人的灵魂爱上整个世界时，灵魂才可以受孕，女人才可能成为“母亲”。“生育孩子”表面看上去是单向度事件，事实上却是双向度发生，即妈妈生下孩子的同时，孩子也创造出妈妈，“妈妈”这个身份是由孩子给予的，一个女人不可能撇开孩子而自己成就妈妈这个身份。其生产的双向性如下所示：女人爱上男人并生出孩子——子宫怀孕，妈妈诞生。女人爱上整个世界并创造出生命——灵魂怀孕，母亲诞生；女人不曾爱上任何一个男人而意外生出孩子——动物性繁殖，罪恶诞生。女人必须成为爱的化身，女人的本质就是爱。

玻璃珠孩子和反生命存在物

无论什么时代，男女之间的黏合度和信爱度都是测试其外部世界黏合度的最可靠标志。当以男女两性为构成元素的夫妻之间、恋人这间、情侣之间变得疏离无信时，必标示着时代的沙漠化和粗陋化程度已令人发指。如果夫妻、恋人和情侣之间普遍地不能够彼此给出高品质、高浓度的爱与信，基本可以断言：哪怕搜罗遍整个外部世界，无论以何种方式和何种代价，都不可能得到真正的信爱满足。这同时预示着：人将堕入无望和深切的精神匮饿之中，饮鸩止渴般地忍受灵魂无以餍足的饥寒交迫，没有谁能够规避这个劫殇。原因很简单：当时代极度精神匮乏和灵魂贫瘠时，老天爷都难为无米之炊。

这就仿若：当太多的“铜臭”化进人的血液，当货币和类货币物塞满人的灵魂，人与人之间怎么可能不疏离？心与心之间怎么可能生发爱？就像太多的化肥渗进土壤深处，造成土壤严重板结，怎么可能期待它长出好庄稼来呢？带毒的重金属无孔不入地渗透进人的毛孔，灵魂被“精神化肥”严重侵蚀而沙化板结，“爱无能”不可能不成为时代之病症。作为被动晋升的“生物学父母”，连自己的血管里都从来不曾发生过初心的爱意涌动，怎么可能期待养育出灵魂甘甜丰盈的孩子？又怎么可能期待孩子能够爱意沛然呢？如果做父母的摸爬滚打都没有能力幸福，怎么可能指望孩子幸福呢？当肉体撇开灵魂沉醉于盛宴狂欢时，那不过是狂欢者孤独而绝望的灵魂宣言。

“幸福”比任何东西都更具强大的遗传性，父母所匮缺的，极难无中生有地遗传给孩子。幸福如果不曾发生于父母，父母就极容易把疏离、冷漠和孤独之绝望遗传给孩子，这决不以人的意志为转移，它始终都在潜移默化地发生着：不动声色而又固执顽强，直接长在孩子的细胞里。只要一个孩子的心是疏离而又冷漠的，他必然遭遇绝望，这没有任何悬念，哪怕他像拿破仑那样把地球吞下一大块去，也最终躲避不开绝望和匮乏。这样的孩子将毫无疑问成为幸福的绝对绝缘体，他们与幸福将绝对无缘，其人生无论怎般“成功”，都不可能有真正原创性的美好发生。他哪怕飞到月球上，其生命也不可能完成任何有效抵达，他将是活着的“死者”，世界于他等同于坟墓。

可怜天下父母心！现时代的中国几乎所有父母都在为“孩子的幸福”而全力打拼。为了孩子，父母恨不得两肋插刀，赤膊上阵，出卖或抵押自己的灵魂给魔鬼，孩子却愈来愈深地陷进疏离和冷漠的绝望。基于父母的拼搏和无限的自我牺牲精神，许多孩子可能坐拥可能拥有的一切，如房、车、工作、青春、美貌、学历，万事俱备，只欠东风，唯独“爱”，虽千呼万唤却迟迟不肯发生。在相亲的现场，美女和帅哥怎么看都像是一双璧人，事实上，那男女两个“璧人”却每每像百毒不侵的玻璃珠般，连半根感情的毫毛都生发不出来。

生不出爱的感情，这丝毫都不奇怪。爱是心灵这片土壤里绽放出来的最美之鲜花，孩子的“心”这块灵魂的田地从来都未曾被认真地开发、耕耘、浇灌过，要么是板结的“生土”，要么那土壤里被渗进了太多芜杂的类化学物质。那些戕害灵魂土壤的“化学物质”们被命名为知识、文化、学问、见识、聪明、才智、技巧，甚至竞争，事实上这些东西大多都是心灵垃圾，看上去五光十色，却基本都是“类塑料制品”，对心灵连半丝营养都不具备，只会把灵魂刨光打磨成寸草不生的“玻璃地”。那“玻璃地”晶莹剔透，对世故人情熟烂练达、高度精通，然而它是死的，连一丝生机都没有。它解构一切，同时抗拒一切，它百毒不侵，却什么都不是，只能是个光怪陆离的“反生命存在物”。所谓的油盐不进和刀枪不入，概类此意。这样的“玻璃地”怎么可能发生爱呢？爱之于它们乃是真正的天方夜谭。爱具有很强的植物性特征，必须在丰厚的土壤里才能生长。

不曾得到真营养的心灵只能呈现出蛮荒的贫瘠，在那片蛮荒的贫瘠之地里，连棵瘦葱都长不出来，哪里可能开出鲜花呢？那心灵之地岂止是贫瘠，甚至，许多人的心里连一撮“土壤”都没有了。

心里没土，那不只是“匮乏”，更是“极贫”和“暴穷”。心里的“土”有多厚，命里的福才会有多厚，厚德载物、厚土养福，水尽鱼飞、土失福散。古人习惯把心叫作“心田”，连一撮土都守不住，哪里来的“福田”呢？有次，我要到很远的城市开会，由于较少出远门而心里没底，就约了共同赴会的一个男人一起乘飞机前往。他先到机场，我被堵在路上。当我告诉他我坐的公交车因遇到一段土路而行进艰难时，他感慨道：“我的老天爷，怎么还会有土路呢？我几十年都没见过土了！”他说的是实话，城里生城里长的他，没有机会见到土，这对他而言乃是极大的优越和荣耀，在他的观念里，“土”是丑陋低端拿不上台面的东西，连双脚走在土路上都是羞耻和失败，作为“尊贵”之人，他的生活里没有土这个概念。

殊不知，“土”乃是生命的“母壤”，一个人哪怕生活在皇宫里，他的心也要由土养着才能与生命的根脉链接。生命是枚种子，心里没土，那种子在哪里落生呢？无论处身何地，无论从事何等伟业，人们总是要强调“接地气”，不接地气，终将成为无本之木和无源之水。所谓接地气，就内在而言，就是要与“母壤”链接，而母壤就是为人之“本心”，具象外化出来，那母壤就是泥土，就是大地。这世界上最尊贵的东西不是别的，就是土和地。一个人可以终生不把双脚踩踏到泥土上，但是，谁能够脱离开土地而活着呢？就算是皇宫，也必坐落在土地上。一个人如果心里装着土地，经常与土壤链接，比如脱掉鞋子，赤脚走在土路上，或者用手抚摸土壤，或者在土壤里栽种蔬菜瓜果，哪怕在家里的阳台上用土养几盆花草，大抵说来，只要与土壤经常有接触，那福田都不会太薄。一个与土壤绝对远距离隔阻的人，会像失了线的风筝，其命运将像无头苍蝇般不知所指，何言幸福呢？古人云：“厚者常获福，薄者常近祸。”所谓“厚者”、“厚道”，均指向人心之母壤。心里不养寸土，眼里不见寸壤，哪来的福田呢？田者土也，仁者福也。父母把孩子带到这个世界,那最高的念想难道不是希望孩子幸福吗?如若不是为了幸福,人来这个世界上究竟为了哪般呢?然而,拍拍胸口扪心自问:有谁曾经真正把幸福握在手里过?人们缘木求鱼,背篙撵船,跑得愈快,与幸福愈背道而驰,因为背弃本心和母壤,人与自己、与生命、与土地、与福田愈来愈疏离。疏离造成的冷漠和爱无能,已成为时代大哀恸。

当冷漠与绝望的悲哀像瘟疫和雾霾般在身边蔓延时,许多父母倾尽全力把孩子送往大洋彼岸,以为这样可以使孩子步入幸福之殿堂。事实证明,即便这样,孩子也仍然极难有缘于幸福。一个人在茅屋里不能幸福时,在宫殿里也绝对不可能幸福。幸福是携带在自己血液里的种子,父母不曾把幸福的精神基因写入孩子的灵魂芯片,孩子自小到大被填塞进灵魂里的尽是"竞争"、"成功"、"出人头地"或"他人即地狱"这些碎玻璃烂瓦块,冷漠和疏离已内化进孩子的血液,他本身已丧失掉感情的生长性和黏合力,其灵魂的常温早已低于冰点,不可能再被轻易点燃而升温回暖。换言之,他已被造就成灵魂的塑料人或精神的变形金刚人,像玻璃球和钢珠子一样,不要说不远万里泅渡去大洋彼岸,哪怕到了天堂里,那孩子也很难有能力幸福:塑料人油盐不进,金刚人刀枪不入,怎么可能幸福呢?

幸福不在天堂,也不在大洋彼岸,真想要幸福,必须向内求,能于自己的生命内在把幸福的种子播撒进灵魂那柔软的土壤,幸福也就指日可待了——向内寻求,这是问题的关键。幸福仿若向日葵种子,从小就被父母播种进孩子的心田里,用心激发并小心培育呵护它,让孩子即时当令地酝酿出独属于自己生命的春天,那幸福的天堂之花就会向阳绽放了。没有播种,绝对不可能无中生有地收获。哪怕一棵小小的菠菜苗,如果不去播撒种子,它也不会自己凭空从地里长出来。连一缕微风都不可能空穴而来,幸福这份人人梦寐以求的大礼怎么可能从天上凭空掉下来恰好砸在你的头上呢?

幸福来自内在,不幸也同样来自内在,如果幸福是花种,不幸就是荆棘种子,要让幸福开花,必须斩除灵魂土壤里的荆棘类杂木,所有不幸的根由都应该向内,再向内挖掘,把那个戕害幸福的最深潜和最始发的根脉性"灵魂癌基因"找出来,就像寻找精神"DNA"数据那样,只有这样才能成全幸福的花种。癌细胞可能长满人的全身,原发点只有一个,别处都是扩散。生发"不幸"的灵魂癌瘤也同样,找不到原发根脉,永远是治标不治本。根据事物的普遍规律,"原发点"往往极小,小到微乎其微,且躲藏得极其隐蔽,然而,愈小的根脉存在物其爆发力和蔓延性愈强,愈小的事物其潜发力愈大,那么大一个人,其胚胎却是由小到由肉眼几乎看不见的卵子和精子结晶而成。所有重大的灵魂事件,比如幸福或灾殃,其"种子"其实也都可能小到比针尖还要小。只朝大处和远方着眼永远捕捉不到事物的核心存在源,是时候把视力往回收了:先把目光从遥远的"天堂"拽回到地球,再从太平洋彼岸返回眼前,然后从外部世界回到自己的小家,进而深入到自己的内心,这样才能探索出"幸福"这枚花种的根脉肌理。如果做母亲的给孩子的心田里播种了幸福,孩子长大以后,哪怕处身沙漠,也可能幸福;如果母亲没有给孩子植进幸福的花种,哪怕在天堂里孩子也很可能只是收获绝望。

“被幸福”与“被人生”都是对生命的戕害

“婚姻”这种契约关系从某些表面特质去看甚为荒谬，这是许多“前卫”和“叛逆者”的论断，这个论断可能得到许多人的支持和赞许。其理论的最大依据是：爱情的短暂性和一过性。在爱情褪色甚至消亡以后再坚守婚姻，似乎迂腐和不够前卫，在某些人看来，甚至是对生命的残忍。然而，这种“叛逆”就实质而言，却是最浅表的叛逆，如同嬉皮士们扎在脑后的马尾小辫一样，只是流于形式，真正的叛逆性都发生于内在深层意境上，与“马尾小辫”不可同日而语。有时候，表面愈叛逆，内在愈依顺，有时候，臣服又恰恰是最大的叛逆，为标榜叛逆而叛逆，那是另一个端极的深层顺应。

需要厘清的是：婚姻的重点究竟是什么，以及爱情在婚姻中所占的分量和位置应该如何评估和摆放？可以肯定，爱情是婚姻的引发酶，所谓“没有爱情的婚姻是不道德的”，然而必须看到，当以婚姻为形式的夫妻关系产生以后，作为“酶介质”的爱情就像“种子”一样，必然要以消亡的外在表象为呈现，完成它内在潜力的成长和蜕变，生成别的能量物。“种子”不可能永远都以种子的形式存在，否则就失去了种子的意义。所谓“种子”，一定要发芽、开花并结果，“花”和“果”乃是种子的真正价值呈现。一枚种子长成了一棵大树，你不能说种子“死亡”了。如果一定要说死亡的话，没有种子的死亡，就没有大树的繁茂。因此，在婚姻和家庭中，表面看去，“爱情”消亡了，实质上，就更深刻的意义而言，爱情不是死亡，而是蜕变和成长成了新的能量物。在最初的时候，爱情更多地体现为男欢女爱的情欲，到后来，一饭一蔬、一片药丸、一盆洗脚水和一碟小咸菜，甚至一场剧烈的争吵和碰撞都是爱情。“情欲”太小了，它不能代表爱情，真正的爱情最终必须要成长为慈悲之“大爱",然而,抵达慈悲大爱之境的家庭极少,小爱靠本能,慈悲靠修持和悟性。在时代的喧嚣浪潮排山倒海覆裹一切的情况下,修持之难难于上青天。于是,许多家庭都挣扎和煎熬在干涸的河床上,因为不敢和没有力量相忘于江湖,而被迫选择让彼此"相濡以沫"。"相濡以沫"是捉襟见肘的无奈。在这样的困窘贫竭之中,期望孩子精神繁茂、灵魂富足,几无可能。夫妻和孩子共处在同一个能量机制中,就仿佛:三条鱼共处在同一个水塘中,不可能其中一条小鱼可以独享不同的水质,如果水塘缺氧而且有毒,受害最深的恰恰是孩子。无论表象上夫妻对待孩子如何,哪怕再怎般尽心尽意,处身在无爱且缺氧的"精神池塘"里,孩子的灵魂都不可能真正健壮。

在许多配件组装式婚姻中,作为人生的必要"填空物",孩子只要被生出来,其存在本身就已经完成了诸多功利性使命,至于孩子本身的需求和作为人的生命成长,则极少被顾及。自一开始,孩子从本质上就是被作为解决长辈们人生问题的"工具"即"物品"被占有和使用,而非作为一个"人"被尊重和爱。作为整个家庭的最大"财产"和最具实用功能的"占有物",孩子被高度非人化,甚至被作为"投资对象"而处心积虑地"经营",再甚至连孩子的"幸福"都成为对父母应尽的责任。

在中国,一些有钱有势的显贵之家,期望于孩子的最大梦想是且只能是"成功",孩子被期待至少要像父母一样成功,最好比父辈和整个家族最成功的成员更加成功。而所谓"成功"的核心内容便是:更有钱和更有势。为了"成功",那可怜的孩子在娘肚子里就开始被变本加厉地折腾而不得安生了。五花八门的胎教已匪夷所思,只差弄一根什么导管插进胎儿的大脑,把"成功秘诀"直接灌输进胎儿脑细胞里,让孩子爬出娘肚子就给助产士敬个礼,然后用英语背三首唐诗作答谢词,而不是像穷人家的普通婴儿那样,以庸俗的哭声来宣告自己的到来。从"胎教"开始,"富贵父母"对孩子所做的一切都基于一个目的:使孩子的人生比成功人士们的成功更加成功。换言之,这个孩子还没有出世,就已经处于高度紧张的状态了,命中注定:他不能平凡和庸碌,他必须与众不同和耀眼夺目,他甫一落地就扮演起人生"选手"的角色,开始向成功冲刺。

人们从来都觉察不到:这成功的"功"字其实面目十分狰狞,且毫无意趣可言。"功"是什么呢?用"力"把一件事情做到完备。把"成功"用在一个孩子的身上,其意思只能是:竭尽全"力"把孩子雕琢成"器"。那所谓的"器",说到底还是"工具"。无论多么贵重、多么巨大的"器",也终究只是"工具"。"人"乃是天地之间最神圣、最神奇和最伟大的生命存在,不让孩子做人是对孩子最巨大、最残忍、最不人道的戕害。换言之,所谓成功,就是让孩子成为非人:越成功越非人,不非人不成功。孩子千方百计"被成功"是对人的本性之最高背叛。孩子"被成功"的最大获利者不是孩子,而是父母。父母处心积虑想要得到的只是自己的"荣耀",而非孩子本人的幸福,孩子所谓的"幸福"只是家长盘剥孩子人生的最大幌子,父母在拿成功伤害孩子时总是以替孩子谋幸福为借口。有一点确定无疑:不幸福的父母极难养育出幸福的孩子。这里面隐藏着极深的玄机。

一些富贵人家的孩子要遭受"被成功"的命运,老百姓家的孩子会好些吗?非也。尽管普通家庭的孩子没有"被成功"的重任,却又必须担负起"幸福"的职责:我不求你大富大贵、出人头地,已经够意思了,你必须要给我幸福,至少在别人眼里看上去幸福。通常而言,所谓"别人"就是自己的熟人、朋友、亲戚以及邻居,而所谓"幸福"的主要标准乃是"按时"结婚、"按时"生子。"结婚"和"生子"在家长们眼中,乃是"幸福"的两项不可或缺的硬性指标,享有对幸福的一票否决权:"大家"和"别人"都是这么认为的,至于自家孩子本人的想法和感受,那不在考虑的范围之内,"别人"才是绝对的权威因而需要被绝对尊重,孩子的个体感受必须被覆盖从而忽略不计。仔细观察就会发现,这两个硬件真正标示出的其实也是家长眼中的"成功",即"成功人生",家长真正关注的仍然不是孩子的幸福,而是在别人眼里自己的人生是否成功。孩子只能别无选择地配合家长,毕其一生之努力,幸福给别人看,成功给别人看,亦步亦趋,按部就班,绝不可脱离秩序,旁逸斜出。在国人的生活里,

“别人”的影响力几乎大到可以左右人生全局，一切从别人出发，一切替别人着想，一切都要做给别人看，最终，整个人生都要替别人而活。那么，“别人”到底是谁呢？如果把挂在人们嘴边无处而不在的“别人”罗列个有名有姓的单子出来，总共也没有几个人，落到实处时，这个单子上的“别人”绝大部分跟自己连半毛钱关系都没有！你对这些“别人”而言约等于不存在。所谓的“别人”从来都不曾真正关注过你，别人有别人千头万绪的事情要忙，哪里有余暇关注你呢？所有对别人的顾虑都是自作多情的自恋与自大，自己把自己当世界的中心，这完全是自恋狂式的自欺欺人！你至多是别人茶余饭后偶尔又偶尔一提的谈资，这“偶尔”稀少到一年也不一定能认真想起你五分钟。

再往深处探究，这世界上根本不存在“别人”，所有的别人都是自我之投射，说白了，所谓“别人”就是自己心中的“鬼”，自己内在藏有多少鬼，外面就有多少“别人”。你当别人是老虎那别人就是老虎，你当别人是影子那别人就是影子，如果你对别人草木皆兵，那只是你内在暗弱的佐证，是你在拿纸老虎自己吓唬自己。那所有的“别人”都是你拿想象制造出来的纸老虎，这老虎的名字叫“恐惧”。自己内在的畏怖有多深，外面的“老虎”就有多可怕，所有的别人都是自我畏怖之鬼。畏怖什么又因何而畏怖呢？说到底，那畏怖都来自作为个体之人的独立人格之缺失。

因为不曾建立起独立人格，没有真正的“自我”，没办法活出自己，于是，只好大公无私地终生替别人活着，在别人莫须有的目光鞭策下，富贵人家的孩子被要求“事业成功”，普通家庭的孩子被要求“人生成功”，孩子的成功就是家长的成功，孩子的失败就是家长的耻辱。归根结底，孩子还是家长的占有物，一荣俱荣，一损俱损。事实上，“被幸福”和“被成功”同样是对孩子的侵略和戕害，孩子必须让自己幸福，否则便对不起父母。孩子甚至不敢让自己痛苦，痛苦就是不幸福，不幸福会让父母丢脸，以致毁坏整个家族的尊严与体面。如果到了婚龄而不能使自己顺利进入婚姻，就成为令孩子感到无地自容和羞愧难当的罪过，不孝百十千，不婚罪为首！连婚姻和幸福这种完全个人化的私生活都成为对别人的责任和义务时，自然健康地成长怎么可能得以实现呢？从内心里真正放手，让自己成为自己，让孩子成为孩子，让尘归尘，让土归土，让凯撒成为凯撒，让大帝成为大帝，让各自都成为这个宇宙的独立之生命，这对某些父母而言，是终生都完不成的生命功课。

你无法命令爱之发生

很不幸也很伟大：爱是灵魂的自然开花，不为任何外力所左右，哪怕是亲妈，也没有办法强令子女的心像花朵一般绽放。越强迫，“芝麻”开花的可能性越小；越施压，“芝麻”幽闭致死的概率越高。如果子女对妈妈的爱不能发生，做妈妈的往往气恨交加，把满腔怨恨都发泄到子女身上，认为自己生了不孝之“逆子”。这种怨恨愈深，爱的发生愈加艰难。事实上，那症结往往不在“逆子”身上，而更多应该在妈妈身上寻找根源。孩子的问题，绝大部分情况下就是妈妈的问题，孩子只是症状呈现，妈妈才是问题的原发地。

具体地说，爱之所以不能在母子之间发生，许多时候，在于做妈妈的那个女人本身的人格、精神和灵魂发育不健全，无能力从人格层面上把高品质的爱首先给予孩子，更不曾把孩子当作拥有独立人格的人对待和尊重，无意间深深地伤及孩子，并埋下怨恨。现实情况通常是：高品质的爱从来不曾在母子之间发生过，但是，妈妈对子女的伤害却又往往以“爱”的名义不自觉而又普遍地深度发生着。虽然每个孩子，都有义务和能力去努力让自己爱上妈妈，但是当爱的发生需要努力时，这已经沦为二流意境。更重要的是，当妈妈与亲子之间没有爱发生，或者爱不曾在第一时间自然发生时，伤害几乎必然发生。

妈妈与子女完全不同于陌生人与陌生人。陌生人之间，如果没有发生爱，那没关系，其缘分原本就浅淡而稀罕，可遇不可求。但是，妈妈与子女之间，是这世界上最大、最深和最特殊的奇缘，这个“缘分”由神缔造，其神圣性无可言喻。如果在这种“神赐的缘分”里，爱不能自然发生，事情就万分地严重了，取而代之的，必然是“伤害”的发生。为什么许多“卓越的女儿”会对自己的妈妈那般怨恨，其根本原因是：她认为妈妈不曾把她应得的爱给予她，令她的生命严重匮乏，使其灵魂发育不良，精神不够茁壮，生命难以绽放，而这个不能全然绽放的生命又令她难以接受和面对。根据宇宙法则，妈妈既然把子女带到这个世界，那么，就应该把孩子应得的爱给予孩子。爱虽然具有双向流动的特质，然而在妈妈与子女之间，应该先由妈妈拿出来给予孩子，妈妈应该是爱的原发端。孩子作为一无所能的“弱者”被妈妈这个女人带到世界，他迫切地需要得到爱的营养和庇佑，如果妈妈给不出高品质之爱，孩子怎么可能不受伤呢？爱不发生，这本身就是极大的伤害。在母子之间，是母亲带来了孩子，孩子处于绝对无助的弱势状态，爱必须首先从母亲生发并给出，然后才可能在双方之间形成互动和流通。母亲一方给不出，孩子必然因贫匮而怨恨。爱不发生，伤害就无可规避地要发生，对亲子关系而言这几乎是铁律。

那么，本应发生和最有可能发生的爱为什么不能发生呢？原因昭然若揭：“大河无水小河干。”妈妈给不出爱，不是她不想给，而是她的生命原本就不含爱，就算上帝把母爱的原浆足质足量地放置在妈妈的生命内里，还存在一个爱的能力问题。这就仿若：乳房长得结实丰满，但里面不分泌奶汁，拿什么喂给嗷嗷待哺的孩子呢？“爱”的根脉性和本源性匮乏，是造成母子关系贫瘠无爱的本质原因。这又仿若：一棵树不能开花是因为土壤营养不足，母亲给不出爱是因为她本身匮乏。

子女是妈妈这棵“树”上结出的果子，妈妈是“婚姻”这片“土壤”上栽种的一棵树，“婚姻”是两个“人”之间缔结的“关系”。那么，归根结底，“爱”能不能发生，仍然取决于作为妈妈的这个女人本身的人格力量和灵魂丰足度。“婚姻”作为孩子这个“果实”产生的合法摇篮，理应成为限制孩子出生的门槛：如果一个女人的人格和灵魂不曾发育健全，应该不被准许进入婚姻，即使进入以后也应该暂时不被允许生育孩子。事实恰恰相反，几乎所有的家长都在拔苗助长，恨不得拿长长的竹竿像赶鸭子上架那样，把孩子不管三七二十一地赶进婚姻，并迫使他们尽快生育，进而造成了无穷之遗患。如果正本清源去审视，作为生育主体的男女最初走进婚姻时，往往本身就严重地存在心智不足的问题。他们或者为了给父母尽孝道而选择结婚，或者为了给自己的年龄一个必需的交代而走进婚姻，发生在婚姻当事人身上的实乃“被结婚”，而不是“结婚”。结婚不应该是一个“事件”，而应该是一段感情成熟以后自然的开花：一个建立在爱、精神以及灵魂和人格土壤之上的生命发生。好的婚姻也应该如同一棵树，它由爱的种子发育而来，栽植进家庭的园子以后，能够茁壮地成长，而且能够实现能量的自给自足和良性循环。

许多情况下，婚姻不是水到渠成的自然“发生”，而是按程序“办事”。人们干脆习惯性地把“结婚”直截了当称为“办事”。这“办事”二字道出了无尽的悲哀和无奈。既然婚姻被当作“事情”来操办，生孩子也只能同样被当作“事情”来处理。“事情”可以被办得周到圆满、滴水不漏，然而，它无关心性和灵魂。“事情”就像一棵“圣诞树”，你想怎么去装扮它，就可以怎么去装扮，然而，它是一棵假树和死树，它的内里什么都不曾发生。当结婚和生孩子被当作纯粹的“事情”对待时，走程序就是它的全部内容，这是对生命的最大不敬。

由于婚姻本身就存在严重的“内在匮乏”，“孩子”自坐胎那一刻开始，就被迫责无旁贷地承担起了“填空”的使命。“填空”——这是中国绝大多数孩子出生的本质动因。如果孩子不能及时出生，那个所谓的“婚姻”和“家庭”都将是空空如也的幌子性存在物，除了必要的“硬件”，几乎没有什么实质性和生长性的精神内容注入其中，“二人世界”维持起来如履薄冰，于是，因着填空的需要，孩子必须被制造而出生。给人的感觉仿佛，所谓婚姻就是组建一个合法的“生育小企业”，以生产出一至两三个孩子为业务目的，只要作为企业产品的“孩子”被炮制出来，“企业”双方家族的长辈们就好做“工作”了；不然，一大帮子相关之人的人生就要关门歇业。孩子来到以后，父母、祖父母和外祖父母们立时就都有业可就，有岗可上，面临歇业的人生围绕“新产品”重新运转并分外红火起来，人人都忙碌得团团打转，人生终于重新获得最切实的“意义”，那生命的“不能承受之轻”终于附加上压轴的新砝码，生命的太空船终于不至于没着没落地“失重”了。

“孩子”本身就是父母们的“人生”，当孩子晋升成为父母以后，再诞生自己的孩子作为自己的人生。人生就是孩子，孩子就是人生。所谓人生，其内容就是生人，父母拷贝出孩子，孩子复制出父母，极少有人拥有属于自己的独立而又原创性的人生，生孩子成为“必需”之“必需”的重中之重，“孩子”则沦为拿来填空再填空的非人存在物。作为被占有物，孩子怎么可能拥有独立人格呢？爱就像花朵，开了就是开了，没开就是没开，如果爱不会因为“衣服”而发生，同样也不会因为“首饰”而发生。何必讳言呢？没有爱的精神流动，“妈妈”这个身份也是一件外衣，一件世界上最特殊、最贵重的外衣，仅此而已。如果作为妈妈的那个女人品质恶劣、人格低下，强行要求子女去爱她，这显然勉为其难。所谓“子不嫌母丑，狗不嫌家贫”，仍然是孝道范畴之内的诠释，爱与孝是不能被等量齐观的两种迥然不同的意境和能量。

子女必须无条件地为父母尽孝道，子女也有尽孝的义务和责任。但是，爱的发生必然基于一个人自身人格和灵魂的力量与品质，哪怕子女对妈妈也概莫能外。当只有孝道盛行时，爱往往甚少发生，孝是感恩，爱是灵魂开花。

孝道背后深隐的怨恨

“自然繁殖”、“生育孩子”与“创造生命”是完全不同的概念。动物生出幼崽儿，那是自然繁殖；女人生出婴儿，那是炮制孩子；“创造生命”乃是伟大而又神圣的事业，这件圣事必须经由灵魂全然高度地参与才能真正完成。作为“生命的创造者”，在子宫怀孕之前，女人必须使灵魂先于子宫受孕，只有在这种情况下，女人才不仅仅是生理性和动物性的“子宫妈妈”，也才能配得起“母亲”这个神圣的称谓。对于“妈妈”，孩子所能激发出来的最高意义的感情乃是“感恩”，由感恩引发出来的乃是“孝道”，感恩和孝道两者都值得被高度肯定。然而，哪怕把这两种品质发挥至极致，也抵达不到“爱”之意境。

子女对“妈妈”的感恩就本质而言乃是“回馈”：你把我带至这个世界，在我不能自理的情况下照顾和抚养了我，你付出在先，我必须回报在后，我欠你一笔抚养之债，如若不能加倍偿还，便是丧尽天良。而父母之所以把孩子生出来，除各种职能需要以外，还有一项最重要的职能：养儿防老。换言之，你生下我是为了你自己的利益，你未曾征询过我的意见或者替我着想，你迫使我从一出生就承担起极其沉重的负担：替你光宗耀祖，替你装点门面，替你填空补缺。如果我不能完成这些职责，就辜负了你的期望，我哪里有空间来替自己活着？我什么时候才能做我自己呢？

从根脉上就注定了：“感恩”和“孝道”背后极可能深隐“怨恨”的情绪。由于这种滋生于父母和子女之间的怨恨太过大逆不道，总是被隐匿得非常深，尤其是子女对父母的怨恨，会被隐藏得痕迹不露。再推进一步，在子女对父母的怨恨中，女儿对母亲的怨恨最为普遍和铭心，也掩饰得最为严密，做女儿的可能始终都在对母亲微笑，半句怨恨的话都不说，且出于怜悯而对母亲假装在爱，那深藏的怨恨最终还是可能呈现出来，埋压得愈深，呈现得愈剧烈。而呈现的最极端方式便是：做女儿的生出某种绝症出来，给母亲制造致命之打击，比如乳腺癌。许多时候，这恶性肿瘤可直接解读为“怨恨”，这对做女儿的自身而言是自杀式疾病，对其母亲而言乃是报复、控诉与无声之惩罚，那肿瘤表征出的意思用语言翻译过来是：妈妈，我恨你！你是我不幸的根源，你严重地伤害到我，但你是我妈妈，我不能对你怎么着，我只能用杀死你女儿的方式来报复你！这对母亲来说的确是有力的惩罚，毕竟，不管怨恨多么深，爱的胚胎始终存在，或者毋宁说，怨恨本身就是爱被扭曲以后的变体。怨恨的产生，恰因为爱没有从胚胎里面滋生而出并茁壮成长，这对母女双方都是生命的大损失和大哀恸。

那爱的胚芽胎死，多缘于母亲的爱无能和爱缺席，把原本应该对女儿给出的爱粮毁坏、贪污或忽略浪费掉，致使女儿的灵魂布满坑洞进而可能终生匮饿。而做母亲的之所以对自己的女儿给不出爱，往往在于她不曾从自己的母亲那里得到应得的爱粮。爱的匮缺代代沿袭，灵魂坑洞代代存在，怨恨的滋生亦代代传承，于是，“孝道”必须被反复提醒和教导。而孝道之所以需要被提醒，其根本在于“爱”不曾发生。爱的发生乃是生命和灵魂的自然开花，花愣是死活不开，上帝也无奈。很少有子女敢于说出：我不爱自己的妈妈。然而，现实的残酷却在于：许多子女当真确实不爱妈妈。那做子女的心知肚明，自己不爱那个做了自己妈妈的女人，真的不爱，确实不爱，怎么努力都没有办法爱，就像是无论怎么等待，花儿都不肯盛开一样。但是，子女作为子女不敢承认这不爱，这不爱冒了天下之大不韪！那不敢承认的事实压抑得太久太甚，于是，就会以怨毒的方式化作癌细胞滋生于胸乳。爱遇到致命障阻就成癌，癌可以直接解读为“爱之碍”。当然，在爱不曾自然生发的情况下，如果连感恩和孝道都丧失掉，那就丧失了最低之人伦，连畜生都不如了。

你当真不爱妈妈吗

这世界上有人不爱自己的妈妈吗？有。这世界上有人不孝敬自己的妈妈吗？有。爱和孝是迥然不同的两个意境，孝可以努力去做，而爱却没有任何外力可以强制发生。不孝，乃属伦理道德范畴的问题；不爱，却是彼此双方的悲哀与无奈。

一个人居然会不爱自己的妈妈，这是多么可怕和难以启齿的事情啊！它的可怕在于：整个世界都在歌颂“母爱”之伟大，没有谁质疑“母爱”的高尚性、神圣性、无条件性和纯粹性，那个做妈妈的女人对你恩重如山、生死肉骨，这毋庸辩驳、确凿无疑，作为子女，你居然敢不爱这个把你生出来的女人，那不是狼心狗肺要遭天打雷劈吗？于是，你不敢不爱。由于不敢，你假装自己在爱，你说服自己爱，或者，你用加倍的孝道补偿匮缺的爱。但是，爱有没有发生，你终究心知肚明，不管那个做妈妈的女人再怎般要求、胁迫和软硬兼施，你无论如何还是无法把爱拿出来给她。一个人只能给出自己所拥有的东西，哪怕对自己的亲妈也不可能无中生有地呈现出无米之炊，没有什么事情比不能爱自己的亲妈更可悲了！可是，怎么办呢？你没有任何办法来促使本应该和最应该发生的爱成功地真切发生，这真是世界上最惨痛的无奈！

为什么在最应该发生爱的子女与妈妈之间，不能够发生爱呢？这是一个必须被关注和探讨的问题。因为做子女的必须爱妈妈，这似乎天经地义，几乎就是最颠扑不破的地球真理，如果子女不能对妈妈生出爱来，这大逆不道，违背天伦。然而，这样的事情一直都存在，且相当普遍地存在着，只是很少有人敢于正视。但是，谁能否认呢？“妈妈”和“子女”之间归根结底也是一种“关系”，虽然这是世界上最为特殊的一种关系，这种关系甚至超过父亲与子女之间的关系，毕竟父亲与子女的关系相对“间接”，而妈妈与子女是有脐带相连的血与肉的关系，世界上再也没有任何一种关系能比这种“血肉”铸就的原始“脐带关系”更深重、更密切、更致命、更牢靠的关系了。如果爱不能在这种关系之中发生，它便极难在别的关系中健全茁壮地发生并成长——让我重复这个事实：如果子女对妈妈的爱不能发生，那么，这孩子（不管男孩还是女孩）都很难自然而又真实深切地发生与别人之间的爱。爱对于这孩子而言，将有可能终生都成为困难，即使爱勉强发生，也不易健康茁壮地成长，会动辄陷入困境绝地。

“子女应该爱妈妈”的原因如果是妈妈十月怀胎把子女带到这个世界，并将其抚养长大，含辛茹苦——如果这就是妈妈必须被子女所爱的全部根由，就本质而言还是“还债”与“感恩”。“还债说”不用讨论，它处于非常低级的层面，父母把自己沦落为子女的债权人，这本身就是极大的可悲。“感恩说”比“还债说”稍有进步，但必须承认：“感恩之情”虽也是一种非常值得尊重的珍贵感情，却仍然不能算是爱。虽然有时候没有感恩就没有爱，但是爱的品质仍然远远高于感恩。一个女人如果因为感恩而嫁给一个男人，这个男人肯定不会为此而真正满足和幸福。如果爱是野生蘑菇，感恩已沦落至第二流，属于人工培植的蘑菇。爱是完全自然的发生，当一个男人爱上一个女人时，人们绝对不会视这种爱为“美德”，因为它是天性的自然发生，仿若树木开花。虽然爱情也值得赞美，却与“道德”无关，每当爱情受到赞美时，人们通常所赞美的往往不是爱情本身，而是对爱情的忠贞不渝。所谓“忠贞不渝”恰恰又是美德，它反证出：要对爱情忠贞不渝其实是很困难的。鲜花容易衰败这是必须被正视的事实，所有具备真生命的事物都表征出一个共同的特性：衰败。因为有生必有死，有始必有终，此乃天道。

世界是圆的，有生必有灭，衰败佐证的恰恰是曾经的存在和兴盛。如果爱情需要拿道德来加持，那肯定是爱情的悲哀。“孝顺”更多的成分是在伦理与道德层面上被高度赞誉，当“孝道”必须被大肆宣扬与赞美时，恰恰是一种悲哀。因为它佐证出很不幸和很尴尬的事实:爱没有自然发生,需要道德出场去加持救阵。如果爱自然而然地发生了,何需道德千呼万唤威逼胁迫呢?没有人为一棵树开了花而赞美这棵树道德品质高尚,因为开花是树最高最美的生命状态,树会很享受它,开花这件事无论对树和对花而言都是非常自然美丽的事情,无关道德伦理。

一切都佐证出:妈妈不等于母亲,倍受赞誉的是"母亲"而非"妈妈"。如果做妈妈的不能使自己成长为"母亲",高品质的爱就极难在母子之间发生。这同时促使人们必须承认一个客观事实:毕竟,妈妈与子女之间也是一种"关系",只要是"关系",就必然会遵循关系的普遍规则——关系只要可能诞生,就可能断绝。妈妈与子女之间的关系也并非无条件地牢靠与美好,这种被誉为"天下最神圣的关系"也像一棵树那样,需要去精心精意地培植和浇灌,然后才能开出爱的芬芳之花来。虽然母子之间的这棵"关系之树"天生强壮,占有天时与地利的绝对血缘优势,但是如果不用心培植,同样会生出病虫害来,甚至枯萎夭亡。妈妈可以指责子女不孝,却不能责备孩子对自己无爱,妈妈不能仅仅以"妈妈身份"为资本而强行索爱,妈妈必须作为拥有独立人格的"人",依靠自己的人格力量和灵魂魅力赢得子女超越感恩和孝道的本真之爱。

爱——只能赢得,不可能强行索取,这是爱的伟大和尊贵之所在,没有任何力量能够超越这个天道。你有权不爱自己的妈妈,然而,这却是你作为生命的最大之悲哀。事实上,"不爱妈妈"不是你的选择和权利,而是发生在你生命里的大不幸。当你发现、承认并说出"我不爱妈妈"这个事实时,这预示着你的生命存在巨大的坑洞和暗影,这个灾难几乎等同于一个人被宣布罹患了"灵魂白血病"。必须承认,当一个人不爱妈妈时,这对妈妈和子女双方来说都是巨大的悲哀,甚至可能酿成某种"灵魂危机"。因为无论是男人还是女人,不爱妈妈都预示着:作为生命,自己不曾与生命的母壤成功地自然链接,这种不链接将会造成生命的一系列抗阻,只要有抗阻,生命的能量通道就不会畅通,磕绊、趔趄和孱弱将难以规避,爱的其他通道也将造成严重阻塞。换言之,"不爱妈妈"绝不是一件简单和单纯的事情，尤其是对女儿而言，"不爱妈妈"绝不等同于"张三不爱李四"这样的独立事件，它标示的是一个人跟自己以及跟世界的关系模式。再换言之，一个人跟妈妈的关系，就是他跟所有一切即整个存在的关系。更简单地说，跟妈妈的关系，就是跟宇宙的关系。这个关系对一个人尤其是女儿而言，简直重要到生死攸关。值得欣慰的是，当这个"不爱妈妈"的不幸事实被看到并承认以后，也预示着爱的发生获得了契机并成为可能：只有接受一件事情，才能改变一件事情，承认不爱，才可能发生爱。退一万步讲，哪怕爱终究无法在子女与妈妈之间发生，和解总是可以经过努力而达成的。

"与妈妈和解"几乎是天下女儿共同面对的功课，越自认为优秀和卓越的"女儿"，越不容易与妈妈和解，这几乎是本能，愈"优秀和卓越"的女儿往往愈对妈妈充满更深的怨恨和鄙视。这就仿若：某款手机的升级版绝对比旧版优越，升级版的性能愈超拔和卓绝，旧版显得愈低级粗陋。也因此，越卓拔的女儿越鄙视和怨恨自己的"旧版"——妈妈。"同性相斥"的天性哪怕在亲生母女之间也未能免除。"母亲"与"女儿"毕竟是次生身份，剥离掉这个次生身份，母女之间仍然是"女人与女人"的关系。女儿用女人的眼光去打量另一个女人——自己的母亲，往往愈打量愈不屑、不平和不甘，愈怨愤冲天。往往地，连这个女儿本人都意识不到，她在潜意识里坚定不移地相信：自己的妈妈低劣到不堪，远远地配不上爸爸，她本人才是与爸爸更匹配的女人。也因此，她几乎是在下意识地把妈妈当作"对手"甚至"情敌"，哪怕是打死，她都不会相信并承认：妈妈是大的，她是小的，她无论怎般"卓越"都不可能超越这个既成事实，且永远无法改变这个既定的宇宙"序位"。尤其不能令"卓越女儿"接受的现实是：就是这样一个"低劣到不堪"的女人偏偏嫁给了这个世界上自己最最钟爱的男人——爸爸，而且和这个男人生下自己成了自己的"妈妈"；而且作为女儿，她哪怕把自己的"卓越"发挥到极致，也无法取代和超越妈妈，成为爸爸的妻子！换言之，自己此生注定要输给妈妈这个"低劣到不堪"的"情敌"，眼睁睁地看着她霸占并且欺负自己最钟爱的男人。更令她气火难熄的是：自己此生最爱的这个“爸爸男人”愣是心悦诚服地接受那个不堪的女人做妻子，连丝毫的反抗意识都没有。而且，自己心里对那个“低劣到不堪”的女人恨到咬牙切齿，却不敢有一丝半缕怨怒的狼烟冒出来，必须迸足全力把怨恨装在瓶子里捂得严严实实酿成砒霜，然后，自己偷偷地咀嚼和吞咽那砒霜就像饿极了偷吃点心那样，再然后还要赔着笑脸对妈妈装乖女儿！地球人都知道天下“婆媳”是公开的情敌，却不知“母女”更是一对死磕硬碰的潜在情敌！没有哪个女人能轻易原谅自己的情敌，同样，没有哪个“卓越”的女儿能轻易地跟自己的妈妈和解。

愈“卓越”的女儿，跟妈妈和解起来愈艰难。因为自视“卓越”的女人往往追求完美，她越感觉自己卓越，就越发现自己实际上还“不够完美”：外形不够完美，灵魂也不够完美。这样一个卓越的女人，难道不配拥有顶级配置的完美外形和灵魂吗？然而，本该属于自己的“顶级配置”，却被那个“低劣到不堪”的女人给败毁了！瞅瞅，她给了自己一个什么样的外形？又低又胖，肤色不够白，鼻梁也不够高，偏偏地，血压却高到不能再高！这且不说，她还以她那令人发指的无知和愚蠢给自己带来了那么多的精神伤害，甚至她还粗暴地动手劈过自己耳光，天啊，那个女人对自己犯下的罪恶简直罄竹难书！自己这样一个卓越的女人，怎么偏偏会有这样一个“劣质”的妈妈呢？她怎么配给自己这样一个女神级的女人做妈妈！上帝为什么指派给自己这样一个妈妈呢？他是昏了头还是吃错了药？

天地良心，“卓越”女儿真是没办法爱“低劣”的妈妈，对于拥有这样一个妈妈她耿耿于怀，不能释然。因为这不能释然的怨恨，她对这个世界理直气壮地充满着耿耿于怀的怨怼和质疑：如果这个世界是完美无缺的，如果上帝是伟大而又正确的，怎么会在自己身上出现这么大的“差错”呢？具体地说，怎么会给自己这样一枚晶莹卓异的灵魂配置如此低劣的妈妈呢？这肯定和绝对是搞错了！既然上帝会在自己身上犯下如此低级和不可原谅的错误，她对上帝设计制造的这整个世界都充满质疑和不信任,怎么看,感觉这个世界怎么不顺眼,触目所及,到处都是漏洞与瑕疵甚至荒谬和罪恶!嘘,这个破世界简直千疮百孔,不值一来!如果让她来设计世界,她首先要删除掉毒蛇和耗子以及苍蝇,当然,精神分裂和抑郁症绝对不能存在,高血压和恶性肿瘤万万不能出现这也毫无疑问,每个人的血压都要不高不低,每个女人的身材都要不胖不瘦,万物都要不偏不倚刚刚好,面包最好直接从树上长出来,葡萄树上最好直接流出美味的葡萄酒。至于感冒和咳嗽嘛,这个可以有。最重要的是男人不能好色,女人也不能有月经这玩意儿,如果可能的话,最好把胎儿放在柳条篮子里孕育,这样女人就不必被孕肚拖累十个月了。把胎儿设计在女人肚子里,实乃最大之败笔,用膝盖骨想想都会设计出更好的方案来,比如让女人像母鸡样生个蛋来,然后把蛋放在暖箱里,时候一到,婴儿就抓破蛋壳自己出来,而且最好一出来就能唱歌跳舞且天生会说好几种语言。还有那什么——唉,上帝的败笔实在太多,最好是把整个世界推倒重新设计图纸。至关重要的一条:自己这样一个卓越女儿,必须配置一个教授妈妈或明星妈妈或艺术家妈妈,万万不能是现在这样一个连自己名字都不会写的文盲妈妈!不过,就目前而言,虽然自己如此"卓越",把世界推倒重建这项任务显然很难完成,此生此世,自己只能经由这个错误的高血压妈妈而生,也只能做一个又矮又胖的高血压女人!简单地说,因为上帝配置给自己一个错误的妈妈,导致自己的人生毫无希望,几乎不可收拾。换言之,所有的一切错误都源自这个"错误的妈妈",而最大的错误是根据上帝的设置,这个被分派错的妈妈没有办法修正,除非投胎再生,哪怕自己逃到月球上,她还是自己的妈妈。

如果你一切的痛苦和不完美都源自那个不够完美的妈妈,你的确有权利不爱妈妈。不过,同样地,你也有权利和可能使这不曾发生的爱越过任何障碍而成功发生,就像妈妈越过所有的障碍把你成功地带到世界一样。在你义愤填膺地责怨妈妈时,你有义务和能力睁开眼睛看到一个最基本的事实:就是这个女人给了你生命，她生出你甚至需要冒着流血而死的风险，而你爱妈妈通常而言应该容易得多，根本不需要流血，更不存在丢掉生命的危险。简单地说，无论妈妈对你犯下了多少过错，妈妈把你生出来这本身就是弥天之大爱。“生命”是一个人所能获得的最大礼物，没有这个礼物，别的一切都免谈，连吃苦挨累和抱怨的份都捞不到。无论妈妈在抚养你的过程中客观上给你造成了多么巨大的戕害，这戕害都远小于她给予你生命的弥天之大爱，否则你不可能存在到此时此刻。你此时此刻的存在足以证明，尽管妈妈作为妈妈基于自己的客观局限而做得不够完美，但她给你的已经够用，否则你命将不存。或者说，她已经把她所拥有的和能够给出的都给予了你，你不曾满足的部分，不是她不想给，而是她给不出。如果她没有把“妈妈”这份资源对你充分给予到位，那是她缺乏足够的见识和给予的能力。如果她的所言所行戕害到你，耶稣的话用在这里最为合适：“神啊，请原谅她吧，她不知道自己在做什么。”“妈妈”亦是一个肉体凡胎之人，她可能具有她作为俗世凡人的所有局限，可能犯下一个凡人所能犯下的所有错误，可能具有一个凡人所能具有的所有缺点，但是她把生命给予了你，这对你而言是决定性的功德。她不给你生命，你在哪里呢？你无权站在远高于她的境地对她求全责备，你责备她不是她的过错而是你的刻薄与不厚道。这就仿若：一个文盲妈妈靠收废品供你读书念大学，你却用自己学到的见识攻击和鄙视她不识字。她的确不识字，但她让你识了字，她的境界的确可能很低，但她把你推到了高于她的境界上。你是她的“生命升级版”，你在某些方面比如见识和内涵高于她是必然的，否则就违背了生命的进化规律。没有她的低，就没有你的高，更何况，所谓“高低”还要另当别论呢！在生命的序位上，她永远高于你且大于你，不管你多么不服气：她是高的，你是低的，她是大的，你是小的，先有她然后有你，没有她就没有你，你必须和只能经由她而来，她是你唯一可能的妈妈，也是你最正确的妈妈。只要她把你生了下来，就是宇宙事实，而事实永远都是绝对老大！

越过所有可能存在的障碍去包容、理解并努力爱自己的妈妈，这乃是你对你自己应尽的最基本最人道之义务，也是你对你自己的最大慈悲和尊重。只有当你完成这个自己对自己必须完成的基本义务以后，你的生命才有可能绽放出最美丽的花朵。这就仿若：一棵树如果强烈不妥协地抵制和反对它所处身的土地，这棵树决然不可能获得很好的成长。就此意义而言，爱妈妈就是爱自己，怨恨妈妈就是怨恨自己。如果高品质的爱确实不曾也不能在母亲与子女之间发生，这乃是双方的最大惨痛和损失，这个损失无以弥补。一个不爱妈妈的人，肯定和绝对没有能力全然地爱自己。换言之，不爱妈妈，实际上就是不接受和不热爱自己的生命。“不爱妈妈”的本质解读乃是：你没有能力接受自己，你认为自己不够完美，你在埋怨妈妈没能生出一个更加完美的你。因不爱妈妈而不接受自己，或者因不接受自己而不爱妈妈，这还不是全部的悲剧，这悲剧的延伸事实是：你也不可能对自己的子女给出高品质的全然之爱，更不可能对世界给出高品质之爱。简单地说，一个人如果不爱妈妈，就是一个爱的低能儿，这样的低能儿很难使生命闪耀出应有的光华来。

那么，你当真如你所认为和想象的那样“不够完美”吗？事实上，这乃是你的偏见和狭隘，也是你不切实际的颠倒梦想。实在说来，这个妈妈是你自己的选择，也是你唯一的选择，你只能经由她——这个特定的女人而获得生命并来到世界。除非你不来，要来，你就还是现在这个原封不动的你和此刻原汁原味的你，并经由这个原封不动的特定妈妈而孕育，事情不可能有别的任何可能性。你能以人的身份来到这个世界上，这缘于你自己的要求和诉请。在你出生以前，你曾向宇宙交过一张申请书，上帝拿着你的申请书对着宇宙宣读并发问：有谁愿意接受这张订单吗？整个地球静默无声，无有回应。正当上帝要驳回你的申请时，一个女人站出来说：我愿意接受这份订单。如果没有这个女人，你的申请就要宣告落空，你也就没有机会作为人来到地球上享有你的生命了。可你太想做人，你太想成就和实现这趟地球之旅了，你无条件地同意她接单，并为有人肯接纳你的订单而欣喜若狂！在你即将到来的生命之旅中，你可能亲手签下成千上万份各种各样的合同订单，哪怕你签单成为联合国秘书长和地球球长，也没有这头一份生命的订单更加重要。是她，这个即将成为你妈妈的女人接受了你发向宇宙的头一份也是最大的一份订单，经由这份订单你才可能获得生命。

接过你的生命订单以后，这个女人需要找到一个男人——一个愿意做你父亲的人，经由这个父亲给出你生命的密码并通过这个密码读取出你的生命，然后，让父精在这个女人的子宫里着床，经过十月怀胎和生育的阵痛，把你带到这个世界，并给予你尽可能的照顾，直至你长大成人。现在，你长大成人了，然而，你却开始责备和怨恨起这个女人来：你嫌她把你的生命塑造得不够完美，如眼睛不够蓝，头发不够靓，出身不够高贵，家境不够阔绰，诸如此类不一而足。你却忘记了，没有她就没有你，她已尽了最大努力来完成你的生命订单，所有的一切发生都出自你本人的强烈之意愿。换言之，你的性别、你的肤色、你的外貌、你的出身，包括你的人格和你所受的全部“伤害”，都是你个人的选择，或者毋宁说，每个人的父母都是每个人自己的主动选择。选择父母就是选择自己，接受自己就是接受父母。所谓接受父母，必定是最全然最彻底的接受，包括接受父母的残缺、疾病、狭隘以及别的所有不完美和这些“不完美”可能带给你的“不利”和“戕害”。因为只有允许和经由这所有的“不完美”，你的生命订单才可能完美地完成和实现。所以，在神的眼里，能够历尽千辛万苦来到世间，就足以证明你作为生命完美到不能再完美，如果没有达到足够的完美度，你根本不可能到来并存在，你的到来本身就是你完美的佐证。甚至你对父母的怨恨本身也是你生命具足的证明，因为连“怨恨能力”也是父母给予的，你能够怨恨，证明你有能力深爱。哪怕你天生双目失明，哪怕你缺胳膊少腿，都不影响你作为生命的完美与具足，在那残缺的肢体里，你的生命同样可以大放异彩。甚至，如果上帝经由你的父母因着某个环节的不到位很不幸地把你塑造成为“白痴”，你也同样是完美的白痴，或者说，白痴也是这个完美世界的必不可少的部分。作为完美的白痴，你将终生不知痛苦为何物，始终自得其乐，那种超凡的意境别人苦修几世都难以抵达。而且，如果这个世界上少了“白痴”这种角色，将会缺少一大块色彩，其丰富度就会减损一部分，白痴以白痴的存在让世界实现世界的全然可能性之完美。如果很不幸你是个自闭症患者，你也是完美的自闭者，你将在你自己的封闭世界里看到独属于你自己的生命风景。简而言之，只要你到来，你毫无疑问就是完美的，你肯定和绝对是这个世界不可或缺的一部分。遗憾的是，你暂时没有能力发现和认知到你的完美，所以，你才会怨妈妈，恨自己。

有一天，当你真真切切地看到你的完美，或者真心诚意地允许“残缺”作为完美的一部分而存在，再或者承认所谓完美理所当然地包含了所有可能性的残缺在内，认识到没有“残缺”也就无所谓“完美”，完美和残缺实质上是同一种意境，并全然地承认和接纳你的生命，你跟妈妈的和解与爱就会自然生发。你幻想中的“完美妈妈”仅仅是幻想，通过“幻想妈妈”你不可能到来，要以人的身份存在于世界，你必须经由宇宙安排给你的这个特定和唯一的妈妈。不管她身上有多少你所认定的“瑕疵”甚至“罪恶”，她都是你最正确的妈妈。宇宙比你伟大两千亿倍，他不会出错，所以他是神，你再卓越也只是个凡人。需要特别说明：所谓你最正确的妈妈，不是说她不会犯错误，而是指作为你妈妈这个特定的角色人选，她是最正确的扮演者。换言之，你的妈妈只能是她，上帝的安排无可挑剔，绝对正确，而且具有不可颠覆的唯一性！也正是有这些“瑕疵”的存在，你妈妈她才是一个真实的有血有肉的人。所有的“真实”都必然存在“瑕疵”，瑕疵几乎可以算作真实的佐证和必备的条件。你虽然如此“卓越”，也概莫能外。只要你愿意并有能力看到真相，你就会发现，你身上的瑕疵可能并不比你妈妈少，你做的“蠢事”和犯的错误也不比你妈妈少，隐藏在你人性里的罪恶更不比你妈妈少。你妈妈就是世界的一个“活体细胞”，世界有多么完美，你妈妈就有多么完美；世界有多么丑恶，你妈妈就有多么丑恶。同样，你妈妈有多么完美和丑陋，你就有多么完美和丑陋。实际上，连你自己都不知道：你有多么痛恨你妈妈，就有多么热爱你妈妈；你有多么否定自己,就有多么肯定自己。正是因为你妈妈存在着那么多的瑕疵,并给你带来过那么多的"伤害",你才会如此卓越。妈妈不是不爱你,而是因为太爱你,她才会心甘情愿地以"瑕疵"和"伤害"的方式让你尽可能地抵达你生命的完美,并攀升到你灵魂应有的高度。虽然"她是大的,你是小的",你永远不可能超越这个序位,她却忠实而又毫无怨言地恪守上帝分派给她的人格角色,甘愿以"低劣到不堪"的生命姿态去衬托你的"卓越"。如果你以此感觉"自己是大的,妈妈是小的",那不只是你的浅薄和无知,更是你的无耻和愚钝!你从来都不曾质疑过自己吗?你——当真像你想象的那般卓绝吗?你的认知当真客观而又全然吗?试问:你跟你妈调换角色,由你来扮演一个"低劣的女人",而她则扮演一个如你这般卓越的女人,你同意吗?以你的"境界"和性格而论,你绝对不愿担任你妈妈那样的角色,你感觉那简直是对你的辱没!上帝知道你的选择,你妈妈也知道你的意愿,所以你妈妈心甘情愿地自觉选择了那个"低劣"的角色,而把"卓越"毫不犹豫地让给了你。同样,白痴选择了白痴的角色,精神分裂者选择了精神分裂者的角色,所谓"正常人"根本不必对这些所谓"异常者"心怀可怜或悲悯。带着居高临下和优越感的"可怜"与"悲悯"是一种不知天高地厚的大浅薄和大傲慢!每个人的身份和命运都是每个人自己的选择,你有什么资格可怜别人呢?你可怜别人,不只是对别人的弱化,简直就是对他们的污辱!在你可怜疯子的时候,不知道疯子在怎般地嘲笑你呢!如果你妈妈在用她的"低劣"反证你的卓越,那么,所谓的"白痴"就是在用自己的愚钝来告诉世界什么叫作"聪慧"。同样,"精神分裂者"在告诉世界什么叫作"生命整合",自闭症患者在告诉世界什么叫作"灵魂敞开"。依此类推,小偷、强盗和变态狂们也都在以各自的方式佐证世界的某一种向度,上帝并不对任何存在作任何评判,他的每一个设计都自有他的道理。当你到处看到"错误"和"罪恶"以及"残缺"时,那是你的问题,而不是上帝的纰漏。可是现在,在你的眼里,连赠予你生命的妈妈都一无是处,你卓绝在哪里呢?你妈妈如此"不堪",却造就了你这样"卓越"的女儿,你那么“卓越”,你的孩子却未必比你妈妈的孩子——你本人更卓越,单单站在孩子的角度而言,你就输给了你妈妈,所以,你爸爸爱她娶她,这并不奇怪。若是你爸不娶你妈,哪来你这个卓越的女儿呢?一切都不偏不倚刚刚好,你不必心怀怨妒,所有的发生都是唯一的发生,不是上帝不高明,而是你没有能力去解读宇宙之真相和世界之精密。

所以,爱你妈妈吧,爱妈妈就是爱你自己。或者说,爱自己吧,爱自己就是爱妈妈。只要能爱,你就是完美的生命,因为爱就是完美,完美就是爱。或者,所谓完美就是残缺,所谓残缺就是完美,不完而美就是完美;所谓怨恨就是爱,所谓爱必然包含怨恨,正是经由怨恨这把锉刀,才可能把爱拓展到足够的刻度。的确,爱很难被人为地强制发生,但是,当怨恨已经发生了,爱的存在还需要佐证吗?你不是不爱你妈妈,而是爱到超过了爱,爱到对爱无感觉。如果你一定要坚持说爱不曾发生,无论如何,与妈妈和解却是有可能做到的事情。一言以蔽之,你所谓不爱妈妈,实际上是你不能全然接受你自己的佐证,在你自认为卓绝的表象下,是你的自卑和脆弱。当你不再怨恨妈妈的时候,你就会真正地爱上你自己;当你真正地热爱和接纳你自己的时候,你就会同时爱上这个世界;当你真正地热爱和接纳这个世界以后,你就会接纳毒蛇、鳄鱼以及苍蝇和老鼠的存在,同时接纳并尊重白痴、疯子和精神分裂的存在,当然也接纳恶魔、强盗以及妓女的存在。最终你会发现,连你深恶痛绝和讳莫如深的“死亡”,都完美到妙绝。也只有到这时候你才会发现,无所谓善亦无所谓恶,不必评判更不必剖析,这个世界精致而又美好,好到恰如其分,好到不能再好,上帝——的的确确、不折不扣地伟大、光荣而又正确。面对这个精致完美到无以言喻的世界,说什么“一慈众生慈,言悲悲非悲”,连“慈悲”都沦落为二流意境,你除了欣喜只能欣喜,除了悦纳还是悦纳:妈妈就是世界,世界就是你,你就是爱,爱就是完美,完美就是宇宙,宇宙就是神,神就是你,你就是你妈妈,这个世界一体同源。

穿越小爱抵达慈悲大情怀的夫妻之常道

上帝创造了男人和女人，但没有创造婚姻，“婚姻”不是人类天然的原生关系。尽管这种关系得到人类的主流认可，它肯定存在一定的弊端，这是绝对事实。同这世界上的万事万物一样，婚姻有利亦有弊，我们不可能只选择其有利的一面。不管“婚姻”这种人类主流关系的走向和趋势如何，可以肯定：人类这个物种终归要延续和繁衍，于是，男女就肯定要缔结成某种关系，并促成孩子的合法诞生。有人预言，在不久的将来，“生育”将不必一定要借由婚姻和家庭而完成。当一个女人产生了做妈妈的意愿以后，她不必一定要找个男人结婚，她完全可以自主选择任何一个自愿者的精子来孕育自己的孩子。“供精者”可以认养孩子，亦可以不认养，双方可以自由协商。目前为止，地球人的主流生育方式仍然是：男女先要成家，然后再孕育孩子。不管男女结婚的前提和基础是什么，如果决定生育孩子，这个夫妻关系里一定要有爱，否则就是不道德！有人说没有爱的婚姻是不道德的，应该说没有爱却要生孩子的婚姻简直是罪恶！可是，要让无爱的婚姻生出有爱的孩子，这显然是个难以实现的悖论。

夫妻爱无能、爱不畅或者爱得不够好，对孩子的爱一定不会好。而夫妻要爱得好，几乎是世界上最艰难的事情，让一个人爱外面的仇敌都比爱自己的配偶容易。《八至》诗有云：“至近至远东西，至深至浅清溪。至高至明日月，至亲至疏夫妻。”夫妻表面上关系最近，实质上却是“至疏”，这看似矛盾，实则必然。因为人性具有“远视”的致命短板，眼睛都喜欢往“远处”巴望，就像喜欢“生活在别处”一样，人致命地喜欢“爱在别处”。所谓“好高骛远”乃是人性之痼疾，认为那“高远之处”才是自己的向往和归宿，并坚定不移地相信:风景“那边”独好。人都会相信,自己最想要的东西在“那边”,并锲而不舍地像飞蛾扑火般扑向那边、那边、再那边,马不停蹄且执迷不悟。等撞到头破血流时才会明白:自己的“这边”亦是别人的“那边”,生活不在别处,一定和绝对就在“这边”和“近处”,辜负“这边”和“近处”,乃是对自己的最大最愚蠢和最悔之莫及的辜负!几乎每个人都患有严重到致命的“远视症”,这一切都注定了夫妻极难爱得好,所谓“老婆是别人的好,孩子是自己的好”,就像极难爱自己的配偶一样,人极难不爱自己的孩子。问题的症结恰在这里:不爱配偶,便极难对孩子爱得好。要想真爱孩子,夫妻就一定要拿出移山填海之精神,让彼此爱得好。夫妻要爱得好,其实很简单:超越小爱,抵达大爱。厘清小爱与大爱,对夫妻和家庭而言,乃是重中之重的要旨。

所谓“夫妻之爱”一定是指“大爱”,而非特指“小爱”。“小爱”关涉男女,某种程度而言,可以被狭义地理解为“爱情”。爱情可以是男女结为夫妻的基础,然而,夫妻这种关系的品质好坏,最终却取决于两个人之间的“大爱”是否产生和被培植出来;也即,夫妻之间的感情必然要超越“爱情”,抵达更深的层次。“爱情”非常美好,是婚姻最有力的元素,但是“爱情”终究只能算是“小爱”,源于本能的成分相对较大,其保鲜期非常短暂,而且具有“一过性”特质,男女两个人之间的爱情通常只有一次开花期,很少有两个人第二次双双再跌入爱河。爱情的一过性和婚姻的守恒性两者必然相悖,这决定了:夫妻要把婚姻坚守下去,创造出一个结实的家园,就必须让夫妻之爱超越小爱。法律可以通过程序使一个“婚姻”产生,钞票的购买功能可以使婚姻获得一所“房子”作为硬件,但婚姻加房子距离“家”还相当遥远,“家”是需要拿灵魂一砖一瓦去认真建设的。非常显然和不幸的事实是:拿“小爱”建设不起家园,更支撑不起一个终生之家。小爱就像“水泥”,只能起黏合作用,家是需要大爱做梁柱和砖石来支撑的。

所谓“大爱”,里面包含小爱,但又必须超越小爱。小爱虽小,超越起来却非常艰难。因为,小爱是夫妻关系的血肉和肤发,它有滋有味，可见可感，鲜活灵动，色香俱佳，具有致命之蛊惑性，而大爱就像藏在肤发内里的骨头，它干硬如铁，无味无色，最糟糕的是，由于被掩盖在肤发之下，人们通常拿肉眼看不到它的存在，因而容易忽略对它的建设和维护。这就仿若：人们只看到“壁纸”的华丽，看不到“墙壁”本身。大爱的墙壁藏在小爱的壁纸里面，“壁纸”很快就会褪色，这很正常，也是夫妻抵达大爱的必经过程。只有壁纸褪色以后，关系才能透过它的屏障，向更深层掘进。这就像“葫芦”一样：种过葫芦的人都晓得，葫芦长成采摘下来以后，要马上把它那层青绿的外皮拿刀刮掉，露出里面的内皮，才能慢慢风化出最美的本色，不然，那层青绿的外皮就会使葫芦腐蚀而坏，或生出霉斑，不够光洁透亮。

小爱也像葫芦那青绿的外皮，穿透它是无可规避的必须，就像要把“石油”从地下取出来，必须穿透几十甚至几百米深的地层。夫妻大爱如若石油，不是轻而易举就能抵达的，要抵达必须穿透，而所有的“穿透”必然伴随着伤筋动骨的疼痛。这“疼痛”恰是爱意的另一面，没有疼痛亦没有爱意。万事万物，情同一理，所有珍贵的、有价值的且富含营养的东西都埋藏极深，比如“石油”永远深藏在地表以下，而“河水”永远流淌在地表以上，但凡唾手可得之物，其营养成分往往有限。“石油”和“自来水”的价格就相差甚远，要把石油取出来，连大地都要被穿骨剔髓。石油是有生命的，它是大地的孩子，大地孕育了它成千上万年，要把它生出来，不悸痛不可能。经过了椎心的悸痛，石油才会获得生命，并发光放热，释放出它惊人的能量。

同样，男女之间更深层的爱意将超越男女，超越情欲，超越外相的所谓“忠贞”和“背叛”，超越人性的弱点和局限，甚至超越死亡，抵达“慈悲”之境地，才能在精神的意义上天长地久，不弃不离。所谓的“移情别恋”，所谓的“背叛”和“出轨”，所谓的朝秦暮楚，不过是涂抹在关系之墙上的壁画，看上去花里胡哨，实则无足轻重。然而，许多的夫妻都败在关系表面的壁画上，而参悟不透那薄薄的关系之“壁纸”，从而使婚姻枯死在那层纸上，还会误以为自己是在敬重“爱情”。与大爱相比，爱情轻如鸿毛。无论更新多少次“爱情”，一个人都触摸不到大爱；在爱情的层面上更新愈多，愈难以抵达大爱。这就仿若：要采出石油并不需要挖一百口井，只需咬定青山不放松，把一口井挖掘到位即可。所谓婚姻，所谓夫妻，删除其浅表的社会意义，它的价值在于：它为挖掘人性的深井、采出人性的珍贵石油提供了独有的可能性。不具备大慈大悲的情怀，夫妻之间甚难抵达“大爱”之境。没有大爱的情怀，夫妻之“小爱”必被岁月所耗竭，而成为干涸之河床，这种窘迫几乎不可避免。

夫妻之间“小爱”被耗竭，露出干涸的河床，这并不可怕。在貌似干枯的河床之下，还存在着深层地下水资源。如果“小爱”是地表水，“大爱”则是来自人性深层的优质地下水。挖掘愈深，那水质愈优良，营养愈丰富。“小爱”恰如“自来水”，它自己不来，人拿它没办法，虽甘之若饴，却不含灵魂蛋白质。“大爱”不是“自来水”，要拿出持之以恒的耐心，穿透小爱那干涸的河床，自己动手挖掘千丈深井，把地下水引出来。那深藏的地下水恰如最珍贵的矿泉水，营养丰富，且取之不尽，用之不竭，终生终世滋养灵魂，慰藉生命。一个家庭，若是能把这地下深水打通并引出来，就会其乐融融，爱意充沛，无论什么样的艰难险阻和沟坎磕绊，都阻挡不住“幸福”的温泉汩汩滔滔，暗流涌动。家庭的小宇宙，受了这地下温泉的泽被，必草木繁盛，鸟语花香。孩子处在这样的爱能畅流中，灵魂不美都不可能。真正滋养夫妻关系和一个家庭的，到最后只能是人性深处以慈悲为情怀的“地下水”。然而，能否把这地下水挖掘出来，却是对婚姻的根本性挑战。小爱的发生多源于自然本能，大爱的挖掘则需要态度、勇气，以及毅力和决心。

如上所述，“夫妻关系”的神圣不在于爱情，而在于它的“悲壮感”。天地渺茫，人世荒凉，地球上人口几十亿，原本陌生的一男一女说：我们携手此生，生老病死，不弃不离。这句话听上去有多轻，所包含的意蕴就有多重。原因很简单：这个世界是“无常”的，“无常”是这个世界的“常态”，人生一世，草木一秋，可能遭遇的“无常”多如牛毛，感情的无常更是旦夕莫测。然而，越过这一切的“无常”,那一男一女愣是要跟上帝和“常道”较劲,一意孤行且孤注一掷地要制造“恒常”,如此地螳臂当车,又如此地“唐吉诃德”,其深层意旨差不多等于英雄壮举。就此意义而言,所有结为夫妇的男女,都十分地伟大和悲壮。看不透的傻得伟大,悟透的明知不可而行之,这不只是伟大,而是十足地悲壮,赋予这“伟大壮举”以内核的实质能量,叫作“慈悲”。

一慈众生慈,言悲悲非悲!一男一女来到这陌生的星球上几十载,不过眨眨眼睛的工夫,既然结伴而行,为什么要你死我活,又为着哪般要刀枪相向呢?假设地球发生了毁灭性的灾难,只剩下一男一女,我想,无论这一男一女怎般地风马牛不相及,或怀着怎般的深仇大恨,都可能冰释前嫌,且相亲相爱,生死相伴。婚姻的悲壮美比爱情多得多,也比爱情大得多。“爱情”很小,婚姻很大,或者说爱情的内涵很少,婚姻比爱情丰富太多,爱情很轻,婚姻很重。爱情仅是一粒种子,而婚姻是一棵大树,婚姻超过爱情千百倍。把婚姻局限在爱情里,格局太小,那只能佐证出:两个人活得实在太少太浅了,根本不曾挣破情欲那层薄而脆的硬壳,更不曾让灵魂生长繁茂,其生命处于瑟缩窒息状。婚姻不是爱情的坟墓,把婚姻比作爱情之坟墓,这句话貌似尖锐,实则是标准地道的半吊子理论,它不彻底,不完全,更不通透和究竟。

婚姻是爱情的田园,爱情是婚姻的种子。“种子”通常都很小,像芥菜籽那样,但是,这小小的种子携带了全部的信息和潜能,不论多么高大的树,也是由一枚小小的种子生成的。婚姻是由“爱情”这枚种子生成的,爱情很小,婚姻很大,当婚姻之树枝繁叶茂地成长和壮大起来以后,并不昭示“爱情”的死亡;相反,那每一片叶子、每一根枝丫、每一朵小花都是“爱情”,甚至那在树上做窝的小鸟都是“爱情”。当大树成长起来的时候,表象上去看,那最初的“种子”的确死了,事实上种子不是死了,而是把它的能量蜕变成为更高级的形式。如果这种“蜕变”叫作死,那么种子非死不可。因为,只有种子死去,树才能长出来。婚姻不是爱情的坟墓,而是爱情的田园和土壤。把爱情的种子埋植进婚姻的土壤里,是要植活它，而不是埋葬它。

人们通常对“爱情”的理解太过狭隘，几乎局限于“男女情欲”，这不只是狭隘，而是低俗。“爱情”其实很大，很厚，很壮阔，它是一棵树，人们通常只是摘取了树上的一枚红果而已。婚姻的本质不在于爱情，而在于“执子之手，与子偕老”的悲壮。《诗经·国风·邶风·击鼓》中“死生契阔，与子成说。执子之手，与子偕老”，虽然描述的是战场上战士之间的誓言，但是，其悲壮感与婚姻具有异曲同工之呼应性。人在战场上生死不定的无常，与人在人生旅途中天地两茫然的处境并无分别。天地亘古，几十载的光阴仿若眨眼，在这眨眼之间，你来了，我来了，我们相遇在时光的洪荒里，恰如张爱玲所言：“原来你也在这里！”你早生几十载，或者我晚生若干年，我们都不可能相遇，然而，不早不晚，我们竟是在这洪荒里相遇了，这“相遇”满打满算也不过上帝眨眨眼的工夫。不管这相遇多么难得和珍贵，眨眨眼的工夫，我们都要消失于时光的洪荒，这是怎般地悲哀和无奈啊！面对这哀天地痛鬼神的无奈，我们“死生契阔，与子成说。执子之手，与子偕老”，这就是婚姻。

婚姻不是法律的捆绑，亦不是情欲之欢，它是一种深怀慈悲的大壮烈、大豪迈和大哀怜！虽然你来了，我来了，“原来你也在这里”，然而终究我们都要死！死很快就会来临，哪怕寿终正寝，也并不比战场上“死生契阔”的战士们更恒久，让我“执子之手，与子偕老”，说什么饥荒穷富和情仇恩怨，面对时光的短暂和洪荒，那磕磕绊绊的所有障阻何足挂齿！眨眼间灰飞烟灭，天地静寂，管它情塌恨陷，又遑论它生死紧迫。“上邪！我欲与君相知，长命无绝衰。山无陵，江水为竭，冬雷震震，夏雨雪，天地合，乃敢与君绝！”

我们必须治愈我们受了伤的世界

迈克尔·杰克逊说过一段话："我们必须治愈我们受了伤的世界。我们今天所见的混乱、绝望、无意义的破坏，都是人们对于彼此和所处环境的疏离之感造成的。这种疏离的根源往往来自一个情感上贫困的童年。孩子们已被偷走了童年。一个孩子的心灵需要神秘、魔法、惊奇还有兴奋的滋养。我希望我的作品能够帮助人们重新发现藏在自己内心的孩子。"杰克逊说得不错，"我们必须治愈我们受了伤的世界"。这个世界显然出现了问题，虽然父亲这个角色也难辞其咎，但是问题的关键源于"妈妈"。

一个女人在成为妈妈以前，必须先使灵魂怀孕。所谓灵魂怀孕，具体而言乃是爱"自内而外"由一个女人的灵魂深处漫溢出来。她先是爱上自己，再爱上一个男人，再爱上万事万物包括一头牛和一只羊甚或一条花斑小蛇。那爱溢满在她的生命里，蜜糖样灌注进她的每一个细胞，且汩汩滔滔地流荡在她的每一条血管里，装也装不下，载也载不了。她的每个汗毛孔都抑制不住地直往外渗漏爱之糖浆。她整个人像是春天的柳树那样，朗润润湿漉漉的，春潮激荡，生机无限，那爱之绿意呼之欲出，想掩饰都掩饰不住。她一睁开眼睛，爱就会从她的眼里飘出，她看到什么便爱上什么；她一张开嘴巴，爱便会自她的唇间逸出，她吐出的每一个字都仿若飞花轻扬，她的眉梢眼角都在发自内心地微笑着。她感恩来到这个世界，她享受做一个女人，她接受并热爱她之成为她自己的全部特质，包括她身体上的每一处瑕疵和性格上的每一个缺陷。简单地说，她就是爱，爱就是她，她与爱融为一体，不分彼此。如果她是容貌美丽的，她爱美丽的自己；如果她不够完美，比如瘸了腿或残了手，再比如驼了背或弯了腰，她也一样热爱这不够完美的自己，且绝不因为这不够完美而对世界或任何人心生怨怼。她会在心里真心诚意地对自己说：上帝啊，我多么感激您赋予我生命，您把我创造成这个模样不多不少刚刚好，恰如其分，我热爱这个样子的我一如我热爱您！无论世界发生了什么或是对她做了什么，她的眉梢和眼角始终蕴藉着深深的眷顾和爱意。她的灵魂热乎乎毛茸茸的，如同一条绵厚柔软的绒线毯子，随时预备将生命当一只鸡雏那样搂进怀里暖着——只有在这种情况之下，一个女人才可以对自己说：我有资格做母亲了，我可以怀孕生子了，我有能力和信心给予孩子整整一个我拿真心热爱着的"世界"了。

女人只有具备了两个子宫，她才有资格诞下自己的孩子，从而成就为母亲。那头一个子宫是上帝配置的；那另一个"灵魂子宫"必须自己给予自己，自己亲自去打造并完成它，像燕子做窝一样，用嘴巴叼来树枝和泥土拿唾液作黏合剂，让它从心里结结实实地生出来。只有具备了爱上整个世界的"灵魂子宫"，女人才可以允许身体怀孕；否则，那无异于动物繁殖，跟母猪生下猪崽儿区别不大。哪怕法律准许她怀孕生子并给她准生证，哪怕她从物质上已经替孩子预备好了黄金的宫殿，她也仍然不具备"做母亲的资质"。"做母亲的资质"——这是一个女人怀孕生子所必须具备的条件，然而没有人对这个资质提出过任何质疑或要求，好像女人天生就具备做母亲的资质。但是，众所周知，一个人无论预备操持何种职业，通常都必须首先取得相应的资质，比如教师资质、医生资质、厨师资质、月嫂资质——连服侍一个女人坐月子都需要经过严格培训并取得相应的资质，为什么"做母亲"这天下头等神圣之事业反而不需要具备任何资质，随随便便、轻而易举就可以怀孕生子呢？

一个女人的灵魂如果不够成熟，具体地说，如果一个女人不曾真正爱上自己和世界，她在精神上就不可能为孩子提供方丈甚至立锥之空间。孩子来到这个世界上以后其灵魂将无以存身，因而不确定这世界是否存在自己的位置，自己是否确实受到世界的无条件悦纳。孩子会感觉自己是地球上孤独而又多余的飘零者，他对这个世界将毫无信任感和确定度，因而很难爱上自己，更无从爱上他者和世界。他的人生极有可能支离破碎,如同一张漏洞百出的烂鱼网,怎么缝补也还是四处“透风”。这个世界显然出了问题,处身于这个破碎的世界,人们丧失掉了爱与幸福的基本能力与可能性,人人都感到彻骨的寒冷、孤独和绝望。走进金碧辉煌的豪华别墅和高楼大厦,仔细去看,不知道有多少冠冕堂皇的灵魂孤独得瑟缩发抖,又寒冷得浑身打战。如果我们不能联起手来众志成城地治愈它,每个人都将成为在劫难逃的受害者。处身时代的喧嚣与芜杂之中,有谁不在忍受内在孤独的煎迫?有谁不在忍受酷寒的侵袭?治愈这个伤痛的世界,必须从根脉处入手。

治疗必须从“妈妈”开始!妈妈是生命的源头。只要我们稍稍睁开眼睛就能看到:许多女人在做妈妈以前,或者直到做了多次妈妈以后,甚至终生都不曾具备做“母亲”的资质。这样的女人,虽然身体发育强健,但灵魂孱弱苍白,瘦骨嶙峋,像厌食症患者那样完全不曾发育。这样的女人乃是精神的未成年者甚至病态者,应该暂时不被允许生育,直到其灵魂得到喂养而丰腴健全,葳蕤茁壮。灵魂不健全的女人不只是对这个世界没有足够的爱意,甚至还可能满怀着仇恨、愤怒与怨怼,以及恶毒、妒忌和自卑等诸多毒素。这样的女人永远不可能爱上自己,也永远不可能成为母亲。一个女人怀着恨意和恶毒生下孩子,她必把这仇恨和恶毒以及自卑输入孩子的血液,一个不爱自己的女人不可能真爱孩子。不具备“灵魂子宫”的女人,如果生下孩子,那孩子也几乎注定了孤儿的命运。表象上看,她生下的孩子确实拥有父母双亲和丰盈的物质,但孩子的灵魂得不到任何有效喂养,灵魂营养不良和发育不全几乎在所难免,这样的孩子不是孤儿,却类若孤儿,甚至比孤儿还不幸。孤儿还有可能得到养父母或别的替代性抚慰,灵魂孤儿只能处于绝望无助的抓狂之中。太多的孩子在拥有生身父母的情况下而沦为精神孤儿,这好像在危言耸听,实则触目可见,比比皆是,他们生活在父母的眼皮子底下却被视而不见地忽略因而沦落为孤儿,父母和孩子都沉陷于绝望之中却不知症结之所在。

孩子来到这个世界上,绝不只是单单需要一个物质的“家”就可以了，更需要一个灵魂的着落，只有那个灵魂的家足够结实牢靠了，孩子才会安心。只有安了心、安了神、安了魂，孩子才会生长得精神茁壮、灵魂健全。所谓“安全”，必须包含两个内容——物质的保障和精神的着落，且后者比前者更加重要。孩子那颗幼小而娇嫩的“心”必须先安定、安稳、安适，然后才可能“全”，“安”是“全”的保障和前提以及必要条件，“安”而后才会“全”，没有安，不可能全。对一个孩子而言，只有心安，其人格和灵魂才能够生长发育得足够健全。如果一个孩子心神不定，感觉自己赖以存身的世界就像一个巨大的狩猎场，随时可能有陷阱埋伏，他就会像一只被猎人围剿的猎物般魂不守舍。而这个灵魂之“安”只有“母亲”能够给予孩子，如果“母亲”给不了，爸爸不能替代。母亲想把“安宁”、“安定”、“安稳”和“安全”给予孩子，自己必先结结实实、坚如磐石般地在世界上安下自己的心。恰如《坛经》所言：“一切福田，不离方寸。从心而觅，感无不通。”

通常而言，人们总是认为小孩子所需甚少，只要给他喂饱了奶水，就满足了他所有的需求。有的妈妈自以为母爱丰盈，替孩子备足奶粉往家里一放，便万事大吉，自己天马行空“捞世界”而去，殊不知，那个小小的生命比成年人更需要灵魂的慰藉。因为成年人比较强壮，而孩子是那般幼小和脆弱，除了妈妈，他别无所有，“妈妈”就是孩子的“世界”，孩子的全部和整个世界都浓缩和外化到“妈妈”这一个人身上。如果妈妈只代表着狭隘的“乳房”，只能提供乳汁，别的什么都提供不了，那小小的生命就会如丧家之小犬，时时刻刻都不知所措和无所依附。因此，妈妈有多“大”，孩子的世界才可能有多大。“妈妈”的大小取决于其灵魂的广阔性、丰厚度和坚实度。如果妈妈的心里能够装下整整一个世界，孩子便会无比富足，可以像国王一样在那个广阔的世界里如矫健的幼马般撒欢尥蹶子。而所谓的“母亲”，就是具备了热爱整个世界的能力和能量的女人。她无条件地爱这个世界包括它局部的丑陋以及酷寒，她懂得并接受这个世界有白雪阳春，亦有下里巴人。她清楚地知道，如果自己的灵魂视野和精神胸怀足够博大，冰川和沙漠亦是很美丽的风景,毒蛇和鳄鱼也有可爱之处。她有信心用自己的爱克化局部丑恶并温暖季候性的人性之酷寒。她因为这热爱而无所畏怖,在任何时候和任何情况下,她对世界都怀着毋容置疑的相信和爱意,于是,她就具备了邀请孩子到这个世界来的资格和力量。这时候,她就可以当之无愧地怀孕生子了。

不要说女人,哪怕是母畜,也并不意味着做了“妈妈”就必然成为“母亲”。如前所述,牧民们会经常遇到下了羔雏却不肯进入哺乳角色的母畜。原因很简单:它还不知道自己做了妈妈,它的灵魂还不曾分泌出母爱的乳液,它那与生俱来的本能被什么东西搅乱而迷失了。这时候,除了唤醒母爱,使用任何强力逼迫都无济于事。爱不仅需要唤醒,还需要训练和学习。爱是一门既简单又艰深的功课,如果爱而无方,爱就会变成攻击。爱和攻击势不两立又相辅相激,是能量的正反两极之不同呈现。就能量的客观性而言,爱就是攻击,攻击就是爱,能量是相同的,呈现的性质不同而已。

让我们怜悯那些“好斗”的男女勇士们吧,他们因为不能爱,所以无缘得到生而为人的最大幸福,只好无可奈何地退而求其次:用斗的方式代替爱,或曰用爱的能量拼尽全力去斗。在爱无能的意义上,各类好斗的勇士狂徒们才会应运而生,层出不穷。权力狂、嗜金狂、阴谋狂、战争狂,还有最常见的“事业狂”和“成功狂”们,生命不息,战斗不止,直斗到天昏地暗大地白茫茫一片真干净才罢休。让我们以爱的名义替他们祈祷吧,让爱越过斗士的斗志,让世界美丽而又可爱,让妈妈成长为母亲,让孩子健康茁壮。

无力是隐在的强力

让我们在爱的意义上深深地悲悯、同情、理解并宽容人类吧。许多时候，人不是不爱，而是不懂爱和不会爱。在爱的问题上，人永远像孩子一样死缠、烂打、游戏、退缩甚至攻击，搞到心力交瘁甚至死去活来，却自己都不知道自己是在爱。两三岁的孩子有个天然的“攻击期”：踩死蚂蚁，砸毁玩具，打哭玩伴儿，掐疼妈妈。用心理学理论来解读，这是孩子在“用攻击表达爱”，孩子的示爱秩序表现为“爱谁便优先攻击谁”。天可怜见，在爱的问题上，成人与孩子相比并未见得进步太大。许多时候，成人之间也是在用攻击表达爱意，而且和孩子一样浑然不觉：恨得咬牙切齿时，正是爱得不离不弃时；打得你死我活时，也是爱得难分难解时。

无能力爱，不懂爱，不会爱，甚至不好意思爱，不敢爱，找不到合适的途径和方式爱，这永远是人类的大悲哀。当人不能爱与被爱的时候，攻击就必然会出现，就像一个小男孩看到一个扎着羊角辫子的小女孩，心里喜欢得痒痒，却不知道那是喜欢，于是，揪住那小辫子，把她三拳两脚打哭在地一溜烟儿跑掉那样，“攻击”是“爱无能”的典型症状之呈现，甚至，攻击就是对“绝望之爱”和“爱之绝望”的直接表达。当一个人尤其是女人处于攻击状态或呈现出攻击人格时，几乎可以断定她无能力爱，或者她挣扎于爱的困境无能为力。愈是貌似强大者，愈可能存在爱无能问题，愈需要帮助，那些以“英雄”和“强者”自居的人，又往往致命般地无能力寻求帮助，因而更容易陷入爱之困境。“寻求帮助”，这看似简单的一件事情，对“强者”而言，比死都难。所谓“男儿有泪不轻弹”，不是男儿不想弹泪或无泪可弹，而是他没有能力弹泪。“弹泪”需要极度的无力之力，“男儿”因为太过强力而没有能力抵达“无力”，这“无力之力”

比高强度硬力更需要力量。人们通常都想当然地认定并相信“强硬”就是“力量”，却不知，抵达“柔软”需要更大的力量。比如“柿子”：当一个柿子“强硬”无比时，肯定又生又涩，要抵达柔软之境，需要足够的时间、阳光、水分以及养料去滋养。滋养不到位，柿子就不可能柔软。一旦抵达柔软，必定甘醇无比。苹果不会软，那只是表面现象，要抵达甘甜之境，苹果不管外相怎般强硬，内里的灵魂也必定要“柔软”。

柔软就是甘甜，甘甜就是爱，爱的内质虽然蕴含着太多苦涩，但终究是甜的。“爱”不管呈现出怎样的外相，其最内里的质地都表现为“柔软”。“柔软”是最强大的“无力”——让我重复这句话：“柔软”呈现出的外相貌似“无力”，而“无力”乃是最大的“强力”。这听上去很吊诡，然而事物的内在发生逻辑如此。一个真正“强大”和“有力”的男人，最终会趋向像“孩子”一样，从孩子到男人再到孩子，这个路程太过漫长和艰难，以致这世间鲜少有人能够抵达。当一个男人越过千山万水把自己活成孩子时，他就得道了，从某种程度而言，男人的最高境界是“孩子”，女人的最高境界是“母亲”。“孩子”和“母亲”听上去很简单和平常，抵达却万分艰难，此所谓窄门难进，无为难为。

要自视为英雄的强者柔软和无力，无异于要求骆驼穿过针眼！所以，爱和被爱永远是人的困境。为了躲避困境，人只好放弃爱，让自己孤绝至死。在这个被“网络”高密度覆盖的时代，每个人都像蜘蛛一样深陷于自己织就的“天罗地网”之中，身上的每根思维神经都被牢牢地捆缚着，回到自己，回到自己的灵魂之故乡，回到自己的存在之核心，成为天方夜谭的奇迹。连自己都寻找和抵达不到自己，别人怎么可能抵达你呢？于是，除了像蜘蛛一样在网中孤绝地挣扎，并死心塌地爱上自己的蛛网，且把那张网织得结实再结实，细密再细密，最终让自己作茧自缚地爱上那张网且画地为牢，不然能如何呢？比如尼采，他生命的最后十年，完全退缩进了个人世界之中，与这个凡庸的世界再也没有半丝联系，在死亡般的绝对孤绝中走向了死亡。又如梵高。不是他们太过孤绝，而是时代与他们那太过伟大的灵魂不相匹配。他们不想孤绝，但他们是人类的真正英雄，英雄有英雄所固有的命运，他们本身存在的意义就是燃烧自己并照亮这个世界，这很难抗拒。

所幸，这个世界为“英雄”的男人们预备了更多的“粮食”——也可以叫作“玩具”——来喂养他们寂寞空茫、不擅长柔软之爱的灵魂，比如权力、战争。所谓的事业与成功，另外还有香烟和威士忌，这任何一种阿物儿拿出来都足够男人津津有味和不遗余力地啃啮半世甚至终生，使其生命被占据得满满当当，针扎不入，让男人感觉自己很有本事和很伟大，从而把爱这件最重要的事情丢诸脑后。然而，对女人而言，最具营养价值的粮食有且只有一种：爱。无论时代怎般趋同，男女永远不一样，“男女都一样”乃是世界的灾难！男人因爱无能而放弃爱以后只好去穿越世界并最终迷失于世界，女人哪怕穿越整个世界也要走向爱。就此而言，女人天生地比男人更可爱些。爱的匮乏会导致女人的生命因缺“盐”而贫瘠荒芜，拿男人的那些外在干粮根本不可能慰藉女人源自根本的灵魂匮饿，女人极其渴望爱，甚至从一块石头里都能咀嚼出爱的滋养来，不知道这是上帝赋予女人的悲哀还是福祉。

毫无疑问，上帝设计出女人这种“爱的尤物”出来千真万确乃是最伟大之创意。没有女人，这世界将绝对凄苦荒凉不宜居！女人就是为着爱和被爱才被上帝派到人间的，无能力爱是女人灵魂深处发生的转基因变异，是这个世界的大不幸和大哀痛！可悲的是，愈来愈多的女人患上无可救药的爱无能症，连上帝看在眼里都替人类绝望到哭泣。

一粒芥菜籽的信力能够撑起一个天国

幸福是人生而为人的基本追求。那么，人当真能够幸福吗？回答肯定。上帝在造人的时候，把“幸福”的基因放置进了人的内部，幸福像花种一样，始终都在那里，每个人都本自具足。然而，人太过忙碌和勤奋了，忙到焦头烂额，勤奋到像热锅上的蚂蚁，一刻钟都不能消停，以致把“幸福”弄丢到了九霄云外。人，不是不能幸福，而是顾不得幸福，也没有时间幸福。“幸福”这粒花种被埋在乱七八糟的事务堆中，长期窒息干瘪，僵硬成了悲伤的苦楗果。那么，人究竟在忙什么，以致连“幸福”都顾不上呢？回答很荒谬也很悖论：忙着在为幸福而奔波。

直白地讲，人都在忙着做“事情”。做什么事情呢？当然件件桩桩都是万分重要的事情。这万分重要的事情又是为了什么呢？答曰：幸福。幸福是事情的“始点”，亦是事情的“终端”，然而，人恰恰被“卡”在了始点与终端之间的热带雨林中。那“热带雨林”盘根错节，粘连缠绊，更可怕的是，林中还有“食人树”和“迷魂草”，至于毒蜘蛛和眼镜蛇，更是司空见惯，那些败毁“幸福”的树藤草蛇们像多变的白骨精，总是以“重要事情”的面貌出现，乔装打扮得尊贵而又堂皇，人只要陷入其中，便极难脱身。脱身的办法有两种：要么回到最初的“始点”，要么穿越整个雨林，抵达最后的“终端”。人的困境在于：被毒藤恶蔓死死地裹缠着，前进不得，亦后退不得，如同人被困在不上不下的电梯里，在“永恒的瞬间里”成为僵尸道具。

放眼望去，整个宇宙间的万物之中，只有人最多事，别的动物基本上都十分悠闲。作为上帝的造物，人在世界上折腾出了太多莫须有的事情。人事人事，没有人就不会有事，所有的事情都离不开人，人仿佛就是专门为着制造并沉迷于各种事情才出生于世的。

正因为人来到世界上折腾出了太多事情，而且还将继续永无休止地勤奋折腾，一刻钟都不肯让自己闲下来脱离事情，各种各样匪夷所思的事情排山倒海般地裹挟而来，最终成功地劫持了人，把人变成事情的附庸和奴仆，骑到人的头上随心所欲地勒索和敲诈甚至愚弄起人来，使人完全忘记这世界上最基本的常识之一：人是事情的绝对主人，所有的事情都必须俯就和让路于人，天大的事情都不应该大于人和超过人，面对任何事情，只有人才是绝对毋庸置疑的主体，人就是专门为着享受做人的幸福和荣耀才来到世界上的，所有的事情都必须服从于这幸福和荣耀。如果能够不做事情而安享这生而为人的荣幸，人完全可以什么"事情"都不做，只是坐着晒晒太阳、再听听蟋蟀唱歌亦无不可，否则就是对上帝伟大旨意的违拗和对人之本性的背叛。

人不是为着做事情才来到世界上的，在迷失于"做事情"的时候，人处于被占据甚至被绑架的状态，其行为违背了人，并把人拉至低级的工具之品质，就像手机这个原本侍候人的铁疙瘩，反客为主地绑架了人，狂妄嚣张地凌驾在人的存在之上真正成了最初命名的"大哥大"那样。当"手机"当真取得"大哥大"的地位时，人除了沦为奴仆又能是什么呢？人在非人的道路上已行之远甚，继续下去，连上帝都要鞭长莫及了。人必须自己成全自己，而要成全自己，只需持守一粒芥菜籽或一棵瘦葱的信力即可。闭上眼睛就会发现，那所谓的"热带雨林"完全是纸老虎般的幻象，"食人树"、"迷魂草"以至于毒蜘蛛和眼镜蛇们，貌似可怕和难缠，事实上，只需一粒芥菜籽的信力，就可以把它们剿灭净尽，让"幸福"当下呈现。然而，人恰恰丧失了最基本的信力，败毁一个人的首要元凶就是信力不够。一个人如果铁了心想要成全自己的幸福，非常简单。"幸福"不是结果，而是态度；幸福甚至不是能力，而是选择。

一个人，尤其是女人，无论在别人眼里多么"卑微"，如果能够坚信自己的美好和高贵，哪怕这美好和高贵只有一滴蜜糖那般大小，这一滴蜜糖的信力就足足能够成全她。人性的普遍短板在于：对毒和恶的信力远超对美和好的信力。一分恶能够激发百分信，百分美好也不一定能凝注一分信，这是人本身的自轻、自贱以及无能和可悲：对美好宁信其假不信其真，对丑恶宁信其有不信其无，只要看到一滴毒，人就会杯弓蛇影地否定一整罐蜜糖。事实上，“一滴毒”并没有那般可怕，其能量其实很有限，但是，“幸福”这罐蜜往往就败毁于“一滴毒”。紧盯一滴毒认真端详，它究竟有多大的能量呢？细究就会发现，一滴毒的能量有多大，完全取决于人对它的畏怖有多深。人相信它是老虎，它就对人具备老虎的威力；人相信它是蚂蚁，它连蚂蚁都敌不过。“幸福”不是被一滴毒药扼杀而死，而是被人自己吓死或亲手掐死的。那败毁“幸福”的一滴毒，其实丝毫都不玄奥，拆解开来也无非是名利、得失、生死。除此，还能有什么？再大的名利也还是名利，再大的得失也还是得失，人大事小，福祉自到，坚守一滴蜜糖，就能打败一罐砒霜。

美好是一滴蜜糖，情义更是一滴蜜糖。“情义”二字看似简单平常，绝大部分的自杀者都是被“无情无义”的“世态寒凉”冻杀而死的。能在寒气逼人的凛冽里看到“情义”的亮光，在薄情的世界里深情地活着，在恶意的世界里善意地活着，并活出富裕充足的暖意和亮光来，必须具备极深的福力和慧眼方可。必须承认并看到，人性之中是有情义存在的。有时候，虽然这人性里的情义看上去不多也不厚，却像沙漠里的泉眼，只要有一念真诚，只要信守这一脉情义的甘泉，就会让地狱变成天堂。照亮地狱只需要一束亮光，一束亮光即可驱逐黑暗，黑暗无论怎般浓深坚硬，都抵不过一束微弱之光的照耀。毕竟，人作为人之所作所为的一切，如果不是为了让自己幸福尊严地像人一样活着，并且过上属于人和人应该过的生活，又能为了哪般呢？所谓的“毒”，就是“黑暗”，看上去光怪陆离，其实是狐假虎威的虚张声势，拿一根火柴点燃一豆亮光，那黑暗就会仓皇逃遁。

然而，许多情况下，人们愣是不肯成全自己！这，也是众生的短板，自己跟自己作对，自己挖自己的烂污，自己让自己跟幸福死磕硬碰！上天有好生之德：天地之心，仁；人之心，也是仁。恶念起动，宇宙万息灭生。动恶念就是在灭善根，灭善根就是在自绝自尽。在恶念生起的那一刻,不管那恶力指向谁,自我命运的毁灭已经注定,幸福已遥不可及。一个人之所以动恶念,归根结底,也还是对美好、善良和幸福丧失了最基本的信力。一个人如果坚信世界是一匹恶狼,世界就会吃掉他,一切都会如其所愿,随其所思。这不是某一个人的悲哀,亦是许多人之悲哀:宁死不肯成全自己,宁死不肯相信美好和良善,用自己那坚定不移的悲观之决绝把悲哀和灾难召唤成真。人的幸福能力非常娇弱,而悲哀能力却超级强大。根据能量"同质相吸"的吸引力法则,悲观招引来悲哀、悲伤和悲剧,几乎分毫不爽。当悲观过度时,就会内化成"悲剧人格",连老天爷也无法使其幸福,这既是因果法则,更是果因效应。

"世界"真有那般可怕吗?每个人都是爹养娘生的凡胎肉体之人,是人就会脆弱,连希特勒也不例外:在临近覆灭的时候,他貌似岿然不动且胸有成竹,在他接见下级将士时,他那只藏在背后的手却像狂风吹拂之下的枯树叶般觳觫不止。无论一个人怎般恶毒和强悍,那貌似可怕的外表掩盖之下,也有脆弱、无助和柔软,他脆弱起来也如同觳觫之羔羊。当一个人死心塌地、坚定不移地把羔羊当恶狼对待时,其钢铁般的信力就会当真把羔羊喂养成恶狼。敌人都是自己培植出来的,恶狼都是自己养壮喂大的,幸福都是自己亲手扼杀的,一切皆取决于人是否能够抱持那一粒芥菜籽的美好正向之信力:一粒芥菜籽就能托起一个天国,此言真实不虚。

一个恶念生起,有时候斩除掉的却可能是别人灵魂深处最后那根藕断丝连的"善根"。"善根"乃是一个人还能称之为人的最后一点可贵的依据,护佑和培植善根的只能是善,斩除善根的必然是恶。生恶念者让恶念自心底生起的当下,也同时佐证着其本人善根的断灭。一个人只要泯灭了善根,就会随身携带一个地狱,哪怕把他置身于天堂,他也依然如坠炼狱。任何能量都有底限。在经过了某些"人性的拐点"以后,有的人可能彻底走向非人和丑恶,有的人可能彻底走向屈辱和卑贱,也有的人彻底走向魔鬼和禽兽。命运之流走过一片最黑暗的险滩以后,就再也不可能回头了。没过拐点时,一滴蜜糖即可力挽全局,过了拐点就再也无可救药了。

这时,命运一定会偷偷地狞笑着暗自欢庆自己的胜利,那笑声狰狞可畏,连石头听了都会浑身哆嗦。可悲的是,人身在其中总是充耳不闻。

恶毒喂养恶毒,恶毒衍生恶毒,恶毒啮食恶毒,恶毒激发恶毒。没有人能够成为独立的“孤岛”,在社会这个铁铸的“罐子”里,大家呼吸着同样的自然空气,亦吸纳着同样的灵魂之氧,自然的雾霾只要形成,没有人能够逃避。同样,灵魂的雾霾也将戕害每个人的心性,毒蛊雾霾爆发的时候,没有人能够幸免,除非能在人性的至高点上把神性活出来。而那看上去高不可攀的“神性”和“幸福”,也不过如一粒芥菜籽或一棵瘦葱那般微小、平常而又普通。“无善无恶心之体,有善有恶意之动。知善知恶是良知,为善去恶是格物。”

人外之物以及次生身份的间接性和外围性

当一个人能够接受自己并真爱自己以后，爱才能够发生于自己和他者之间。无论是“自己”还是“他者”，首先必须具备独立之人格。没有独立人格，注定了不可能有高品质的爱能量滋生并流动。爱，首先发生在具有独立人格的“人”与“人”之间，然后才可能发生在作为“次生关系”的“身份”与“身份”之间，比如“母子之间”、“手足之间”抑或“夫妻之间”。父母与子女之间居于优先和首要地位的也仍然是“人与人”的关系，其次才是“亲子关系”，亲子关系必须建立在人与人的自然关系之上，才能美好且自然。越过人与人的关系，强调亲子关系，就会沦为责任和义务甚至捆绑。无论如何都必须承认：父母是独立之人，子女亦是独立之人，人必须拥有自己的独立人格，并尊重别人的独立人格，没有人格独立，任何关系都不可能获得高品质存在。这就仿若：一棵树只有自己深扎于大地，长得树大根深、枝繁叶茂，才能与另一棵树遥相呼应、互致心意。健康强壮的爱，只能发生在一棵独立之树和另一棵独立之树之间，否则就是依附和攀援，而不可能是爱。人格不独立之人，仿若爬藤类蔓生植物，它必须攀援在高大挺直的树干上，才能接收到阳光照拂，让自己勉强生息，否则只有死路一条。那被爬藤类植物死搅烂缠的树木，日久亦会萎缩，因为它的阳光和雨露被强行掠夺而缺乏营养。植物如此，人亦如是。

在国外，子女对父母有时会直呼其名，这很正常。比如，如果父亲名“卡尔”，儿子名“彼得”，儿子彼得直呼父亲的名字卡尔——这件事情所代表的意义乃是：尽管我们之间存在着世界上最特殊的血缘关系，尽管你给我带来生命从而对我恩重如山，但是撇开这血缘和恩情，哪怕这血缘和恩情尽皆不在，我仍然非常爱你，我爱的是你——一个名叫卡尔的男人，男人卡尔的魅力使我如此倾倒和着迷，以至于，哪怕我们是互不相干的陌生人，我也一样地爱你，所以彼得真诚地发出邀请——“卡尔，我们去打网球吧？”这是世界上多么美的关系啊！这直呼其名的背后表征的乃是这样一个事实：卡尔是个人，彼得也是个人，那所有的拖泥带水和粘连缠带都属于二流的存在，卡尔有属于卡尔的独立人格，彼得有属于彼得的独立人格，这两个人在彼此人格完全独立的基础之上滋生出了爱的真情真意。这样的爱才是神圣和美丽的，也才是自然而又真实的发生，这样的发生才称得起为爱开花。

现时代许多人的“爱”在许多情况下依靠外围存在物比如“身份”来胁迫和绑架而强制勒索，最常见的例子如：我是你爹，所以你必须爱我；我是你妻子，所以你必须爱我。“身份”能够代替独立的人格出场要求爱，是因为“独立人格”因未曾着意建设而根本不存在。人们的许多最重要的关系都不是建立在独立人格基础之上的人与人之间的本质关系，而多是身份与身份之间的“次生关系”，尤其是在家庭成员之间，几乎不存在独立人格的尊严和完整性，只是身份与身份之间的次生关系。这种“次生关系”跃居首位成为常态关系从而覆盖了自然的本质关系，乃是难以言表的可悲。

比如，夫妻双方的独立人格都未曾建设得完整和牢固，这男女两个人结成夫妻，乃是因为客观条件相当。换言之，这个婚姻不是两个独立之“人”在结婚，而是“客观条件”在结婚：房子嫁给车子，权力迎娶地位，诸如此类的客观硬件匹配成就了这档子“婚姻”。由于独立人格不存在，爱理所当然不可能发生，于是，只能去强行要求：我是你丈夫所以你必须爱我，我是你妻子所以你必须爱我，否则就是不道德。为什么如此“必须”和“理直气壮”呢？因为这个婚姻受法律保护。当爱需要借助法律护驾时，已沦落至不堪的可怜境地了。尽管爱不曾在夫妻之间滋生，却并不妨碍制造孩子；或者，正因为爱不曾滋生，造孩子成为当务之急。当孩子被造出来以后，父母和子女之间的爱仍然未曾自然发生，于是，要求和胁迫再次出现：我是你爹，所以你必须孝顺我；我是你妈，所以你必须爱我。这种凭借“身份”而对爱的胁迫与要求乃是天大的丑陋。天然的纽带“关系”只是为爱提供了肥沃的土壤，并不代表爱必然和必须发生。以“身份”为依据的所有关系都属于“次生关系”，“人”与“人”本身的独立人格关系才是居于首位的本质关系，“本质关系”永远优于“次生关系”。“妈妈”是一种身份，“妻子”也只是一种身份，尽管“妈妈”和“妻子”代表的身份极其特殊，所产生的亲子和夫妻关系仍然属于次生关系。“爱”在“次生关系”中很难发生，其本质原因还在于作为独立“自然人”的人格力量抵达不到位。所谓“自然人”，即剥离了所有外在次生身份的独立人格之存在。“身份”不过是披在人身上的衣服或戴在名字上的首饰，不管怎般华贵，也还是“人外之物”。

珠宝是装饰肉体的，身份是装饰名字的。当一个人躺在殡仪馆的告别厅里时，其身份将以悼词的方式最后一次装饰他的名字，他身上的珠宝将在他进入焚尸炉的时候被摘除净尽，他将和所有的别人一样以焚烧物的身份喂进焚尸炉化为一缕青烟，并以青烟的方式佐证上帝的终极大公平。装饰物始终和永远都是装饰物，装饰物无法滋养生命和灵魂，而只能佩戴在一个人的名字上。人们比较容易勘破财物之类的“身外之物”，却难以勘破“身份”这种无形的“人外之物”。把“身份”看得高于一切的人，往往把自己活成一棵“圣诞树”：树枝上挂满累累垂垂的耀目之礼物，但树本身是死的。无论装饰怎般豪华的“圣诞树”都是假树，那棵假树无论摆放在怎般辉煌的殿堂里，也还是假树。

血液的温度和灵魂伤寒症

有个可悲的事实需要被揭示出来：当人把人沦落为彻底的“拜物狂”时，许多时候，人根本不曾弄清楚何为“物质”。某种程度而言，人的最大悲哀是无法穿透其物质性的存在局限。表面上，人不仅被物质所困，甚至连人本身也被最大程度地物质化，尤其当今时代，人几乎沦落成为“物质”的奴隶。然而，真正可悲的是：在这个如此疯狂地崇尚物质的时代，人对“物质”的无知和误解也最深、最甚！

科学证明，人对“物质”的理解其实非常狭隘和粗陋。当我们把“物质决定意识”奉若颠扑不破的绝对真理时，从来不曾想到“物质”这个概念需要被重新认知和界定，关于“物质”和“意识”之间的关系问题需要往纵深处探讨和论证。根据量子纠缠理论和“寻找薛定谔之猫”的试验，意识也是物质存在，人所看得见摸得着的“物质世界”其实仅仅是真正的物质世界的极小一部分而已，最多不超过百分之五。“物质”所蕴含的内容的绝大部分存在人们并没有认知到。事实上，不可见的“无形”决定具象的“有形”。“有质有形”的存在非常粗陋和表面，意识的精微度和作用力远远和大大地超越人的想象。

在物质和意识的关系问题上，人们忽略和误解最深的是“灵魂”。在如今这个科学发展到登峰造极的时代，关于“灵魂”的存在还在被高度质疑。或者说，科学愈发展，灵魂愈被忽略。然而，科学终于发现：意识比物质还物质，灵魂比身体还身体。当科学家经过千辛万苦终于攀登到认知的山顶时，发现佛学大师早已在上面等候多时了。

撇开别的，单说灵魂。连最为人们所信奉的科学家也不得不承认:“灵魂”绝对真实不虚地存在。灵魂像身体一样,会感冒,会发烧,会生肿瘤,会流血也会出汗,会呐喊也会哭泣,会结冰也会燃烧,会笑会闹会跑会跳,会躲藏会破碎,会分裂会暴动,会死亡亦会逃跑。这个无形的灵魂决定着有形的肉身,甚至人的肉身的每一种疾患和病痛都对应着灵魂的隐疾。疾病本身既是有质有形的外化呈现,亦是深微的“精神隐喻”,这不只是桑塔格的理论,而是愈来愈成为显而易见的“常识”。

如果把肉体定义为“物质”,把灵魂定义为“意识”,那么是肉体局限灵魂,还是灵魂影响肉体呢?故且撇开这个问题不论,必须看到的是:灵魂至少跟肉体一样,具有非常显在的物质特性(这样说,实际上是对灵魂的贬低,但必须把灵魂拉低到物质的层面来论说,这是暂时必须的方便善巧)。人忽略灵魂,灵魂就会暴动和报复,最先遭遇“身体的物质性困窘”的人可能会是医生。医生,尤其是西医,一向只把“身体”作为纯粹物质的存在,但是当医学发展到一定程度,穷尽了身体的物质性以后就会必然发现:人不只是身体的存在,“病”不只是肉体的故障。铁的事实证明:太多情况下,病痛的产生根源在于“灵魂”,单单对“肉体”做功,无论怎样的医药和技术都不可能真正解决问题。灵魂,这个貌似无形的存在必须被郑重其事地关注到,并被允许隆重正式地参与进来,才是完整和有指望的医学之道;否则,医学只能走向穷途末路。让灵魂参与进来,让灵魂彰显它原本具有的威力,绝对地必然,这是西医的前景。

再次把问题朝向精微的局部聚焦。如果确认“灵魂”也具有物质性,那么,“良知”和“热度”乃是灵魂的两个重要体征,就像血压和脉搏表征着肉身存在一样。良知和热度,这两个词语如此貌不惊人和司空见惯,以致人们看到时,不仅不会再有丝毫的感觉,甚至可能认为它们迂腐可笑,只配像废酒瓶子般被一脚踢开。然而,这点貌不惊人的“良知”却是一个人作为“人”的最初也是最后的灵魂之“灯”,或者叫人性之“光”。“人”——虽然老子《道德经》有言“天地不仁,以万物为刍狗”,但作为动物之一种,“人”既然自誉为“万物之长”,仿佛天生高万物一等,那么,这“高”于万物和“长”于万物的地方在哪里呢？这“高”和“长”不在于人能直立行走，也不在于人具有“语言”和“思想”、能够制造和使用工具，恰恰就在于这一点“良知之光”。在良知之光的照耀下，人的灵魂才会弥散出人性的“温度”，人也才配称得起为“人”，并把那点“作为人的存在”活出来。良知之光也像别的有质有形的物理之“光”一样具有强弱之别，就像电灯可以用“瓦”数来标度那样，人的良知之光也是有“瓦数”的，瓦数愈高，人所表现出的“人性”愈丰盈饱满，人作为人的灵魂温度才会愈高，对世界的照耀和回馈度亦才愈高，其存在感也愈强。俗语所谓的“热心肠”之“热”，也是人的良知温度体现之一种。“人”作为一种能量存在物，不只其身体有温度，其灵魂也同样具有温度。身体的温度降至“零”，预示着人作为身体存在的死亡——不仅所有动物的尸体都是冰冷的，推而延之，哪怕无机物的消亡也全都以“冰冷”为外在标志，比如植物、矿物，以及核爆炸以后的废墟余烬，也全都是冰冷寒凉的。这世界上没有一种“死亡”携带有丝毫的热度，连地球都可能以“冷寂”的方式而消亡。

“热度”是生命的象征，冰冷乃死亡之标志，有质有形的身体如此，无质无形的灵魂亦如此。与尸体一样，当灵魂的温度降至冰点时，这个人在人的意义上也已经宣告死亡。虽然身体活着，那“活”也不过或如同行尸走肉，或沦为“畜生”，甚至连畜生也不如，比如希特勒，成为贻害无穷、对人类世界产生巨大戕害和毁灭作用的“魔”。由“人”到“物”，再由“畜生”到“恶魔”，这乃是良知之光逐渐暗弱和泯灭的过程。良知之光彻底绝灭，相当于一个人的灵魂之灯陷于全暗，且没有良性能源可供再启。不管一个人作为有机体的存在能活多久，活出的能量有多么惊人地巨大，哪怕是希特勒，其作为“人”的“有光存在”已告死亡，像宇宙黑洞一样，他已沦为灵魂黑洞般的漆暗无明物。

良知乃人之作为人的标志，是一种携带着热度的生命之光，它是人的“第三只眼睛”。必须承认：人拥有三只眼睛。那长在面部的有质有形的两只眼睛负责向外看，那长在内里的第三只无形的眼睛负责对自我进行反察性的“内观”。外部的两只肉眼可能明亮如烛，但并不代表一个人具备“内观”的省视力。缺乏内观力，乃是绝对的“黑暗”和“无明”，比盲人更盲，即俗常所谓的“心瞎”。那第三只眼睛像鱼的眼睛一样没有眼皮，永远圆睁着，且明察秋毫。一个人无论怎般有意无意地欺骗、蒙蔽和瞒哄蛊惑自己，内心最深处始终清楚地知道自己在做什么。尤其是在作恶的时候，一个人会本能地自我保护且持续自我加持，使自己能够毫不犹豫地挥出沉重的罪恶之刀，且会下意识地把那只良知之眼往深处隐潜再隐潜，遮盖再遮盖——必须洞察到：“罪恶”是沉重的，不管多么微小的罪恶都绝对不具备轻盈的品性。“罪恶”没有翅膀，没有羽毛，像毒蛇一般丑陋，像黑铅和死尸那般沉重。一个人要举起罪恶之刀，需要具备并消耗巨大的能量，这能量要首先从内在把自己的最低防线彻底击溃，逆天而行，然后才能向外挥刀。

那向外挥出的罪恶之刀有多么狠绝，那对内的自戕就有多么残暴。除此之外，作恶者在作恶之后还需拿出极大的能量来收拾和重建自己的内在残局，把被自己击溃的残垣断壁好歹修补完整，使自我能够暂时地站立不倒。无论一个人采用何种或刁钻或狡诈的手段对良知进行“合理化”自欺，于内在最深处，他其实都清楚明白地知道事情的最根本真相是什么。许多情况下，一个人只是故意无视那第三只良知之眼的存在，即所谓“昧着良心”装糊涂，像俗话所说的“让脂肉蒙住心，故意不知道”。因为，作恶者害怕“知道”，担心被“知道”击溃从而无以自处，他千方百计地选择和制造“不知道”。所谓“昧着良心”，就像掩耳盗铃那样下意识地拿一块黑布遮蒙上那只良知之眼。事实上，这只眼睛拿任何东西都遮蒙不住，这是上帝在设计人的时候放进去的一道天然神光，是上帝对“人”这一物种的格外厚爱和恩宠。有了这道神光的护佑和照耀，人才能闪耀出宝石般晶莹的灵魂和内在人性之美，人才获得人的荣耀，从而区别于“万物刍狗”。在这道神光的烛照之下，不管人“伪装”得多么狡猾和巧妙，甚至天衣无缝地“合情合理又合法”，都无法让良知之眼当真“无视”。

比如希特勒，他“理直气壮”、“义正词严”地犯下了人类有史以来最惨绝人寰的罪恶，难道他当真不知道他在做什么吗？回答是否定的。他本人从未去过残杀犹太人的集中营一次，这个事实就是最好的明证。他制造了无数个杀人魔窟“集中营”，然而，他自己居然一次都没去过，一眼都没看过，这是偶然的吗？非也。不是不去，是他出于本能不想去，不愿去，不敢去。他其实也害怕那存在于人性最深处的第三只“良知之眼”，他不敢面对那第三只眼睛的拷问和注视，哪怕瞬间刹那都不敢。他宁愿拿子弹击碎自己的脑袋，都没敢走出最后藏身的地堡，让自己面对那道无形之神光的照射——这道神光就叫作传说中的“良知”，它是灵魂的血液。缺少了这无形的光之血液，灵魂就会因“伤寒”而死。一个人，如果死了灵魂，就是行尸走肉，将行之不远。

生命丰裕值与灵魂贫匮症以及精神破产

在这个物质被空前推崇与彰显的时代，人似乎只有两个分类：穷人和富人。判断一个人穷富的标准也只有一个：拥有财产的多寡。所谓“财产”，也只限定于“金钱”和“类金钱”存在物。事实上，真正的“财富”是生命本身的内蕴度。一个人的生命仿若土地，即所谓“命土”或“福土”，这块土地是否肥沃，能产出什么，是土地本身的问题。有的生命仿若沙漠，有的仿若江南鱼米之乡的肥田沃地，有的仿若板结的盐碱滩。在盐碱滩上垒筑起金碧辉煌的高楼大厦，并不能改变盐碱滩本身的贫瘠度；在一个人的身上挂满价值连城的珠宝，并不能丰裕一个人的生命内蕴。所谓的“身外之物”都是生命的“外挂”，生命有它本身的质地和财富，生命的财富与“金钱”这阿物儿基本不搭界。通常而言，只有“丰裕者”才有能力把自己所拥有的东西拿出来给予他者和世界。这“丰裕”二字绝非特指拥有金钱类的财产，而是泛指一切有形和无形的拥有，尤其关涉灵魂资源的具足与丰盈度。生命如同矿山，有的生命属于贫矿，有的则是取之不尽、用之不竭的富矿。

无形的拥有比有形的拥有大出千百万倍，有形终归有限，无形才能抵达无限。就最低级的物质层面而论，一个人只有在拥有一块面包的客观条件之下，才能给予别人一块面包，“给出”绝对不会超过“拥有”，就像巧妇难为无米之炊一样，一个人不可能对别人给出自己所不具备和拥有的东西。这个道理显而易见，人们却并不知晓灵魂层面的给予更加如此。一个人本身拥有足够的热能，才能够把“热能”拿出来温暖别人；同样，一个人自身拥有丰沛的爱意，才有能力去爱他者。爱意和温暖，不只是主观意愿，更是一种灵魂资源和精神能力。

爱的溢出就像一棵树在具足了美丽芬芳的能量以后，憋不住绽放出美丽的花朵那样，这棵树本身必须首先处于生命能量的丰裕富足状态，然后才有可能绽放花朵。如果其内在生命贫乏枯竭，能量抵达不到，连自我供给都难以满足，哪怕上帝也无法强令一棵没有能力开花的树勉强开花。树非常诚实，它能开花就开，不能开就不开，丝毫不自欺欺人。“开花”是能量饱满自足以后的“外溢”，如同水满自溢一样。一棵树如此，一个人更是如此。能够对他者弥散出温暖和爱意，这是一个人的生命之树上绽放出的灵魂花朵，能够开出花朵来，这个人的生命必是丰裕富足的。他可能缺少某些外在东西，比如金钱和地位，但其生命绝对不贫瘠。“生命的匮乏”和“生活的困窘”是两码事，决然不在同一个层面上，其差别仿若天渊。一个人哪怕拥有一整座金山，如果他感觉不到音乐之美，无能力欣赏顶级名画，觉悟不到一片树叶所蕴含的神性和奥秘，无能力去爱，他仍然是个贫匮的穷人。

缺少钱财，只是最浅表的物质贫穷，爱的匮乏乃是生命的大贫穷，而且是真正的赤贫和暴穷。患了爱的匮乏症，一个人就会灵魂薄凉，血凝寒冰，如同坚硬板结且寸草不生的盐碱滩，哪怕把其全部灵魂细胞榨干，也不可能挤出几星温暖的炭屑。这可怜的几星炭渣余烬连自己的命都暖不热，又怎么能够去给予他者温暖的热能呢？一个人活着有两种基本需要：肉体需要食物，灵魂需要爱。如果一个人拥有的爱能炭料太少，连自我满足都不够，这个人绝对拿不出高品质的爱来给予他者。就如同：一个贫血症患者，怎么可能输血给别人呢？爱是灵魂的血液，同肉体血液一样，必须首先自给自足，然后才可能助益他者。

一个爱的匮乏者倘若勉强去爱，表面上貌似在给予，实质上只能是反向索取，这是肯定和绝对的，不管主观意愿如何认知，手段怎般粉饰伪装，都只能是毫无疑问的索取甚至抢掠。以索取为姿态的爱不是爱，而是乞讨。这种“灵魂饥渴”比“胃囊饥饿”可怕千百倍。许多时候，甚至连当事者都毫不自知，终生处于爱的饥寒交迫状，如同身处冰原一般，捉襟见肘，瑟瑟发抖。这些人往往无止无休、不择手段地拼命勒索金钱、名利、地位这些貌似“辉煌耀目”的有形之物，实质上其内里真正热切需要的唯有一样东西：爱的温暖和爱的粮食。因其内在太过寒冷，冷到出离感觉而无感，连其本人都不明白自己在索要什么，那是生命深层的本能诉求。依靠向别人单向度索取来满足自己的灵魂饥饿，永远是望梅止渴和饮鸩止渴。

“爱”的本质乃是“给予”。对于高品质的爱而言，给出才是要，要就是给出，没有能力给出，绝无可能要。因此，爱，归根结底是能力和资源的问题，并不是任何人在任何情况下都能一厢情愿地拿出丰裕的爱来给予别人，爱是爱能量自我供应绰绰有余以后的溢出和分享。贫瘠匮乏、生命丰裕度极低的人，哪怕满身油膘，貂皮大衣裹体，其血液的温度也可能低至冰点，哪怕在正午的阳光烤炽之下也会两眼溅冰渣，细胞冒冷气，使人与他处身三米之外就感觉如坠冰窟，哪里可能向他者和世界溢出半豆暖光？又哪里配得起“人”这个至尊之称谓呢？

爱的最原始的能源矿脉来自哪里呢？良知。良知是灵魂之光，如同隐在生命内里的“小太阳”。就像太阳给地球提供热能一样，良知给生命提供能源。良知乃是一个人作为生命体的本原性“珍宝”，是一个人所拥有的最根本、最宝贵的财富资源。这资源如若耗尽，一个人无论怎般经营自己的人生，都只能指向破产，哪怕拥有整个地球，也还是破产——生命最大的溃败、灵魂最彻底的内在破产和本质破产。

幸福是一只走在歧路上的小傻羊

幸福是一只走在歧路上的小绵羊，它的名字叫“简单”。老天作证，“幸福”这只小绵羊又温驯又老实，头上不曾长角，身上不曾长刺，嘴里更没有生着可怕的獠牙，但是，它那老实而又憨厚的小脑袋瓜子里不曾装配指南针，它最大的短板在于极容易迷路。毫不夸张地说，“幸福”是这世界上最容易迷途的一只小傻羊——憨憨呆呆，简直就是一只傻瓜白痴羊，所以，古人创造了一个四字成语叫作“歧路亡羊”。

我个人坚信，歧路亡羊这个成语所说的“羊”，专门指称的就是“幸福”这只美丽可爱的小绵羊，“幸福”天生就是一只迷途之羔羊。每个人出生到世界上都是奔“幸福”这只小白羊而来的，到末了几乎所有人都把这只小羊丢失于“歧路”之中。只有最简单最一根筋的人比如白痴和傻瓜才偶尔会在人们的百般嘲笑中傻乎乎地沿着一条羊肠小道走到黑，把那只名曰幸福的小绵羊侥幸牵在手里。大多数甚至百分之九十九的人终其一生都与这只小绵羊无缘。有人刚一上路就把羊弄丢了；有人原本好端端地把羊牵在手里，走着走着，也在不经意间弄丢了羊；还有的人只顾着埋头赶路，等奔到终点才恍然发觉，自己原本是为着追寻那只羊才上路的，结果上了路却把羊完全忘至脑后连影子都没曾记起过一次。

对幸福这只极容易犯迷糊的小傻羊而言，世界存在太多的“歧路”，那歧路多到如同森林里的迷魂阵，以致牵手幸福这一只小绵羊比打死七百只凶猛的大老虎都难。不过，完全不必为此而悲伤绝望，上帝的设计非常吊诡：当一件事情难到极致时，往往预示着它同时也简单和容易到极致。表面看，追上幸福这只羊难于上青天；事实上，转转身就能与它迎面撞个满怀——它的腿很短，没有生翅膀,胆子极小,脑子又极笨,总是像影子一样怯生生悄无声息地跟在人们的身后不弃不离。问题的关键在于:人跑得太快太匆忙,顾不得转身或无能力转身,只好以近在咫尺的方式与它遥隔天涯,所有的症结和奥妙都只在于两个字——转身。转身就是悟,转身就是道,转身就是觉。甚至,有时连转身都不需要,只需转个念头即可,所谓"一念之间乾坤倒转"。这一念之间的跨度,要多宽有多宽,要多深有多深,一念天堂一念地狱,一念得生一念死,转动一念有多艰难就有多简单。

看到"简单"两个字,人类总是不屑地哂笑,以为它不值一提,甚至有辱自己的智商。殊不知,"简单"对人而言,乃是最复杂和最难以抵达的意境。"简单"只是看上去"简单",实质上,愈简单愈困难,正因为太过简单,反而变得难以企及:人类太过聪明了,于是,简单对人类而言成为最巨大、最艰难、最复杂和最难以突破且最高不可攀的严正之挑战。愚笨的人都可能变聪明,聪明人想笨,千难万难,于是,"聪明"成为聪明者的最大障碍。人想简单,半丝半毫都不简单。简单是大福气,要抵达它必须越过聪明之障,绝大多数人都被堵在聪明这道窄门之外,越使尽机巧,那门关得越死。"幸福"这只羊太过简单了,猪都能轻而易举地得到,人却得不到。

说到底,幸福其实很简单。一个人,如果矢志不渝地想要幸福,想要作为人并且像人一样去过属于人的生活,不管别人怎样,自己只管好好地、认真地、一心一意地、全心全意地、专心致志地和海枯石烂不变心地守着做人的本分——吃饭穿衣过日子,怎么可能得不到幸福呢?吃饭穿衣过日子真有那么难以企及和高不可攀?许多人貌似贪财恋金,那是因为得不到真金之爱,绝望之下只好拿真金当爱来权且充饥。真心真意地爱,然后踏实认真地吃饭穿衣过日子,除此以外人还能怎么着呢?穷奢极欲地上天入地瞎折腾,那叫作死。

把日子一刻接一刻、一天接一天、一年接一年地过下去,再过下去,怎么可能不幸福呢?幸福真有那般丧心病狂吗?一个人如果不幸福,不是他不能幸福,是他不愿意选择幸福。通常而言,当复杂与简单交手时,总是简单胜出。简单的招数通常都是以不变应万变地根本不使用任何招数,即传说中的"无招胜有招"和"绝圣弃智",于是复杂只好自己出招儿整死自己,让简单被动获胜——事情就是如此简单。

有则寓言说狐狸和羊相爱了,一天,他们遇到了恶狼。狼说:你们两个必须有一个死,你们自己用石头剪子布决定吧,谁输谁死。结果,狐狸被咬死了。羊抱着狐狸的尸体哭泣道:说好的,我们两个都出"石头",我出了"剪子",你怎么出了"布"呢?许多时候,我们不能幸福,是因为头脑里藏着一只"狐狸"。所谓"狐狸",其本质就是:不敢相信,没有能力相信。是的,一切不幸的根源都只在于:我们没有能力相信一粒芥菜籽能撑起一个天国。没有信,便没有望;没有望,便没有爱。"信望爱"的丧失,必使人走向地狱。上帝没有创造地狱,是人自己用头脑里的那只狐狸替自己制造了地狱。可悲的是:人人都不愿意杀死藏在自己脑袋里的那只狐狸,且唯恐自己的狐狸不能比别人养的狐狸更聪明。人自愿放弃自己的存在,使自己的本心彻底缺席,只让狐狸上场,使人生沦落为一场与自己无关的"狐狸斗"。

金庸的毒与禅和心的江湖大世界

金庸善写毒，他的作品中那些五花八门的“毒”，无不刁钻鬼魅，让人感觉那不是“毒”，而是“魔”。比如，老先生笔下有一种戕毁人命、断人肝肠的“情花毒”，其毒性的发作就非常刁钻：中了情花毒的人，要想保全性命，必须断绝情思，只要微动一丝情念，毒魔就会钻骨剔髓，不死也得残。然而，虽毒性辣绝到如蛇似蝎，这“情花”的外形却又生得美丽妖娆，让人爱不释手。这且也罢了，吊诡的是：如此妖娆多情的尤物，却是天下最绝情的恶人所种植，又恰恰生长在天下最无情的“绝情谷”。那绝情谷的谷主夫妇更奇葩：最绝情，却又最痴情，虽相互仇恨到七窍生烟，还是生死不渝地双双坠亡于断肠崖，生不同衾死同穴。那个以心狠手辣而遗臭万年的魔女李莫愁，恰不偏不倚自焚于情花丛中，死到临头还在吟爱咏情问询“情为何物”。

所有迹象都在佐证：金庸的“毒”不是类若砒霜的物质之毒，而是“心毒”。毒由心生，亦发作于心，无迹无形，如魔如幻。他炮制的所有“解毒药”其实也都只是幌子，最终解铃还须系铃人，心毒还须心药解。他小说中的很多人都是中毒者：一心想争“天下第一”者中的是“权力之毒”，一心要报私仇者中的是“仇恨之毒”，一心要置情敌于死地者中的是“妒忌之毒”，一心要寻宝者中的是“贪婪之毒”，一心要得到荣华富贵者中的是“虚荣之毒”，一心要雪耻者中的是“羞辱之毒”，一心要寻找秘籍者中的是“猎奇之毒”。关于“中毒”和“解毒”金庸先生的设计也相当吊诡：“中毒者”都必须千方百计地向外求解。没办法，只有施毒者才是解毒人，而那“施毒者”通常并不把敌人当即致死，其用意只在于“控制”对手，从而最终达到降伏对方的目的。

更吊诡的是:被控制者只要不想死,就得苦求解药,而“解药”又总是千难万险不可得,为了得到“解药”,中毒者卑躬屈膝,听凭百般摆布,恨不得丧权辱国,以换取那一粒小小的药丸。不过,妙得很,只要一粒小小的药丸入口,立刻药到毒去,痕迹无留,一分钟就可以绝处逢生。这不禁使人神往,世界上当真有奇妙无比的“解药”存在吗?科学家如果能研制出各种“灵药”来疗治人性之毒蛊,人间岂不是很容易就可以成为“伊甸园”了吗?比如,给希特勒服下几丸“人性”的良知之药,让他放下屠刀立地成佛,哪里还会有屠杀呢?再比如,让科学家研制出治疗人性各种劣迹的“解药”,像“解恨丸”、“消妒丹”、“平欲片”、“散权剂”、“戒贪胶囊”之类,只要服两丸下去,几世几代的深仇大恨立时烟消云散,岂不快哉?

如前所述,金庸先生炮制出来的“毒”都有一个非常显著的特性:具备“超级控制力”。那些毒虽然都像狂犬病毒一样,极其凶险,但又都存在或长或短的潜伏期。在潜伏期以内,中毒者一切正常,不过,那个“毒蛊幽灵”始终存在,如同悬在脑袋上方的魔剑,中毒者哪怕逃至天涯海角,毒也还会如期发作。当然,那每一种毒都有解药,那解毒药当然掌握在造毒者手中,只要药到,毒当即可解。不禁使人好奇:那些武林高手个个莫非都是制药专家?那些刁钻古怪到登峰造极的毒药要研制出来,决非一蹴而就的事情,就常理而论,哪怕专业人员耗费半辈子的心血也未必能够研发成功。于是,金庸先生又有一诡:那些足够段位的武功高手,如果中了毒而又得不到解药,可以用“内功”自己把毒“逼”出来,或者至少可以抑制其毒性的发作强度,不过,这要消耗大量的生命真气。这“毒”还真神奇了!

细究就会明白,所有的“毒”皆乃金庸先生一人所炮制,所有的“解毒药”也皆系金庸先生一手所研发,金庸先生既是施毒者,亦是解毒人,他炮制毒药和解毒药的“作坊”就是他的“心”。再概而言之,那千奇百怪的所有刁钻古怪之毒药,都只有一个共同的名字——“恶”,那所有解毒的灵丹妙药也只有一个名字——“善”。或者换言之,老金先生所研发的每一种毒都是“人性之殇”,也都是潘多拉魔盒里一只人性的魔妖。那些毒表面上戕害的是身，实则是“心”！他不只把毒药涂在刀剑上，甚至涂在金银珠宝上。在《连城诀》中，那些抢劫珠宝的人中只要拿手触碰到珠宝的，很快就都会疯魔掉，对着三丈金佛又是咬又是啃，恨不得像啮食面包一样，从金佛身上啃下一块金来，其状惨不忍睹又丑陋到狰狞。

这个情节足以佐证：他所有的毒都是人性的“魔怔病”，“恶魔”之毒就在心里，要降伏恶魔也只能依靠“心力”。那全部的江湖都是金庸一个人的“武林”，那所有的人物都是金庸一个人的外挂，成也自己，毁也自己，圣也自己，魔也自己，毒也自己，解也自己，这个世界上没有“外人”，所有的江湖之争都发生在一个人那小小的方寸之心内。人生就是一个人的武林和一颗心的江湖，所有的“斗”最终都是自己跟自己“斗”，所有的“争”也都是自己跟自己“争”，最大的输都是输给自己，最大的赢也都是赢定自己。心就是宇宙，身就是江湖；所谓练功，其实就是修心；所谓功夫，其实就是境界；所谓的毒药，其实就是恶与欲；所谓的解药，其实就是善与爱；所谓的秘籍，其实就是“奇技淫巧”；所谓的真经，其实就是天道；所谓的真理，其实就是常识。最后，所谓的外，其实就是内；所谓的别人，其实就是自己。那么，所有的“外求”其实皆都是绝境，这个世界上能拯救和成全自己的，最终只能是自己。那些中了毒的人，哪怕千方百计从别人手中拿到解药，也只能解痛于一时，不能救己于一世，而且，为了从别人手中拿到一丸解药，往往需要付出更加惨痛的双倍代价。不管中了什么毒，真正彻底解救自己的路径都只有一条——苦修内功，强力逼毒。简单地说，就是养性修心，这就是所谓的“行有不得，反求诸己”。

金庸不是在写“毒”，而是在说禅，他的小说也不是在演绎“武功”，而是在修炼“心功”，与其说他在“写武功”，毋宁说他是在“释心经”。善恶的角斗也好，成毁的逆转也罢，包括爱恨情仇和贪嗔痴慢疑的纠缠，一切都只在“一念之间”。一念蜜糖一念砒霜，一念地狱一念天堂，蜜糖和砒霜貌似水火不容，地狱和天堂貌似远隔天涯，其实都只在“转念”之间，仿若一枚钱币的正反两面，所以“药”

到“毒”去，痕迹无留。具体而言，那真正的“解药”就叫作“佛”。所谓的佛，其实很简单也很平常，就叫作“觉”。每个人都具足佛性，连一块石头和一棵树也佛性十足，只要怀着觉知去悟去解，那佛性呼之欲出。金庸对佛学研究极深，他的作品中处处透出“佛意”与“禅机”，只是凡人俗眼难以解读，只要解读出来，仿若得了灵药，百毒可解，再甚或“百毒不侵”。

所谓“江湖险恶”，人在世间行，不能不吃毒，或者说，人一生下来，就带了人性之常毒，比如那爱恨情仇和贪嗔痴慢疑，除非白痴，谁不天生携了这人性之常毒？中了魔性之毒怎么办？很简单——放下，宽恕，爱！这便是“解药”。“魔毒”的确害人，使人如同被铁钳卡喉般痛不欲生、生不如死，但是，解脱这种苦痛的法门却非常和十分简单，当真只在“一念之间”。而所谓“一念之间”，只是转转念头而已，正像他在小说中描写的那样——药到即可毒去，这丝毫都不夸张，也不虚拟，那就是真实不虚的实情实境。但是，“一个念头”转起来却是千难万难。“放下”—“宽恕”—“爱”，是真正的灵丹妙药，千真万确，不折不扣，生死只在“一念”间，然而却知易行难，真正做起来，要“转换一念”将极其艰难和痛苦。那所有孳生于人性内在深处的“心毒”都无“外药”可解，那向外寻求的所有灵丹妙药都是自欺欺人的徒劳，解脱自己的，只能是自己。“转念”容易之极，也艰难之极，只在一个“修”字上见功夫。那么，在哪里修呢？我个人认为，要戒除爱恨情仇和贪嗔痴慢疑的苦毒，就要而且必须要在爱恨情仇和贪嗔痴慢疑里修，此所谓“理上知，事上修，心上觉，果上现”。毒本身就是药，药本身就是毒；砒霜就是蜜糖，蜜糖就是砒霜；佛不离魔，魔不离佛；道不远人，远人不是道。所谓“放下屠刀，立地成佛”，佛就在那举起的刀刃之上，佛就在人的双脚踩踏之处，脱离了自己的本心和人之常道去求神拜佛，只能与佛背道而驰。所谓“我佛慈悲”，“我”即“佛”，“佛”即“我”，只有回到自性才能与佛相遇，生命搁浅在哪里，就在哪里修悟。如果不幸被一堆狗屎绊倒在地，就当拜那堆狗屎为佛。佛很伟大亦很平常，屈身隐就在一堆狗屎里，这丝毫都不可能贬低他的伟大光芒；相反，他会虔诚地为那堆狗屎镶上金边，让它闪闪发光，耀眼夺目。如果狗屎堆里都能驻藏佛性，那人性的爱恨情仇和贪嗔痴慢疑，可能蕴含着怎般稀罕的珍宝，有谁知道呢？上帝把爱恨情仇和贪嗔痴慢疑这些病毒植入人性内里，自有其幽深奥义之所在，否则他就称不起上帝了！上帝给什么，就爱什么吧，不会有错。只有爱，才可能点石成金，化腐朽为神奇，使人真正成为"人"。

生命的大数据与小账目

这世界上的生命都排拒孤独，哪怕是一棵树，如果绝对地缺乏呼应，也会因郁闷而变成不开花的“哑树”。人来到世界上，终生都在有意无意地寻找呼应，当“呼应”实现以后，“关系”即诞生。只要人与人之间建立起关系，无论是什么性质的关系，这个“关系”都会像机器投入运行一样有毒性垃圾析出，就仿若只要发动车子，就会有尾气排出。两个人在一起的日子越久，关系里积累的垃圾会越多；两个人之间的关系愈亲密和深刻，关系里产生的垃圾毒性愈大，因为愈亲密和深刻的关系，愈牵心扯肺甚至深入骨髓；愈牵心扯肺愈焚心煮肺，愈深入骨髓愈伤筋搅髓，哪怕是亲子之间，也会有毒素析出。因为“关系”作为一种无形的生命，像树木一样要呼吸吐纳，只要“吸”进去营养，就会有废气“呼”出，身体需要排毒，灵魂需要排毒，“关系”更需要清洗与排毒。在关系中，基本能量有两种：爱与恨。如上所述，这爱恨两种能量几乎无时无刻不在博弈。可以肯定，无论多么糟糕的婚姻关系中，都点缀有零星的善爱能量。只是，关系的品质愈差，有爱的时刻愈少，那爱的时刻如同好不容易突出海平面的礁石，恨的海水很快就会弥漫而来，把礁石淹没。在关系中，一句伤人的话就会制造出毒素，一件寒心的事更会造毒。几十载下来，关系肯定会像烂鱼网一样千疮百孔，且尘垢坚厚。当漏洞再也无法缝补时，只能将之像烂鱼网一样扔掉。

“关系”这种存在物跟时装不同。时装是越新越潮越时髦，旧的扔掉，新的买到，信手拈来，俯拾皆是，越多越好，要多少有多少，供过于求。“关系”是愈旧愈牢靠，愈老愈有味道，愈原初的愈结实耐磨，而且人一生中能够遭遇和建设的高品质关系极其稀少。不在关系上砸钉子，不在关系上动刀子，不在关系上泼硫酸，应该成为基本操守。在关系上砸的铁钉太多,关系的品质就会大打折扣。即使钉子拔除掉,也会留下孔洞,每个孔洞都是滋生毒素的窟窿。关系上每多出一个窟窿,都需要耗费巨大的爱能去填补。钱花完了可以再挣,爱能量消耗完了很难再生。经历过伤筋动骨的戕害性事件以后,关系中两个人的心里都会积存大量的仇和恨。仇恨就像海水,而爱犹如海中的礁石,通常而言,仇恨的海水很容易覆盖和淹没爱意的礁石,要把爱的海礁连石成岛、连岛成陆,并在陆地上建造起坚不可摧的关系之房屋,必得是山高海深的弥天大爱才行。

生命里人性的营养性优质资源如果非常贫瘠,就没有原料可以分泌太多的爱能,随着时日的推进,关系中甚至连一滴爱意也不再能够分泌出来。爱的礁石被淹没一寸,恨意的潮水就会推进一寸,能量是守恒的,爱消恨长,恨退爱进。爱意的树木生长艰难,仇恨的癌细胞却会疯狂掘进,且恨的毒液愈刺激愈旺盛,愈剿杀愈猖獗。最终,关系的双方必然因为对爱彻底绝望而放弃爱的可能,完全浸泡于仇恨中,依靠咀嚼苦毒养命度日。爱的能力,实际上可以直接解读为"驾驭"和"降伏"恨的能力。到了这时候,恨如海洋爱似船舶,水能覆舟亦能载舟,看上去恨海汹涌浪滔天,只要高度觉知,亦能轻舟行过万重山,一切只取决于一个人是否决意要成全自己成全爱。这看上去极难,细琢磨却也容易,转转身而已。爱恨乃是同一种能量,有恨,就能使恨能蜕变为爱能。爱乃是一种生命姿态的选择,只有白痴才会选择"恨姿态"。很遗憾,大多数人比白痴还要昏昧。

无论怎般算计,如果一个人真的彻底自私,并负全责地替自己着想,且真正想要在最深层的意义上成全自己,他肯定希望生活在"爱关系"而非"恨关系"之中,这是最大的"自益性"选择。就此意义而言,输给恨也就是赢了恨。要想战胜恨,只有一个途径:让自己分泌出的爱能量多一些,再多一些,更多一些,如果恨高一尺,哪怕爱高一尺零一寸就是赢——爱别人才是对自己的最大成全和最深切的自私。话虽这么说,账却极难在人的头脑里这么算。人这种动物往往因为太聪明而堕入愚蠢,因为不够自私而堕入自损,因为太爱自己而戕害自己,因为太想赢别人而输进去自己。

事实上,一定要论输赢的话,能够以人的身份来到世界上体验生命几十载,这本身就是个大赢!这一点必须被认知到——每个来到世界上的人,都是大赢家!在母亲子宫里受孕乃是最惊险激烈的大竞争,在这场受孕竞争中,胜出的概率不到四亿分之一。换言之,战胜四亿多个对手,才能以人的身份降生于世界。在这个大赢的总账单之下,再去斤斤计较地算小账,这本身就是蠢猪逻辑。就此意义而言,活一刻就是赢一刻,活一天就是赢一天,活一年就是赢一年。或者换个说法,活一刻就应该爱一刻,活一天就应该爱一天,活一年就应该爱一年。或者,再换个角度,爱一刻才算是活一刻,爱一天才算是活一天,爱一年才算是活一年。爱就是神,神就是爱——"爱就是道路、真理和生命"。谁能够爱,谁就是赢家;谁选择恨,谁就选择了最彻底和最惨痛的输。恨就是自戕和死亡,恨本身就是输。一个人如果在咬牙切齿地仇恨,无论什么原因,亦无论在恨谁和恨什么,这本身就是生命的大不幸和大哀痛。如果说让恶人成为恶人就是对恶者的报应,那么,让一个人心生仇恨并浸泡于仇恨之中不能自拔一定是对仇恨者的惩罚。选择爱就是选择天堂,选择仇恨就是选择地狱。而人所步入的最大误区乃是:永远都在寻找和建设与别人的关系,却忽略了自己与自己、自己与生命、自己与世界的关系。

"人与人",或者具体地说"一个人与另一个人"的关系只是关系之一种,除需要与"别人"建立关系外,人首先和更重要的是建立起"自己与自己"的关系。人总是错误地相信,所谓"孤独",就是一个人无法与别人成功链接从而保持牢固良好的关系。事实上,人不可能"绝对孤独","孤独"只是一种狭隘的理解,且相对于别人才存在。因为,一个人只要来到世界上,无论他承认与否,他已经与这个世界建立起了根深蒂固的关系,直到死亡到来,这个关系才以某种形式宣告结束。就此意义而言,"绝对孤独"并不存在。当一个人认为自己"绝对孤独"时,一定是他把自己连根拔起,脱离和抛弃了世界，或者他忽略了世界的存在，陷入了人为和虚妄的自怨自艾与自我孤绝。人们习惯于把无父无母的孩子称作“孤儿”，从根本上说，不存在孤儿。人人都是这个世界的孩子，人人都生活在世界的怀抱中。认知并看到世界的存在，且与这个世界从生命最深处产生呼应和链接，这是最大最重要的“关系”。失去父母只是最浅表最狭隘意义上的“相对孤儿”，把自己与世界断裂开来，才是真正的“孤儿”。

人存在于世界之中，却与世界“失联”，这似乎非常荒谬，实则不足为奇。“失联”的原因很简单：人自己脱离了作为人的本性和根脉，把自己从世界连根拔起，于是，便会与世界失去联系，使自己沦为存在的“绝对孤儿”。事情很吊诡，人把自己连根拔起的原因往往是太过局限于某种细枝末节，即太过投入沉醉地“舍本逐末”和“缘木求鱼”。这就仿若：人拼命把自己局限、固着和倾注在某一片树叶上，而忘了自己属于整体存在之大树，于是，树叶被压垮，人从树叶上跌落碎毁。比如，许多女人会把自己全情倾注于某个“男人”，苦心孤诣地要与这个男人建立牢不可破和永不断灭之“关系”，如果“关系”失败，便会陷入孤独之绝望中。还有人陷入与金钱的关系、与权利的关系、与荣誉的关系，这任何一种关系，无论貌似怎般重大，都只是局部关系和外在小关系。所有的局部关系和外在小关系都隶属于人与世界的内在根本性大关系，任何局部关系和小关系都注定了“断灭”的命运。因为局部关系都是人与树叶的关系，而树叶本身就注定了“凋零”的命运。人无论把全部能量倾注于哪一片树叶或哪一截枝丫，必然要与世界的根脉失联，且与自己作为人的本性失联，树叶太轻，枝丫太脆，承载不了生命之重。生命必须依附于本性和根脉，人必须在生命的最深处存在，和世界首先链接，让“最本质的关系”首先并充分发生，然后才能立于不败之地。使局部关系作为次生关系而发生，哪怕次生关系凋零一百次，只要人能够始终认知到自己是存在之子，这个世界仿若最慈爱的父母那样，将对自己不弃不离，那么，孤独和绝望就不可能围困和剿杀一个人。

从存在的角度出发去观照，恨不应该有理由存在。人从虚无中来，再回到虚无，中间的一小段作为上帝派往世界的观光客来地球旅游。神为人预备了如此丰富的物质，吃的喝的玩的用的，无所不有，且无所不尽其极，只有一条限制：人走的时候必须两手空空。而这个限制本身亦是神对人的慈悲，像自助餐一样，只能吃多少拿多少，人便可以腾出工夫去充分地领略和欣赏。所有的“恨”都源于贪嗔痴的嫉妒和占有欲，而人最大的占有欲乃是对“人”的占有，这又是人之大痴——连物都不可能占有，怎么可能占有人呢？没有人能真正占有别人。人们总是错误地认为，所谓“关系”，就是对某个人占有权的保障，这其实是最大的荒谬。地球上把人与人绑定起来的最具力度的关系是“婚姻”，为了使这种关系牢不可破，人们动用了法律作武器，但是，这世界上哪个妻子曾经占有过丈夫？哪个丈夫曾经占有过妻子？占有欲愈强，关系愈危机，痛苦和怨恨愈多愈浓烈。不过，转过身来，如果以爱的姿态来对待世界，对待自己，对待关系，对待万事万物，一切都会别开生面。

为什么要恨呢？人来地球的目的是观光和欣赏。所谓的“关系人”，只是与你携手而行的“旅伴”，来的时候是一个人，走的时候也是一个人。“单独一个人”是生命的本质状态，自然界没有别的动物像人这样用法律把生命捆绑在婚姻和关系里，人对“关系”的需要几乎达到病态程度，这只能佐证人的脆弱和不具足。虽然独行才是硬道理，但是结伴也很不错，结伴本身已经超出了上帝给出的自然，应该算是额外的馈赠。能走一程是一程，哪怕擦肩而过也是缘，有什么道理恨呢？谁怀着恨意，谁就是在败毁自己绝无仅有的这趟人生之行程，这不是自己跟自己过不去吗？

生命就是一曲“欢乐颂”

几年来，我像一只不折不扣的井底之蛙，独自待在自己的井里，痴痴地望着井口上空那一片天。世界很大，我的那片天很小，小到如同一个“袖珍瞭望孔”，我像一个世纪孤儿那样，趴在针尖般细小的瞭望孔前，看星星看月亮，看风看云看虚影。那片碗口大的天空先是像面镜子一样照出我的画皮，后又变成“眼睛”透过我的血肉，捕捉住躲藏在骨头缝隙里的我的影子。我望着那只眼睛，那只眼睛也望着我，我听到有个声音问我：

“你是个什么东西？”

我是——什么东西呢？我竟一时语塞，难以应对。我有名有姓，但那个名姓是在“社会或团体”里使用的，此刻，我已被时代之行伍淘汰出局，“姓名”作为社会组织之特用符号已失去意义。当然，我是我爹妈的孩子、我丈夫的妻子、我儿子的母亲、我单位的员工、我社区的公民，我拥有身份证、户口簿之类各种证件，不过，这些由关系与组织定义和佐证出的“身份”拖泥带水，似乎不是纯然和真正的我。于是，我回答：“我是个人。”

“人是什么东西？”那个声音又问。

“人是——上帝创造出来的动物。”我有些迟疑地回答，“跟鸟、鱼，还有蝴蝶和老虎一样，都是动物。”

“那，你现在待的那个地方是哪里？”

“这个毫无疑问，是地球。”

“地球是什么”？

“宇宙间的一个圆形星体而已。”

“你去地球上干什么？”

“这个嘛，随便遛遛转转、走走看看。”

那个声音说：“好羡慕你啊！我永远没有机会作为人到地球上去观光！”

我问：“你是谁？”

答：“我是虚无。”

我问：“虚无是什么？”

答：“什么都不是。你知道我有多么羡慕你吗？”

“羡慕我什么？”

“羡慕你的一切的一切、所有的所有，包括你的瑕疵、你的缺陷和你的痛苦、悲伤、忧愁，甚至包括你的耻辱、愧疚和绝望。只要让我以‘人’的身份待在地球上，哪怕只有一天，我也无限地感恩啊。”

作为人，来到地球上，这是怎般的福气和荣幸啊！如果上帝没有赋予我人的身份，如果我没有获得这一个难得的机会到地球上来做观光客，我将在哪里？我又会是什么？万幸啊，我作为人来到了地球上，白天有太阳，晚上有月亮，地球上有粮食还有鲜花，玫瑰那般红，麦稻那般香，还有美酒和琼浆。每天虽有那么多天灾人祸发生在地球的各个角落，可此刻我依然好端端地活着。这活着本身就是一切啊，我为什么要抱怨？我能够抱怨什么？抱怨自己不够富有、不够荣耀、不够尊贵吗？很显然，无论抱怨什么都是愚蠢和嗔痴。许多人想来来不成，比如那些被流产掉的胎儿；许多人来了又走掉，比如我的大姐，来了九年就走了，我的小弟只来了三天。很快，每个人都要走，无论是国王还是乞丐。

活着，待在地球上的每一分钟都应该是欢乐的啊！生命本身就是一曲《欢乐颂》。让我们用自己的眼泪和血肉来加入这《欢乐颂》大合唱吧！生命就是一曲伟大的《欢乐颂》交响乐！那局部的苦痛、哀伤甚至绝望和丑恶，都是交响乐的一部分。苦痛和绝望的音符坠落得有多么幽深，欢乐的峰峦就有多么高昂、豪迈和巍峨。所有的恶毒和仇恨都只能是生命的局部和细节，爱才是生命颠扑不破的原版和底色。生命的本质就是不折不扣的《欢乐颂》！听——大地在歌唱，天空在歌唱，鲜花在歌唱，小鸟和鱼儿也在歌唱，谁不加入这《欢乐颂》的歌唱，谁就是白痴。来吧，让我们拉起手来合奏一曲贝多芬的《欢乐颂》。

伏下去扎(跋)

此前好多年，每当有编辑老师向我索要简介时，我就会罗列出一大堆篇目——发表的、出版的、转载的，还有侥幸被错爱获了奖的，感觉漏掉一篇都可惜。然而，我对此越来越感觉惶惑和质疑：从发表到出版，再到转载或获奖，这些难道就是写作的终极目的吗？我看到一些写作者，挖空心思地研究某家杂志的用稿思路，处心积虑地探索某个奖项的精髓规则，然后投其所好，按需炮制，而且技法老道，套路娴熟，感觉越来越意兴寥落。当然，我这样说不排除酸葡萄心理，因为，我在文学上实在资质有限。

但我真切地感到，一个人一生其实干不了多少事，尤其是像我这样笨拙和迂腐之人，能干的事情实在寥寥无几。我就想，能做一件是一件吧，管它合时宜不合时宜呢。这部为孩子而写的书稿原文将近五十万字，零零碎碎，交错斑驳，我像做学术研究一样，摸索一点写一点，杂乱无章，如同一大片丛生的野草。要从这堆野草中删节出来二十来万字，相当困难，最大的难度在于“秩序”和“路径”。必须承认，连我自己也给不出一个清晰晓畅的“线路图”来，从而有效地引领阅读。我的困境在于：从任何一个小切口扎下去，都会迷失于森林般的交叉藤蔓之中。因为我发现，伟大的物理学家们说得不错，宇宙是个全息存在体，牵一发而动全身，任何一片树叶都分毫不爽地包含整棵树，任何一棵树都能完整地呈现一小片树叶，没有一棵小草绝对独立，也没有一只小鸟彻底孤绝。认真去拆解，能通过一只小鸟解读整个宇宙。很显然，要把这个世界上的任何一件最细小的事物条分缕析地“单独”孤立出来打理清爽，都几乎不可能，从任何一个“部分”入口触摸到的必然都只能是“整体”，这无可规避。

天可怜见，为了弄清楚女人与世界、宇宙以及孩子的关系，差不多有整整一年的时间，我埋头钻研物理学。女人难道与宇宙和物理学有关系吗？这太过危言耸听了吧？我要说：当然大大地有！这毫无疑问。正因为太过执着于局部和表象，忽略和丧失了与整体的链接，人类正面临巨大到难以想象的困境却浑然无觉。

我个人感觉，如果不能在意识里建立世界坐标图，不能在灵魂里设置宇宙坐标系，不能确立“人”与世界的根本位置和关系，只一头扎进“社会”的丛林里，从一条小径穿梭到另一条小径，哪怕在社会的雾瘴里穿梭往复一万次，也只是在世界的幻想次元里颠倒沉浮，其轨迹可能无限长，其位移刻度可能小到可怜，甚至有可能终生固着于一个维度点，却自以为穿越到了三界外。社会不是世界，社会只是世界呈现出来的最表象的影子。男人也好，女人也罢，都首先相对于存在而存在。如果不能在存在的意义上看到女人的存在实相，就不可能有相对究竟的探索。

为了研究女人，为了摸清楚人与世界的关系，单是量子力学的书我就买了几十本。不说别的，单那一只“薛定谔之猫”就差一点把我折磨致死。但，那只且死且活的猫使我确信：人类过往的认知，大大地需要质疑。我从薛定谔探索到爱因斯坦，又从爱因斯坦到梵高的《星夜》，从《星夜》再到佛陀，从佛陀又到耶稣，从耶稣到量子纠缠，从量子纠缠又迂回到中国的圣贤先祖，最终发现：各路大咖们从不同的方向和路径出发，经过千年万载的跋涉，却在同一个地点胜利会师了。尤其令我震惊到瞠目错愕的是：那领先抵达究竟之峰巅者居然不是科学大咖。貌似前端的“科学”虽然拥有最尖端、最宠大和最无可匹敌的器械作推手，却远远地落在了一个朴素至极的灵魂后面。换句话说，科学还在万丈峡谷里像无头苍蝇一样团团打转时，灵魂早已经悠然而又笃定地稳坐峰巅等待好多世了！这里面的禅意值得整个人类深思再深思啊！我坚信，人终有一天会睁开聪明到愚痴的眼睛看到这个天机。不过，确定无疑的是，大咖们会师的地点叫作“一”。

“一”很简单，不要说抵达，单是看到它的存在，就有可能需要花费几个世纪的时间。不过，这禅机里面隐藏的令人欣慰的一个好消息是：有时候，几个世纪也可以浓缩为一个电光石火般的刹那瞬间。天地良心，我像一头误入歧途的野兽一样，被重重围困于意识的原始森林里，有很多次，我都差一点把自己吊死在某一棵“古树名木”上。这就完了吗？不。除了从书本和理论上探索，我还被“量子纠缠”纠缠进一个个真刀实枪的现场拿自己的整个身心去体会、感觉和参与。我如此地投入是因为好奇和兴趣吗？不。如果不这样做，等待我的必是悬崖绝壁和死路一条，突围对我而言乃是生死攸关的考验和必须。这些年，我在灵魂突围过程中获得的现场感受令我挫骨扬灰，焚心蚀肝！由于太过于惊心动魄，以至于把自己的思绪从现场感中抽离和冷却下来形成文字，简直不可能，我需要时间去慢慢地沉淀，再沉淀。

我也一直在试着努力记录一些东西。但是，我甚至羞于承认：在意识的森林里团团打转的整整五年时间里，我即时性地记述下的一百多万字的东西，连我自己都无法明确认读。那就是一堆烂茅草。其中的几十万字，我自己勉强把它命名为“小说”。然而，当我像切豆腐一样把那一大团混沌不堪的东西切出一小块来当作“小说”试着发给编辑以后，编辑并不认可其作为小说的存在，这使我相当尴尬和惭愧。同样，当我把另外几十万字命名为“散文”时，我清楚地知道，它其实也不像散文。

不过，有一点确定无疑：我个人认为，我的每一篇文字都是一根清楚明白的“手指头”。我想要抵达的标的是：从不同的方向、不同的位置、不同的层面、不同的维度、不同的空间以及不同的当下与现场——指向“月亮”。不管是佛陀还是爱因斯坦都会承认：月亮只有一个。目前为止，宇宙天体间尚且不曾发现第二个月亮的存在。月亮与女人的关系密不可分，这毋庸置疑。虽然全宇宙只有一个月亮，然而“指月”的手却至少有八万四千只，每一只手上还有五根手指头。

月亮像白玉盘一样悬挂在空中，难道还需要指出它的存在吗？当然和大大地需要！我坚信，有人在这世间轮回过无数世，却不曾有一次抬头看到天上的月亮。尽管看到月亮只需要一瞬间,然而瞬间就是永恒,永恒恰恰在于瞬间。我们的目光可能曾经无数次地与月亮不期而遇,但是太多的时候,那种“相遇”只是擦肩而过的视而不见。“看见”包含着太过厚重的端庄和能量,甚至有可能,一个妈妈与自己的孩子朝夕相处数十载,却未曾给予孩子一个隆重的“看见”。对月亮,我们何尝不会如此怠慢呢?哪怕只有一个人通过我的“文字手指”看到了月亮,哪怕毕其一生只看到过一次,我也会深感欣慰。必须承认,月亮真是很美啊!人身难得,佛法难闻,一个人,尤其是女人,好不容易以人的身份来地球一趟,至少应该挤出哪怕五分钟的时间,给月亮一个庄严的“看见”,这是自己对自己、生命对生命的尊重与敬仰。